Bookvan

El último de los nuestros

El último de los nuestros

Adélaïde de Clermont-Tonnerre

Traducción de
Dolors Gallart

Rocaeditorial

Título original: *Le dernier des nôtres*

Primera edición: abril de 2018

Av. Marquès de l'Argentera 17, pral.
08003 Barcelona
actualidad@rocaeditorial.com
www.rocalibros.com

Impreso por Rodesa
Villatuerta (Navarra)

ISBN: 978-84-16867-64-6
Depósito legal: B. 5220-2018
Código IBIC: FA; FV

RE67646

Para Laurent

Manhattan, 1969

Lo primero que vi de ella fue su tobillo, delicado, nervudo, enlazado en la trabilla de una sandalia azul. Antes de aquel día de mayo, nunca había sido fetichista. Si hubiera tenido que concentrarme en una parte de la anatomía femenina, habría elegido de forma espontánea las nalgas, la entrepierna, la garganta o tal vez la cara, pero de ninguna manera los pies. Tenía la suerte de gustar a las mujeres guapas, y yo correspondía, muy ufano, a su afecto. Aquel era precisamente el tema de nuestra conversación en aquel momento…

—Tienes que llevártelas al huerto a todas, hombre —decía con irritación Marcus, con quien estaba comiendo—. ¡Cualquiera diría que pretendes plantar tu bandera en cada satélite femenino de este sistema solar! —Mi amigo y socio, que tenía dificultades para conquistar a una sola, añadió—: Te sientas en un sitio, te pones a mirar, te tomas unas copas ¡y hala! Al cabo de un cuarto de hora, ya hay dos que acuden a contonearse a tu alrededor.

Abrió los ojos como platos y formó un mohín con la boca, para imitar el efecto que supuestamente producía en las chicas. Lo hizo justo cuando una de las camareras, una morena bajita, tímida y regordeta, me lanzó una sonrisa.

—Es exasperante —reaccionó, indignado, Marcus—. A mí, en su lugar, me daría más bien canguelo acercarme a ti.

Con tu pinta de gigante, tu cara de eslavo, tus ojos descoloridos…

—¡Yo no tengo los ojos descoloridos! Los tengo de color azul claro…

—Descoloridos. Los míos son azules y no les producen el mismo efecto. A ellas les encanta contarme su vida, sus desgracias, cosas de sus padres y del primer diente que les salió. Yo escucho sus confidencias durante semanas y entonces, cuando estoy a punto de lograr mi propósito, tú, en cuestión de un cuarto de hora, te conviertes en su amante.

—¡Yo nunca te he quitado a nadie!

—¡Es incluso peor! No haces nada para quitármelas y entonces ellas caen solitas en tus brazos…

—Si me dijeras las que te gustan, no las miraría siquiera.

—No quiero ninguna novia que se olvide de mí en cuanto tú entras en la habitación… Para mí pierde todo valor.

El retrato que Marcus hacía de mí era muy exagerado. Yo no me limitaba a sentarme a esperar que ellas se arrojaran a mis brazos. Me esforzaba lo necesario para conseguirlas. Le había repetido una y otra vez mis reglas fundamentales, pero él consideraba «simplista» mi enfoque directo del asunto. Prefería justificar su propia timidez con mi supuesto magnetismo. Él era, sin embargo, más rico que yo, pero sus principios le prohibían servirse de esa ventaja. Se encorsetaba en un esquema mental complicado, cuando las mujeres son, al contrario de lo que se suele decir, previsibles. Para acostarse con una chica, lo que hay que hacer es:

a) Identificar lo que tiene de hermoso (porque en cada una de ellas hay belleza) y demostrarle que es admirada.

b) Pedir, e incluso mendigar, sexo.

c) Acompañar siempre esta demanda con una dosis suficiente de humor para no perder la cara cuando ellas contestan con un no.

d) Ser simple y concreto, evitando enviarle tres páginas de citas literarias con las que uno queda como un chalado.

Le había dicho más de veinte veces a Marcus que había que ser claro, pero eso no iba con su forma de ser. A él se le daba bien suscitar las confesiones, masculinas o femeninas, sin saber utilizarlas en su provecho. Yo tenía igual facilidad para atraer a las chicas a mi cama.

Acababa de cumplir los catorce años cuando empezaron a prestarme atención, en el instituto, a raíz de la pelea que tuve con Billy Melvin. Era un chico dos años mayor que yo que tenía aterrorizados a los alumnos de la Hawthorne High School. Un día, Billy me tildó de «cero a la izquierda», en alusión a mi apellido, «Zilch». Aquello me sentó mal.

El odio le formaba pliegues en la cara, como si le pegara el sol en los ojos. No quería que nadie sobresaliera por encima de él, decía. Yo casi era igual de alto y eso le molestaba. Él tampoco me caía bien. Detestaba a ese tipo de individuos que creen que lo tienen todo permitido porque lo han recibido todo. Me bullía la sangre cuando veía la reverencia que despiertan y el desprecio que demuestran por el resto de la humanidad. A mí me gusta el dinero, pero solo lo respeto cuando ha sido ganado y no heredado por tipejos como Billy. No había más que verlo para comprender que era tonto. No me gustaba su cabeza cuadrada ni su piel de pelirrojo. No me gustaban sus modales. No me gustaba su manera de caminar, de hablar ni de mirar a la gente con aires de superioridad. Bueno, hay que reconocer que por aquel entonces a mí apenas me gustaba nada…

Al oír repetir a Billy Melvin: «Eres un cero, Zilch, un gran cero a la izquierda al que recogieron por caridad una pareja de desgraciados», me dio uno de esos arrebatos de cólera que me invaden a veces. Marcus dice que se me va el color de la cara; yo siento como si otra persona se apoderara de mí. A partir de ahí, ya no controlo nada. Agarré a Billy del brazo y lo hice girar dos veces en torno a mí, tal como habíamos aprendido en el lanzamiento de peso: lo empotré contra una de aquellas cristaleras que constituían un motivo de orgullo de nuestro instituto. Billy se quedó aturdido varios segundos. Después se sacudió como un dóberman que sale de un estanque y se abalanzó contra mí. Nos peleamos en el suelo. Estábamos rabiosos. El encargado de disciplina y el capitán del equipo de fútbol tuvieron que agarrarnos por la cintura para separarnos. Billy Melvin cojeaba y lanzaba maldiciones, con la nariz ensangrentada y una oreja despegada. Yo tenía el cuello de la camiseta desgarrado hasta la barriga, el puño izquierdo magullado y un corte en la barbilla del que manaban unas gotas rojas que chocaban contra el cemento. La herida, que no me cosieron bien, me dejó una cicatriz en forma de W, como la inicial de «Werner». Estoy satisfecho de ella.

Nos expulsaron una semana a los dos. El director del instituto aprovechó para endosarnos unas labores de interés general. Quería quedar bien con el alcalde de Hawthorne. Durante dos días, sin dirigirnos la palabra para nada, tuvimos que barrer y recoger las hojas en Lafayette Avenue (donde vivía el alcalde), decapar, lijar y pintar la valla de su jardín, y después cambiar de sitio cientos de cajas de archivos del Ayuntamiento para que pudiera agrandar su despacho.

Con la expulsión, me gané una bronca fenomenal de Armande, mi madre, y las felicitaciones oficiosas de Andrew, mi padre. Desde mi tierna infancia, le dan accesos de ternura al mirarme. Me palpa los hombros o los bíceps y repite, con expresión maravillada: «¡Esto sí es una buena estructura! Sólida como una roca». Le satisfacía que le hubiera propinado una tunda a un chaval dos años mayor que yo, aunque eso pudiera acarrearme problemas.

A nuestro regreso al instituto, Marcus, que sentía ya una atracción por el derecho, pese a que por entonces se imaginaba más siendo concertista que abogado, organizó las conversaciones de paz. Estas condujeron a la firma de un solemne pacto que él mismo redactó. Dicho acuerdo, acompañado con un plano del instituto, dividía el patio con una diagonal que iba de la puerta de los vestuarios a la del comedor. Los lavabos de las chicas y los chicos, en sombreado, fueron declarados territorio neutral. Marcus, a quien ya le apasionaba la historia, los rebautizó con el nombre de «Suiza». Eso dio lugar a una expresión humorística entre Marcus y yo que todavía usamos hoy en día: cuando vamos a mear, decimos que vamos «a Suiza».

Aquel altercado y la victoria relativa que suponía no haber acabado hecho picadillo a manos de Billy me granjeó nuevos amigos y mi primera novia: Lou. Un día me acorraló en el gimnasio y me metió la lengua en la boca. Esa chica tenía gusto a caramelo de cereza y la lengua un poco blanda. Una vez superada la primera audacia de aquel beso, la experiencia me pareció demasiado mojada y no me gustó que tomara la iniciativa en mi lugar, pero Lou era la chica más guapa de Hawthorne. Tenía el pelo moreno y largo, un aire de insolencia que contradecía de su falda plisada, y era dos años mayor que yo (o sea, la misma edad de Billy); sus pechos ya le tensaban los jerséis y a su paso hacían volver la cabeza a los chavales del instituto. Lou era una oportunidad de esas que no puedes dejar escapar.

En el club de empresarios de la escuela donde se formaba «la futura élite de los negocios», el profesor repetía que había que «identificar y aprovechar las oportunidades». Aun desbordado por el asalto de Lou, llevé a cabo, al tiempo que abría la boca y reaccionaba a sus demandas, un análisis concienzudo de la coyuntura. Mi conclusión fue que Lou encajaba en la categoría del tipo 2: «Oportunidad con riesgo moderado». Era uno de los casos en los que el beneficio potencial es superior al riesgo. Orgulloso de seguir los pasos de los grandes emprendedores que habían construido este país, y aunque algo asustado, tomé entre mis manos a esa chica que se me ofrecía con tan buena voluntad. Empecé tocándole el pecho igual que se regula el agua caliente y el agua fría en la ducha. Sorprendido por la blandura de sus tetas, que había imaginado más duras, pasé a cogerle el trasero con las manos bien abiertas. Sin saber cómo debía proceder, lo sacudí enérgicamente de arriba abajo. Tales experimentos no ocasionaron ninguna reacción por parte de mi cobaya y pronto se me fueron agotando las ideas. Tras un momento de duda, di un paso más en mis tanteos para ponerme a explorar la entrepierna de Lou, que tuvo la clemencia de detenerme...

Al salir del gimnasio, llevaba a aquella chica despampanante colgada del brazo. Delante del instituto, se enroscó a mí igual que la hiedra a un árbol. El profesor de Historia, un viejo amargado que solo apreciaba a Marcus (el único que encontraba apasionantes las conquistas de reyes de nombres impronunciables en territorios minúsculos y en tiempos tan remotos que los homínidos apenas habían bajado de los árboles), vino a reclamarnos «un comportamiento correcto». Yo le respondí con una bravuconada, sin dejar aflorar el mar de dudas y de hormonas varoniles que se agitaban en mi interior. Lou se sumó a mi rebelión soltando un: «¡Déjelo ya! Estamos en una democracia, ¿no?». Después, con la mirada clavada en los ojos de aquel anticuado profesor, me lamió la oreja antes de ponerse a sorberla entera, cosa que me acarreó unos molestos pitidos durante el resto del día. Frente a tal espectáculo, que superaba con creces las tentativas más atrevidas a que hubiera podido llegar con su mujer protestante, el profesor se puso del mismo color rojo que el de la corbata de punto que llevaba. Se alejó sin añadir nada.

Lou era una presa muy codiciada que incrementó aún más

el crédito que me habían conferido el combate y el tratado de paz con Billy. Los amigos me achacaron unos poderes de seducción desmesurados. Yo no estaba tan convencido, aunque sí debía reconocer que, desde que «salía» con Lou (una palabra sorprendente, ya que a mí no me parecía que lo esencial de la cosa consistiera en salir, sino en entrar dentro de Lou, algo a lo que ella se negaba con obstinación), las chicas me miraban con cara de enamoradas. Soltaban risitas a mi paso y confesaban a Marcus que les encantaban mis ojos azules o mi sonrisa «tan cuca». Hubo incluso una, cuyo nombre he olvidado, que, conocedora de mi hambre canina, me preparaba un pastel cada día. Aquellos regalos exasperaban a Lou, pero mi novia no tenía ningunas ganas de ponerse a cocinar. Ella se limitaba a reclamar su parte. Como se preocupaba por mantener la línea, la distribuía entre sus amigas y las miraba comer con la satisfacción que experimentan las chicas delgadas al ejercitar su voluntad mientras, delante de ellas, otras más rellenitas se dejan dominar por la glotonería.

A partir de aquella época, no había tenido ninguna dificultad con las mujeres y me había acostumbrado a ello. Acudían a mí con facilidad y, aunque algunas se resistían, pronto acababan por ceder. Las más tenaces se hacían de rogar. Tanto si mordían el anzuelo con rapidez como si no, yo las consideraba como agradables momentos de distracción, nada más. A causa de esa ligereza me granjeé, con los años, cierta mala fama. Yo soy respetuoso, pero escasamente sentimental. No me encariño de nadie con facilidad. Una de mis novias, estudiante de Psicología (me encantaba la costumbre que tenía de quedarse con las gafas puestas mientras hacíamos el amor), había analizado ese rasgo de mi carácter. Según ella, haber sido adoptado me había vuelto desconfiado. Yo tenía, tal como me explicó, una fobia al abandono que me impulsaba a multiplicar las relaciones. Creo que las mujeres tienen la obsesión de la pareja, de la construcción y de lo «serio».

Quieren que los hombres se enamoren y los tachan de cabrones cuando no lo consiguen. Piensan que el amor tiene el poder de lavar el pecado de la carne. A diferencia de Marcus, que precisamente por eso no lograba gran cosa, yo podía prescindir sin más de esa lejía arcaica que es el sentimiento. Fui joven en el momento adecuado. En los años sesenta, las chicas tenían la valentía de aprovechar su libertad. Habían entrado en una especie de competición, en la que el orgullo derivaba del ejercicio de su sexualidad y no de su represión. Yo saqué partido de ello, lo reconozco. El amor no era más que un juego, pero ese periodo de gracia tocó a su fin el día en que, en el restaurante Gioccardi, una joven aplastó mi despreocupación con sus sandalias azules.

Estábamos comiendo con Marcus en la planta baja de aquella *trattoria* del Soho a la que íbamos casi a diario. El dueño acogía a *Shakespeare*, mi perro, como a una divinidad. Era algo estupendo, porque *Shakespeare* asustaba a más de uno. Erguido sobre las patas traseras, alcanzaba una altura de un metro ochenta. Su pelaje de oso beis y oro no bastaba para hacer olvidar sus fauces, con las que, de no haber sido tan manso, habría podido mandar al cementerio a un hombre en cuestión de segundos. Yo estaba engullendo con apetito mis espaguetis al pesto cuando el tobillo que iba a cambiar mi concepto de las mujeres apareció sobre las baldosas de la escalera, captando inmediatamente mi atención. Su propietaria, que bajaba de la sala del primer piso, se detuvo un momento. Hablaba con alguien. Tardé un poco en distinguir su voz, burlona, entre el barullo de las conversaciones y el ruido de los cubiertos. Sus pies dieron un leve giro. Admiré sus dedos infantiles de uñas brillantes. Seguía hablando con voz insistente. Quería comer abajo. La sala de arriba estaba casi vacía. No había nadie. Era triste. Una voz de hombre, cuyos mocasines marrones podía ver, protestaba. Arriba se estaba más tranquilo. El pie izquierdo de la chica descendió un escalón, dejando ver un asomo de pantorrilla. Luego subió y volvió a bajar; por fin, emprendió el descenso. A medida que se revelaba, mi mirada acariciaba la fina línea de las tibias, las rodillas, el arranque de los muslos surcados por esa diagonal del músculo que me chifla en una mujer. La piel apenas dorada, de una perfección irreal, desaparecía a continuación bajo la corola de una tela azul. Un cinturón realzaba su cintura, en la que habría querido anclar mis manos de inmediato. La blusa sin mangas dejaba al descubierto unos brazos de una frescura redonda y apetecible. Más arriba, del escote surgía un cuello elegante que habría podido quebrar con una mano. Bajó los tres últimos escalones riendo. Con ella entró en la sala una luz, la de su melena. Tiraba de la corbata a un hombre de unos cuarenta años, vestido con un pantalón beis y una chaqueta de *sport* azul marino con un bolsillo amarillo. Arrastrado por el cuello, colorado y confuso, intentaba seguirla sin caerse. Ella le devolvió la libertad dejando escurrir la corbata entre sus dedos, que eran tan finos que parecían casi transparentes.

—¡Ernie, eres un pesado! —exclamó.

Yo la observaba con tal atención que, alertada por un instinto animal, ella cruzó la mirada con la mía y se quedó quieta una fracción de segundo. En cuanto fijó aquellos ojos insolentes en mí, supe que esa chica me gustaba más que todas las que había podido conocer o desear. En mi interior corría lava, pero la joven no pareció inmutarse, o al menos aquella increíble criatura no lo dejó ver. El individuo del *blazer* sí se percató del interés con que la observaba y me miró con irritación.

Mi cuerpo se tensó al instante. Podía pelear por ella. El tipo no tenía nada que hacer en ese restaurante. No merecía estar con aquella diosa. Quería que me la dejara y que se largara de allí. Le dirigí una sonrisa socarrona, con la esperanza de que viniera a provocarme, pero Ernie era un cobarde y desvió la vista. Aquella belleza dio un airoso giro cuando el camarero, igual de deslumbrado que yo, le indicó su mesa. Apartaba las sillas a su paso, mientras ella avanzaba, con la cabeza levemente agachada, con ese aire de modestia de las chicas que se saben admiradas.

—¿Te das cuenta de que te he hecho una pregunta hace ya un minuto y quince segundos? —me dijo Marcus, con la vista fija en su reloj nuevo, un regalo de cumpleaños de su padre, cuyo cronógrafo había puesto en marcha.

Yo no podía despegar la vista de ella, pese a que Ernie intentaba, con su gran estatura desgarbada, apartarla de mis miradas. Ella se sentó de espaldas a la sala.

—¿No la encuentras sublime? —pregunté en un estado casi de ensoñación.

Marcus, que había entendido cuál era la causa de mi despiste de un minuto cuarenta y cinco segundos, me respondió sin levantar la vista de la esfera.

—Efectivamente, es muy guapa. Y va muy acompañada, por si no te has dado cuenta…

—¿Crees que son pareja?

Me resultaba insoportable asociar a aquella chica radiante con ese viejo dandi (por aquel entonces, los cuarenta eran para mí el inicio de la vejez).

—No tengo la menor idea, Wern —me respondió Marcus—, pero si por una vez pudiéramos comer y mantener una conversación sin que te hagas polvo las cervicales para mirar a todo lo que lleva faldas, mi ego saldría muy beneficiado.

—Perdóname, cariño, si no te presto atención —me mofé, apoyando la mano en la suya.

Mi amigo retiró la mano, ofendido.

—Me haces sentir como si fuera invisible. Es muy molesto. Y más cuando tenemos unos cuantos minúsculos detalles que concretar antes de la cita de esta tarde.

Y

Nuestra joven empresa de construcción no estaba en un buen momento. Lo ganado con nuestro primer negocio lo habíamos reinvertido, préstamos de por medio, en la rehabilitación de dos edificios de alquiler en Brooklyn. Después de haber obtenido las autorizaciones de derribo, los permisos de construcción y de haber resuelto la multitud de problemas inherentes a cualquier proyecto inmobiliario en Nueva York, uno de los funcionarios municipales había ordenado suspender las obras por una insignificante cuestión catastral. Aquello me sacaba de quicio. Al presidente del distrito de Brooklyn le traía sin cuidado la ley; lo que quería era obligarnos a untarle la mano por segunda vez. Ese día, a las cuatro, teníamos una entrevista para intentar salvar nuestro futuro, pero me costaba mucho concentrarme. El objeto de mi deseo, a unas cuantas mesas de distancia, me tenía cautivado. Se mantenía muy erguida, sin tocar con los hombros el respaldo de la silla. Acompañaba sus palabras con coreografías complejas, haciendo revolotear las manos a su alrededor. Mi socio me examinaba con una expresión curiosa. Conocía mi afición por las mujeres, pero también sabía que nuestra empresa era la prioridad. La desconocida echó la cabeza hacia atrás y se estiró sin pudor con un flexible e indolente movimiento de pantera. Sus hombros redondeados se ahuecaron. El río de su cabello tenía vida propia. Habría querido cogerlo y hundir la cara en él.

—¿Algún problema, señor Werner? —me preguntó Paolo, el dueño.

Con una botella de marsala en la mano, observaba mi plato, intacto. Era uno de sus clientes preferidos y observaba con un orgullo propio de una madre siciliana como engullía, varias veces por semana, un kilo de pasta, una bandeja entera de lasaña, una chuleta de buey o dos pizzas. Yo solito. Sin embargo, ese día no había tocado los espaguetis.

—¿No está buena la pasta? ¿Le falta sal? ¿Está demasiado cocida? —preguntó sin pausa, con la vista clavada en mi plato.

No le hice caso. La desconocida movió con la mano la espesa cabellera, que cayó sobre uno de los hombros, dejando al descubierto el arranque de la nuca. ¿Por qué me parecía tan familiar? ¿Cómo iba a conseguir hablar con ella? Paolo cogió mi plato y arrugó la nariz para husmearlo como un perro de caza.

—¡Giulia! —gritó—. ¿Qué le has hecho a la pasta del *signore* Zilch?

Su ira llamó la atención de toda la sala, incluida la de ella. La devoraba con los ojos febrilmente. Mi actitud debió de parecerle graciosa, pues me sonrió antes de darme la espalda. Tenía que trabar contacto con ella. Quería saberlo todo de ella, su perfume, su voz, sus padres, sus amigas: dónde vivía y con quién, la decoración de su cuarto, los vestidos que llevaba, la textura de sus sábanas, si dormía desnuda, si hablaba por la noche. Quería que me confiara sus tristezas y sus sueños, sus necesidades y sus deseos.

—¡Se lo he explicado más de veinte veces! —se lamentaba, indignado, Paolo—. ¡No hay manera de que aprenda a hacer un pesto! Hay que tener mano... Hay que apretar fuerte, para aplastar, y dar vueltas en el mortero —explicaba, imitando el movimiento de rotación con expresión feroz—. ¡Giulia se pone a batir como si preparara una vinagreta, en lugar de mantener el brazo bien recto!

Habría querido levantarme, plantarme delante de ella, partirle la cara al cretino que la acompañaba, cogerla de la mano, llevármela, raptarla, conocerla de arriba abajo.

—¿Se encuentra bien? —preguntó con inquietud Paolo, que acababa de probar los espaguetis sin encontrarles ninguna pega.

Giulia, que acababa de salir precipitadamente de la cocina, sonrió. Marcus trató de recuperar el plato de manos de Paolo.

—No te preocupes, Paolo. La pasta está deliciosa y Wern está en plena forma. Lo que pasa es que está enamorado.

—¡Enamorado! —exclamaron al mismo tiempo Paolo y Giulia.

La idea de que estuviera enamorado les parecía incompatible con la cantidad de chicas que habían visto desfilar por mi mesa durante los meses anteriores. Me observaron con curiosidad.

—Enamorado —confirmó Marcus.

—*Ma de qui?* —preguntó el dueño.

¿Quién alteraba el apetito de su mejor cliente?

—La rubia que va de blanco y azul —resumió Marcus, señalando con la barbilla a la desconocida.

Alargamos bastante la comida. Paolo trató de informarse sobre aquella chica hablando un poco con ella, pero Ernie lo cortó. Pedimos el cuarto café. *Shakespeare*, acostumbrado a vernos engullir los platos en veinte minutos, se impacientaba. Después de recibir una breve caricia en la cabeza, volvió a acostarse con un suspiro a mis pies. No podía despegar la vista de esa chica y respondía con distracción a las preguntas de Marcus, que, con el bolígrafo de plata en la mano, anotaba en una libreta con tapas de cuero una serie de argumentos que podrían convencer al presidente de distrito. Cuando vi que Ernie pagaba la cuenta, me subió la adrenalina.

Aquella belleza iba a esfumarse en la jungla de Manhattan y no sabía qué hacer. Se levantaron. Los seguí con la esperanza de llamar su atención o de atraer de nuevo su mirada. Buscaba un pretexto para detenerla cuando, por azar, la correa de su bolso se enganchó en el picaporte de la puerta y se rompió: parte de su contenido fue a parar al suelo. Ella se agachó y yo me precipité a ayudarla. Me quedé deslumbrado cuando el colgante en forma de V que llevaba en el cuello se encajó entre sus pechos. Los ángulos de la joya de oro se hundieron en su piel. A ella no pareció incomodarle, pese a que yo sentí una suerte de vértigo. Recogí todo lo que encontré bajo la mano. Había rotuladores, una goma de tinta, hojas sueltas dibujadas con extraños bosquejos, un cepillo de pelo, un protector de labios Carmex, una gorra de tela vaquera y un sacacorchos, lo que me sorprendió mucho. Aquel objeto, junto con el desorden de su bolso, la volvió aún más humana, más deseable.

Ernie permanecía relegado en la calle. La estrechez del hueco le impedía intervenir; además, las costuras de su traje, demasiado estrecho, habrían saltado si se hubiera agachado.

—Gracias, ya nos arreglaremos... —decía, intentando alejarme—. ¡Levántese! ¡Le digo que no necesitamos ayuda!

Tendí a aquella belleza todo lo que había recogido. Ella levantó la cabeza y me perdí en el color de sus ojos. Eran de un violeta profundo, chispeantes de inteligencia y de sensibilidad. Abrió el bolso para que depositara en desorden los objetos. Entonces se me cayó un cuaderno que dejó a la vista unos bosquejos de hombres desnudos. Lo cerró con una sonrisa pícara y después volvió a clavar la mirada en la mía.

—Gracias, es muy amable.

Su voz, más firme y más grave de lo que hacía presagiar la finura de sus rasgos, me provocó un escalofrío. Su manera de observarme también. Era directa y abierta, como si en cuestión de segundos pretendiera (y consiguiera) saber quién era yo. Cuando se levantó, recibí un halo de su perfume, de ámbar y flores. Lamentaba no haber logrado tocarle la mano. Ernie se inclinó, la cogió por la muñeca y la atrajo hacia el exterior. Sin darme tiempo a inventar un pretexto para retenerla, mi desconocida se adentró en el Rolls con chófer de aquel dandi degenerado. Verla desaparecer tras los cristales ahumados me dolió físicamente. La perspectiva de no volver a verla me cortó la respiración. Me puse a correr como un loco, con *Shakespeare* a la zaga. Al ver trotando suelto a aquel enorme perro por la acera, algunos peatones gritaron. Marcus, que había aprovechado para «ir a Suiza», se abalanzó tras de mí.

—¡Espera! Pero ¿qué te pasa?

Hice subir a *Shakespeare* en nuestro Chrysler amarillo. Arranqué con ímpetu, mientras mi amigo se subía al vehículo en marcha. Me dijo que era un «elemento social inestable» y un «psicópata en fase maniaca».

Busqué desesperadamente el Rolls.

—Wern, a veces das miedo —murmuró él, inquieto.

Una expresión de rabia e impotencia me crispaba la cara.

Sajonia, Alemania, 1945

Era una noche de febrero, una noche más de desgracia para la humanidad. Las hectáreas de ruinas ardían bajo una lluvia acre y cenicienta. Durante horas, Dresde había quedado reducida a una hoguera infinita que aniquilaba los cuerpos, las esperanzas y las vidas. Hasta donde alcanzaba la vista, la ciudad era, en ese periodo de desolación mundial, la encarnación del caos. Los bombardeos habían sido tan intensos que, en todo lo que había constituido el centro, no quedaba ni un edificio en pie. Las bombas habían barrido las construcciones como mera hojarasca. Tras ellas, las bombas incendiarias se habían encargado de crear una hoguera que se alimentaba de hombres, mujeres, niños y de heridos regresados del frente del Este y que se habían creído a salvo. Las tinieblas se iluminaban con un crepitar de relámpagos, como en un espectáculo de feria. En plena oscuridad, el cielo había adoptado unos tintes escarlata y dorados propios de una puesta de sol otoñal. Poco a poco, los distintos ríos de luz se habían reunido en un mar incandescente. Incluso a veintidós mil pies, los pilotos que sembraban la muerte sentían, en las carlingas, el calor del fuego.

En el suelo, una tempestad de llamas atrapaba a cuantos se encontraban cerca y no tenían fuerzas para oponer resistencia a los vientos de oxígeno que servían para alimentarla.

Parecía como si aquello no fuera a tener fin. Con el curso de las horas, el humo y las cenizas se elevaron hasta el cielo y cubrieron como un sudario la Florencia del Elba. En esa opacidad diurna que atacaba los pulmones y los ojos, solo permanecía erguida aún la silueta barroca y espectral de la iglesia de Nuestra Señora. Unos cuantos supervivientes de la Cruz Roja habían reunido allí a una multitud de heridos. Victor Klemp, el cirujano que había creado aquel equipo de urgencia, intentaba organizar el horror. Durante un tiempo, había pensado que Dios castigaba a su pueblo por una falta que él sospechaba y que se había negado a mirar de frente. Desde que, cien veces cada hora, la muerte venía humillándolo de las peores maneras, había dejado de creer que Dios hubiera deseado aquel sufrimiento. Ya no creía que Dios prestara atención a ese mundo; la iglesia, la única estructura vertical que persistía entre los sedimentos de destrucción, no le parecía ni un milagro ni una señal del cielo, sino una última e indignante provocación.

Victor Klemp llevaba setenta y dos horas sin dormir. Tenía la bata, la cara y el cuello manchados con la sangre y las vísceras de la derrota. Las manos le temblaban de cansancio. Desde hacía tiempo, había renunciado a toda operación delicada. Su frialdad, metálica, lo dejaba estupefacto. Le bastaban unos segundos para efectuar un diagnóstico. Solo luchaba por quienes tenían más posibilidades de sobrevivir. Los heridos y los agonizantes afluían en tal cantidad y en medio de tal privación de medios médicos que se veía obligado a condenar, con una mirada, a diez pacientes por cada uno que salvaba. Ya no tenía con qué aliviar los sufrimientos de los moribundos ni de las personas a quienes debía operar. Ni morfina, ni alcohol, ni palabras de consuelo. A veces, se decía que lo mejor sería acabar con ellos. Era el único acto de compasión que quedaba. Se había dirigido al capitán de uno de los escasos regimientos presentes en el lugar. Asustado por sus propias palabras, había dicho:

—Dispáreles un tiro en la cabeza. Todos los que le voy a enviar están condenados.

El militar lo había mirado directamente a los ojos y le había respondido, sin juzgarlo, con una calma absoluta y desesperada, que Victor Klemp no olvidaría jamás:

—No disponemos de suficientes balas, doctor, para tener compasión.

Por tandas de una lúgubre regularidad, civiles y soldados traían sin cesar más y más víctimas. Aquellos desdichados no eran más que heridas, fracturas, organismos deteriorados, futuros amputados.

En aquella masa de heridos anónimos y sin rostro, una camilla improvisada le llamó la atención. Era después de la tercera oleada de bombardeos. Vio a una mujer, transportada por dos muchachos vestidos de uniforme. El barro y el polvo de la cara no ocultaban la armonía de sus facciones, iluminadas por unos ojos de un azul puro y helado. Aun sucio, el cabello era una explosión de luz. De la manta que los soldados le habían tendido encima sobresalían un hombro y un brazo que parecían concentrar, en unos centímetros de piel desnuda, toda la suavidad del mundo. Bajo el grueso y áspero tejido, el abultamiento de los pechos y del vientre indicaba que estaba embarazada. No tendría ni veinticinco años.

—¿Qué tiene? —preguntó el médico a sus acompañantes, al verla tan calmada.

Vio la expresión de horror en la cara de los dos hombres.

—Estaba tendida en la calle Freiberg —intentó explicar el mayor—, medio atrapada bajo los escombros... La hemos sacado de allí...

Las palabras murieron en la garganta del joven soldado que, con un gesto, señaló la parte de debajo de la manta, donde se formaban unas manchas oscuras y viscosas. El médico reaccionó con impaciente dureza, levantando la tela con brusco ademán. Bajo los jirones de ropa, justo por encima de la rodilla, la joven tenía las piernas rebanadas. Pese a las improvisadas vendas que le habían aplicado, se estaba desangrando. El espectáculo resultaba aún más chocante, puesto que entre los dos muñones envueltos de rojo sobre los que pendían la ropa interior arrancada y los trozos quemados de un vestido estampado que se adherían a las heridas, se preparaba otra obertura. Estaba dando a luz. La víctima captó con los ojos la mirada de Victor Klemp.

—Yo estoy condenada, doctor —dijo con una sorprendente claridad—, pero mi hijo no.

Los estertores y los gritos que resonaban en la iglesia parecieron cesar.

—Ayúdeme —reclamó la joven.

No era una súplica. Era una orden. La compasión lo habría alejado de forma irremediable de aquella mujer. Pero la energía de sus ojos y la voz le movió a actuar. Con ayuda de los dos soldados, rehízo los torniquetes de los muñones. La joven se desmayó sin exhalar ni un gemido. Desplazaron a dos heridos de una capilla lateral para transportarla allí. De un golpe y con el dorso de la mano, Klemp despejó una mesa de madera en la que se acumulaban fragmentos de cristales, los cascotes caídos de la bóveda, las vendas sucias y los restos de las velas. Cuando la depositó en ella, la mujer recobró el conocimiento.

—¿Cómo se llama? —le preguntó el médico.

—Luisa.

—Luisa. Le prometo que verá a su hijo.

Aunque el bebé ya estaba encajado en la pelvis, el médico optó por prescindir de sus escasos conocimientos en ginecología para intentar practicar una cesárea. Temía lastimar al niño y sabía que con ello precipitaría la muerte de la madre, pero no podría resistir hasta el final de un parto. Los soldados, que, pese a su juventud, habían presenciado ya bastantes horrores, volvieron la cabeza cuando efectuó una incisión en la piel, justo debajo del vientre. Por temor a tocar al bebé, no hundió con profundidad el escalpelo. Atravesó una a una las membranas, que desgarraba con los dedos. Fue una carnicería. Luisa se desmayaba y volvía en sí. Ninguno de los tres hombres se atrevía a imaginar su dolor. Los breves instantes en que perdía el conocimiento eran un alivio para ellos. Victor Klemp le hablaba sin cesar, con palabras sin sentido y cuyo único propósito era infundirse ánimos a sí mismo y mantener a Luisa con vida. Los dedos llegaron por fin a lo que debía de ser el útero: a diferencia de los otros tejidos, resistió a la presión de los dedos. Efectuó una nueva incisión. El calvario que infligía a aquella mujer le pareció más bárbaro que todas las matanzas de las horas anteriores. Sus miradas se cruzaron. Un líquido brotó mientras hundía las manos en la cavidad caliente y empapada, palpando a tientas al niño. Notó su cuerpo minúsculo. Sin saber muy bien lo que tocaba, lo cogió. Victor Klemp tuvo que tirar para liberar el cráneo encajado en la pelvis de la madre. El niño estaba morado. Cortó el cordón como pudo. El pequeño, privado de oxígeno, soltó un alarido que hizo volver en sí a la madre.

—Es un niño, Luisa, un niño hermoso y fuerte —anunció Victor Klemp.

La mujer acababa de perder el conocimiento. El médico se sentó, con el bebé en las rodillas, y practicó un nudo en su barriga. Lo limpió con un paño y un poco de agua. Luego se sacó la bata, que había sido blanca, para quitarse la camisa y confeccionar con ella unos pañales para el niño. Luisa se despertó notando el peso de su hijo entre los pechos.

—¿Está vivo?

—Bien vivo, Luisa.

Como estaba demasiado acostada para verlo y demasiado débil para abrazarlo, insistió.

—¿Lo tiene todo?

—Todo. Es un niño… magnífico —respondieron los tres hombres en un desorden de voces estranguladas.

Evitando mirarla por pudor, le habían vuelto a poner encima la manta empapada. Uno de los soldados levantó al niño por encima de la cara de su madre. El crío emitió unos maullidos de gato hasta que volvió a dejarlo sobre el pecho de Luisa. Sosteniendo el codo de la joven, Victor Klemp le colocó la mano encima del bebé para que pudiera tocarlo. A raíz de esa caricia, el niño se movió un poco y los tres hombres vieron cómo se empañaban los ojos de la madre.

—A partir de ahora queda bajo su protección, doctor —declaró, tras clavar una vez más la mirada en los ojos de Victor Klemp—. Marthe Engerer, mi cuñada —añadió, sin dejarle margen para responder—. Está aquí.

El médico intentó calmarla. Se hizo el silencio y Luisa señaló al recién nacido:

—Se llama Werner. Werner Zilch. No le cambien el nombre. Es el último de los nuestros.

Cerró los ojos, acariciando con el índice la nuca de su hijo mientras Victor Klemp, agachado, le sostenía la mano libre. Los párpados de la joven se cerraron una vez más. Aquel momento de calma duró un minuto, tal vez dos. Después, el dedo de Luisa dejó de moverse sobre su hijo y la estrecha mano de la joven aflojó el contacto con la de Victor Klemp.

El médico tuvo la impresión, absurda en un racionalista como él, de que el alma de la moribunda lo atravesaba. Durante una fracción de segundo se produjo un palpable movimiento de ondas. El médico posó el brazo todavía flácido de Luisa sobre la mesa, a lo largo del cuerpo. Miró al niño enroscado contra su madre. El calor pronto desaparecería, pero él seguía apoyado sobre un corazón que había dejado de latir.

Los dos soldados buscaron una confirmación en sus ojos. El médico desvió la mirada. Aunque había visto muchas atrocidades aquellos últimos días, jamás se había sentido tan vulnerable. Cuando levantó la cabeza, su mirada se topó con el retrato de una Virgen con el niño. La Madona, respetada por los bombardeos, los había estado velando durante aquel espantoso milagro. A trompicones, del pecho del médico brotó una risa incrédula y desesperada. Reclamado por los alaridos de los heridos y los estertores de los agonizantes que, durante aquellos interminables instantes, había dejado de oír, Victor Klemp tomó asiento. Al pie de la mesa en la que reposaban aquella mitad de mujer muerta y su hijo, notó que su cuerpo se estremecía mientras, a su lado, los dos soldados lloraban como los niños que aún eran.

Manhattan, 1969

Marcus vio el Rolls antes que yo.

—¡Allí! —gritó, señalando a la derecha.

Adelanté bruscamente a dos coches. Un concierto de cláxones sonó a mi alrededor.

Marcus, muy pálido, se abrochó el cinturón, que nunca se ponía, mientras que atrás *Shakespeare* se bamboleaba ladrando en las curvas. Logré pegarme al Rolls de Ernie, que siguió por la Madison Avenue a lo largo de treinta y cinco manzanas, en dirección norte.

—No es que seas muy discreto —me advirtió Marcus—. Deberías dejar un coche entre ambos.

—No quiero correr ningún riesgo —contesté entre dientes.

—No tenemos el mismo concepto de riesgo —ironizó él, en alusión a la peligrosa maniobra que acababa de realizar.

Como había poco tráfico, circulábamos a toda velocidad. Con el paso de los minutos, Marcus parecía cada vez más tenso. Cuando dejamos atrás el Rockefeller Center, donde empezaban a formarse atascos, no aguantó más.

—No tenemos tiempo, Werner. Debemos estar en Brooklyn dentro de tres cuartos de hora.

—Tenemos tiempo —proferí yo como un acto de fe, con las manos crispadas sobre el metal del volante y la mirada fija en el Rolls.

El coche de delante se desvió a la izquierda por la calle 51, pasó a la Quinta Avenida y, después de entrar en la Avenida de las Américas, se detuvo. Marcus se quedó callado, pues consideraba el silencio el grado sumo de condena. Durante unos minutos, no ocurrió nada. Me imaginé que en el interior Ernie besaba a la joven, que la acariciaba, que tal vez la desnudaba. Aquello me volvía loco. Por suerte, ella se bajó. Recorrió unos diez metros con paso ágil y decidido. La falda azul rebotaba en sus muslos. Sacó las llaves del bolso, entró en un Ford verde y arrancó. La seguí. Marcus miraba con angustia el reloj. Cuando la joven continuó hacia la parte oeste de Central Park, lo que nos alejaba aún más de Brooklyn, reaccionó.

—Si no has averiguado su dirección dentro de cinco minutos, lo dejamos, Wern. ¡No podemos llegar tarde! ¡Nos van a crucificar!

Yo estaba centrado en aquel coche verde que nos llevaba cada vez más lejos. La chica conducía dinámica y fluidamente. Tal como era.

—¡Wern, ya basta! ¡Lo vas a echar todo a perder! Me niego a que tires por la borda un proyecto de diez millones de dólares por una chica con la que te has cruzado cinco minutos en un restaurante.

—Es la mujer de mi vida —respondí.

Aunque era consciente de lo exagerado de aquella afirmación, jamás había estado más seguro de lo que decía.

—¡Si ni siquiera has hablado con ella! —replicó Marcus, atónito y sabedor de que hasta entonces, en cuestiones de amor, el deseo y el olvido habían ocupado para mí el lugar de los sentimientos.

—Es ella, Marcus.

—No puedo creer que desbarres de esa forma.

El coche verde se paró en doble fila delante de un edificio de ladrillo. Mi obsesión surgió del Ford, con un paquete cuadrado y plano bajo el brazo, y se adentró en el edificio.

Detuve el motor.

—¡No podemos quedarnos a esperar! ¿Me oyes, Wern? Si es la mujer de tu vida, el destino se encargará de volver a ponerla en tu camino. Ahora arranca y da media vuelta.

Era la primera vez que Marcus insinuaba que allí podría acabar nuestra amistad. Delante del edificio, sentí que tenía las manos húmedas y el cerebro en ebullición. Buscaba una solución. Marcus me dedicó una mirada que, en circunstancias menos vitales, habría ignorado. Lo habíamos apostado todo en aquella operación en Brooklyn. Si no se reanudaban pronto las obras, estaríamos arruinados. Volví a poner el motor en marcha y retrocedí unos cinco metros. Marcus suspiró.

—Gracias, Wern. Vamos a…

Luego se le desencajó la cara al ver que ponía la primera y embestía el Ford. El impacto fue más brutal de lo que había previsto. Con la parte frontal de nuestro coche choqué de pleno contra su lado izquierdo. Proyectado entre nosotros, *Shakespeare* aterrizó con las patas en el salpicadero y la palanca de velocidades debajo de la barriga. Marcus no daba crédito a lo sucedido. Bajé de un salto y, apoyado en el capó del coche verde, escribí en el dorso de dos tarjetas de visita:

> Señor:
>
> Un momento de descuido por mi parte ha sido la causa de este lamentable accidente. Le ruego que perdone los desperfectos ocasionados a su vehículo. Tenga la amabilidad de ponerse en contacto conmigo en cuanto le venga bien para proceder al atestado y solucionar de forma amistosa este problema.
>
> Reiterándole mis más sentidas excusas,
>
> WERNER ZILCH

La nota me pareció legible a pesar de mi «horrorosa letra», como siempre me habían dicho en el colegio. La dejé en el parabrisas y me marché en dirección a Brooklyn, conduciendo como un febril fugitivo. El parachoques de delante aguantó hasta que llegamos al ayuntamiento de Brooklyn, donde se desprendió de un lado. Aparcamos en medio de un estrépito ensordecedor.

—Tienes un don para las entradas en escena —dijo mi socio.

Como no nos había dado tiempo de llevar a *Shakespeare* a casa, tuvimos que dejarlo solo en el coche, cosa que detestaba. Nos precipitamos para llegar a la cita, con diez minutos de retraso. Marcus iba, como siempre, de punta en blanco. Yo estaba hecho un desastre. Con la tensión de la persecución, se me había arrugado la chaqueta y tenía la camisa empapada. El pelo, que no me había dado tiempo a alisar, parecía enmarañado en mi cabeza. Marcus me indicó que me lo peinara hacia atrás, aunque no logré gran cosa. Mi pelambrera recobró su estado de desorden en cuanto se liberó del peine conformado por mis dedos.

El presidente del distrito nos recibió en una pretenciosa sala con paneles de madera. Al verme entrar, enarcó una ceja con una mirada de interrogación, pero el hastío de su cargo, sumado a varias décadas de actividad política, había agotado su capacidad de asombro. Señaló dos sillas de su mesa de reuniones, alejadas del escritorio ornado con elementos de bronce donde permaneció sentado, sin hacer nada.

—Mi ayudante va a reunirse con nosotros —anunció.

Su mirada apagada parecía filtrarse entre las láminas inclinadas de una persiana. Me escrutaba sin disimulo ni empacho. Por mi parte, me irritaba el vuelo de una mosca que se empecinaba en abalanzarse contra la pantalla de la lámpara que teníamos detrás. Pasó delante de mí dos veces; a la tercera, la atrapé con una mano y la aplasté.

—Acaba de matar a mi mosca de compañía —protestó el edil.

—¿Cómo dice?

—Era mi mosca.

Marcus palideció, mientras empezaba a balbucir excusas que yo interrumpí.

—¿Me está diciendo que tenía una relación especial con una mosca?

—Era broma... Es divertido, ¿no?

—Bastante... —respondí, sopesando para mis adentros su grado de senilidad, mientras dejaba caer los restos de la mosca sobre el oscuro parqué.

—¿Cuánto mide?

—Un metro noventa y dos.

—También tiene los pies muy grandes... —prosiguió.

Marcus me lanzó una mirada burlona.

—Proporcionados a mi estatura... —precisé, adelantando una pierna para mostrarle uno de mis zapatos.

Recibí una mirada reprobadora de Marcus, molesto porque no me había arreglado. El funcionario, más interesado por el tamaño de mi pie que por su envoltorio, se revolvió en su asiento. Al contrario de lo que habíamos imaginado, sus preguntas no guardaban ninguna relación con los detalles técnicos de nuestro negocio.

—También se le ve fuerte. A los golfos no debe de gustarles tener tratos con usted... —dijo.

—A nadie le gusta tener tratos conmigo cuando no estoy de humor.

—¿De dónde es? Tiene un físico muy germánico...

Aunque Marcus parecía confundido, respondí con mucha calma.

—Lo parece, sí. Soy de origen alemán.

—¿Lo parece? —repitió el presidente.

—Mis padres me adoptaron a los tres años.

—¿Y cuántos tiene ahora?

—Veinticuatro.

—¡Qué joven! ¡Qué saludable! —exclamó, extasiado—.

¿No es un poco ambicioso lanzarse, tan pronto, en un proyecto de esta envergadura, con ochenta apartamentos en dos edificios?

—A usted bien que lo eligieron por primera vez a los veintitrés años... —contesté, contento de haber preparado aquella entrevista con Marcus.

Lo vimos pavonearse, alisando la corbata varias veces con la mano derecha, de cabo a rabo. Con la otra mano se tocaba de forma inconsciente la cara interna del muslo.

—Yo era guapísimo en aquella época, ¿saben? Tenía mucho éxito. Los señores de edad me hacían la corte... —declaró para sondearnos.

Por fortuna, el ayudante del presidente apareció en ese momento. Era a él a quien habíamos dado el primer soborno, unos meses atrás, para que pusiera fin a su acoso administrativo. El esbirro llevaba en una carpeta de plástico marrón, los documentos relacionados con nuestra obra. Era delgado, pálido, con una nariz puntiaguda y aire de hipócrita. En cuanto entró, se tensó el ambiente.

—Llega tarde, amigo mío —señaló el presidente.

—Como sabe, estaba en otra reunión como esta —contestó el ayudante.

—¿Entonces por qué invitar tan pronto a estos dos encantadores jóvenes? Los ha hecho esperar.

La musaraña se sentó a la mesa, mientras el presidente se levantaba para acudir a reunirse con nosotros con paso cansino. Resultaba evidente que se habían repartido los papeles. El presidente hacía de padre bonachón; su ayudante ladraba, mordía y buscaba los puntos débiles. Primero trató de impresionarnos con su jerga jurídica. En eso topó con la habilidad de Marcus en cuestiones legales. A continuación, nos inundó con un galimatías técnico que desmonté con la misma facilidad. Finalmente, su demanda se perfiló con claridad. Querían un plus y les traía sin cuidado la validez de sus argumentos. Estábamos a su merced y lo sabían. Me dieron ganas de estrangularlos allí mismo. Sin embargo, al ver cómo disfrutaba el presidente en su sillón de cuero, comprendí que cuanto más lo maltratase verbalmente e incluso, a ser posible, físicamente, más placer le iba a procurar. Eso hizo que recobrara la calma. Ya no nos quedaba dinero, de modo que había que encontrar otra solución. Les propuse uno de nuestros apartamentos.

El viejo volvió a poner de manifiesto su codicia: quería un ático con terraza. Como ese era uno de los bienes más valiosos, la negociación fue ardua. Mientras defendía, centímetro a centímetro, nuestra fortaleza, me preguntaba a qué protegido pretendía instalar allí el presidente. Según las informaciones de que disponía, la mujer con quien se había casado para hacer carrera política ya estaba fastuosamente alojada en su casa de Manhattan, y sus dos hijos disponían también de sendas viviendas.

La musaraña, por su parte, se conformaba con un estudio, no por modestia espontánea, sino porque su jefe consideraba normal que se respetase la jerarquía: si él recibía un apartamento con terraza, su ayudante no podía aspirar más que a una quinta parte de su superficie, situada tres pisos más abajo como mínimo. Me negué de plano a ceder la plaza de aparcamiento, el equipamiento de la cocina y el ascensor privado. A juzgar por los ruidos que emitía su barrigón, el presidente tenía hambre. Opté por jugar con aquello. Les dije que había anulado todas las citas para dejar solucionado ese problema: tenía todo el tiempo del mundo. Al ver cómo se alejaba la perspectiva de la merienda y de la cena, sintió una repentina fatiga y cedió. Tuvo la cara dura de decirme, pese a que acababa de quedarse con uno de los bienes más preciados del proyecto, que era «duro en los negocios, con una rigidez sin duda heredada de mis antepasados». Luego añadió: «La rigidez es importante en un hombre joven, fíjese…». Me dieron ganas de partirle la cara.

Aunque me había servido de mi encanto durante la negociación, ahora que ya nos había dado por saco le habría hecho tragar con gusto los sobreentendidos junto con la corbata, que no paraba de ordeñar de manera obscena. Marcus, inquieto, volvió a situar la conversación dentro del marco jurídico. No podíamos firmar un acuerdo normal que dejara huellas de sus chanchullos. El presidente y su ayudante nos explicaron cómo había que proceder. Al día siguiente, debíamos depositar los contratos de cesión de los susodichos apartamentos en casa de su notario corrupto para establecer los títulos de propiedad, con un testaferro de por medio. Las autorizaciones para reanudar la construcción nos las entregarían en la misma obra a primera hora de la tarde.

Nos levantamos. Me despedí de ellos con un destello asesino en la mirada. Aún no sabía cómo lo iba a lograr, pero estaba decidido a reducir a cenizas a aquellos mafiosos disfrazados de notables. Mi socio me hizo una señal y nos fuimos sin decir ni una palabra. Marcus, que no apreciaba el silencio, fue el primero en hablar.

—Al final no hemos salido tan mal parados —comentó. Al ver que no respondía, añadió con fatalismo—: Todos somos a la vez la presa y el depredador de alguien.

En el aparcamiento, sujeté el parachoques del Chrysler con mi cinturón. *Shakespeare*, como represalia por haberle encerrado, había destrozado el asiento de atrás y una parte de los reposacabezas. En cuestión de tres horas, el coche de Marcus se había convertido en una ruina. Él, que no soportaba ni el desorden ni la degradación (creía yo que por haber tenido una infancia privilegiada), elevó la mirada al cielo, resignado.

—Entre tú y *Shakespeare*, todavía no entiendo por qué pagamos empresas de demolición.

No tuve valor para regañar a mi perro. Conocía demasiado bien lo que era sentirse abandonado.

Dresde, febrero de 1945

Víctor Klemp volvió a asumir aquel terrorífico arbitraje entre los medio vivos y los casi muertos. Al primer soldado lo dejó encargado de transportar el cuerpo sin vida de Luisa junto a las otras víctimas. Al segundo le confió al recién nacido, junto con un nuevo motivo de angustia: había que buscar con qué alimentarlo. El relato de aquel nacimiento milagroso se propagó entre los supervivientes que, en aquella iglesia, aún luchaban por los otros o contra sí mismos. De aquella gente extenuada brotó un formidable ímpetu. Había que encontrar rápidamente una mujer capaz de amamantar al pequeño. El joven soldado, que llevaba al niño bajo la camisa para reconfortarlo con su piel, preguntaba a toda persona consciente si había visto en algún sitio a una mujer con un bebé. Sus tentativas no dieron resultado.

Al cabo de una hora, el niño, que había estado tranquilo hasta entonces, empezó a llorar. Aplicaba la minúscula boca contra la piel del soldado, buscando de forma instintiva un pecho que no encontraba. El joven salió de la iglesia. Empezaba a despuntar el día. Había fuego por todas partes. En pleno mes de febrero, el calor era atroz. Vio cosas terribles: adultos consumidos y reducidos a la talla de niños, pedazos de brazos y piernas, familias enteras quemadas, autobuses llenos de civiles y de socorristas calcinados.

Palideció al advertir, irreconocibles, los restos de camaradas que llevaban el mismo uniforme que él. Unas siluetas alucinadas surgían de vez en cuando de los escombros. Muchos buscaban a sus hijos y a su familia. ¿Una madre para amamantar a ese bebé? No, no habían visto ninguna. No se habían fijado. Ya no se acordaban. ¿Leche? No, ni una gota. Había que salir de la ciudad, ir a pedir ayuda en los pueblos cercanos. El niño seguía llorando, con la garganta rosa desecada. Un anciano ofreció al soldado un terrón de azúcar. Este lo fundió en la poca agua que le quedaba en la cantimplora y depositó unas cuantas gotas con el índice (después de frotarlo tan bien como pudo con la lana de su jersey) en la boca del pequeño Werner. El crío succionó ávidamente el dedo y volvió a llorar cuando se vio privado de él.

El soldado lo apretaba contra sí, caminando sin rumbo, en busca de un nuevo milagro cada vez más improbable. El pequeño se calló al cabo de poco. Su silencio atemorizó aún más al soldado que sus gritos. Al sentir al niño tan débil junto a su piel, lo invadió la desesperación. Se sentó en una columna partida que, unos días atrás, adornaba la fachada de los juzgados. No sintiéndose con fuerzas para verlo morir en sus brazos, decidió abandonar el bebé. Era demasiado inhumano presenciar su agonía. Vio una piedra plana entre las ruinas y depositó al niño en aquella cuna apocalíptica. Se alejó unos metros, destrozado. El pequeño gimió y el soldado volvió sobre sus pasos, devorado por los remordimientos por haber tenido semejante ocurrencia. Él también tenía mucha hambre...

Echó a andar de nuevo, sorprendido por un ruido espantoso. Se volvió de un salto y, en el lugar de la iglesia de Nuestra Señora que había abandonado hacía una hora, vio elevarse una inmensa columna de polvo pardo. Aquella potente reina, última superviviente del caos, que velaba desde hacía dos siglos sobre la ciudad, acababa de venirse abajo. En un instante, volvió a ver las caras del médico que había traído al mundo al niño, de su camarada que lo había ayudado a liberar a Luisa, de la gente a quien había estado preguntando, de los niños y de las enfermeras con quienes se había cruzado. Se quedó petrificado, negándose a creer que aquellos seres que le habían hablado y sonreído unos momentos antes habían dejado de existir. Permaneció sentado, demasiado apabullado para llorar o hacerse cargo del extraordinario privilegio de que disfrutaba por seguir vivo.

Al cabo de una o dos horas, vio aparecer, en la punta de lo que había sido una popular calle comercial de la ciudad, a dos mujeres con una niña, recubiertas de una capa gris de polvo. Se precipitó hacia ellas con tanto afán que se asustaron. Una levantó un cuchillo con mano temblorosa, gritándole que retrocediera. Él se abrió la camisa para enseñar lo que llevaba, antes de reiterar, con tono de súplica, su pregunta:

—¿No tendrán un poco de leche?

Ellas negaron con la cabeza y se acercaron.

—No está nada bien —observó, lacónica, la de más edad.

—Su madre ha muerto. No ha comido nada desde que nació.

—¿Es hijo suyo? —preguntó la otra mujer.

—No —respondió el soldado—. No es hijo mío, pero no quiero que se muera.

—Se necesitaría una vaca —declaró la niña con pragmatismo.

—Ya no queda ninguna, porque se las comieron todas hace tiempo, chiquilla —dijo la mujer de cincuenta años.

—¿Una madre, entonces? —insistió la niña.

—La suya ha muerto —repitió el soldado, limpiándose la nariz con la polvorienta manga del uniforme.

—Esta noche he visto una.

—¿Una vaca? —preguntaron con asombro los tres adultos.

—No, una madre.

—¿Cuándo? ¿Dónde?

—Esta noche, en el sótano, una señora que tenía un bebé en un cesto.

—¿Qué sótano, cariño? Yo no lo recuerdo —dijo la madre de la niña.

—¿Sabes la señora que me ha aguantado cuando tú estabas afuera, mamá…? Para que me sacaras del agujero.

—¿La señora del abrigo rojo?

—Sí.

—¡Pero si no llevaba ningún bebé!

—En su cesto había un bebé. Lo he visto cuando corríamos por el fuego. La mamá corría también con su cesto. Sonaban truenos por todas partes.

La joven se agachó para mirar a su hija a la cara.

—Allestria. Es muy importante.

—La mamá ha caído al suelo. Yo he visto al bebé… Ha dado una vuelta de campana —dijo la niña, que movió circularmente un brazo—. Lo he visto en el aire. He visto cómo volaba. Después ha caído al suelo.

—Ay, mi niña —dijo la mujer, apretando contra sí a su hija.

—He oído gritar a la madre, pero tú me has dicho que corriera —añadió.

La joven se volvió hacia el soldado.

—Estábamos en un sótano cerca del ayuntamiento. El edificio se ha derrumbado. Por poco no nos hemos quedado enterradas allí. Ahora me acuerdo de esa mujer. No sé si aún estará viva. Llevaba un abrigo rojo.

—El niño ha caído —volvió a afirmar la pequeña con los ojos agrandados por el espanto.

Las mujeres aceptaron desandar el camino con el soldado. Más que caminar, corría; de todas formas, tenía que detenerse para ayudar a sus acompañantes a trepar o a sortear los obstáculos. Tardaron veinte minutos en llegar hasta los escombros del ayuntamiento. De vez en cuando, el soldado miraba bajo la camisa. Werner estaba inmóvil, pero aún respiraba. La niña les mostró el lugar. Los cuatro se pusieron a preguntar por aquella mujer del abrigo rojo a los transeúntes. La mayoría de ellos, más que confusos, pasaban de largo sin responderles. Otros se limitaban a encogerse de hombros. Nadie había visto a esa mujer. Al final, un anciano les devolvió la esperanza. Venía del río, donde su esposa había salvado esa noche a la madre cuando estaba a punto de precipitarse al agua.

—Mi mujer la ha obligado a sentarse en el suelo. La ha estado acunando casi toda la noche. Mi Julia es así. Siempre ayudando a los demás… La joven señora quería matarse, pero Julia no la ha dejado. Estos últimos días ya ha habido bastantes muertos, como para toda la eternidad.

—¿Dónde están? —lo interrumpió el soldado.

—Las encontrarán en la orilla, cerca del antiguo puente —precisó el viejo.

Él mismo venía de allí en busca de comida. ¿No tenían algún alimento que compartir? Las mujeres negaron tristemente con la cabeza. El soldado se había puesto ya en camino hacia el río. Ellas siguieron sus pasos, a unos cincuenta metros de distancia. Tardaron otro cuarto de hora en llegar a su punto de destino. En las riberas del río se habían concentrado cientos de supervivientes, con la intención de refugiarse en sus aguas si el fuego los perseguía hasta allí. Por un momento, las mujeres perdieron de vista al soldado y luego lo volvieron a localizar. Se estaba acercando a dos señoras. Una, de avanzada edad, debía de ser Julia. La otra, más joven, llevaba un abrigo que, bajo el polvo, era de color rojo. Les mostró el niño con insistencia, pero, en contra de lo que cabía esperar, la joven se apartó. El soldado la siguió, hablándole. Cuando la detuvo con una mano, se dio media vuelta con furia.

—No es Thomas. ¡No es mi hijo!

Las acompañantes del soldado y Julia la rodearon para que entrara en razón. Nadie decía que ese niño fuera su hijo. Todas comprendían su dolor, pero ese bebé estaba a punto de morir y solo ella podía salvarlo. No había mamado desde que había nacido, la noche anterior. Sin su ayuda, moriría en cuestión de una hora... ¿Acaso el pudor influía en su comportamiento? Julia le pidió al soldado que les confiara el niño y se alejara unos pasos. Trataron de acercárselo, pero ella se puso a gritar otra vez que no quería e intentó golpear al pequeño. Al oír el hiriente comentario de uno de los testigos, le dio una crisis de nervios tal que Julia la cogió por los hombros y la sacudió con vigor.

—Vas a dar de mamar a ese niño y no hay más que hablar.

Sentaron a la madre y le desabrocharon el abrigo rojo. Bajo la rebeca beis, el lujoso vestido de la joven tenía unas grandes aureolas encima de los senos.

—Además, te sentará bien —sentenció la anciana.

La involuntaria nodriza dejó de ofrecer resistencia. La niña, sentada delante de ella, la miraba con expresión de súplica. La madre de esta desabrochó el corsé manchado de leche mientras Julia le acercaba al pequeño Werner al pecho. Todas estaban tensas, dispuestas a protegerlo de cualquier agresión. El niño estaba tan débil que no reaccionó con el contacto del pezón. La mujer del abrigo rojo miraba al frente, con la mandíbula comprimida y la mirada extraviada. La anciana le apretó con gran delicadeza el pecho para hacer caer unas gotas en la boca y la cara del bebé. Aunque no se movió enseguida, el olor de la leche lo devolvió poco a poco a la vida. Cuando cerró los labios sobre la areola parda, el grupo de mujeres se puso a gritar con alborozo.

El soldado, tranquilizado por las sonrisas que le dirigían sus cómplices, elevó la mirada y los puños en dirección al cielo, en señal de victoria. Una lágrima de alivio rodó hacia su oreja y siguió por su cuello. Detuvo la siguiente. Luego se sentó a varios metros para observar cómo Werner recuperaba fuerzas a medida que mamaba. Al cabo de un momento, la rebelde bajó la vista hacia el niño que sus compañeras mantenían pegado a ella. El pequeño posó una mano en su pecho y enfocó los ojos borrosos hacia ella. La joven pareció emocionarse con aquella mirada, que en realidad no era tal. Llorando por el hijo que había perdido, rodeó con el brazo a aquel huérfano que le había confiado la vida.

Manhattan, 1969

En el piso que nos servía de oficina, Donna nos estaba esperando, fiel a sus funciones. Aquella madre soltera se había convertido en nuestra secretaria después de haber dejado de forma intempestiva el despacho de abogados donde trabajaba, en Madison Avenue. Nunca había dado una explicación al respecto. Pese a que el sueldo que nosotros le podíamos pagar era mucho menos interesante que el de su puesto anterior, lo había aceptado sin rechistar a cambio de una participación garantizada en los beneficios (cuando los hubiera) y con la condición de poder llevar a su hija a nuestro domicilio cuando su niñera no pudiera ocuparse de ella.

Nosotros sospechábamos que había tenido una aventura con uno de sus antiguos jefes, pero nunca hablaba del padre de su hija. Cuando alguien le preguntaba por ello, respondía: «No hay padre». Las personas que argüían que la biología más elemental exigía la existencia de un padre se veían fulminados por una violenta mirada que les quitaba las ganas de insistir. Si uno no le buscaba las cosquillas, Donna era una perla. Era la secretaria más eficaz a la que cualquiera hubiera podido aspirar y ya nos había evitado caer en más de un error de principiantes. Se empeñaba en mantener cierta distancia con nosotros, hablaba de sí misma como de una anciana y parecía impermeable a mi encanto, cosa que, al principio, me había escocido. De manera retrospectiva, me alegraba de ello, porque gestionaba las llamadas de mis novias con un tino y una diplomacia (no exentos de mudos reproches) que me ahorraban bastantes escenas. En cuanto llegamos de nuestra negociación en Brooklyn, después de haber dejado el coche en el taller, le pregunté si había recibido la llamada de una joven. Con una sonrisa de interrogación, me respondió que, por desgracia, las únicas personas que habían tratado de ponerse en contacto con nosotros eran:

—El señor Ramírez de la empresa de derribos a las 14.35. El señor Roover por la entrega de las viguetas metálicas, a las 15.45. El señor Hoffman por un asunto urgente relacionado con los desagües del edificio B. El padre de Marcus, que ha mantenido una conversación alarmante con uno de nuestros suministradores y quería saber si podía ayudar en algo…

A Marcus le horrorizaban las intrusiones de su padre en nuestros negocios. Por mi parte, era consciente de su ayuda. La prestigiosa firma de Frank Howard, estampada en los planos de nuestros dos primeros proyectos, así como el crédito internacional de su despacho de arquitectos, nos habían facilitado mucho las cosas. Frank se interesaba con regularidad por la marcha de nuestras obras y reiteraba los ofrecimientos de apoyo que su hijo se negaba a aceptar. Mi amigo no comprendía el repentino interés que le demostraba su padre, cuando había pasado buena parte de su infancia abandonado a cargo de institutrices. Con el tiempo, se había vuelto completamente independiente. Mi socio no era una persona extrovertida. Capaz de encontrar temas de conversación con cualquiera y en cualquier situación, el despliegue de su habilidad para hacer hablar a la gente le servía ante todo para proteger su intimidad. Marcus se interesaba por los demás, para asegurarse de que los demás no se interesaran por él.

—Puede decirle que las obras se van a reanudar esta tarde —refunfuñó.

—¡Qué gran noticia! —se felicitó Donna.

—Nos han desplumado como a unos benditos —maticé yo, notando como el rencor me subía hacia la garganta.

—Pero ¿nos volvemos a poner en marcha? —insistió ella.

—Sí. Se hubiera quedado muy triste de haber tenido que dejarnos, reconózcalo...

—Habría lamentado que Z&H tuviera que cerrar —atajó, volviendo a adoptar su expresión severa.

Donna utilizaba el nombre de la empresa, cuyos únicos miembros éramos nosotros tres, cuando quería volver a llevar la conversación hacia el terreno profesional, o para dar más peso a nuestra futura multinacional. Después de concederse apenas un minuto de celebración, cogió el teléfono para avisar a las empresas asociadas. Yo me concentraba en la logística de la reanudación de las obras, pero mi barriga emitió un clamor tan ruidoso e incongruente que Marcus y Donna estallaron en risas.

Vacié la nevera, alternando de forma desordenada lo dulce y lo salado, antes de llamar a Paolo al Giocardi. Le encargué *antipasti*, dos botellas de Chianti y cuatro pizzas: una para Marcus, una para Donna y dos para mí. Tuvo la amabilidad de llevarnos la cena a casa; después pasamos el resto de la velada volviendo a engrasar nuestra máquina de guerra.

Marcus redactó los acuerdos de cesión de los dos apartamentos que nos había costado la reanudación de los trabajos. Muy satisfecho por su labor, me anunció que había «disimulado una granada» y que esperaba haberla camuflado lo bastante bien en los contratos como para que aquellos dos funcionarios corruptos no se percataran. Me puse contentísimo. Por mi parte, organicé la agenda con cada uno de los subcontratistas que se habían desperdigado en otras obras. Tuve que convencerlos, engatusarlos o incluso amenazarlos (vociferando en el auricular tal como sabía hacer perfectamente) para que estuvieran listos al día siguiente. Una vez que hube terminado de movilizar a aquellos gandules, ya con la voz ronca, seguía rondando por las proximidades del teléfono seguido de *Shakespeare*, que no se despegaba de mí.

Marcus se rio de mi nerviosismo.

—¡LMDTV te tiene dominado! ¡Vaya que sí!

—¿LMDTV? —inquirí.

—La Mujer De Tu Vida.

Aquello pronto quedó abreviado a «LM», pronunciado «elem». Pasó a formar parte del lenguaje, compuesto de recuerdos y de referencias indescifrables, que habíamos construido a lo largo de nuestra amistad.

La tan esperada llamada no sonó hasta la mañana siguiente. Marcus y yo nos disponíamos a salir. Donna aún no había llegado. Me precipité sobre el teléfono. *Shakespeare*, creyendo que quería jugar, se puso a saltar, ladrando. Casi tumbó una silla que salvé de caer al suelo con el pie, mientras sostenía el auricular en la mano. La reconocí de inmediato.

—Buenos días, ¿podría hablar con el señor Zilch, por favor?

—Soy yo mismo —respondí, acentuando de forma inconsciente los tonos graves de mi voz.

Marcus se lo estaba pasando en grande, sobre todo porque los ladridos de *Shakespeare* daban al traste con mi credibilidad.

—Soy la propietaria del Ford verde... Usted dejó sus señas en el parabrisas.

—Gracias por llamar. Me disculpo por lo de su coche. ¡Quedó fatal! Yo iba de camino para solventar un negocio importante...

Marcus abrió los ojos con aire reprobador. Era una manera poco delicada de venderse. Además, tal como me explicó después con severidad: «Uno no se disculpa, sino que ruega a la persona ofendida que tenga la amabilidad de disculparlo».

—¿Dónde podemos encontrarnos para hacer el atestado?

La joven propuso el bar del hotel Pierre. Pese a mi turbación, fui lo suficientemente fuerte como para preguntarle su nombre.

—Rebecca —murmuró ella con una suavidad que me provocó un escalofrío, sin precisar su apellido.

—¿Cómo la reconoceré? —pregunté para dar peso a la fabulación del accidente.

—Llevaré una chaqueta de cuero de color burdeos —explicó.

Me dio cita una hora y media más tarde. Justo después de colgar, cogí las llaves y la cartera para salir, pero Marcus me agarró por el cuello.

—¿Piensas ir así? Estás de broma, ¿no? Tienes la camisa arrugada, el pantalón mal planchado, no llevas ni americana ni corbata…

—No pienso ponerme corbata: me agobia —me defendí, frotándome con nerviosismo el cuello.

—Llevas los zapatos sucios, no te has afeitado. Del pelo… ya ni hablemos. En fin, espero que, por lo menos, te hayas cepillado los dientes.

Le eché a la cara y con la boca abierta mi aliento mentolado.

—Habría bastado con tu palabra, pero vale —concluyó—. Por lo demás…

Marcus poseía un sentido innato de la elegancia y una educación irreprochable. Su madre había muerto cuando solo tenía ocho años. Su padre, Frank Howard, construía por entonces sus primeras obras de envergadura. Constantemente de viaje, obnubilado por sus construcciones revolucionarias como el famoso Instituto de Arte Moderno de Vancouver o el puente colgante de Río de Janeiro, había dejado a su hijo en manos de los mejores profesores. Como tenía un concepto de la educación mucho más conservador que su visión del espacio, les había encargado transformar a Marcus en archiduque. Mi amigo sabía bailar, hacer el besamanos y hablar francés. No como yo, que, a pesar de tener una madre normanda, apenas chapurreaba tres palabras de ese idioma. Tocaba el piano, era excelente jugando al *bridge* y al tenis (deporte gracias al cual nos habíamos conocido unos quince años atrás), sabía al dedillo la historia de los Estados Unidos y de Europa, de las bellas artes y de la arquitectura. Marcus era un anacronismo ambulante, o lo que es lo mismo, un ser mal preparado para la vida moderna. Desde que el *homo sapiens* salió de las cavernas, el mundo nunca ha sido clemente con nadie. Pero es que, sobre todo en Nueva York, la honradez y la delicadeza representaban más bien un lastre. Yo había decidido enseñarle a defenderse. Él había decidido civilizarme.

En ese momento en que estaba en juego mi porvenir sentimental, cedí a los consejos de Marcus. Donna, que no estaba acostumbrada a verme bien vestido, elogió mi aspecto cuando nos cruzamos con ella en la escalera. Incluso Marcus dictaminó que estaba «presentable» cuando me dejó en un taxi en la puerta del hotel Pierre, mientras me ponía los formularios del atestado bajo el brazo. Por su parte, se encargó de ir a entregar los contratos al notario corrupto.

Estrenaba unos zapatos, comprados a petición de mi socio unas semanas antes. Como la suela estaba muy lisa, resbalé en el mármol de aquel fastuoso vestíbulo. Tras recorrer así casi un metro, no sé cómo conseguí no caerme. Mientras bajaba los escalones que conducían al salón, escruté el espacio a través de la luz tamizada. El camarero parecía ocioso detrás de la barra de cobre. A su izquierda conversaban dos hombres de negocios. El corazón se me aceleró cuando vislumbré a la mujer de mi vida, sentada ya a una mesa, detrás de una de las columnas cuadradas. Llevaba el pelo recogido en un moño flojo que acentuaba su elegancia. Vestía pantalón beis y una chaqueta de cuero color burdeos. Debajo, la tela de la blusa era tan fina que dejaba entrever sus formas y su piel. Estaba dibujando en un cuaderno. Me acerqué a ella.

—¿Señorita Rebecca? —pregunté, tendiéndole la mano.

Levantó la vista y me observó unos segundos.

—¡Yo a usted lo conozco! —exclamó, estupefacta—. Estaba ayer en ese restaurante italiano…

—¡Sí, claro, usted estaba en el Gioccardi!

—¡Exacto! ¡El Gioccardi! —repitió.

Se levantó para estrecharme la mano.

—Tenía un perro muy grande… —prosiguió.

—Se llama *Shakespeare*.

—Me ayudó…

Vi que se quedaba pensativa.

—¿No habrá…?

Abrió aquellos ojos color violeta. Mi porvenir pendía de un hilo. Se volvió a sentar. Yo la imité. Nos quedamos mirándonos un instante y después vi como en sus labios se esbozaba una sonrisa que enseguida se agrandó con franqueza e incredulidad.

—¡Vaya, no se anda con chiquitas, señor Zilch! Habría sido más fácil pedirme el número de teléfono.

—No me atreví… —aduje, dedicándole una de mis magnéticas miradas, a las que debía más de una conquista.

—¿Prefirió chocar contra mi Ford?

—Es lo único que se me ocurrió —admití.

—Eso de escribir la nota dirigiéndola a un «señor» era un tanto retorcido…

Habría debido reaccionar, asumir la iniciativa, pero estaba paralizado por una timidez que jamás había experimentado. El silencio acabó de anonadarme.

—¿Me invita a tomar algo? —me animó ella.

Me precipité en busca del camarero y se lo llevé a la mesa.

—¿Qué le apetece? ¿Champán para perdonarme?

Rebecca sonrió. Luego miró el reloj, poniendo al descubierto la muñeca. Pareció considerar que la hora era apropiada.

—Un *bloody mary*, por favor.

A mí no me pareció muy adecuado ni muy femenino eso de pedir un cóctel con vodka a las once y media de la mañana, pero, tal como descubriría más adelante, Rebecca se plegaba raramente a los dictados que le impone la sociedad al sexo débil. Le pregunté si era una artista y me respondió que sí. Cuando le pedí si podía ver los dibujos de su cuaderno, se echó a reír.

—No creo que sea una buena idea.

—¿Por qué?

—Porque si ya le ha escandalizado que pida vodka a esta hora, lo de mis dibujos…

—Al contrario, me encanta que beba vodka —farfullé, confundido.

—De todas formas, habría preferido que eligiera un refresco…

Empecé a hablar sobre el contenido vitamínico del vodka y luego de la necesaria inspiración que procuran a los artistas los paraísos artificiales, para pasar a una disertación sobre el alma rusa, antes de aterrizar, no sé muy bien cómo, en el cultivo de las patatas que servían para la elaboración de dicho licor.

Fue patético.

Rebecca, indulgente, sacó el cuaderno del bolso y me lo tendió.

—Usted lo ha querido —me previno.

Hojeé las páginas en las que se exponían los bosquejos de hombres desnudos que había entrevisto el día anterior. Lo que sentí fue algo incomprensible: celos.

—Dígame, para mi tranquilidad: estos dibujos son fruto de su imaginación, ¿verdad?

—Utilizo modelos.

—¿Modelos desnudos?

—¿Ve como se escandaliza?

—En absoluto. Solo estoy celoso.

—Puedo dibujarlo, si quiere…

—¿Le inspiro?

Con los ojos entornados, Rebecca me escrutó sin escrúpulos, igual que se observa un monumento o a una bestia.

—Con su cabello erizado, su cuerpo anguloso y sus brazos un poco largos, tiene un aire a lo Egon Schiele… Su cara tiene más carácter, sin embargo. Me gustan los pómulos —añadió, recorriendo con un dedo sus propias mejillas y la mandíbula—. Es como si su cara se compusiera de un triángulo metido dentro de un cuadrado… Es interesante —concluyó.

—No tengo ni idea de quién es ese señor Chile… —contesté, ofendido por verme sometido a un análisis tan frío.

—Entonces pasemos a la cuestión del coche —propuso.

La mujer de mi vida no estaba, ni de lejos, tan turbada como yo. Me maldije para mis adentros. Ella me había lanzado un cable al que no había sabido siquiera agarrarme. Las otras mujeres me tenían acostumbrado a más melindres. En condiciones normales, yo sabía llevar la iniciativa. Con Rebecca, tenía la sensación de ser un mal jugador de tenis que, desbordado por las golpes, permite que lo obliguen a pasear de una punta a otra del campo. Me disponía a volver a centrar la conversación en su taller y en sus obras, con la esperanza de que reiterase su invitación, cuando nos interrumpió un individuo de recia figura que reconocí en el acto. Era aquel tipo que acompañaba a Rebecca en el Gioccardi. Aunque iba vestido con la misma afectación que el día anterior, parecía haber renunciado a sus buenos modales: se abalanzó sobre nosotros sin cumplidos.

—¿Puedo saber qué está pasando aquí?

—¡Ah! ¡Ernie! Tú por aquí… —exclamó Rebecca, con fingida jovialidad.

—¿Qué hace este aquí? —preguntó, sin tomarse la molestia de responderle.

—Mira, Ernie, el señor chocó su coche contra el mío. Por eso te he pedido que vinieras. Sabes muy bien que a mí se me da muy mal eso de los papeleos. Señor Zilch, le presento al señor Gordon, abogado y brazo derecho de mi padre. Ernie, el señor Zilch.

—¡Rebecca, no me digas que no lo reconoces! —le preguntó el abogado, sin mirarme.

Pese a mi tamaño, se comportaba como si yo fuera un simple objeto decorativo.

—¿Reconocer a quién?

—¡A este tipo! Ayer te estuvo persiguiendo en el Gioccardi.

—Vamos, Ernie, estás soñando —contestó ella, con una mala fe que me impresionó—. ¿Crees que no me acordaría?

Ernie se volvió hacia mí, igual de rojo que el pañuelo de seda de su chaqueta.

—Es usted un demente, jovenzuelo. Si cree que destruyendo el coche de mi cliente va a conseguir sus propósitos, es que ha perdido el juicio. Aquí tiene mi tarjeta. Si su compañía de seguros no se ha puesto en contacto con mi despacho en un margen de dos horas, lo llevo a juicio por acoso y tentativa de homicidio. Y ahora, Rebecca, coge tus cosas: nos vamos.

Ella, que parecía divertirse mucho con la situación, dio otra vuelta de tuerca.

—Ernie, te aseguro que te equivocas. El señor Zilch es muy simpático. Siéntate y tómate una copa con nosotros...

—¡Nos vamos! —exclamó, sujetándola por el codo.

Cuando la tocó, el cuerpo se me tensó. Con un brazo, lo detuve en seco.

—Está violentando a su cliente. Suéltela.

—Escuche, chaval —me soltó, pese a que le sacaba un palmo—, conozco a Rebecca desde que nació, en la época en que usted todavía lloriqueaba entre las faldas de su madre. No se atreva a enseñarme cómo debo comportarme con ella.

—Rebecca, ¿desea que intervenga? —pregunté, adoptando una postura caballeresca insólita en mí.

—Le ruego que se dirija a mi cliente con el tratamiento de señorita Lynch —intervino el letrado.

—Ignoraba el apellido de su cliente, pero ya que tiene la amabilidad de comunicármelo, será para mí un placer dirigirme a la señorita Lynch con todo el respeto que se merece. Por otra parte, puesto que no es insensible al protocolo y las fórmulas de tratamiento, le advierto que, si vuelve a utilizar «jovenzuelo», «chaval» u otra expresión por el estilo, me veré obligado a propinarle un puñetazo en la cara.

Aunque pareció impresionado, se recuperó enseguida.

—Veo perfectamente lo que pretende, despreciable cazadotes.

—Eso de cazadotes no es muy considerado que se diga... —comenté con ironía, volviéndome hacia Rebecca—. Es incluso peor que jovenzuelo o chaval. ¿Qué le parece a usted, Rebecca?

—Estoy de acuerdo, Ernie. Eres muy injusto. Te recuerdo que el señor Zilch solo me conoce desde hace media hora y que, hasta hace un momento, no conocía ni siquiera mi apellido.

Bajo su pose de inocencia, aquella belleza se estaba divirtiendo de lo lindo. Ernie se puso carmesí. Parecía a punto de estallar de rabia. Finalmente, me miró directo a los ojos.

—Sabe muy bien quién es. Ahora nos vamos, Rebecca —ordenó cogiéndola por el brazo.

Al ver que la volvía a tocar, me enfurecí. Con un movimiento brutal, lo agarré por el nudo de la corbata y lo propulsé contra la columna que había detrás de la mesa. La cabeza golpeó la piedra y se le aceleró la respiración. Percibí que, a mi espalda, el personal se asustaba. El camarero salió rápidamente de detrás de la barra. Una camarera descolgaba ya el teléfono para llamar a seguridad. Consulté con la mirada a Rebecca. Parecía muy contenta por haber llegado hasta ese punto, pero no quería ir más allá.

—No se preocupe, señor Zilch. No me hará daño. Puede soltarlo —dijo tranquilamente, mientras levantaba la mano y con una sonrisa disipaba la tensión del instante, deteniendo a quienes se disponían a intervenir.

Ernie tosió y se alisó la ropa, tembloroso.

—Las cosas no van a quedar así —declaró con una mueca a la que habría querido imprimir una ferocidad de la que carecía.

Aunque no se atrevió a acercarse a Rebecca, le dio la orden de coger el bolso y seguirlo.

Ella obedeció.

—Adiós, señor Zilch. Ha sido un placer —dijo cerca de la salida.

—Adiós, señorita Lynch —respondí mientras Ernie, sintiéndose fuera de mi alcance, sacudía con firmeza el brazo de Rebecca.

—Ya sé que para ti tienen un atractivo especial todos los perdularios del mundo, pero te prohíbo que le dirijas la palabra.

—¡Ya está bien, Ernie! No eres mi padre, solo su empleado.

Una vez que hubo desaparecido, me invadió la tristeza. Me detestaba por haber reaccionado tan mal en aquella cita. Parecía estar en el mismo punto del día anterior y, lo que era peor, de haber hecho surgir nuevos obstáculos. Ernie pretendía convencer a Rebecca de que yo era un tipo inestable, incluso peligroso. Ni siquiera había tenido la presencia de ánimo para pedir a la joven su número de teléfono cuando me había llamado unas horas antes. Conocía su nombre y su oficio. Aunque intuía que su familia era influyente, aquello no me parecía suficiente para mantener la esperanza de volverla a ver.

Al salir del hotel Pierre, no tenía ni con qué pagarme el metro. Con los contratiempos de las obras, no me quedaba ni un dólar en el bolsillo. Y mis últimos billetes se los había dejado al camarero del hotel. El tipo me había hecho comprender, con la mesura propia del personal de los hoteles de lujo, que el maldito Ernie era un cliente habitual e inaguantable. Le di una sustanciosa propina que me obligó a regresar a pie. Durante el trayecto, mientras recorría a grandes zancadas las manzanas, volví a representar mentalmente más de cien veces la escena de esa primera cita.

El viento soplaba con fuerza en la avenida, obligándome a avanzar con la cabeza gacha, sujetándome con una mano el cuello de la chaqueta. Torcí a la izquierda en la calle 47 para escapar de él. Desde los sótanos de los edificios, las lavanderías escupían por los respiraderos unas compactas nubes de vapor. Yo le daba vueltas a las palabras de Rebecca, a cada uno de sus gestos y de sus miradas, tratando de descubrir algo que se me hubiera pasado por alto. Lejos de tranquilizarme, cada vez me sentía más y más aborrecible. No veía nada que hubiera podido suscitar en la mujer de mi vida ganas de llamarme de nuevo.

Alemania, febrero de 1945

Antes de morir y después de dar a luz, Luisa había pedido que buscaran a su cuñada: Marthe Engerer.

En aquella inconcebible lotería del desastre, Marthe Engerer había salvado milagrosamente la vida. Era enfermera de la Cruz Roja y permanecía presa en un sótano desde hacía horas. Una pared caída había bloqueado la puerta. Los barrotes del tragaluz estaban tan bien empotrados que sus esfuerzos por arrancarlos no habían dado ningún resultado. Había ido socavando los ladrillos que la separaban del sótano de al lado: estaba lleno de cadáveres. Cuando se produjo la segunda oleada de bombardeos, volvió a protegerse la cabeza entre las rodillas. Sabía que las bombas caían de cuatro en cuatro. Escuchaba su silbido siniestro, la explosión y contaba: 1-2-3-4. Cuando dejaba de oír una, contenía la respiración, rogando para no recibirla en la cabeza. Luego sentía la detonación y empezaba a contar otra vez. Entre la segunda y la tercera oleada de bombardeos, se produjo un largo compás de espera. En ese paréntesis en que se hizo de día, a juzgar por el minúsculo retazo de luz que apareció sobre una de las piedras que taponaban la estrecha obertura, se atrevió a creer que lo peor había pasado. Hacía un calor infernal en el sótano. Las reservas de agua se evaporaban.

Marthe estaba más preocupada por su cuñada que por sí

misma. Las dos mujeres eran inseparables. Amigas desde la infancia, se habían casado con los hermanos Zilch el mismo día. Marthe con el mayor, Kasper, algo que no había dejado de lamentar desde aquel maldito sábado de junio de 1938. A Luisa le había tocado el menor, Johann, sin duda el marido más bueno de toda Silesia, donde habían nacido los cuatro. Físicamente, ambos hermanos tenían un parecido extraordinario. Habrían podido pasar por gemelos, pese a que se llevaban once meses. Entre ellos había una distancia de meses y una diferencia infinita. Johann era una persona tranquila y afable, consagrada a sus investigaciones científicas. Kasper era muy distinto...

Una nueva bomba hizo temblar las paredes. Sobre la cabeza de Marthe se desprendieron trozos de cemento. El miedo ahuyentó sus recuerdos. Encerrada en aquel sótano, que a ese paso iba a convertirse en su tumba, no podía saber hasta qué punto eran graves los destrozos de las bombas. Su cuñada estaba sola en la ciudad, a punto de dar a luz. Desde que habían detenido a Johann, la pobre Luisa no era ni la sombra de lo que había sido. Los SS habían llamado una mañana a la puerta del piso que ocupaba la pareja en la base de Peenemünde. Informados por unos supuestos «amigos» de Johann de que este había criticado el esfuerzo de guerra y había hecho comentarios que parecían anunciar un sabotaje, lo habían detenido sin más justificación. Johann trabajaba desde hacía cuatro años con Von Braun, que había inventado los V2, los primeros misiles balísticos capaces de alcanzar su objetivo a casi trescientos kilómetros de distancia. Aquellas armas, con las que Hitler pensaba cambiar el curso de la guerra, eran objeto de una vigilancia paranoica por parte de la Gestapo. Nadie parecía estar a salvo de sus sospechas, ni siquiera el mismo Von Braun.

Cuando encarcelaron a Johann, el científico había hecho todo lo posible por liberar a su amigo y empleado. Luisa, presa del pánico, se había arrojado a los pies del general Hans Kammler, que supervisaba los proyectos relacionados con los misiles. Este le había prometido hacer lo que estuviera en sus manos. La joven, embarazada ya de cuatro meses, había ido a la sede de la policía secreta, a exigir que le dieran noticias de su marido. Como nadie respondía a sus preguntas, se había sentado en la sala de espera. Se había quedado allí hasta la noche, en vano. Al día siguiente, había vuelto a presentarse. Al siguiente día hizo lo mismo. Cada mañana, llegaba no bien abrían las oficinas y no se marchaba hasta que las cerraban. Su perseverancia acabó resultando molesta. Sin miramientos a pesar de su estado, los SS la amenazaron, la empujaron e incluso acabaron encerrándola una noche en una celda para «enseñarle lo que era el respeto y evitarle el desplazamiento». Marthe, que hablaba con regularidad por teléfono con Luisa, le imploraba que dejara de exponerse.

—Ven conmigo a Dresde. No puedes quedarte allí. Piensa en el niño. Yo cuidaré de ti. Aquí todo está tranquilo. No hay combates, ni policía, solo refugiados…

El bebé que crecía en su vientre fue lo que decidió por fin a Luisa a marcharse. Sin ese niño, se habría quedado hasta morirse en la puerta del general Kammler o en la sede de la Gestapo. Marthe la había recibido en un estado de ansiedad rayano en la locura. Durante el día, Luisa daba vueltas como un animal enjaulado. Por la noche, se despertaba dando alaridos y llamaba a Johann en sueños. Marthe la había acunado durante horas, igual que se apacigua a una niña asustada.

Cuando dejaron de caer las bombas, medio mareada por el calor de aquel sótano, a la enfermera le bullía la sangre. Su querida Luisa, tan hermosa y tan frágil… ¿Quién cuidaba de ella? Sentada en el suelo, con la espalda apoyada en la pared, se le fundía el corazón y se le volvían de trapo las piernas. El calor la hacía divagar. Jadeante y sedienta, saltaba de una idea a otra, de una imagen a otra, sin poder controlar el flujo de la conciencia. Se acordó de Kasper con un estremecimiento y rezó para que estuviera muerto.

El cerco de luz había desaparecido del sótano cuando la localizaron sus compañeros de la Cruz Roja. Gritó sin parar. El oxígeno empezaba a escasear. Oyó resollar a los socorristas que retiraban los cascotes y los bloques de ladrillo acumulados. Tuvieron que transcurrir varias horas antes de que pudiera respirar el primer soplo de aire llegado de fuera, y una eternidad para ver un rayo de luz. Cayó, loca de alegría, en brazos de sus colegas, que la sostuvieron hasta llegar a la cocina de sus oficinas. Marthe bebió agua a grandes tragos, dejándola resbalar por las mejillas y el cuello. Apenas terminada la cantimplora, la dejó en la mesa y se sació con unas galletas secas que ablandó en un tazón de café tan cargado de un azúcar que parecía jarabe. El azúcar era uno de los escasos alimentos de los que la Cruz Roja disponía en cantidad. A continuación, se puso un uniforme limpio y subió al primer camión de auxilios que acudió a aprovisionarse.

La magnitud de la tragedia la dejó sobrecogida. Las humaredas que ascendían de las ruinas le quemaban la nariz, la tráquea y los pulmones. Era imposible protegerse de aquel horrible espectáculo. Marthe se negaba a plantearse la posibilidad de que hubiera ocurrido lo peor. Había que buscar a Luisa, había que encontrarla. Cada vez que se detenían, preguntaba a la gente. Pese al retraso que le ocasionaban las curas en su ansiosa búsqueda, era la única manera de poder seguir en el camión de auxilios y acercarse al centro.

—Luisa Zilch… ¿La han visto? Una joven de veinticuatro años, rubia, con unos ojos azules que no se olvidan, embarazada, casi a punto de dar a luz, o quizá ya con un bebé en los brazos… Estaba en la calle Freiberger cuando han empezado los bombardeos…

—¿La calle Freiberger? Ay, señorita…

—Señora —rectificaba Marthe.

—Ay, señora, no ha quedado nada. Ni un edificio…

Marthe examinaba, desinfectaba, limpiaba, vendaba, planteando una y otra vez las mismas preguntas. ¿Han visto a Luisa Zilch? ¿Se han cruzado con gente que venía del centro? ¿Ha habido supervivientes? ¿Han visto a Luisa Zilch, una joven muy guapa, embarazada o con un niño? ¿Han visto supervivientes en la zona del centro? Las respuestas que recibía eran casi idénticas. ¿La calle Freiberger? Ay, Dios mío, no. El centro, es difícil saberlo. Pero los milagros existen. Hay que creer en los milagros, ¿sabe? No nos queda otro remedio. Algunos, conmovidos por la ansiedad que percibían en sus ojos, preferían mentirle. Sí, habían oído decir que había supervivientes. ¡Había que buscar! Entonces Marthe se callaba, más preocupada aún que si hubieran tratado de disuadirla. Con el curso de las horas, se fue imponiendo un mal presentimiento. La esperanza que todavía albergaba en el corazón se iba sofocando. En silencio, limpiaba, retiraba con pinzas los cascotes, cortaba, cosía y aplicaba vendas, antes de preguntar a otros si no habían visto a una joven de veinticuatro años, con unos ojos azules de los que no se olvidan, embarazada o con un niño…

En el mismo instante, en las orillas del Elba, una extraordinaria cadena de solidaridad se desplegaba en torno a Werner. Su inocencia se transformó en el hilo al que decidió agarrarse aquella gente, que lo había perdido todo. El milagro de su nacimiento se propagó entre los miles de supervivientes. Cada cual se encargó de informar de él a los recién llegados y después a los socorristas que lograron llegar hasta ellos, para distribuirles agua potable, raciones de alimentos, ropa y mantas. Despertada de su estado de locura, Anke, la nodriza involuntaria, protegía al niño con gestos mecánicos, mil veces repetidos para otro. Saciado, el pequeño dormía pegado a ella, acurrucado en su abrigo rojo. La obligaron a beber y a alimentarse más de lo que habría deseado. Cada hora, dejaba que aquel pequeño ser que había comprendido cómo debía recobrar vida se alimentara de ella.

Mientras Marthe vendaba las graves quemaduras de la espalda de un enésimo herido, alcanzado en sus carnes por el fogonazo de una bomba incendiaria, este le contó que había oído hablar de un recién nacido que estaba en las orillas del Elba, donde buscaban a una tal Marthe Engerer, la tía del niño. No fue preciso que añadiera nada más. Si la buscaban por el niño, ¿cómo no deducir que Luisa ya no era de este mundo?

Cuando, dos horas después, Anke le puso el bebé en los brazos, Marthe sintió un acceso de odio hacia ese pequeño ser rubicundo y arrugado. Él era responsable de la muerte de Luisa. ¿A quién, si no, podía achacar la culpa? ¿A ella misma, que había hecho venir a su cuñada a Dresde esperando protegerla? ¿A los ingleses, que habían sembrado las bombas y habían creado un campo de muerte hasta donde alcanzaba la vista? ¿Al destino? ¿A Dios? ¿Al diablo? ¿Quién podía encontrar sentido a aquella absurdidad? Preguntó qué le había ocurrido a su cuñada. ¡Qué mal le iba esa palabra a Luisa! Había tantas otras palabras con las que habría querido referirse a ella, tantas otras palabras que habría deseado murmurarle al oído acariciándole el pelo, besándole las mejillas y los labios quizá.

Marthe devolvió el pequeño Werner a Anke y volvió a preguntar qué había ocurrido. El soldado que había salvado a Werner se demudó. Habló del desplome del edificio, de cómo la habían rescatado y trasladado a la iglesia de Nuestra Señora, del doctor Klemp, de los heridos, de la fuerza de Luisa, del parto, de su fin. El soldado dijo que al menos había visto a su hijo, que lo había sentido encima del pecho y que lo había acariciado con el dedo. Aunque había tomado grandes precauciones para atenuar el horror, la verdad tuvo un efecto demoledor sobre Marthe. Quiso apartarse y no consiguió recorrer más de unos metros antes de caer de bruces en el fango. Empezó a vomitar, temblando de los pies a la cabeza. En el curso de su caótica existencia, solo había pedido dos cosas a Dios: que la librase de Kasper y que salvara a Luisa.

El Todopoderoso había ignorado lo más importante.

Manhattan, 1969

—¿Rebecca Lynch? ¿La hija de Nathan Lynch?

—Supongo... —respondí a mi socio—. ¿Quién es Nathan Lynch?

—No solo tienes olfato para los negocios inmobiliarios, sino también para los buenos partidos... —contestó Marcus, divertido.

—Explícamelo, en lugar de andarte con rodeos.

El ambiente de tormenta que planeaba sobre Manhattan había dado paso a una suerte de diluvio. Teníamos cita con la agencia que vendía nuestros apartamentos sobre plano. Después debíamos ver al dibujante al que habíamos contratado para realizar la campaña de publicidad. Corríamos por la calle 14: yo, mal abrigado con un impermeable que llevaba sobre la cabeza; Marcus, sosteniendo el puño de madera de nogal de su paraguas, bajo el que yo me negaba a encorvarme. Mientras nos dirigíamos a su coche, recuperado el día anterior del taller, me resumió la trayectoria del padre de Rebecca.

Coleccionista, bibliófilo y filántropo, Nathan Lynch era el quinto hijo y único varón entre la descendencia de Celestia Sellman y John D. Lynch, ambos herederos de unas dinastías norteamericanas de gran solera. Su madre le había legado las más importantes reservas de gas natural de Venezuela, así como una mina de oro y de cobre en el noroeste de Argentina. De su padre había heredado una fortuna aún más colosal, construida por su abuelo, Archibald, pionero en la explotación del petróleo allá por el siglo XIX. Nathan se había graduado *summa cum laude* en Harvard, antes de completar su formación en la London School of Economics, donde se había codeado con John F. Kennedy y, según Marcus, donde había mantenido una relación casi de noviazgo con una de las hermanas del expresidente. Marcus me demostró, citando diez apellidos por minuto, que estaba emparentado con toda la flor y nata de Estados Unidos, así como con un número proporcional de barones y de condesas arruinados, cuyo prestigioso y decadente patrimonio sostenía gracias a una fundación para la salvaguarda de la arquitectura.

Me había perdido en aquel árbol genealógico de los Lynch cuando Marcus, que conocía al dedillo las alianzas de las grandes familias norteamericanas, pasó a hablarme de las hermanas de Nathan, que se habían casado todas con herederos más o menos en declive. No se había llevado bien con ellas desde que conoció a la madre de Rebecca, Judith Sokolovsky, una virtuosa violinista. Las arpías de las hermanas habían acogido a «la bohemia» con una maldad fuera de lo común. Nathan no había soportado sus sarcasmos y, tras su negativa a asistir a su boda con Judith, no volvió a dirigirles la palabra.

Las cosas habían acabado de empeorar cuando, a raíz de un asunto de corrupción en el que estaban implicados los gestores del capital familiar, asumió el control del grupo Lynch a la edad de veintinueve años. Entonces Nathan abandonó el sector petrolero. Separó su dinero del de sus hermanas para crear la banca Lynch y hacerlo prosperar con un ingenio que lo había convertido en el dueño de una de las primeras fortunas de Estados Unidos. Las cuatro comadres, cuyos maridos tenían más talento para gastar su capital que para hacerlo fructificar, se habían dejado dominar por una acritud que, en cuestión de veinte años, había llevado a tres de ellas a la tumba. La última, arruinada y después abandonada por su marido, había presentado las excusas pertinentes. Nathan la alojaba por caridad en uno de sus numerosos apartamentos. También se había convertido en el mayor propietario de terrenos de Manhattan.

—Mi padre los conoce muy bien —añadió Marcus.

Me explicó que Nathan Lynch había confiado, unos años atrás, a Frank Howard la construcción de la sede de su fundación en Chicago.

Al ver la esperanza que me iluminó la cara, Marcus lanzó un suspiro. Antes siquiera de que empezara a atosigarlo, y pese a que detestaba pedirle cualquier tipo de favor a su infortunado progenitor, aceptó.

—Sí, lo haré. Llamaré a mi padre para informarme. Prefiero avisarte de entrada de que no has elegido algo fácil. Aunque nunca había visto a Rebecca antes del Gioccardi, conozco su manera de funcionar. Un amigo mío del instituto estaba colado por ella. La señorita Lynch lo volvió tarumba. Es la niña de los ojos de su padre, una princesita a quien se le ha consentido todo. No ha recibido los azotes que merecía y la cara de beata que se te pone en cuanto aparece no hace presagiar que, a pesar de tu carácter, seas capaz de domarla.

La perspectiva de darle unos azotes a Rebecca me dejó pensativo. Las diversas posibilidades que empezaron a desfilar en mi cabeza me sumieron en un estado de contemplación sensual que me causó una incómoda tensión en el pantalón. Introduje una mano en el bolsillo, mientras seguía sujetando el impermeable con la otra. Tiré de la tela que me comprimía la entrepierna interrumpiendo el paso, como un caballo que cambia de pie, para estar más a mis anchas. Entonces vimos el Chrysler. Cuando bajó de la acera para situarse frente al volante, oí que mi amigo lanzaba una maldición..., una maldición a su estilo, del tipo entre «Ostras» y «Vaya por Dios», que en sus labios era una violenta manifestación de descontento. «¡No es posible!», volvió a exclamar. El lado izquierdo del coche, que acababa justo de hacer reparar, estaba completamente destruido. La ira se adueñó también de mí cuando distinguí, colocado bajo uno de los limpiaparabrisas, un sobre blanco mojado. Lo abrí con mano febril, cubriendo en la medida de lo posible la tarjeta que contenía:

> Querida señora:
>
> Un momento de descuido por mi parte ha sido la causa de este lamentable accidente. Le ruego que me perdone por los desperfectos ocasionados a su vehículo. Tenga la amabilidad de ponerse en contacto conmigo en cuanto le venga bien para proceder al atestado y solucionar de forma amistosa este problema.
>
> Reiterándole mis más sentidas excusas.
>
> Cordialmente,
>
> Rebecca Lynch

Bajo su nombre ponía «pintora», junto con una dirección y un número de teléfono. Sujeté el pedazo de cartulina con las dos manos, petrificado.

—¿Qué? ¿No da una dirección o un nombre? —preguntó con impaciencia Marcus, que aún no lo había comprendido.

Le mostré aquella valiosa tarjeta. Después de leerla, me la devolvió con un suspiro.

—Tenéis una manera de hacerlos la corte que exige un tremendo presupuesto en carrocería. ¿No habéis pensado en la poesía o en las serenatas?

—Si ha hecho esto, es que le gusto —deduje.

—Si ha hecho esto y no le gustas, me lo voy a tomar muy mal —contestó Marcus mientras forcejeaba con el paraguas en la mano para abrir la puerta del lado del conductor. Al final renunció con un nuevo suspiro—. ¿Qué propones tú?

Hablaba de nuestra cita con la agencia inmobiliaria, pero yo solo me preocupaba por Rebecca.

—La voy a llamar —respondí.

Desanduve el camino, en medio de los charcos.

—Aparte de que tenemos una cita dentro de un cuarto de hora —me gritó Marcus—, ten en cuenta que Rebecca Lynch es una niña mimada. Siempre ha tenido lo que quería. Deberías hacerla esperar un poco. ¡Wern! ¡Wern!

Al ver que no conseguía detenerme, también él volvió sobre sus pasos. Sabía que no tenía la menor posibilidad de hacerme entrar en razón.

Alemania, febrero de 1945

Sentada a orillas del Elba, encima de un baúl de metal, Marthe Engerer sostenía en las manos un sobre y dos papeles manchados. En un día, su vida había quedado arrasada hasta los cimientos y aquellos telegramas acababan de alterar su universo. Von Braun, que había tratado infructuosamente de ponerse en contacto con ella y con Luisa, había mandado aquellos dos mensajes, a su nombre, al centro de la Cruz Roja. El primero, que debería haberla alegrado, la dejó, no obstante, en una especie de estado de apatía, de asombrosa indiferencia teniendo en cuenta el odio que la había corroído durante aquellos cinco años:

> Kasper fallecido a raíz de un trágico accidente.
> Le acompaño en el sentimiento de todo corazón.
> Von Braun

Durante mucho tiempo, pensó que el día en que su marido desapareciera sería una ocasión de fiesta para ella. Ya no temería verlo aparecer en cada esquina para arrastrarla por el pelo y devolverla a su esclavitud. Ya no llevaría el cuchillo que guardaba, de día en la liga y de noche bajo la almohada. Ya no padecería aquellas pesadillas que la hacían bajar de un salto de la cama, empuñando el arma, lista para defenderse cuando no había nadie en la habitación. Se imaginaba, por fin liberada de Kasper, bailando sobre su tumba, distribuyendo lo que heredara en obras caritativas para conservar tan solo lo que le pertenecía, el dinero que le habían dejado sus padres y del cual la había desposeído Kasper. Era un dinero suficiente para emprender una nueva vida, lejos de Alemania, en Canadá o en Estados Unidos. No obstante, mientras leía y releía el telegrama, no sentía alegría, sino una especie de estupefacción. Le resultaba imposible, después de haberse apoyado durante años contra aquel enemigo, comprender ese repentino vacío y resignarse a creer en él.

Marthe se acordó del día de su boda. Kasper no había revelado aún su verdadera personalidad. Le llevaba flores y le hacía regalos. La llamaba su «hada», su «pequeña Marthe». La llevaba a hacer bonitas excursiones en su Daimler nuevo y le daba consejos sobre cómo peinarse y vestirse... Le había pedido la mano un poco pronto, era cierto. Al principio, había tenido la impresión de que era por celos, para no dejar que su hermano menor fuera el primero en casarse. Kasper albergaba unos sentimientos violentos con respecto a Johann. Ambos competían en todos los ámbitos. Johann, que tenía sin embargo un talante pacífico, había aprendido a devolverle los golpes. Lógicamente, Marthe tenía sus dudas. Cuando se había confiado a Kasper, este se las había disipado. La había engatusado, hechizado. Sabía elegir las palabras. Kasper encontraba la manera de llegar al interior de uno. Solo con un vistazo adivinaba el punto débil, el lugar donde debía clavar el anzuelo.

Marthe había querido creer en aquel matrimonio. Lo que más le gustaba era la idea de formar parte de la misma familia que Luisa. Se imaginaba preparando con Luisa unas grandes mesas en verano. Extenderían los manteles impolutos sobre los que dispondrían cestos de fresas, de albaricoques, de melocotones y de grosellas recién recogidas, pasteles y mermeladas con las que vendrían a embadurnarse sus hijos. Veía unos cumpleaños en los que cantarían y bailarían, largos paseos por el bosque en otoño para recoger castañas y setas, veladas musicales en invierno o conversaciones junto a la chimenea en la propiedad de los Zilch, donde se podía alojar tanta gente... Había aceptado, la muy inocente. Sin embargo, el día de la boda de los cuatro, mientras las futuras cuñadas se preparaban juntas para la ceremonia, se había dado cuenta, en el espejo, de que algo no funcionaba. Era innegable, flagrante, ella no estaba radiante como Luisa.

En el banquete, cada pareja presidía un extremo de la mesa. En ese momento, todavía se podía creer que se dirigían hacia el mismo destino, que las posibilidades eran iguales. Kasper era menos atento, desde luego. No le cogía la mano como hacía Johann con Luisa. No le servía vino y agua en cuanto se le vaciaba la copa. No le acariciaba la mejilla. No le buscaba en las copas de fruta los pares de cerezas para que se entretuviera, como Luisa, en utilizarlas como pendientes. Marthe procuraba tranquilizarse: Kasper tenía derecho a ser pudoroso. Nada lo obligaba a ser tan expresivo como su hermano... Aquella reserva señorial tenía su lado seductor y elegante.

Había ahuyentado los malos presentimientos hasta la cena. Luego había llegado la noche, aquella primera noche a la que sucederían tantas otras. La violencia de Kasper llegó de repente. Al día siguiente de la boda, durante el desayuno en familia, Luisa tenía una bienaventurada languidez que Marthe no iba a olvidar jamás. Con los ojos y los labios hinchados, la piel igual que una fruta saturada de jugo, el cabello suelto sobre los hombros estremecidos. Todo había cambiado. Parecía albergar una dicha secreta, una plenitud que se propagaba en torno a ella.

Marthe, por su parte, solo sentía dolor. Tenía la sensación de que la hubieran roto, molido. En el interior de su cuerpo vacío, su persona no era más que una frágil llama expuesta a las corrientes de aire, una llama que solo ansiaba apagarse. Había tardado en confiarse a Luisa. Sentía vergüenza... y miedo. Kasper sabía engañar a todo el mundo... Cuando por fin comprendió la gravedad de la situación, Luisa hizo todo lo posible por ayudarla. Ambas se querían con la misma intensidad con que se detestaban sus esposos.

Marthe dejó transcurrir unos veinte minutos, con la mirada perdida. Un refugiado que sufría una grave quemadura en el brazo acudió a pedirle ayuda. Se levantó, abrió el baúl de metal y sacó lo que necesitaba para atenderlo. Una vez que se hubo alejado, Marthe se volvió a sentar y releyó la segunda nota enviada por Von Braun. Aquellas pocas palabras habían acabado de romperle el corazón:

> Johann de vuelta en Peenemünde. Débil, pero vivo.
> Informar a Luisa para regreso inmediato.
> Von Braun.

Todo lo que debería haberse producido y no llegó hizo que se le atenazara el corazón. Unas veinticuatro horas antes, Luisa se habría puesto en camino. Se habría reunido con su marido. Estaría viva. Marthe se rebelaba ante aquella crueldad del destino. Desde que se las habían referido, las últimas palabras de Luisa resonaban en su cabeza: «Se llama Werner. Werner Zilch. No le cambien el nombre. Es el último de los nuestros». El pequeño no era el último de los Zilch. Luisa se había equivocado. Johann estaba vivo. Tres semanas atrás, se había adueñado de ella una especie de locura. Estaba convencida de que su marido había muerto. Había perdido la esperanza de un día para otro. Una mañana se había despertado gritando, con las manos crispadas sobre el abultado vientre. Marthe se había precipitado a su lado. Su cuñada sollozaba de forma convulsa en la cama, repitiendo: «Está muerto. He soñado con él. Venía a despedirse de mí. Han matado a Johann». La intensidad de su estado de pánico era propia de las mujeres embarazadas. Marthe había intentado calmarla, pero Luisa insistía. Lo habían matado. «Pero ¿quién? ¿De quién hablas?», preguntaba la enfermera. «Los que se lo llevaron. Los que querían hacerle daño.» Nada parecía poder calmarla. A Marthe le habría gustado tanto entrar en el piso que compartían en la calle Freiberger y anunciarle con solemnidad: «Luisa, traigo una maravillosa noticia». Rodearla con los brazos. Ver como se recuperaba cuando Johann la llamara por teléfono. Ver borrarse de su cara aquellas semanas de espera, aquella tensión que, desde la detención, le crispaba las facciones y le fruncía la boca. Habría bastado con un minuto de conversación para que recobrara la serenidad, la luz de las personas que aman y se saben amadas.

Luisa se había equivocado. Johann estaba vivo... y libre, a pesar de que nadie creía ya en esa posibilidad... Von Braun había peleado como un león para salvar a su amigo, pero había sido un esfuerzo vano. Apelando a toda la influencia que le quedaba, a su grado de SS del que, sin embargo, no le gustaba jactarse, el inventor de los V2 había asegurado a todos los responsables dispuestos a escucharlo (y a los que no querían también) que la fabricación de los cohetes no se podía llevar a cabo sin Johann Zilch. ¿Acaso pretendían decepcionar a Hitler? ¿Querían sabotear el arma definitiva con la que contaba el Führer para alterar el curso de la guerra? Von Braun exigía el regreso inmediato de Zilch. ¿Qué había hecho el pobre Johann? Había tenido un momento de desorientación, un acceso de desánimo. ¿Quién no habría sufrido ninguno alguna vez? Había dicho algo desafortunado, desde luego. Él mismo lo reconocía. Pero había bebido demasiado. ¿Tan grave era? Zilch se había desahogado con unas personas a las que tenía por amigas. En efecto, había expresado dudas sobre el desenlace de la guerra y sobre la pertinencia de su misión, pero era evidente que Johann no pensaba lo que decía. Acababa de pasar dos noches en blanco, resolviendo problemas técnicos de una extrema complejidad. Había que tener en cuenta su fatiga. ¡No había partidario más abnegado del Führer que aquel muchacho! Von Braun respondía de él.

Sin embargo, los altos cargos de la Gestapo no se dejaban impresionar por sus esfuerzos para atemperar la falta. Recordando a aquel pionero de la aeronáutica que ya él mismo había hecho algún comentario desafortunado, le aconsejaron que tuviera cuidado con lo que decían tanto él como los miembros de sus equipos. Por teléfono, disfrutaban repitiéndole las palabras del culpable, como si quisieran que Von Braun tomara conciencia. Martilleaban cada una de las sílabas: «Mi sueño era conquistar el espacio, explorar la Luna, tocar las estrellas. La guerra ha transformado nuestro sueño en un misil asesino. Yo sirvo a mi país, pero que no me pidan que me alegre, que no me pidan que me sienta orgulloso. Tenemos sangre en las manos». «¡Sangre en las manos!», repetían los SS. ¡Inadmisible! ¡Y delante de cinco testigos! ¿Cómo podía Von Braun defender a ese traidor? ¡Un ingrato que demostraba tan poco respeto por los sacrificios del Reich! ¿Y la sangre vertida por los alemanes? ¡Ese depravado ni siquiera pensaba en ella! Pero Von Braun no se rendía. Rebatía cada palabra, luchaba paso a paso y anunciaba unos retrasos considerables, errores en el sistema de guía de los misiles que solo Johann Zilch sería capaz de corregir. Durante dos semanas, lo tuvieron arrestado, también a él. Sus tentativas solo servían para ponerlos en peligro a todos.

Estaba a punto de anochecer. Extenuada, Marthe analizó con la mayor frialdad posible la situación. El niño se agitó en sus brazos y gimió un poco. Lo balanceó, de arriba abajo, como si hiciera gimnasia con unas pesas. Debió de gustarle, pues se calló. Marthe le había confeccionado un pañal con gasa y una banda de algodón. Como no pudo encontrar un gorro, le había protegido la cabeza con un gran calcetín de lana, que le daba un aspecto de duendecillo. Después lo había envuelto con un trapo de cocina, que fue la prenda más limpia que logró encontrar, junto con un chal que le había dado una de las refugiadas. El bebé había introducido los dedos en él como en la malla de una red. Anke dormía en el suelo, tapada con dos mantas de fieltro pardo. Marthe recorrió con la mirada los miles de víctimas que acampaban al borde del río y tomó una decisión. Había que reunirse con el padre del niño lo antes posible. Había que ir a Peenemünde y a la base militar. Antes de desplazarse a Dresde, Luisa había pedido a Von Braun que fuera el padrino de su hijo y este había aceptado. El científico se desviviría por ayudarlos. Junto con el equipo de los V2, formaba parte del círculo de personas más valiosas para el Reich. Su seguridad constituía una prioridad, un asunto de Estado del que ella pretendía beneficiarse.

Marthe se enteró de que al cabo de una hora estaba previsto que saliera hacia Berlín un camión, en el que iban a transportar a un suboficial herido. Guardándose el odio hacia los hombres en lo más hondo de sí, tal como había aprendido a hacer durante años, se lavó la cara con el agua de la cantimplora de hierro, hizo aflorar el color a las mejillas y los labios frotándolos enérgicamente con los dedos, se desanudó la pañoleta, se soltó el cabello moreno y, haciendo caso omiso del frío, se quitó el abrigo y se desabrochó tres botones del uniforme. Luego fue al encuentro del suboficial que llevaba el brazo en cabestrillo y del conductor del camión. Coqueteó con ellos, con actitud vivaracha, la mirada chispeante, los labios entreabiertos y varios oportunos quiebros de cadera. Al cabo de diez minutos, consiguió lo que quería: una plaza en el camión para ella, Anke y el bebé.

Repitió el mismo número del coqueteo con el responsable de abastecimiento, que le confió tres hogazas de pan, agua azucarada, dos latas de judías pintas y cinco salchichas secas: era el doble de las raciones autorizadas para dos personas. En cuanto sus benefactores dieron media vuelta, volvió a adoptar su expresión decidida. Aquellas victorias no hacían más que acentuar su desprecio por los hombres. Los raros inteligentes eran unos perversos peligrosos; los otros, unos asnos a los que se manipulaba con una sonrisa y un poco de carne al desnudo. Fue a despertar a Anke, que intentó protestar.

—¡Pero yo no tengo nada que hacer en Berlín! ¡Y menos aún en Peenemünde! ¿Por qué tendría que ir hacia el norte? No conozco a nadie por allá…

Marthe no le dejó alternativa. El niño la necesitaba. De todas maneras, no le esperaba nada bueno si se quedaba sola allí. La enfermera esbozó un pronóstico apocalíptico de los males que se abatirían sobre la desgraciada Anke si se negaba a acompañarla. Le pintó un panorama tan sombrío de los peligros que la acecharían, sin contar los remordimientos que la perseguirían hasta el más allá si ponía la vida de un recién nacido en peligro, que, pasmada ante la autoridad de su compañera, traumatizada por su duelo, los bombardeos y aquel nuevo niño que le habían impuesto, la nodriza abandonó todo intento de resistencia y se dejó llevar.

Marthe se volvió a metamorfosear en criatura de seducción en cuanto subió al camión. Una vez instalada con Anke y el pequeño Werner en el vehículo, adoptó otra vez su fachada adusta. Los tres soldados que acompañaban al oficial no lograron alegrarle la cara.

La carretera se volvió tan peligrosa que pronto no tuvieron ánimos para conversar. En el exterior de la ciudad, un avión de caza aislado se ensañaba con los vehículos que huían del incendio. Pese a los distintivos de la Cruz Roja que llevaba, su camión escapó por poco a un ametrallamiento. Sobrecogidos por el miedo, los pasajeros se agarraban para no verse proyectados unos contra otros. El calor de las llamas había sido tan intenso que el asfalto se había derretido o quemado. El panorama era desolador: carreteras llenas de cráteres, puentes derribados, despojos de furgones en llamas, cadáveres de personas y animales. El éxodo de los miles de refugiados que huían ante la inminente llegada de los rusos entorpecían de forma considerable su avance. La hierba se había teñido de rojo. El pequeño Werner dormía tranquilo en el regazo de Marthe. Pese a que en ese momento no tenía previsto llegar a amar a aquel minúsculo pedazo de carne, su confianza, su ínfima respiración, sus ojos de cejas claras perfectamente cerrados y aquella boca ávida que, cada dos horas, se cerraba en torno al seno de la nodriza la tranquilizaban. En cuanto terminaba de mamar, se volvía a dormir.

Uno de los soldados se ofreció varias veces a sostener al niño para aliviar la carga a Marthe, pero ella lo rechazó. Sin reconocerlo, apreciaba el contacto de aquel cuerpecillo caliente en el vientre y en el pecho. Una vez que estuvieron lo bastante alejados de Dresde y la tensión se disipó poco a poco, el oficial nazi empezó a hacerle insinuaciones. Esperaba poder disfrutar de un tiempo de recreo en Berlín y estaría encantado de poner a su disposición su habitación de hotel.

—Gracias, pero mi marido me espera en Peenemünde —respondió ella con mala cara—. No tengo intención de ir a Berlín.

—¿Qué hace su marido? —preguntó el oficial para disimular su decepción.

—Trabaja sin descanso al lado del profesor Von Braun, para cambiar el curso de esta guerra de la que, por desgracia, ustedes, los militares, han perdido el control.

El nombre de Von Braun causó una fuerte impresión en los pasajeros. En el vehículo se instaló un respetuoso silencio. Consciente de hallarse protegida por una suerte de escudo inmaterial, Marthe apretó contra sí a Werner y cerró los ojos.

Manhattan, 1969

Una voz de mujer con un fuerte acento extranjero respondió:

—¿De parte de quién?

—Werner Zilch.

Silencio tras oír aquel nombre. Creí que se había cortado la comunicación.

—¿Me oye?

—No he captado bien su nombre, señor...

—Zilch, Werner —repetí, destacando las sílabas: tal vez mi interlocutora no comprendiera muy bien el inglés.

—¿Podría deletrearlo?

—Z-I-L-C-H.

La mujer tardó aún más en contestar.

—Rebecca ha salido. Se pondrá en contacto con usted —anunció con frialdad.

Luego colgó. Molesto por la respuesta de aquella esnob, volví a llamar de inmediato. Dejé sonar unas veinte veces el teléfono, hasta que descolgaron y volvieron a colgar, sin decir una palabra. Sospeché que Ernie había realizado una labor de zapa en la casa y que, por consiguiente, la familia me había declarado *persona non grata*. Me puse a dar vueltas en la sala de estar de nuestro piso, hecho una furia. *Shakespeare* se interpuso en mi camino; sin querer, le pisé la pata. Se puso a dar ladridos de dolor. Entonces le ordené a gritos que se sentara, cosa que hizo encima del sofá, con un digno aire de ofendido que mantuvo durante todo el día. Mi perro es muy susceptible.

Volví a tratar de llamar a casa de Rebecca. Sin éxito. Estaba rabioso y tuve que hacer un gran esfuerzo de voluntad para no ir hasta allí, ponerme a aporrear la puerta de la familia Lynch, reclamar que aquella idiota se disculpara conmigo y exigir hablar sin dilación con LMDMV. Aunque no soportaba que me opusieran resistencia y, menos aún, que no me hicieran caso, contaba con la lucidez suficiente como para no ceder a mi impulso. Donna apoyó mi decisión, asegurando que habría detestado que la forzaran de ese modo. «No hay nada más desagradable que encontrarse a un hombre en el rellano de la casa cuando una no lo ha invitado», afirmó, categórica.

Opté por seguir sus consejos femeninos y decidí intentar una estrategia de seducción menos intrusiva. La respuesta de Rebecca no dejaba de tener su gracia. Había sido un gesto atrevido y divertido eso de arremeter contra mi coche (el de Marcus, de hecho). Quería responder con algo teatral, pero mis sueños de grandeza se disolvían en una mediocre realidad: estaba sin un céntimo y Marcus estaba igual de pelado que yo. Nuestra situación financiera se iba a arreglar pronto.

Tranquilizada porque los trabajos se habían vuelto a poner en marcha, la agencia había puesto de nuevo en venta nuestros apartamentos. Aun así, tendríamos que esperar varias semanas para cobrar los anticipos de los compradores. Era exasperante. Estaba potencialmente sentado encima de un montículo de oro y no tenía con qué invitar a Rebecca a un restaurante. Para poder permitirme una actuación llamativa, empeñé el reloj, un cronógrafo Patek de los años cuarenta. Era lo único de valor que poseía. Me lo había regalado mi padre, Andrew, cuando cumplí los dieciocho años. Le daba un valor especial. Había permanecido en poder de mi padre a pesar de su tendencia a las apuestas arriesgadas. Durante mi infancia, aquella mala racha suya nos habría privado, a mi madre, a mi hermana y a mí, de bastantes placeres superfluos. Incluso, a veces, de lo necesario.

Marcus me acompañó a un antro de Queens, cerca de Ozone Park. Para acceder a él, había que pasar por una escalera tan estrecha que tuve que subirla de lado, puesto que no me cabían los hombros. El local, situado en el primer piso y pintado de azul, olía a pies y a sudor. Toda la miseria del mundo se había dado cita allí. A lo largo de las paredes se acumulaba un indescriptible fárrago de objetos, presididos por las tres taquillas que albergaban los cajeros. Marcus empeñó su aguja de corbata de nácar con diamantes engastados. Yo me quité el Patek de la muñeca. En el momento de entregarlo al experto, con un nudo en la garganta, me asaltaron las dudas. Tenía la sensación de que me disponía a abandonar a un animal de compañía. Me gustaban su contacto y su movimiento, que era parecido al latido de un corazón minúsculo. Solo me lo quitaba para lavarme. Ese día, sin su correa de cuero marrón ablandada por el uso en la muñeca, me sentí desnudo. Aquel reloj me había traído suerte.

—De todas maneras, tampoco te impide llegar tarde —me animó Marcus, dándome una palmada en el hombro.

Lo entregué, ofendido por la poca delicadeza con la que el cajero envolvió mi posesión con un trozo de fieltro mugriento en el que grapó un número. Después de meterme en la billetera varios centenares de dólares, abandoné lo más deprisa que pude aquel sórdido lugar.

La suma obtenida era escasa en comparación con los recuerdos que iban asociados al reloj y con las ambiciones que albergaba para aquella velada. En primer lugar, mandé entregar tres ramos de flores en casa de los Lynch. El primero daba las gracias a Rebecca por nuestra cita en el Pierre. El segundo acompañaba los papeles del atestado. El tercero iba con una invitación para cenar la semana siguiente. Aceptó.

Me sentí a la vez loco de alegría y asustado, como cuando el cielo cumple una promesa que uno no creía que se fuera a hacer realidad. Pensé en el sitio. Estaba tan consentida y yo me había formado un concepto tan elevado de ella que ni siquiera los restaurantes más lujosos (de todas maneras, no me los podía permitir) me parecían dignos de su persona. Nuestro piso era demasiado ordinario. Tampoco me imaginaba llevándola a tomar una comida campestre en Central Park ni descorchando una botella de champán en el río Hudson, a bordo de un ferri o una barca.

Después de conversar largo y tendido con Marcus al respecto, opté por la solución con la que tenía más posibilidades de sorprenderla y, por consiguiente, de hechizarla. La llegada me parecía un elemento clave de la escenografía de aquella velada. Ambos nos reímos mucho a cuenta de ello durante los tradicionales aperitivos con los que concluíamos la jornada laboral y a los que, siempre obstinada por mantener las distancias, Donna se negaba a sumarse.

Un poco achispados, imaginamos estrambóticas posibilidades: que yo llegara en bicicleta, en pus-pus o en el Chrysler completamente decorado con flores al estilo *hippie*. Marcus insistió para que me presentara en su casa a caballo. Yo había llegado a ser muy buen jinete durante los años pasados en Yale. En parte, me costeé los estudios gracias a las ganancias conseguidas en el rami (disciplina aprendida de mi padre) y, en parte, trabajando en las caballerizas de la universidad. Allí limpié boxes, barrí cuadras y me ocupé de los cascos de los criollos y los purasangres. También aprendí a jugar al polo. Me entrenaba todos los días y algunas veces jugaba en el equipo cuando, en la mañana de un partido, los esnobs de la facultad necesitaban un sustituto porque uno de ellos no se había levantado. También estaba encargado de desbravar a los ponis con los que aquellos hijos de papá temían romperse la crisma.

A pesar del porte caballeresco que me habría proporcionado sin duda a ojos de Rebecca ese medio de transporte, me pareció demasiado pretencioso y poco original. Opté por una simple limusina de alquiler con chófer, negra. Primero me decanté por el blanco, pero Marcus lo consideró un color «atrozmente llamativo». El resto de la organización nos exigió varias horas de reflexión alimentada a base de Chianti, varias piezas de vajilla, un centenar de litros de pintura, un especialista en servicio de banquetes, una grúa y dos días de preparación. El día de nuestra cita, me presenté a las ocho en punto delante de su casa.

Marcus me había pintado el domicilio de los Lynch como una de las mansiones más hermosas de Manhattan. Aquella parte de la calle Ochenta, situada al este del parque, parecía formada por una sucesión de casas señoriales francesas, como si las líneas clásicas se hubieran sometido a un régimen de adelgazamiento para ganar altura. Las fachadas rivalizaban en elegancia, pero la casa de los Lynch superaba en esplendor a las demás. Según Marcus, databa de finales del siglo XIX. «Una joya de estilo neorrenacentista», había precisado. Por lo que yo alcanzaba a ver desde la limusina, tenía cinco plantas. Las ventanas, ornadas de esculturas de piedra, no habrían desmerecido a las de una catedral. Con el cerrojo echado, la recia puerta de madera decorada con tallas solo habría podido ser derribada con un ariete impulsado por diez hombres. Marcus había acompañado hacía varios años a su padre a una cena en casa de Nathan Lynch. Me había descrito la majestuosidad de las dos escaleras de mármol y de las chimeneas de piedra de Borgoña, las inmensas alfombras antiguas, las obras de arte, los artesonados y el comedor, cuya mesa podía acoger cincuenta personas. Cuando aparqué delante de ese palacio, acabé de tomar conciencia del abismo que me separaba de la mujer de mi vida.

Me acordé de nuestra modesta casa de Hawthorne, en Nueva Jersey, y de mis padres adoptivos, unas personas cariñosas con las cuales, a pesar del afecto que les profesaba, no tenía gran cosa en común. Mi madre era partidaria de una dicha simple y de ser moderado con las ambiciones, cuando lo que yo quería era figurar, construir, existir. Mi padre tomaba a sorbos el amargo licor del arrepentimiento. Consideraban las grandes aspiraciones como algo vergonzoso y arriesgado: no estaban dispuestos a soportar las decepciones. Mi madre había superado la frontera de lo posible al abandonar su Normandía natal por aquel guapo soldado al que conoció durante el periodo de exaltación de la liberación. A partir de entonces, su única obsesión consistió en proteger a sus dos hijos de los mil peligros que podían llevar a la desgracia de una familia, así como proteger a su marido de la bancarrota moral y material que lo acechaba. Detrás de su antiguo porte de militar y de su elocuencia de agente inmobiliario, Andrew ocultaba una gran fragilidad. Mi madre lo colmaba de ternura y de atenciones, como si quisiera mantener la aureola de gloria y de magia con la que lo había adornado desde el primer instante, en aquel baile en Rouen. La pasión que sentía por él era su sacerdocio, su justificación, su identidad. Mi padre estaba corroído por las dudas y la insatisfacción. No obstante, para ella era un ser excepcional. Él soñaba con una vida mejor; ella se conformaba con la que teníamos. Él cargaba con un fardo de deseos incumplidos; ella estaba llena de buenas intenciones y de satisfacciones razonables. Él soñaba con el lujo, coches caros, hoteles de categoría; ella estaba a gusto con su casa, su pequeño jardín, sus armarios bien ordenados y su cocina llena de provisiones. Ella lo protegía de sí mismo, administraba el dinero con prudencia y solo le daba un poco para jugar al rami. Tampoco se enfadaba cuando, dominado por la alocada esperanza de que la suerte iba a transformar de forma arbitraria sus vidas, gastaba en una noche los ahorros de varios meses. Yo admiraba su paciencia e intuía sus motivos.

Las dificultades que habían sufrido para tener hijos explicaban en parte la asimetría de su relación. Nunca supe quién de los dos no podía tener hijos. Además, un año después de haberme adoptado, nació mi hermana Lauren. Ambos se lo habíamos preguntado más de una vez sin obtener respuesta. Ellos formaban un frente común y se negaban a sincerarse. Aunque protegían con obstinación su secreto, aquel pasado había destruido la confianza de mis padres. Más allá del espacio doméstico, tranquilizante y arropador, mi madre se preocupaba por todo. Por el agua en la que nos podríamos ahogar, por el fuego que nos iba a quemar, por el aire cargado de virus, por el camino de la escuela en el que merodeaban personajes turbios, por los árboles de los que podíamos caer o por la hierba donde había serpientes escondidas. Desconfiaba incluso de las hermosas noches de verano. Entonces luchaba por mantenernos en el interior de la casa, cerrando las ventanas que nosotros nos apresurábamos a abrir en cuanto daba media vuelta, a despecho de los mosquitos, de los murciélagos, de las luciérnagas y del embriagador influjo del calor y de la luna que, según ella, podía volvernos locos.

Mi madre solamente estaba contenta en las tiendas, esos lugares limpios y coquetos donde la novedad solo aparecía bajo un aspecto agradable y controlado, alegre, lleno de colores, resumido en palabras simples en unas cajas adornadas con graciosas imágenes. Compraba con frenesí ese mundo ideal, benévolo y seguro, donde no había enfermedad, violencia y vejez. Ese mundo que se exhibía en los paquetes de cereales y de detergente, en las latas de conserva y en las cajas de galletas, en las cremas de belleza revolucionarias y en los champús Dove. Acumulaba las provisiones en la cocina y en el garaje con la satisfacción del ama de casa que en Francia había conocido las privaciones de la Ocupación. La guerra, que la había vuelto tan desconfiada, también se había encargado de quitarle las ilusiones a mi padre. Durante la carnicería del desembarco, había sido testigo del horror al que puede llegar el ser humano. Veía la civilización como la manera más sofisticada de precipitarnos hacia el desastre. Para él, no modificaba en nada ese fondo de violencia, de mezquindad, de amargura y de crueldad que constituye la esencia de nuestra especie. A diferencia de mi madre, que había abrazado con tanto entusiasmo la sociedad de consumo, mi padre había dejado de creer en el sueño americano. Había visto a quienes habían enviado a recibir balas a Europa y a quienes se habían quedado tranquilamente en su país, estudiando, tomando cerveza y lamiendo helados de vainilla. Aquellos cerdos sí estaban bien protegidos, al amparo de la bandera del Tío Sam, en las camas de las mujeres que los soldados habían dejado tras de sí.

Mi padre ya no creía que todo el mundo tuviera las mismas oportunidades, que se pudiera prosperar trabajando con ahínco. Para él, lo único capaz de cambiar el destino era el azar. Creía que su vida no podría mejorar más que a través de un arbitrario toque de varita mágica, un mero resultado de la suerte a la que él trataba de provocar jugando todos los sábados en su club de rami o apostando sus irregulares comisiones en unos fatigados caballos de carreras. A mí me indignaba su fatalismo. ¿Para qué levantarse todas las mañanas si no se podía cambiar nada? ¿Para qué casarse? ¿Para qué comprar una casa y criar hijos? Al contrario que él, creía en el poder infinito de la voluntad y estaba decidido a forjarme un mundo a pulso. Ignoraba de dónde provenía, a quién debía esa cara angulosa, esos ojos descoloridos, mi pelambrera de color paja y esa estatura fuera de lo común que me obligaba a plegarme, pegando las rodillas a la barbilla, en el autobús y en el cine. Exonerado de cualquier peso de herencia o de pasado, me sentía dueño de mi porvenir. Ardía en deseos de demostrar quién era, de hacer que ese apellido que a menudo había suscitado burlas inspirase respeto. Mis padres me consideraban un ser extraño. Mis aspiraciones más moderadas superaban sus expectativas más desmedidas.

Yo me negaba obstinadamente a ponerme límites.

Al pie de la casa de los Lynch, tampoco me dejé impresionar. Indiqué al chófer que fuera a llamar. Lo vi hablar con una señora vieja y flaca que llevaba una falda de monja y una blusa de seda de color violeta anudada al cuello. Me invadió una oleada de cólera al pensar que tal vez fuera ella la que me había colgado el teléfono cuando intenté llamar a Rebecca. El chófer regresó al coche.

—Ahora viene —anunció por la ventana.

Permaneció al lado de la limusina, listo para abrir la puerta a mi damisela, que nos hizo esperar un cuarto de hora.

En lugar de señorita acicalada que preveía ver aparecer, se presentó ante mí con un aspecto casi de muchachuelo. Llevaba una chaqueta de hombre con un pantalón beis, una camisa blanca con el cuello desabrochado y una corbata azul hábilmente anudada y aflojada. Con aquella vestimenta que habría podido llevar un alumno de Yale, la cabellera de leona rubia, su sonriente aplomo y sus andares triunfales, tenía un aire de libertad casi salvaje. Una borrasca de vida se adentró en el habitáculo.

Rebecca no me dio un beso, ni yo tampoco se lo di a ella. Nos saludamos sin tocarnos, exagerando la obsequiosidad de aquel ceremonial, para disipar la turbación que nos había invadido. Los ojos le brillaban de impaciencia. Quiso saber adónde íbamos. Resuelto a tener mayor iniciativa que en nuestro encuentro anterior, le aposté un beso en los labios a que no adivinaría adónde íbamos a cenar. Ella aceptó el reto. El coche se puso en marcha. Me hizo preguntas, reclamó pistas, me consultó si iba bien o mal. Fue en vano. Los nombres que mencionaba, ya los había pensado antes. Previendo que iba a perder la apuesta, exigió saber la primera y la última letra de la calle adonde nos dirigíamos. Se los revelé sin la menor inquietud, porque la avenida en cuestión la habían bautizado hacía poco.

Rebecca pareció sorprendida cuando llegamos al *downtown*, preocupada casi cuando el coche tomó el puente de Brooklyn y francamente asustada cuando el chófer se detuvo al pie de un edificio a medio construir y sacó dos pares de botas de goma del maletero. Acordándome de sus pies, que, calzados con unas sandalias azules, me habían causado una fuerte impresión en el Gioccardi, había calculado su número de calzado. Después de ponernos las katiuskas para evitar que se nos ensuciaran los zapatos con el polvo y el barro de la obra, bajamos al futuro aparcamiento. Rebecca no parecía muy tranquila, pero mantenía el tipo. En el fondo, apenas me conocía. Solo me había visto un par de veces durante unos minutos y en circunstancias un tanto caóticas.

Debía de estar maldiciéndose por haberse puesto en manos de un individuo lo bastante estrafalario como para perseguirla a la salida de un restaurante, destruirle el coche y luego llevarla a ese lugar siniestro, donde tal vez tuviera planeado enterrar su cadáver bajo una capa de cemento. Intenté gastarle una broma. Me correspondió con una radiante sonrisa, pero yo notaba que había perdido el aplomo de nuestra primera cita. Como la escalera aún no tenía barandilla, le cogí la mano. Ella reaccionó con un nervioso estremecimiento. Me quedé en la parte de afuera, donde se erguían las varillas destinadas a sostener el futuro pasamanos. Debía de practicar algún ejercicio físico, porque, después de subir cinco pisos, no se le había alterado la respiración.

—¿Qué tenemos en el menú, Werner? ¿Sopa de cemento de entrada y un paté de ladrillo con salsa de mortero? —me preguntó.

Que Rebecca pronunciara mi nombre de pila fue como una caricia. Le aseguré que admiraba demasiado su tipo para servirle una cena tan indigesta. Llegamos al décimo y último piso. Con la cara sonrosada y la mano encima del corazón acelerado, emitió un bufido para expresar su alivio.

—¡Mira que hay que hacer esfuerzos para cenar contigo!

La puerta de metal estaba cerrada. Dejé que se tomara un respiro. Como tenía calor, se quitó la chaqueta. La fina tela de la camisa se le pegaba al cuerpo. Sacó una goma del bolsillo y la sujetó entre los dientes, con los labios levemente fruncidos, mientras se levantaba los largos rizos para componer una provocativa cola de caballo. Siempre he tenido debilidad por ese peinado que deja al descubierto la nuca. Después de colocar la goma, se aflojó un poco más el nudo de la corbata. La imagen de aquella franja de tejido apoyada entre sus pechos me inspiró otra idea. Una onda eléctrica me crispó el abdomen. Para evitar encontrarme en una situación embarazosa, saqué la llave del bolsillo y abrí la puerta, convencido de la sorpresa que le iba a causar.

Rebecca reprimió un grito. En el techo, cuyo suelo había sido cubierto de grava clara y cuyas paredes lucían un beis enlucido, descubrió un bosque. Con una de las grúas, los obreros habían subido la mayoría de los árboles que estaba previsto plantar la semana siguiente en los jardines que iban a rodear nuestros dos edificios. Alineados a los lados, formaban una avenida que enmarcaba una vista espectacular sobre el puente de Brooklyn y Manhattan. Los rayos del sol poniente laceraban el cielo de oro, de púrpura y de negro. Empezó a sonar un piano. Estaba disimulado por una cortina de vegetación un poco más allá en la terraza. Era *I've Got You Under My Skin*, de Frank Sinatra, un guiño de Marcus que, como gesto de camaradería, se encargaba de dar un ambiente musical a la velada.

Sonreí al acordarme de la ascensión épica del instrumento. Habíamos ido a buscarlo a casa de Frank, el padre de Marcus. Una vez cargado en el vehículo utilitario de nuestro capataz de obra, lo habíamos izado con la grúa, mientras, aterrorizado ante la posibilidad de ver amputarse un pie o estrellarse contra el suelo a su viejo compañero de soledad, Marcus escrutaba aquel inusitado vuelo. Al principio, habíamos imaginado coger su piano de cola, que estaba en casa de Frank Howard, pero habíamos tenido que conformarnos con algo menos ambicioso. El instrumento era tan pesado que, incluso entre cuatro, apenas conseguimos moverlo un poco. El piano vertical *droit* nos pareció más que suficiente. Para realzar la magia de aquel marco, había fabricado un centenar de linternas con bolsas de papel de estraza llenas de arena de la obra en las que ardían unas velas. Diseminados entre los árboles, aquellos candelabros improvisados creaban un efecto de luz hechizante.

Rebecca parecía alegre y turbada.

Yo tenía ganas de reclamarle el beso que me correspondía de la apuesta, pero, como empezaba a relajarse, no quise forzarla. *Shakespeare* salió de su escondite. Marcus le había puesto un enorme lazo rojo en el cuello. Mi acompañante retrocedió de un salto. La tranquilicé apretándola contra mí y levantando un índice con ademán imperativo para hacer sentar a *Shakespeare*.

—¿Te dan miedo los perros? —pregunté.

—¡No es un perro, es un poni!

—Es muy manso, no te preocupes.

Como había bajado la mano, *Shakespeare*, al que le costaba mantener el protocolo, me manifestó su afecto irguiéndose sobre las patas traseras y abrazándome como solía hacer. La joven dio un paso atrás.

—¡*Shakespeare*, baja! —ordené, rechazándolo—. ¡Siéntate! Así... Saluda a Rebecca.

—¡De pie es casi tan alto como tú! —comentó ella, impresionada.

El perro se sentó, agitando la cola para tranquilizarla.

—Puedes acariciarlo... Nunca ha mordido a nadie.

Shakespeare abrió la boca jadeante, para demostrarle que era un buen perro.

—Es un monstruo —dijo ella, que, dubitativa, posó la mano encima de su cabeza.

A partir de ahí, *Shakespeare* se deslizó hasta el suelo y se ofreció a que le rascara la barriga. Rebecca soltó una carcajada juvenil. Mientras sus dedos desaparecían en la tupida pelambre leonada y crema de *Shakespeare*, me asaltó un repentino acceso de celos.

—Sabes encandilar a los machos —comenté, ayudándola a enderezarse.

Shakespeare me miró con rencor.

Conduje a Rebecca al lugar donde íbamos a cenar. Lo presidía una mesa ovalada muy bien presentada. Aquello había corrido a cargo de Miguel, el restaurador, que había ceñido su tipo regordete y su dignidad de emperador con un uniforme blanco de botones plateados. Ni Marcus sabía tanto como él de las artes de la mesa. Aquel cubano le había dado una lección en lo relativo a la colocación de los tenedores, en medio de un debate filosófico que me había dejado de piedra. El resultado me pareció muy logrado. La cristalería relucía; en una licorera de cristal tallado, el vino brillaba como un rubí sobre el mantel bordado con hilos de oro. Miguel y Marcus habían tenido que insistir para trasvasar a otros recipientes mis valiosas botellas de burdeos. No quería que Rebecca pensara que le servía cualquier vino barato y habría preferido que viera las etiquetas. Pero ellos me aseguraron que eso era grosero.

Para tomar el aperitivo admirando la puesta de sol, Donna nos había prestado un banco de madera blanca recubierto de terciopelo. Rebecca se quitó las botas y se arremangó el pantalón de chico hasta la mitad de la pantorrilla. No se volvió a poner los zapatos, que abandonó por el camino. Verla caminar descalza fue como un calambrazo. Se sentó en el banco, de lado, con los talones bajo las nalgas. Durante un instante, la imaginé sin ropa, en aquella misma postura: me dieron unas ganas tremendas de cogerle el tobillo y deslizar su pie en la palma de mi mano. *Shakespeare* acudió a sentarse delante de ella. La miró con insistencia, esperando volver a recibir otro mimo, pero Rebecca se rio. Luego le pidió que se acostara. Sorprendido, vi que mi perro que, al igual que su dueño, no obedecía a casi nadie, se tendió muy cerca de nosotros, posando la cabeza encima de las patas cruzadas.

Miguel descorchó una botella de champán y nos sirvió dos copas y unos aperitivos. Rebecca lo felicitó por su delicadeza. El tipo acogió el cumplido con un modesto aleteo de pestañas. El instante era perfecto.

El sol se ocultó lentamente detrás de los rascacielos para dar paso a unos matices más suaves de rosa, malva y gris. Marcus tocaba cada vez con mayor ímpetu. Aquella belleza marcaba el compás de *Take Five* repiqueteando en el respaldo del banco. La conversación discurría liviana, sin esfuerzo. Las palabras fluían por las copas que apurábamos rápidamente. Rebecca me habló de su próxima exposición y de la obra en la que trabajaba, un gigantesco tríptico cuyos planos me esbozó en uno de sus cuadernos. No entendí ni la mitad de sus referencias y explicaciones, pero mi ignorancia le resultó graciosa. Me preguntó por qué había elegido aquel edificio. Le contesté que aquel era mi segundo proyecto, al que seguirían muchos más.

—De lo que salga de aquí depende mi porvenir —añadí, mirándola a los ojos—. Quería que tú estuvieras asociada a él.

La mayoría de las mujeres habrían desviado la mirada. Rebecca no pestañeó siquiera.

—¿Asociada de qué forma? —preguntó con una sonrisa.

Su franqueza me tomó por sorpresa. Como aún no estaba listo para declararme a ella, me agarré a lo primero que se me ocurrió.

—Querría que concibieras las obras que servirán para decorar los dos vestíbulos. Será lo primero que verá la gente y el recuerdo que se llevarán al marcharse.

Entonces fue ella la que se llevó una sorpresa.

—¡Pero si nunca has visto lo que hago!

—He visto tus dibujos y te he escuchado al hablar... Tengo ganas de que me asombres.

Había dado en el clavo. Rebecca era una mezcla de arrogancia y de duda desconcertante. Aunque la importancia de su familia la había puesto a recaudo de cualquier inquietud con respecto a su estatus social, aún debía probar su valía personal y artística. Ruborizada, con los ojos relucientes, intentaba (sin lograrlo) disimular su placer. Aceptó mi oferta sin siquiera darme las gracias y sin hablar de su remuneración. Más adelante averiguaría la compleja relación que tenía con la fortuna de su padre y con el dinero en general.

—Entonces ven —dije—. Te lo tengo que enseñar.

La ayudé a levantarse, aprovechando la menor ocasión para tocarla. Inspeccioné el suelo, por temor a que se lastimara los pies descalzos. De pie, sin tacones, Rebecca me llegaba apenas al hombro, pero su presencia iba mucho más allá. Apoyados codo con codo en el borde de la terraza, desde donde se divisaba el conjunto de la obra, era consciente de lo cerca que estaba. Para resistir al impulso de besarla, le expliqué las dificultades que habíamos tenido que resolver para comprar el terreno y conseguir las autorizaciones. Le hablé de las siguientes etapas, de una vasta parcela en la que tenía puestas las miras a orillas del Hudson y de que podría representar un giro radical en nuestra situación. Utilizando uno de sus cuadernos, le dibujé los planos de los futuros apartamentos. Ella se burló de mi torpeza para el dibujo.

—No soy Frank Howard, la verdad.

—¡Frank Howard! ¡Lo conozco! —exclamó al enterarse de que había realizado el proyecto de los dos edificios.

Le dije que era el padre de mi mejor amigo y socio, con quien había estado en Yale. No le dije que era el mismo amigo que en ese momento tocaba baladas románticas en el piano. Sentí que caía una nueva barrera. Gracias a la magia de un nombre, ya no salía de la nada. Era como si el padre de Marcus me hubiera armado caballero. El hecho de conocerlo me incluía dentro del club de personas recomendables. Mis estudios en una facultad de la Ivy League, agrupación que abarcaba algunas de las universidades más prestigiosas del país, añadía un punto a favor de mi imagen, aunque me guardé bien de revelar que los había abandonado al cabo de dos años para iniciar mi primera operación inmobiliaria. Pese a sus ansias de rebeldía y a que se había liberado de muchos de los condicionantes de su casta, la mujer de mi vida se regía aún por las reglas proteccionistas de la gente que tiene mucho que perder.

Una vez en la mesa, Miguel nos presentó su festín con un derroche de zalemas, de campanas y bandejas de plata. Su esmero obtenía un escaso reconocimiento: Rebecca y yo estábamos fascinados el uno con el otro. Ella no terminaba los platos y yo refrenaba mi apetito habitual. No porque no tuviera hambre (cosa que nunca me ha ocurrido), sino porque procuraba respetar algunas de las reglas de Marcus: no posar la vista en el plato o no volverme a llevar comida a la boca hasta no haber engullido el bocado anterior. Al tener que velar por mis modales y conversar con la mujer de mi vida, no conseguía cenar. El vino era otro cantar: nuestras carcajadas se iban multiplicando con las copas que tomábamos. Con las mejillas encendidas y la pronunciación algo alterada, Rebecca se volvía más atrevida. Miguel nos sirvió una tarta de fresa. Después de haber dejado una tetera con infusión y los licores encima del bufé, se esfumó, tal como habíamos decidido. Se llevó a *Shakespeare* con él.

Marcus seguía tocando. Podía seguir así durante horas: su capacidad de abstracción me maravillaba. Invité a Rebecca a bailar mientras empezaba a sonar *Moon River*. En su alegre estado de embriaguez, cantaba la letra mientras yo la hacía girar lentamente sobre sí, antes de ponerle la mano en el talle. Percibía su perfume, su pelo me rozaba la barbilla, nos deslizábamos juntos al son de la música, pero aún no me decidía. No había que precipitarse, ni tampoco dejar escapar la ocasión por cobardía… La atraje más hacia mí.

—Habíamos hecho una apuesta —le murmuré al oído, viendo que no ofrecía resistencia.

—Me extrañaba que no lo hubieras mencionado.

—Ahora sí —dije, levantándola con un brazo.

La llevé hasta el banco, donde me senté manteniéndola encima de mis rodillas. Ella seguía con la cabeza apoyada sobre mi hombro. Le alcé la barbilla con una mano, mientras con la otra le rodeaba la nuca. En su mirada advertí un destello que me sorprendió, un asomo de inquietud. Aguardé, muy cerca de ella, sin moverme. Noté cómo se estremecía. Me olisqueó un buen momento, con los ojos entornados, como un animal. Permanecí a un centímetro de sus labios, pese a que los míos me quemaban. Ella abrió los ojos. Entonces ya no vi rastro de miedo. Las pupilas dilatadas habían invadido sus iris violetas. Bajo los dedos, sentía el pulso de la sangre en su cuello. La besé. Era dulce y firme, dócil y fuerte. Debí de apremiarla demasiado porque, con un movimiento rápido, me cogió el labio inferior entre los dientes, sin apretar, a modo de advertencia tan solo, antes de liberarlo.

Bajé el ritmo. Rebecca se apartó un instante. Se levantó y me miró, de pie ante mí. Tenía la mirada ardiente y la cara encendida. Después de respirar hondo, se sentó a horcajadas sobre mí. Se pegó sin pudor contra mi cuerpo y, con la espalda arqueada, correspondió a mis besos.

Alemania, 1945

Al cabo de cinco horas de viaje, Marthe ya no dejaba que nadie tocara al bebé, con excepción de Anke. Cuando, en la estación de Berlín, uno de los jefes del tren, que había encontrado gracioso el calcetín que llevaba a manera de gorro, se permitió levantarlo y acariciar la cabeza del pequeño Werner, Marthe le agarró la mano y le mordió hasta hacerlo sangrar. Aquella agresión provocó un escándalo del que les costó bastante sustraerse a las dos mujeres. Después de una larga espera, durante la cual atacaron una parte del pan, de las salchichas secas y de las judías, pudieron subir al vagón. Aquel modo de transporte resultó todavía más pesado que el camión. El tren no paraba de detenerse por los controles, por los obstáculos en las vías o por las divisiones militares en repliegue. A cuarenta kilómetros de Peenemünde, prohibieron ir más allá. Los escasos pasajeros se bajaron en la estación desierta de Züssow y se quedaron plantados allí, mirando cómo el convoy reemprendía su camino a Berlín.

Marthe decidió seguir a pie, con la esperanza de encontrar un vehículo que aceptara llevarlas hasta la base. El frío les mordía las orejas, la nariz, las mejillas, la barbilla, los dedos. Se turnaban con Anke para llevar al niño, sobre el vientre o en la espalda, sujeto por una red que habían encontrado en el arcén. El pequeño Werner se dejaba mecer en aquella densa rejilla, envuelto con varias capas de tela y en el chal, al que Marthe había añadido un grueso jersey.

Los pocos vehículos que vieron iban hacia el sur. Quisieron hacer parar un Volkswagen conducido por dos soldados para pedirles que se pusieran en contacto con el doctor Von Braun y que alguien las fuera a buscar, pero el coche las sorteó. Marthe les gritó y los maldijo. Caminaron durante horas, hasta que les dolieron todos los músculos. Anke acabó por sentarse al borde de la carretera. Se quedaron allí, pegadas la una contra la otra, mientras el sol se ponía. Empezó a caer una lluvia fina, pero ya no tenían fuerzas para ir a buscar un pajar donde pasar la noche o un árbol bajo el que guarecerse. Anochecía cuando un anciano campesino las recogió en su carreta tirada por un caballo igual de viejo que él. Cuando las pasajeras le dijeron que querían ir a Peenemünde, emitió un silbido dubitativo.

—Hay rusos por allá, guapas. ¿Estáis seguras de que es allí adonde vais?

—Segurísimas —respondió Marthe.

El anciano afirmó que la dueña del colmado de Mölschow todavía tenía una furgoneta para los repartos. Gretel, que se encargaba ella sola de la tienda desde que habían movilizado a su marido, las acogió amablemente mientras el viejo proseguía su camino. No convenía quedarse por ahí fuera. Gretel tenía la casa cerrada a cal y canto.

—Ya no abro los postigos ni durante el día —confesó.

Era una mujer pelirroja de rostro jovial y con la tez de muñeca, blanca y con dos círculos rosa en las mejillas. La cejas, altas y arqueadas, le daban una expresión de asombro, de candor casi a pesar de sus cuarenta años. Mölschow estaba en las afueras de la base militar. Marthe quiso desplazarse hasta allí de inmediato. Su anfitriona la miró con cara de aflicción.

—Vienen de lejos, ¿verdad?

—De Dresde.

La mención de aquella ciudad destruida hizo que la cocina donde estaban se helara.

—¿Saben que ya no hay nadie en Peenemünde? —prosiguió la tendera después de una prolongada pausa.

—¿Cómo que no hay nadie? —musitó Marthe.

—Desde hace dos días, hemos visto pasar decenas de camiones y varios trenes de material. Los han enviado al sur, a resguardo de los rusos. Se lo han llevado todo.

—¡Es imposible! —exclamó Marthe.

—Nos han abandonado, sin ninguna protección, pero no pienso quedarme de brazos cruzados —aseguró Gretel, que mostró las dos carabinas que había encima del aparador.

Marthe pensó que aquellas viejas armas no protegerían mucho tiempo a la tendera de la barbarie de los rusos. Anke se dejó caer sobre la mesa, apoyando la cabeza en los brazos. El pequeño Werner empezó a llorar. Gretel quiso cogerlo en brazos. Sin embargo, antes de que pudiera acercarse, Marthe se interpuso.

—Yo me encargo —le soltó con sequedad la enfermera.

Su actitud amenazadora hizo retroceder a su anfitriona.

—Necesitáis reponer fuerzas —dijo, conciliadora—. Vamos a cenar. Podéis dormir en la habitación de mi hermana. Mañana, si queréis, os llevaré a Peenemünde. Ya veréis que os digo la verdad.

—Pero ¿adónde se han ido?

—A los Alpes. Se supone que nadie lo sabe, pero todo el mundo está al corriente…

Les sirvió una sopa de trigo, con un poco de jamón y de col. Después las ayudó a curarse los pies, que lavaron con agua caliente y jabón negro, antes de embadurnarlos de grasa y vendarlos. Aquella noche, mientras el bebé dormía y ellas compartían la misma cama, Marthe rodeó a Anke entre sus brazos. La joven temblaba de frío y de angustia. La tranquilizó, tal como había hecho tantas veces con Luisa. Una vez que la respiración de Anke se calmó, Marthe permaneció despierta.

Comenzó a pensar en su cuñada fallecida. Solo habían pasado dos días. Hacía menos de cincuenta horas que Luisa era todavía un cuerpo caliente, entero, vivo. No lograba hacerse a la idea. En cuanto dejaba de estar en movimiento, la asaltaban las imágenes y las ideas más sórdidas. A Anke también debían de atormentarla sus fantasmas. Pensaba continuamente en su hijo, igual como Marthe se acordaba de Luisa. Pero preferían no hablar de ello. Mientras tuvieran que ocuparse de la supervivencia, no habría espacio para ceder a la pena. A lo largo de la noche, enlazaron brazos, piernas, pies y manos. Reconfortadas por su calor recíproco, cambiaban a veces de posición, pero encontraban de inmediato la manera de juntarse. El pequeño Werner se despertaba a intervalos regulares; con gestos de autómata, Anke se levantaba y le daba el pecho. Marthe lo cambiaba y ambas se volvían a acostar, pegándose sin cumplidos una a la otra. Anke se volvía a dormir rápidamente. A Marthe le costaba un momento difuminar la tristeza y caer en el sueño. Finalmente, lo consiguió.

Al día siguiente, Anke y Werner aún no se habían despertado cuando Marthe salió de la habitación tras dejar una nota. Tomó una taza de achicoria caliente con Gretel y devoró dos rebanadas de pan acompañadas con queso de oveja. Después de despejar la cocina, su anfitriona aceptó llevarla a la base. De todas maneras, no abría la tienda desde que los militares y los científicos habían abandonado la zona. Era demasiado peligroso. Subieron a la vieja camioneta. La palanca de cambios había perdido el pomo; en su lugar, había una bola de madera.

El mar Báltico apareció pronto ante ellas. No había nadie en la entrada de la base. La barrera no estaba ni siquiera bajada. En aquella explanada desmantelada solo quedaban las huellas de una desbandada precipitada. Vio unos bidones metálicos llenos de papeles medio quemados. Por el suelo se veían montoncillos de planos mal destruidos que se levantaban con las rachas de viento para volver a posarse un poco más lejos. Había objetos personales por todas partes. Las oficinas estaban en absoluto desorden; las cadenas de montaje, abandonadas; las herramientas, esparcidas de cualquier forma en los remolques desenganchados. El último convoy de material había salido de la base dos días antes, según explicó el único individuo que quedaba en el lugar. Era el guardián más veterano de la base. Había enterrado a su mujer unos meses atrás y no quería dejarla «sola», como él decía. Prefería quedarse a esperar a los rusos y su propio fin.

Invitó a Marthe y a Gretel a tomar un vaso de leche caliente con azúcar. Le quedaban unas cuantas latas de leche concentrada. Más valía que lo aprovecharan ellas. Así, al menos, no se las quedarían los rusos. En la minúscula casita se estaba caliente. Mientras el viejo calentaba el agua, Marthe se puso a hablar con la tendera. Había que coger la camioneta y emprender viaje lo antes posible hacia el sur. Gretel protestó, asustada. ¡No tenía nada que hacer en los Alpes! ¡Además, su marido iba a volver! ¡Y su tienda! ¡Y su mercancía! Cada vez que quería conseguir algo, Marthe mostraba una capacidad de persuasión fuera de lo común. Pintó la inhumanidad de los rusos, la ferocidad de sus asaltos y las torturas que infligían a sus víctimas.

Gretel se puso aún más pálida de lo que ya era de por sí. Encadenando los «Virgen santa» y los «Dios mío» con un hilo de voz, respiraba trabajosamente, con la mano sobre el corazón. Aprovechando la ventaja lograda, Marthe se mostró aún más ardiente e imaginativa, hasta el punto de que el propio guardia empezó a dudar. Aunque le faltó poco para ceder, al final recobró el valor. Se negaba a abandonar la tumba de su esposa. Sin embargo, aunó fuerzas con la enfermera para convencer a Gretel de la necesidad de huir. Él estaba dispuesto a morir, pero ¡ella! Con apenas cuarenta años, una salud de hierro y la vida por delante, tenía que salir de allí sin demora. Además, había que tener en cuenta que un hombre podía esperar una muerte rápida. ¡Una bala y ya está! Todo habría acabado. Gretel, en cambio... Una mujer como ella..., llena de vida, con aquella magnífica cabellera... Sabía Dios qué le harían aquellos crápulas antes de ejecutarla.

La tendera pareció a punto de desmayarse. Le dio las gracias al guardián y volvió a subir a la camioneta, seguida de Marthe. Indolente en el trayecto de ida, Gretel parecía entonces confundirse con el vehículo, que conducía a toda velocidad por aquellos caminos rurales. Hablaba sin parar, como si las palabras la liberaran del miedo. Pensaba en el abastecimiento de víveres y en el carburante. Todavía le quedaban cinco bidones de gasolina sintética en el sótano (un tesoro en esos tiempos), pero aquello no sería suficiente para llegar hasta los Alpes. Habría que conseguir más por el camino, lo que constituía una ardua tarea debido a las requisas y los bombardeos. Al llegar a Mölschow, informaron a Anke de la inminencia de su partida. Ella pareció aliviada al saber que no irían a pie. Después de la caminata del día anterior, cada paso le suponía un gran esfuerzo. Gretel inició los preparativos para llevarse la mitad de la casa, pero Marthe cortó sus planes:

—No tenemos ni tiempo ni gasolina.

Gretel parecía desconsolada por no poder llevarse sus muebles, ni su vestido de novia (que no le entraba desde hacía tiempo), ni la colección de novelas rosa heredada de su madre, ni su tostadora eléctrica (que le había regalado su padre antes de morir), ni su preciosa colección de figuritas de porcelana. Sí consiguió, no obstante, convencer a sus compañeras para llevar víveres que servirían de moneda de cambio.

—Tus mercancías también podrían traernos problemas —objetó Marthe—. Podrían robárnoslas, o algo peor... En estos tiempos, se mata a la gente por cualquier cosa.

Gretel consideró infundada su inquietud. Aunque no conociera gran cosa de los rusos y de las atrocidades que eran capaces de cometer, en cuestiones de reparto era una profesional. La camioneta tenía un doble fondo y un falso techo. Después de haber sufrido varios asaltos, Gretel había pedido a su hermano menor, mecánico, que le instalara aquellos añadidos. Eso fue unas semanas antes de que lo mandaran al frente.

—Casi un niño, el pobre... —se lamentó.

Se disponía a contar toda la historia, pero Marthe la atajó con una severa mirada.

—Cuando lo vi marcharse, sentí como si me perforasen el estómago.

Marthe le puso un paquete de mantas en los brazos. No era momento para dejarse ablandar. Metieron la parte esencial de la carga por las dos trampillas disimuladas en la parte anterior de la camioneta: la gasolina, varias cajas de botellas de cerveza, una caja de *schnaps*, un saco de pescado seco y otro de patatas, así como los dos jamones que quedaban en la despensa, conservas de tomate, judías, verduras en vinagre, remolacha y alcachofa, azúcar y las últimas cajas de galletas. En la parte de atrás, pusieron jabón, ropa, un edredón, bufandas y gorros.

Gretel había quedado tan impresionada con lo que podría sucederle como mujer que, bajo el vestido, se puso dos pantalones de su marido. Además, suplicó a sus compañeras que hicieran como ella. Para no perder tiempo en discusiones inútiles, Anke y Marthe se colocaron cada una uno de los calzones de piel que utilizaba el marido de Gretel para ir de caza. También se llevaron su arsenal: las carabinas, junto con las municiones, así como un gran cuchillo para cada una. Marthe prefirió conservar el suyo, que llevaba siempre en el muslo. Había pensado deshacerse de él al enterarse de la muerte de Kasper, pero había cambiado de idea. En el momento de marcharse, Gretel insistió en coger una caña de pescar. Anke dio de mamar a Werner. Marthe lo volvió a poner en su cesto y emprendieron el viaje.

Fueron siguiendo las huellas de Von Braun. Se paraban en los pueblos y preguntaban por dónde se había ido el convoy militar. Puesto que un desplazamiento de material y de hombres de tal envergadura no pasaba inadvertido, no les costaba obtener información. Gretel y Marthe se turnaban al volante. Anke, que no sabía conducir, se ocupaba del pequeño. Werner parecía tranquilo. Solo se alteraba si sentía hambre. Cuando manifestaba su apetito, si Anke no ponía a su disposición el pecho en un segundo, atronaba la furgoneta con unos gritos de un volumen asombroso para una criatura tan pequeña. Las tres mujeres avanzaban tan deprisa como se lo permitía aquel viejo motor. Evitaron numerosos controles. Cuando era imposible sortearlos, se resignaban a negociar. Eran momentos de suma tensión. Como no disponían de salvoconductos, tenían que ablandar a los responsables explicando que huían de la invasión para ir a reunirse con sus maridos en el sur. Una vez que habían registrado el camión sin encontrar nada, hasta los más obtusos militares acababan por cooperar cuando Gretel les tendía «su última botella de cerveza», que guardaba tumbada junto a sus pies.

—Es mucho más eficaz que los papeles —se felicitaba la tendera.

Después de dejar atrás las olas de refugiados que llenaban los primeros doscientos kilómetros, la ruta estaba muy tranquila. Evitaban las vías principales, que entrañaban más peligro de bombardeos. Entre los controles, las viajeras tenían casi la impresión de estar de turismo. La primera noche durmieron pegadas entre sí, con las carabinas al alcance de la mano, sobre el suelo de la camioneta aparcada en el interior de un pajar abandonado. La segunda noche se refugiaron en un bosque donde Gretel tuvo grandes dificultades para conciliar el sueño. Sentía unas ganas tremendas de orinar, pero no se atrevía a salir: permanecía atenta a los ruidos del bosque, convencida de que acabarían devoradas por fieras salvajes.

Después de una prolongada resistencia, se entregó a un sueño poblado de hombres lobo con uniforme del Ejército Rojo que le retiraban su doble capa de pantalones para someterla a un sinfín de ultrajes que, en el sueño, no acabó de encontrar tan desagradables. Al día siguiente, mientras aliviaba la vejiga entre unos arbustos, se ruborizó, confusa, al recordarlo. Las tres mujeres reemprendieron el viaje. Escaparon por poco de un tiroteo que no supieron nunca a qué obedecía. Una de las balas atravesó la carrocería y entró en el escondite: perforó su último bidón de gasolina.

Aunque salvaron todo lo que pudieron, se quedaron con una reserva de combustible que no iba a durar más de unas decenas de kilómetros. Gretel estaba muy nerviosa. Para abastecerse en las escasas gasolineras todavía autorizadas a prestar servicio, se necesitaban cartillas de racionamiento. Les indicaron dónde encontrar una de esas gasolineras. Un adolescente muy guapo se negó a servirlas. Sus esfuerzos para engatusarlo fueron infructuosos: sin cartilla no había gasolina.

Gretel empezó a plantearse seriamente que, si era necesario (puesto que no había otra manera), sacrificaría su cuerpo ante ese muchacho testarudo a cambio de un bidón. Así se lo dio a entender, pero el joven prefirió quedarse con el jamón que Marthe sacó en ese mismo momento del camión. Solo con verlo se le hacía la boca agua. Estaba tan contento previendo la alegría que le iba a dar a su madre llevándole aquel trofeo y con el repentino olvido de sus principios que observó sin rechistar cómo las tres mujeres llenaron hasta el tope el depósito de la camioneta, así como los cuatro bidones que no habían acabado agujereados en el tiroteo.

Al cabo de dos días, después de otra noche en el bosque en la que los hombres lobo dejaron su lugar, en la imaginación de Gretel, a unos atrevidos escolares, las tres amigas vieron erguirse ante ellas la blancura azulada de los Alpes.

Marthe, Anke y Gretel recorrieron la región sin encontrar ni rastro de los científicos. Tras cuatro días de búsqueda infructuosa, averiguaron la causa de su desaparición. En las más altas esferas de lo que quedaba del Reich, había estallado un conflicto de autoridad. Al final, los equipos de Peenemünde habían sido desplazados al centro del país, cerca de Nordhausen, donde se habían instalado en una fábrica de construcción de V2.

Marthe se planteó reanudar el camino en sentido inverso, pero comprendió que aquella vez era imposible proseguir viaje. Al pequeño Werner le había dado una bronquitis que, en un bebé de unos días, prohibía todo desplazamiento. Marthe estaba asustada. La fiebre del pequeño era un drama. Aunque aparentaba mantener la calma, enloquecía de angustia solo de pensar que la infección pudiera empeorar. Por ello dictaminó que no podían seguir desplazándose. De acuerdo con los rumores que corrían de pueblo en pueblo, faltaba poco para el final. Obligadas a detenerse y a encontrar un techo, las tres mujeres aceptaron un empleo en el albergue Kaiserhof del pueblo de Oberammergau, ofreciendo su trabajo a cambio de dos habitaciones. Gretel, que era una excelente cocinera, preparaba la comida al lado de la dueña. Marthe servía en el comedor y Anke no hacía nada, aparte de sonreír a los clientes y cuidar de Werner cuando la enfermera estaba ocupada.

El pequeño estaba mal. Marthe le prodigaba repetidos masajes en el tórax con un ungüento graso impregnado de romero, le daba golpecitos para hacerlo toser y desprender los mocos. Le hizo bajar la fiebre bañándolo en agua caliente que iba atemperando lentamente con agua fría y aplicándole rodajas de patata sujetas con un paño húmedo en las sienes. Werner rugía, se asfixiaba, se volvía a enfurecer y acababa por dormirse, agotado por la enfermedad y por la energía que oponía a los cuidados. Al cabo de cuatro días en estado crítico, mejoró, lo que constituyó un gran alivio para los clientes, que no podían pegar ojo. El bebé supo compensarles las molestias. Apenas se hubo recuperado, emprendió a base de sonrisitas y mohínes adorables una seducción que parecía someter a aquel nuevo entorno a su bienestar.

—Este niño tiene una resistencia increíble —comentó Gretel.

—¡Está para comérselo! —elogió la dueña.

Werner se convirtió en la mascota del albergue. Así transcurrieron cinco semanas. Las noticias que circulaban no eran nada tranquilizadoras, pero la actividad les hacía olvidar las preocupaciones. En el albergue Kaiserhof, nadie estaba de brazos cruzados, pese a que, en aquella bucólica estación de esquí, uno tenía la impresión de hallarse alejado del trajín del mundo. En el campo se podía vivir con un mínimo de holgura. Marthe había renunciado, por el momento, a reunirse con Johann. Rogaba a Dios que lo protegiera de toda desgracia, igual que rezaba por que protegiera a Werner. Y, por una vez, el Todopoderoso parecía estar escuchándola.

Una tarde, después del servicio de mediodía, Marthe, Gretel, Anke y la dueña comían en un rincón del comedor. La enfermera vio con estupor aparecer la imponente y a la vez juvenil silueta de Von Braun. El ingeniero llevaba un abrigo de cuero marrón que le dejaba al descubierto el hombro y el brazo izquierdos, enyesados. Enseguida cruzaron la mirada.

—¡Marthe! ¡Por fin! —exclamó Von Braun, que se precipitó hacia ella—. ¡Qué alivio! Desde que recibí las horribles noticias de Dresde, estaba muy preocupado. Después me enteré de que había tres mujeres que viajaban con un niño y que preguntaban por toda la región dónde podían encontrar a Johann Zilch... No veo a Luisa.

El dolor que crispó la cara de Marthe bastó como respuesta. Von Braun se quedó desconcertado un momento. Luego, a medida que comprendía, se dejó caer en el banco, a su lado.

—¿En los bombardeos?

—Sí.

—¿Y el niño?

—Está aquí —dijo Marthe, que cogió al bebé de brazos de Anke para presentarlo a Von Braun—. Se llama Werner.

El ingeniero lo observó, emocionado.

—Luisa quería que fuera yo su padrino.

Trató de coger al crío con el brazo que le quedaba libre. Marthe hizo como si no se hubiera percatado de su gesto. Desorientado, Von Braun se conformó con palpar el pie del bebé con dos dedos, cosa que no fue del agrado de la enfermera. Aun así, consideró que, en su condición de futuro padrino, no podía negarle aquel privilegio. El ingeniero contempló aquella vida nueva que se agitaba delante de él.

—Pobre Johann, pobre amigo. —Suspiró con un pliegue en la frente—. Ya está tan mal...

—¿Qué ocurrió?

—Sus carceleros le dieron una paliza y lo dieron por muerto. Al menos eso es lo que dedujimos cuando lo encontramos. No lo precisé en el telegrama para no asustar a Luisa. Se va recuperando poco a poco. No recuerda muchas cosas...

—¿Hasta qué punto?

—No se acuerda de un sinfín de cosas de nuestra investigación. En realidad, de mucho de lo que ha pasado en los últimos años. Es como si su vida se hubiera detenido hace cinco años, en el momento de su boda. —Viendo el desconcierto de Marthe, Von Braun añadió—: Contaba con Luisa para ayudarlo. —Después volvió a suspirar—. Una pareja que se quería tanto… y ahora este pequeño… ¡Qué desgracia!

Abatido, pidió un aguardiente a la dueña. Sin consultar, las invitó a tomar lo mismo a todas. Después de interrogar a las tres mujeres sobre su expedición, le pareció un milagro que hubieran llegado sanas y salvas hasta Baviera.

—¡Cuando pienso lo que han vivido! —exclamó el ingeniero.

Triste, apuró la copa y pidió otra.

—¿Y usted? —preguntó Marthe, señalando el yeso que envolvía el brazo y el hombro del científico.

—Un accidente de coche poco después de haber evacuado Peenemünde. Habíamos viajado toda la noche. Mi chófer se durmió… ¡Tuvimos suerte de salir con vida!

—¿Por qué se fueron de Nordhausen? —preguntó Marthe—. Creía que se habían sumado a los efectivos de la fábrica de los V2…

—Hace tres días, por orden del general Kammler, todo el comité científico tuvo que abandonar la base donde estábamos instalados. Nos desplazan continuamente. —Inclinándose hacia Marthe, murmuró, mirando con recelo a su alrededor—: Yo creo que para Kammler lo más importante es tenernos al alcance de la mano en caso de que se tuerzan las cosas. Somos su seguro de vida.

Desde la detención de Johann, Von Braun estaba sobre aviso. Una palabra mal interpretada podía costar muy cara. La enfermera le dirigió una mirada cómplice.

—Marthe, quería decirle, a propósito de Kasper… ¿Recibió mi telegrama?

—Lo recibí —confirmó con rostro inexpresivo.

—Lo siento mucho…

—Yo no —replicó ella—. Yo lo odiaba y a usted no le caía

bien. Fue culpa suya que Johann estuviera preso tanto tiempo. Por lo tanto, también es culpa suya que Luisa esté muerta. Y eso sin contar lo que me hizo pasar a mí. En esta guerra hay que lamentar la pérdida de millones de vidas, pero la de Kasper Zilch no es una de ellas, créame.

A Von Braun le impresionó la dureza de Marthe. Pese a la estrecha relación que lo unía con Johann desde hacía varios años, no se había percatado del odio entre los dos hermanos. Desconocía el mal que podía causar Kasper. No podía creer que hubiera complicado a propósito la estancia en la cárcel de su propio hermano. Asombrado por la violencia verbal de Marthe, apuró el vaso de un trago y se puso en pie.

—¡Vengan conmigo! Las llevaré. Estamos solo a unos kilómetros.

Después de pagar la cuenta, encendió un cigarrillo. Anke y Marthe tenían pocas cosas que llevar consigo. Gretel prefirió quedarse en el albergue. No quería dejar en la estacada a la dueña para la cena. Las tres mujeres se abrazaron. Incluso Marthe parecía emocionada. En aquellos tiempos, cuando uno se despedía de alguien, solía ser un adiós definitivo. El Mercedes de Von Braun los esperaba delante del albergue. El ingeniero se quitó el largo abrigo de cuero con ayuda del chófer. Marthe advirtió, escandalizada, que llevaba el uniforme de las SS e incluso la cruz del mérito de guerra con la que lo había condecorado Hitler unos meses atrás. La perplejidad de la enfermera era comprensible, ya que Von Braun nunca había disimulado su antipatía por los esbirros de Himmler. Con expresión severa, subió a su lado con el bebé. Anke se sentó delante.

Esa tarde de abril de 1945, Marthe, Anke y el pequeño Werner Zilch se instalaron en el hotel Haus Ingeborg, un lujoso establecimiento situado en los Alpes Bávaros, casi en la antigua frontera con Austria. Los cerebros más codiciados de la Segunda Guerra Mundial se habían adaptado rápidamente al nuevo marco. Von Braun requisó dos habitaciones contiguas para Marthe y Anke. El niño iba a dormir con su tía, por supuesto. Marthe estaba a la vez impaciente y nerviosa ante la perspectiva de presentar a Werner a su padre. Pensaba que Luisa se habría alegrado, desde luego, pero temía que Johann quisiera quitarle al pequeño. Werner dormía como un tronco. Era la hora de su siesta, así que Marthe prefirió ver en qué estado se encontraba su cuñado antes de presentarle al niño. Así pues, dejó a Werner con Anke para acompañar a Von Braun.

El hotel era un vasto edificio de madera de compleja arquitectura. Bajaron unas escaleras. Tras recorrer un largo pasillo de paredes adornadas con una extensa colección de relojes de cuco, subieron unos escalones que desembocaban en otro pasillo. Se cruzaron con dos ingenieros del equipo, que acogieron con efusión a Marthe. Uno de ellos, un soltero tímido y torpe llamado Friedrich, se había quedado prendado de la enfermera cuando esta fue a pasar unos meses con Luisa y Johann. Luisa había animado a Marthe a darle una oportunidad, pero Friedrich tenía un poder de seducción inversamente proporcional a las capacidades de su cerebro. En todo caso, pareció muy contento de volverla a ver. Von Braun la condujo hasta la terraza del hotel. Cuando percibió la silueta de Johann, se le aceleró el pulso. Estaba de espaldas, apoyado en la barandilla. Tenía el tobillo y la pantorrilla derecha enyesados. Le habían rapado el cabello al cero para curarle las heridas de la cabeza. Fumaba con indolencia, sosteniendo el cigarrillo entre el dedo mayor y el índice. Von Braun llamó a Johann, que se volvió con una sonrisa. Llevaba una venda en el ojo izquierdo y le faltaban dos dientes. El ingeniero se acercó.

—Johann, ¿te acuerdas de Marthe?

—Claro —respondió, con aire aturdido—. Buenos días, señora. —La saludó con voz ronca, tendiéndole la mano.

—¡Puedes darle un beso, Johann, hombre, que es tu cuñada!

Cuando Johann se inclinaba, obediente, hacia ella, Marthe retrocedió de repente y se puso a escrutarlo, con expresión tensa, asaltada por un sentimiento de angustia. Johann le dedicó una sonrisa un poco ausente y le abrió los brazos.

—Es formidable, la reconoce... —murmuró Von Braun—. Estaba seguro de que le sentaría muy bien verla. ¡Y aún no ha visto al niño...!

Von Braun empujó a Marthe a los brazos de su cuñado. Se abrazaron un instante y luego el científico les dio una palmada afectuosa en la espalda a ambos.

—Marthe, vaya a buscar a Werner... Tiene que conocer a su padre.

Manhattan, 1969

Mi ángel era una mujer. Una explosión de contradicciones que me enardecía. Imperiosa y sumisa, dulce y apasionada, Rebecca se entregaba sin reparos, sin cálculo. En la limusina que nos conducía al hotel Pierre, donde había reservado una habitación para esa noche, le había desabrochado la blusa y había hundido mi cara en los sedosos valles de su cuello y de sus pechos. No prestaba la menor atención al chófer, que evitaba mirar por el retrovisor y parecía no oír sus suspiros. Se ofrecía a mis caricias, inclinada hacia la puerta. Entre sus párpados entornados asomaba una mirada turbada. Me estrechaba con fuerza con los brazos. Su piel tenía un olor a ámbar que me embriagaba. Cuando introduje la mano en su pantalón de hombre, noté cómo afloraba su deseo bajo el algodón de las bragas. Aquel contacto me enloqueció. Estaba desvistiéndola cuando el coche aminoró la marcha. Habíamos llegado. Le abroché los botones de la blusa sobre el pecho sometido al rápido vaivén de la respiración. Le ajusté la corbata casi desanudada, robándole otro beso. Luego salimos. Rebecca tenía el pelo alborotado, los labios enrojecidos y la vista desenfocada. Yo llevaba la chaqueta en el brazo para ocultar mi considerable erección mientras atravesábamos el vestíbulo. Había pasado a coger las llaves de la habitación antes de la cena. No quería, si la velada resultaba propicia, enfriar el entusiasmo de aquella belleza durante la espera siempre molesta que exigen las formalidades en la recepción. La conduje hacia los ascensores y entonces pareció volver a la realidad.

—Lo tenías todo previsto… —constató, sonriendo, mientras el ascensorista apretaba el botón del quinto piso.

Rebecca se ausentó un momento en el cuarto de baño. La oí abrir los grifos de la bañera y del lavabo. Aquella delicadeza me hizo sonreír. La volví a rodear con los brazos en cuanto salió.

—No te preocupes —me dijo, riendo—. No voy a cambiar de idea.

—¡Nunca se sabe! —contesté, atrayéndola hacia la cama.

Le quité la chaqueta, la blusa y el sujetador, poniendo por fin al descubierto sus pechos redondos, cuyos pezones rosa, prietos y perfectamente centrados, me miraron directamente a los ojos. A pesar de su figura grácil, emanaba de ella una especie de potencia, de animalidad. Le quité el cinturón, el pantalón. Me quedé un momento admirándola, casi desnuda, aunque yo aún seguía vestido.

Arrodillado encima de la cama, le besé los pies, los primeros actores de mi atracción por ella. Rebecca los retiró con un gracioso tijereteo de piernas que me dejó entrever, en un abrir y cerrar de ojos, el fruto abombado de su intimidad. Quiso levantarse, pero con la mano apoyada en su plexo solar, la obligué a tumbarse de nuevo. Deslicé despacio la palma por encima del vientre para bajar hasta el final y liberarla de la última prenda interior. Quedé fascinado con su pubis rubio. Los pelos, finos y lisos, parecían recién peinados. Tocarla tenía algo de profanación. Me dejó mirarla, febril, y después penetrarla con el dedo.

Rebecca se mostraba ávida o reticente según la manera más o menos acertada con que exploraba la geografía de su placer. Me hacía demandas concretas que me irritaban un poco, pero el efecto que obtenía al acceder a sus deseos me recompensaba por haberme plegado a ellos. No pretendía disimular. Aceptaba que la deleitara sin preocuparse por lo que pudiera pensar de ella. Me sentía cada vez más a gusto. Rebecca era increíblemente reactiva e increíblemente egoísta. Le gustaba que la abrazara, que la acariciara, que la manipulara, pero no tomaba ninguna iniciativa con respecto a mí. Sí se mostraba, en cambio, obediente. Cuando le cogí la mano y la puse encima de mi sexo, lo acarició con destreza. Su habilidad me inspiró celos. No me gustaba imaginar lo que había aprendido o lo que había hecho con otros.

Habría querido que me acogiera en su boca, pero no estaba seguro de si podría contenerme. Volví a asumir el mando. Le exploré el cuerpo con los labios y las manos, demorándome en la ingle y luego en el pliegue del muslo. Ella se arqueaba, con las manos hundidas en mi pelo. Me pidió que la poseyera. Las palabras que utilizó, crudas y claras, resonaron en el silencio de la habitación. Emprendí una lucha encarnizada contra mí mismo. Escuchaba su deseo y desconfiaba del mío. La visión de sus tobillos cuando, acostada y con las rodillas plegadas, se ofrecía a mí; una mirada ardiente que me lanzó cuando la penetré; ella encima de mí, con los rizos rubios que la vestían como una estola y acudían a acariciarme las rodillas cuando se echaba hacia atrás; su piel cuando apoyé la mano en la base del cuello... Procuré pensar en un baño en el mar, en la nieve, en el hielo para aplacar mi ardor, pero me dejé arrastrar, al igual que ella, por una reacción en cadena que no nos soltó hasta mucho después, felices y extenuados.

Nuestra vida en común comenzó desde aquella primera noche. Después del amor, se acercó a mí. Con otras chicas, me asfixiaba una vez satisfecho el deseo. No tenía inconveniente en dormir con ellas, pero a condición de que no se me pegaran ni me pusieran la pierna encima. No obstante, cuando Rebecca lo hizo, encajando el pie detrás de mi rodilla al tiempo que me abrazaba, lo encontré encantador. Su cabello, que me hacía cosquillas en la barbilla, no me molestaba. En ningún momento se planteó volver a casa. Ni por asomo se le ocurrió que pudiéramos dormir separados cuando acabábamos de hacer el amor.

Me sentía turbado por la repentina tolerancia que experimentaba al contacto con ella. Era desconcertantemente natural. Después de una larga caricia, se volvió de lado y, abrazando la almohada con la misma ternura que me había demostrado unos instantes antes, murmuró «buenas noches», como quien se despide de un criado. Después se abandonó enseguida, confiada. Yo la observé, fascinado de tenerla allí, cerca de mí, tan viva y accesible. Sentía celos de sus sueños, de la distancia que creaban entre ambos, pero no me atrevía a tocarla. Rebecca tenía un aspecto infantil y concentrado, como si estuviera entregada a una tarea de suma importancia. Su respiración era apenas perceptible. Me parecía hermosa, magnífica.

Al día siguiente, no rechistó cuando me levanté y me fui a duchar, ni tampoco cuando me puse a buscar los calzoncillos y la ropa que tenía desparramada alrededor de la cama. Su indiferencia me ofendió. Abrí la puerta de la habitación, cogí el periódico del suelo y lo desplegué de manera ruidosa. Lo leí de cabo a rabo sin que ella diera señas de querer despertarse. Hacía rato que se había hecho de día cuando al final me agaché a su lado y la llamé acariciándole la mejilla con un dedo. Contrariada, ella abrió los ojos, me sonrió y me tendió los brazos.

—Tengo que irme... —dije, rodeándole el talle.

Olía bien y estaba ardiente.

—¿Irte adónde? —respondió, incorporándose, indignada—. ¡Si ni siquiera hemos desayunado!

—Pide lo que quieras.

—¡Ah, no! Tú te quedas conmigo...

Le alboroté el pelo, divertido por su actitud de joven pantera.

—¿No sería usted un poquito autoritaria, señorita?

—Quédate, por favor. El desayuno es importante. No se puede empezar el día de manera brusca... Se necesita una transición. Yo detesto enfrentarme de golpe a la realidad.

—Una princesa… —constaté, sonriendo—. Me habían avisado…

—¿Quién? —preguntó, atrayéndome hacia sí.

—La legión de los corazones rotos a tus pies.

—En ese terreno, creo que no tienes nada que envidiarme.

—¿Te has informado?

Con una sonrisa, cogió la carta del servicio de habitación y se concentró en ella con la misma atención que dedica un hombre de finanzas a las fluctuaciones de la Bolsa.

—¿Qué quieres? —pregunté descolgando el teléfono.

La princesa tenía un apetito de ogro, igual que yo. Pidió un desayuno continental con pastas, tostadas, huevos revueltos con salmón, macedonia, café con leche, zumo de naranja y yogur. Yo elegí lo mismo, añadiendo un plato de patatas salteadas. Ambos devoramos con entusiasmo la comida. Dejé caer un poco de todo en las sábanas. Rebecca, que como la mayoría de los artistas vivía instalada en su cama desde hacía años, no dejó escapar ni una miga fuera de la bandeja. Aquel copioso menú nos dio sueño. Sentí deseos de ella y ella de mí, lo cual volvió a darnos ganas de dormir.

Cuando nos despertamos, teníamos hambre. Salimos a comer, lo que implicaba, lógicamente, una siesta. Sin embargo, en este caso, la lógica no se impuso. Rebecca tenía que cambiarse y trabajar. Yo tenía que trabajar y cambiarme. Acordamos volver a vernos por la noche en la misma habitación, que había decidido conservar durante el fin de semana. Vivimos con ese ritmo dos días más. Éramos infatigables. Lo único que me preocupaba era la cuestión económica. Rebecca, acostumbrada a disponer de dinero en abundancia, me dejaba pagar las facturas sin darme siquiera las gracias.

Llegó el momento de dejar la habitación. A través de nuevas acrobacias y del empeño de los gemelos de Marcus, había conseguido con qué pagar aquella cuantiosa factura, pero no podíamos quedarnos más allí. Temía decepcionar a Rebecca si la llevaba a mi casa. Aquel pequeño piso (mitad vivienda, mitad oficina) que compartía con Marcus no me parecía digno de ella.

No podía presentarme en casa de sus padres y no quería separarme de ella. Tenía la impresión de que bastaría un momento de distracción para que desapareciera en una esquina. Aquella inquietud que no había hecho más que avivarse tras comprobar lo ducha que era en el campo de la seducción. Aunque no parecía siquiera consciente de ello, se pasaba el día coqueteando. Escuchaba las más insignificantes informaciones, enunciadas por las más insignificantes personas, con expresión maravillada. Se paseaba por el mundo con una mezcla de inocencia y de egoísmo que me alarmaba y me fascinaba. Parecía como si los regalos y los favores le cayeran del cielo.

En cuanto aparecía, Rebecca copaba todas las miradas. Por mi parte, yo tampoco pasaba desapercibido. La admiración que suscitábamos me resultaba agradable, pero desconfiaba de los anhelos que Rebecca no dejaría de inspirar no bien me hubiera vuelto de espaldas. Habría querido ponerla debajo de una campana de cristal para protegerla del tiempo y de las agresiones del aire, para conservarla solo para mí. Como no podía pagar ni una noche más, el domingo puse el pretexto de que tenía una cita muy temprano el lunes. Nos abrazamos en un rincón de la calle, a pocos metros de la casa de sus padres. Quise preguntarle cuándo la volvería a ver. Y creo que ella tenía la misma pregunta en la punta de la lengua, pero éramos demasiado orgullosos para formularla. La dejé marchar. No quiso que la acompañara hasta la puerta.

Alpes Bávaros, 1945

Marthe puso la excusa de que el niño estaba durmiendo. Al día siguiente, dijo que estaba enfermo; al otro, también. Von Braun no se dejó engañar. Exigió ver a Werner. Cuando se lo enseñó, lo cogió sin dar explicaciones con su brazo sano para llevárselo a Johann. Marthe trató de interponerse, lo que hizo que Von Braun se enfadara. Su actitud posesiva con el bebé rayaba lo ridículo, le dijo. Comprendía que se preocupara por el estado de Johann, así como que no deseara entregarle todavía al niño. Sin embargo, no dejaba de ser el padre de Werner, mientras que ella era solo su tía. Su tía política, además. No consentiría que impidiera que se conocieran. Tenían que recuperar las semanas que habían pasado sin verse. Era necesario que se creara un vínculo entre ambos: esconder al bebé no facilitaría las cosas.

—¡Es peligroso! —protestó Marthe—. Johann no está bien y Werner es demasiado pequeño…

—¡Ni siquiera me lo dejó coger a mí! En el albergue… No crea que no me di cuenta. ¿También yo soy peligroso?

—Como tenía un brazo roto, temía que se le cayera —balbució ella.

—Pues no, tal como puede ver, lo sostengo muy bien.

Había que reconocer que, tendido sobre el antebrazo del científico igual que una cría de león acostada en una rama, con la cabeza apoyada en su voluminosa mano, Werner no parecía a disgusto.

—En su caso me equivoqué, lo reconozco, pero lo de Johann es distinto.

Von Braun se impacientó.

—No lo entiendo. ¿Qué tiene en contra de Johann? Me asombra lo ingrata que está siendo. ¡No tuvo reparos en irse a vivir a su casa cuando se separó de su marido!

—No se trata de eso, para nada.

—Su cautiverio y lo que vivió lo han dejado marcado. Eso es innegable. Pero hay que darle tiempo para que recupere fuerzas. Solo de imaginar lo que ha debido de sufrir... Es escalofriante. ¡Un poco de compasión, Marthe! Me extraña... Me indigna que una mujer como usted, que además es enfermera, no demuestre más compasión por ese pobre hombre.

Las protestas de la joven no lo ablandaron.

—Marthe, si está convencida de que todo mi equipo le tiene ojeriza a ese niño, no tiene más que irse. No tengo ningún derecho a impedírselo, pero no pienso consentir que se lleve a mi ahijado.

Marthe simuló entrar en razón. No iba a renunciar a Werner. Además, Von Braun la tenía vigilada. Había avisado a los SS que montaban guardia en el hotel para que no la dejaran salir sola con el niño. Para estar más tranquilo, pidió a su chófer, Gunther, que la siguiera. A partir de aquella noche, ya no podía recorrer tres metros sin que aquel patán cuarentón la acompañara. Friedrich, su galán, tampoco la dejaba ni a sol ni a sombra.

Por su parte, como no podía darles esquinazo, optó por convertirlos en sus esclavos. Cargaban sus cosas, le iban a buscar el té, el jersey cuando había corriente de aire o a Anke cuando era la hora de dar de mamar al pequeño. Dejaban que ganara a las cartas, pese a que Friedrich tenía una memoria fotográfica extraordinaria: solo porque temían que se pusiera de mal humor si perdía. Mecían el cesto de Werner durante horas. Cuando el crío se echaba a llorar, los obligaba a cantarle una canción. Así pues, en realidad, Marthe no había salido tan mal parada. Sin embargo, en cuanto tenía en brazos a Werner, se convertía en una suerte de prisionera.

Johann guardaba las distancias. Von Braun insistió para que se interesara por su hijo; sin embargo, en cuanto se le acercaba, el crío se ponía a gritar. Los malos tratos sufridos habían convertido a Johann en un ser vacío, sin personalidad ni emociones. Hacía lo que le pedía su jefe y amigo. Aunque tenían conversaciones corteses y distantes con los otros miembros del equipo, seguía ausente. Pasaba los días fumando en la terraza del hotel, con la mirada extraviada.

Por otro lado, Von Braun, optimista por naturaleza, pensaba que el tiempo arreglaría las cosas.

Marthe, por su parte, había perdido el sueño. Cada noche, cerraba los postigos de su habitación, echaba el cerrojo en la puerta y corría la cómoda para ponerla delante. Había colocado la cuna de Werner entre su cama y la pared, para alejarlo de la ventana. Reposaba por fragmentos de media hora, con el cuchillo debajo de la almohada. Anke era la primera en condenar la postura de su amiga. La nodriza se había situado de inmediato bajo el mando de la nueva autoridad y se mostraba dispuesta a todo para complacer a Von Braun y a los hombres de su equipo. Conversaba con actitud reprobadora con las otras mujeres del grupo sobre «la actitud incalificable de Marthe». Las esposas de los científicos habían asentado rápidamente sus preferencias. Anke tenía el mérito de ser una mujer sumisa y casada, en tanto que Marthe era viuda, libre e imprevisible. Acogieron a la primera con condescendencia; a la segunda, con animosidad. El carácter de Marthe y, más aún, su celibato habían suscitado una antipatía casi inmediata. Quienes la habían conocido cuando vivía en casa de Johann no conservaban un buen recuerdo de ella. No era amable, aseguraban, y eso sin contar que, en su opinión, Luisa había sido muy ciega al dejar que su cuñada rondara de esa forma alrededor de su marido. No había más que ver la devoción que Marthe despertaba en Friedrich para comprender de lo que era capaz aquella intrigante. ¡Ah! Se veían venir de lejos esas seductoras sin escrúpulos, de esas de las que no se desconfía y que acaban robando hasta a los padres de familia más rectos y responsables. Anke les aportaba argumentos, quejándose de lo que Marthe le había hecho soportar. Describía su autoritarismo y su egoísmo. Sin parar de lamentarse por las penalidades sufridas, se quitaba los zapatos a la menor ocasión para enseñar los pies lastimados.

—Y fíjense en cómo me lo ha pagado. Sin mí, Werner no habría sobrevivido. Fue muy duro alimentar a ese niño, cuando mi querido Thomas, tan guapo, tan bueno, acababa de irse con los ángeles.

Qué persona más mala y horrible era esa Marthe, coincidían las esposas. Anke tenía mucho mérito al haberse sacrificado con tanta fuerza moral. Las mujeres intercambiaban miradas modestas, resueltas y húmedas. Se deleitaban con su propia generosidad, su decencia y su sufrimiento compartido. Con el celo detestable de quienes desean que los acepten, Anke aprovechaba cuando daba de mamar a Werner para bajárselo a Johann, que le hacía cosquillas forzadamente antes de que Marthe, furiosa, acudiera a recuperar al pequeño.

Más allá de aquellas tensiones y de la espada de Damocles que los SS mantenían suspendida sobre sus valiosas neuronas, los científicos vivían unas curiosas vacaciones. Mientras la Alemania que habían conocido se desmoronaba día a día, ellos se pasaban el día jugando a las cartas y al ajedrez. Escuchaban la radio o se sentaban en la terraza del hotel. Contemplaban los Alpes nevados y disfrutaban de un glorioso sol primaveral. Aunque no les faltaba de nada, tenían conciencia de que el destino del mundo y el suyo propio se estaban decidiendo en algún lugar, a sus pies. En cuanto se quedaban solos, sus conversaciones versaban sobre la mejor manera de convencer a los SS para que se rindieran (en lugar de abatirlos), cuando no se perdían en conjeturas sobre los enemigos susceptibles de ser los primeros en llegar hasta ellos. Acompañados de ingleses y franceses, los norteamericanos estaban en el oeste y en el sur; los soviéticos, más lejos, en el este. Todos los buscaban activamente. A pesar de ignorar que sus nombres figuraban en los primeros puestos de la lista elaborada por los servicios de información británicos para identificar (querían «robar» los cerebros del Reich al adversario que ya constituía el Imperio soviético), todos habían oído hablar de compañeros que habían desaparecido de la noche a la mañana sin que se hubiera vuelto a saber de ellos. Por su parte, los agentes que recorrían Alemania para echar el guante a Von Braun, a Johann Zilch y a sus colegas no imaginaban ni por asomo que estuvieran a tan solo unos kilómetros.

En la noche del primero de mayo de 1945, instalado en el salón azul, el pequeño grupo bebía Jägermeister escuchando la séptima sinfonía de Anton Bruckner cuando la radio interrumpió con brusquedad el programa musical para anunciar la muerte del Führer. Los científicos y sus mujeres se levantaron precipitadamente para concentrarse en torno al aparato. El periodista anunciaba con voz trémula que Adolf Hitler había fallecido en combate tras una lucha encarnizada, en las ruinas de Berlín, a mano de las hordas bolcheviques. La conmoción fue enorme. Pese a que ansiaban aquel desenlace desde hacía semanas, sucumbieron al vértigo de la incertidumbre. Algunos manifestaron su alegría, pero los más legitimistas los reprendieron. Para ellos, felicitarse por la muerte del Führer era antipatriótico. Anke se echó a llorar. Con un sentimiento de orfandad y abandono, se lamentaba por la desaparición del hombre que los había guiado. Otras mujeres lloraban con ella, aterrorizadas por la suerte que les esperaba. Una vez acostada, Marthe oyó durante un buen rato cómo Anke gemía a través del tabique de la habitación. Esta vez no tuvo ganas de consolarla. Aquellas últimas semanas habían revelado su verdadera naturaleza. La gente tiende a creer que las personas tímidas y apocadas son buenas, pero lo que sucede es que son débiles. En realidad, son capaces de degollarlo a uno en cuanto se les presente la ocasión, para vengarse de su propia mediocridad. Por suerte, Werner podía prescindir de Anke. Por aquel entonces ya comía carne picada, purés y compotas. Marthe quería alejarse lo más posible de ese país y de ese pasado. Quería volver a empezar desde cero, construir una vida mejor en otro sitio. Para ello bastaría encontrar la manera de irse. Aquella noche la pasó rumiando planes de futuro, como buena parte de los ocupantes del hotel.

En el piso de arriba, Von Braun pensaba en cuál sería la mejor estrategia para él, para su equipo y para sus sueños inalcanzados de crear el cohete espacial. Acostado de espaldas, con el brazo escayolado rígido ante sí, sentado en el borde de la cama o recorriendo de un lado a otro la habitación, tenía el cerebro en ebullición. Agitado, fumó tres paquetes de cigarrillos y barajó el doble de ideas, antes de decidirse.

Al día siguiente, reunió a sus hombres. No había tiempo que perder. La muerte de Hitler lo había liberado de sus últimas reticencias morales y había acabado de desorganizar a sus guardianes. El relato de las torturas infligidas por los rusos a los prisioneros alemanes había causado una fuerte impresión en aquellos mismos científicos que semanas atrás apenas se habían preocupado por los horrores del trabajo forzado en la fábrica de Dora, donde los esclavos morían por millares. Von Braun quería entregarse a los norteamericanos. Su equipo lo secundó, con excepción de dos investigadores que optaron por los rusos. Marthe quería aprovechar la desorganización general para huir con el bebé, a pie si era necesario, por las montañas que la primavera volvía menos hostiles. No tuvo oportunidad de cumplir su propósito.

Marthe era la única persona, junto con Magnus von Braun, el hermano menor del jefe, que hablaba correctamente inglés. Von Braun, que sabía que los norteamericanos eran los que estaban más cerca, envió a Marthe y a Magnus como avanzadilla. Sustrayéndose a la vigilancia de sus carceleros, bajaron en bicicleta la empinada carretera que descendía hacia Austria. En cada curva, les parecía que arriesgaban la vida. Si los SS los hubieran visto abandonar el hotel sin autorización o, aún peor, si los hubieran visto acercarse a los soldados extranjeros, no habrían dudado ni un segundo en disparar. A Magnus habían dejado de funcionarle los frenos. El tándem divisó en el valle a una unidad antitanque americana de la 44.ª División. Magnus decidió jugarse el todo por el todo. Tras lanzar a toda velocidad la bicicleta, sin saber cómo la podría parar, abordó a los norteamericanos en un inglés entrecortado: «Me llamo Magnus von Braun. Mi hermano es el inventor del V2. Queremos rendirnos». Cuando los estadounidenses comprobaron que la pareja no iba armada, aceptaron hablar con ellos.

Magnus y Marthe tuvieron que recurrir, no obstante, a toda su fuerza de persuasión para que creyeran que los inventores del V2 estaban en las proximidades, en la montaña; para convencerlos de que querían que el general Dwight Eisenhower los recibiera de inmediato. Un soldado moreno de expresión inteligente llamado Fred Schneikert, originario de Wisconsin, se decidió a llevarlos al cuartel general del CIC, los servicios secretos americanos, que se habían establecido en la ciudad de Reutte. Allí, pese a su incredulidad, el teniente primero Charles Stewart no quiso correr el riesgo de dejar pasar de largo a uno de los científicos más buscados del conflicto. Así pues, puso a disposición de Magnus y de Marthe a cuatro hombres y dos coches, con el encargo de que volvieran con Von Braun. Entre tanto, la mayoría de los SS que custodiaban el hotel habían abandonado su uniforme y habían huido. Los que quedaban dejaron que Von Braun se fuera a reunir con los norteamericanos, con la esperanza de salvar así la vida. El acuerdo se cerró al día siguiente en la oficina de Charles Stewart en torno a un desayuno compuesto de huevos revueltos con beicon y pan blanco con mermelada, acompañados con auténtico café, un lujo cuyo sabor habían olvidado.

Aquel mismo día, probaron por primera vez en su vida unas bolsitas de cereales tostados que había que tomar con leche y azúcar: estaban deliciosos. Aliviados y saciados, Von Braun y los suyos se rindieron oficialmente ante las autoridades estadounidenses.

Manhattan, 1969

—¡Ya te he dicho que me da igual! —insistió con exasperación Rebecca.

—Pues a mí no me da igual —le respondí.

—¿Tan horrible es? ¿Hay cucarachas o ratas?

—¡No, claro que no!

—Pues entonces llévame a tu casa.

—No.

—O si no, déjame pagar el hotel.

—De ninguna manera —me negué.

Rebecca, que había tomado conciencia de mis dificultades económicas, me había propuesto comer de pícnic en Central Park. Había traído de las cocinas de su casa un lujoso cesto que contenía un mantel blanco, copas finas y cubiertos, una botella de champán, una terrina de pescado, lonchas de asado de buey, ensalada de verduras a la parrilla, pan de Viena, queso y, por supuesto, unas patatas salteadas que devoré frías. El colofón de la comida era un pastel de chocolate.

—Lo he comprado yo misma —se jactó con una sonrisa socarrona.

—¿Sabes cocinar?

—Nada. Ni un huevo. De niña, cuando me aburría, me iba al *office* y me quedaba mirando cómo trabajaba Patricia, pero tenía estrictamente prohibido siquiera probar a hacer algo...

—¡Estoy seguro de que lamías muy bien los platos! —le tomé el pelo, tumbándola sobre la hierba.

Sus cabellos desparramados encima de la manta componían un sol rubio en torno a su cara. Me fascinaba que una cabeza tan pequeña pudiera contener tantos pensamientos, deseos e inteligencia. Me besó antes de meterme un puñado de hierba dentro de la camisa cuando menos me lo esperaba. Me la quité refunfuñando y amenazándola con darle unos azotes si volvía a tener una ocurrencia como aquella. Luego la volví a tumbar y la mantuve prisionera bajo mi cuerpo.

—¡Werner, decídete ya! —se quejó.

—¿Sobre qué?

—¡Sobre el sitio donde vas a satisfacer mis deseos! Es muy fácil eso de provocarme sin tener una solución... Eres un calientabragas.

—¿Estás caliente?

—Sí.

—¿Muy caliente?

—Mucho.

Me enderecé, suspirando.

—¿No tienes un taller donde trabajas?

—¡Sí, claro! ¡No sé cómo no se me había ocurrido! Está justo encima del despacho de mi padre. Seguro que estará encantado de conocerte... —bromeó.

Rebecca sabía que me imponía la perspectiva de conocer a sus padres. Aunque no se lo había dicho, leía en mi interior como en un libro abierto. Como seguía resistiéndome a sus demandas, pasó a la carga. Su exhibicionismo sensual me tenía asombrado, sobre todo teniendo en cuenta que no se mostraba así en el terreno de los sentimientos: ni muchos menos. Le había empezado a expresar mi afecto, pero ella despachaba mis declaraciones con un comentario burlón o con una carcajada. No me había dirigido ni una sola palabra de ternura. A pesar de que sus ojos, sus caricias y sus besos me transmitían lo mucho que me apreciaba. Al final acabé cediendo a las demandas de Rebecca y acepté llevarla a casa. Era difícil resistirse a ella y a su alternancia de chantaje afectivo y súplica infantil, humor y enfurruñamiento, razonamiento lógico y acoso. Era justo el mismo método que yo aplicaba, según Marcus, con nuestros proveedores o con cualquier persona que se entrometía en mi camino... Es posible que ambos fuéramos igual de determinados. En el taxi que nos llevó al *downtown*, me sentí nervioso. Ella estaba muy contenta, decidida a encontrar encantador el más horrible de los antros. Dijo que la calle era «coqueta». Sin prestar la menor atención a los cubos de basura del restaurante de debajo, aseguró que el edificio era «de lo más simpático». Las escaleras metálicas, que se combaban en cuanto subía alguien, le parecieron «saludables para el corazón» y se derritió de alegría al encontrar a *Shakespeare*, que nos recibió con una alegría desmesurada. Después de acariciarlo, empezó a inspeccionar el lugar.

—¡Pero si tienes agua corriente! —bromeó desde el cuarto de baño.

Abrió la ventana que daba a un patio siniestro y a la salida de ventilación del vecino. «Vista típicamente neoyorquina, de auténtica postal», comentó con tono de agente inmobiliario. Examinó la ducha y el lujoso material de afeitado de Marcus, cuya brocha con base de ébano rodeada de plata, con la cuchilla y el cuenco a juego, desentonaban sobre los azulejos verde botella del lavabo. A continuación, entró en la habitación de Marcus, donde reinaba un orden impecable: «Apuesto a que es el cuarto de tu compañero de piso». Después fue a la mía, que estaba hecha una leonera: «¡Y este es el tuyo!», bromeó. Puso fin a su inspección en el despacho, donde se apilaban montañas de carpetas: «La sede de la multinacional», comentó. Luego, en la última habitación: «¡Dios mío! Una cocina equipada. ¡Con una nevera y una cocina de gas! No se priva usted de nada, señor Zilch».

Me sentía mortificado. Me podían las ganas de demostrar al mundo y a aquella insolente de lo que era capaz. El tiempo transcurría con una lentitud indignante. Si todo se hubiera desarrollado según lo previsto y sin esos funcionarios corruptos que habían retrasado las obras, ya debería haber dispuesto de mi primer millón en la cuenta del banco. Tenía en perspectiva el próximo proyecto de Z&H, un inmenso terreno en primera línea de mar que, definitivamente, podría hacer bascular la suerte de mi lado. Captando mi frustración, me dio un beso.

—Sinceramente, Wern, tu piso está muy bien.

—¡Por lo menos para el castigo que te voy a infligir!

—¿No me invitas a tomar algo antes?

—No.

—No es usted muy educado, señor Zilch.

—Para nada —confirmé, acostándome.

—Ni muy ordenado tampoco —añadió ella, que sacó de entre las sábanas un cinturón cuya hebilla se le clavaba en la espalda.

—¿Otros motivos de queja, princesa del guisante?

—¡Un montón!

—Voy a esforzarme para que me perdones... —anuncié, sujetándole las muñecas.

En el amor, a Rebecca le gustaba la autoridad, y yo tenía una tendencia natural a expresar la mía. Aquellos momentos restablecían el equilibrio. Verla ofreciéndose a mí, plegándose a mis manos y a mis órdenes, me procuraba un sentimiento de potencia que no había conocido con ninguna otra mujer. Quería embestidas enérgicas. Ella, tan dominante a veces, disfrutaba sometiéndose. Le gustaba morder y arañar. Le gustaba que jugara a asfixiarla. Le gustaba tener la sensación de que la forzaban, porque, tal como me confesó un día, aquello la liberaba. Rebecca me perdonó en tres ocasiones a lo largo de las horas siguientes. Yo llevaba la cuenta, pese a que a ella no le gustaba que contara ni que le hiciera preguntas sobre cómo habíamos hecho el amor.

—No necesitas más cumplidos —afirmaba—. Ya eres bastante arrogante por naturaleza.

Me gustaba que olvidara sus buenos modales. En plena acción, pedía lo que deseaba. Y a mí me gustaba que después recuperase la delicadeza y el decoro habituales. Tenía la impresión de que entregaba una parte de sí misma que solo conocía yo.

Hacia las seis de la tarde, oímos llegar a Marcus. *Shakespeare* le dispensó una ruidosa acogida. Mi amigo se acercó a la puerta. Al oír nuestras risas ahogadas, se retiró discretamente a su cuarto después de haber preparado su tradicional té como colofón del día. Había adoptado esa costumbre el año que pasó en un internado inglés, pero no había conseguido convertirme en adepto a ella. Aun así, ofrecí una taza a Rebecca.

—¡Por fin! —exclamó—. Creía que me ibas a dejar morir de sed.

Puesto que Marcus se había llevado la única tetera disponible, vertí la mitad de la caja de Earl Grey Twinings en una jarra con agua tibia para que no estallara el vidrio. Después de engullir un trago haciendo una serie de muecas, Rebecca tachó de «infame» aquel brebaje. No poseía el arte del matiz. Su sensibilidad la impulsaba a reaccionar ante las cosas y la gente con la reactividad de un Ferrari. Vestida con una camiseta y unos calzoncillos míos, fue a la cocina para prepararse ella misma el té, seguida de *Shakespeare*, que ladraba a su alrededor como un cachorrillo. Mi perro estaba enamorado, desde luego, pero también tenía hambre. Al cabo de unos segundos, me llamó. No conseguía encender el fogón de gas. Marcus asomó la cabeza por la puerta.

—¿Puedo ayudarla en algo? —preguntó, con su cautivadora sonrisa.

—Sería un placer —aceptó Becca.

—Marcus, para de alegrarte la vista —grité, saltando de la cama.

—Por el momento, solo tengo ojos para la tetera —replicó.

Merendamos juntos en el comedor. Marcus había traído galletas, leche fresca y manzanas de la tienda. Rebecca estaba recostada en el sofá, con los pies metidos debajo de mis nalgas para calentarse. Rebecca y mi socio habían congeniado enseguida. Tenían decenas de amigos en común, cuyos nombres hicieron desfilar ante mí. Habían frecuentado las mismas colonias y el mismo club de tenis. Habían soportado las clases del mismo profesor de danza, al cual imitaron, calcando sus gestos ampulosos y su acento de ruso exiliado. Era extraño que no se conocieran hasta entonces.

Me sentía celoso de su complicidad. Haciendo gala de cierta delicadeza, Marcus evitó mencionar los nombres de los dos chicos a quienes Rebecca había abrasado el corazón. Rebecca lo felicitó por las obras de su padre. Siguieron intercambiando elogios hasta que decidí que saliéramos a cenar. Rebecca, que se había manchado el pantalón blanco durante nuestros escarceos en la hierba de Central Park, improvisó un vestido con un chándal mío que se ciñó con una corbata. Introduje las manos en el profundo cuello de pico para cogerle los pechos, antes de repetir la operación por abajo. Aquella vestimenta me permitía un acceso más que satisfactorio a su persona. Nos trasladamos en peregrinaje al Gioccardi, donde Paolo nos recibió con gran alegría. Contento de ver que había logrado mi propósito, me dirigió un guiño en cuanto Rebecca estuvo de espaldas. Nos invitó a una botella de *prosecco* para celebrar la ocasión. Después Becca insistió para que fuéramos a The Scene, el club de moda de aquel momento. Esa noche tocaba Jimi Hendrix, recién llegado de Londres. No quería «perderse aquello por nada del mundo».

The Scene era un sótano pequeñísimo, situado en la calle

Cuarenta y Seis, entre la Octava y la Novena avenida. El club gozaba de un éxito sin precedentes desde que Jim Morrison había montado un gran escándalo una noche en que tocaba Jimi Hendrix. Fue el paroxismo de la borrachera. Morrison había reptado hasta el escenario y, agarrando a Hendrix por la cintura, había intentado hacerle una felación en público. Hendrix lo había empujado brutalmente, pero Morrison no quería soltarlo y se aferraba a él berreando obscenidades. Janis Joplin había puesto fin a la actuación del Lizard King calmándolo con un contundente botellazo en la cabeza, iniciativa que fue acogida con vítores y aplausos por parte del público. Como no podía ser menos en una ciudad instalada en la búsqueda permanente de la intensidad, un incidente de ese tipo propulsó The Scene a la fama.

El derecho de admisión estaba reservado. La multitud se concentraba en la entrada, pero eran pocos los afortunados que pasaban la velada dentro. En primer lugar, en la acera, había que ganarse las simpatías de Teddy, un guardia de seguridad con un cuerpo de armatoste y traje de mafioso. Poco después de la apertura del club, Marcus, que sabía dónde había que ir y con quién, se lo había puesto en el bolsillo. Con Steve Paul, el dueño del local, la cosa era más aleatoria. Tenía nuestra edad y una arrogancia insoportable. Había adoptado la costumbre de recibir a sus clientes con una sarta de injurias personalizadas. A Marcus le divertía, a mí no. Steve debía de notarlo, conmigo parecía contenerse. Aquella noche, no fuimos blanco ni del más mínimo comentario desagradable.

Rebecca empezó arrojándose al cuello de Teddy, lo que me causó el primer sofoco; después se arrojó al de Steve, que la mantuvo abrazada mientras se contoneaba con ella basculando de un pie a otro durante un tiempo que se me hizo interminable. A raíz de tales demostraciones de afecto, estuvo casi amable; me estrechó la mano por primera vez desde que íbamos a su local y nos hizo instalar al pie del escenario. Todo era minúsculo: la sala, las mesas y las sillas, en las que yo apenas disponía de espacio para apoyar una nalga. El humo de los cigarrillos y de los porros, así como el calor humano creaban una bruma que desdibujaba las imágenes y las ideas. Becca estaba eufórica. Hablaba gesticulando y no paraba de moverse, demasiado ocupada saludando a sus amigos. Cayó en los brazos de Linda Eastman, una joven y bonita fotógrafa de quien todo el mundo hablaba desde que se había casado con Paul McCartney, así como en los de Deering Howe, un multimillonario habitual del club y heredero de la empresa de tractores del mismo nombre. Después Becca gritó «¡Andy!» y abrazó a Warhol. Aquel tipo acababa de llegar con su corte, ninguno de cuyos miembros perdió ocasión de manosear a la mujer de mi vida. Finalmente, aterrizó sobre el torso de Allen Ginsberg. Yo no había leído ninguno de sus libros, tal como no dejé de precisarle con actitud desabrida cuando me lo presentó. Rebecca empezó a elogiarme su obra con un discurso que interrumpí. Luego la cogí de la mano, la llevé a nuestra mesa y la senté sobre mi regazo, para dejar claro a la internacional de sobones que aquella mujer estaba con alguien. Al ver mi cara de contrariedad, se echó a reír.

—No te pongas celoso...

—No estoy celoso.

—Son todos gais.

—¿Y qué? ¿Crees que es una excusa?

—Solo nos estábamos saludando, nada más. —Lanzó un suspiro—. Ya eres posesivo al cabo de una semana...

—Soy posesivo desde el primer día.

—Será porque tienes algo que reprocharte...

—¿Qué tiene eso que ver?

—Cuando uno se dispersa en sus afectos, tiende a creer que los demás hacen lo mismo.

—Yo no creo nada. Lo único que veo es que pasas más tiempo en los brazos de desconocidos que en los míos.

Rebecca, que no estaba de humor para riñas, se echó a reír apretándose contra mí, pero no por eso se quedó quieta. Al cabo de unos minutos, ya se había puesto en pie. Un clamor recorrió el local. Hendrix salió a escena y la tensión subió de golpe. Saludó en silencio a la multitud y tocó unos acordes. El público estaba igual de tenso que las cuerdas de su guitarra. Fue dosificando nuestro placer. Sus fans rebullían. Su instrumento gimió como un animal. Extraía de él unos sonidos que nunca había oído y que nunca he vuelto a oír. Lo daba todo. La sala estaba enloquecida.

Con sensual abandono, Rebecca se confundía con la música y con la gente. Yo observaba la escena, pero no podía soltarme. En mí siempre hay una especie de desdoblamiento de personalidad. Vivo y observo al mismo tiempo. No me gusta perder el control. Era lo que más le gustaba a Rebecca, tal como no tardaría en comprobar. Quería seguir su instinto y sus deseos, forzar los límites de la conciencia y hacer saltar los cerrojos que encorsetaban la sociedad. En eso consistía su trabajo de artista, afirmaba. Por aquel entonces, creía en eso.

Ella poseía esa fuerza vital que la mantenía a flote, pero yo intuía una fisura, una fragilidad que no lograba ocultar del todo. Hija de buena familia por la mañana, por la noche chica salvaje poseída por la guitarra de un músico, convencional en el *uptown*, librepensadora en el *downtown*, era todas esas mujeres a la vez. Esa noche, la observé mientras cedía a la fiebre. Rebecca había tomado una pastilla y me había ofrecido a mí. Pero yo no estaba dispuesto a hincar el pico en medio de esa tribu exaltada. Marcus tampoco. Mi chica era muy divertida bajo los efectos del ácido. Pronunciaba hondos discursos místicos; parecía deslumbrada por las luces, los colores y los sonidos, como si cada centímetro de su piel estuviera dotado de sensores en estado de alerta. Nos hechizaba con sus fulgores poéticos y sus razonamientos virtuosos.

Cuando los tres regresamos al piso, ya estaba amaneciendo.

Rebecca se puso a cantar. Se quitó los zapatos y, por temor a que se hiciera daño, la cargué en la espalda. Dejó reposar la cabeza en mi hombro. Sentía la piel de sus muslos bajo las manos, el contacto de su vientre en la columna, su aliento en el cuello. Sus pies se bamboleaban con cada uno de mis pasos. Su perfume me envolvía. La deseaba con una avidez furiosa.

Manhattan, 1970

Aquella fue una de las épocas más felices de mi vida. Rebecca me quería y yo quería a Rebecca. Por fin disponíamos de dinero a manos llenas. Acabábamos de hacernos con el terreno de primera línea de mar que debía cimentar nuestra fortuna. El día en que Marcus y yo recibimos el primer cheque, volvimos a la tienda de empeños de Queens con tres botellas de champán bajo el brazo cada uno y mi perro a la zaga. Me volví a poner el Patek de mi padre en la muñeca y Marcus recuperó los gemelos y la aguja de corbata. Después, ebrios del sueño americano, invitamos a beber a todos cuantos habían acudido a empeñar algún objeto de valor. «Están atravesando una mala racha, ya pasará», les decíamos. «Todo es posible, ¿saben?» Desconcertados o convencidos, los clientes aceptaban el vaso y brindaban por el futuro. Dos hombres, que se habían quedado a un lado, reaccionaron con menos amabilidad. Habían leído el artículo que nos había dedicado el *Village Press*. Sabían que acabábamos de ganar varios millones y encontraban indecente que Zilch y Howard fueran a provocarlos con su buena fortuna. Cuando les ofrecí el champán, vaciaron los vasos de cartón en el suelo, volcando su rencor contra los «hijos de papá» que por fuerza teníamos que ser. *Shakespeare*, que había atraído los cuidados de una cajera que le rascaba la barriga, se levantó de un brinco en cuanto empezaron a elevar la voz y se puso a gruñir, enseñando los dientes, con el pelo erizado de las orejas a la cola. Yo hacía esfuerzos sobrehumanos para contenerme. El dique cedió cuando, a falta de argumentos, el más corpulento me trató de «pobre gilipollas». Lo agarré por el cuello y Marcus me cogió por la cintura.

—¡Por Zeus! —exclamó, utilizando el peor de los juramentos que era capaz de soltar—. Esta noche cenas en casa de los padres de Rebecca. ¡No vas a llegar con un diente partido o con la nariz rota!

—¡No voy a ser yo el que acabe con la nariz rota, te lo aseguro!

Sorteé a Marcus, que me retuvo por la camisa. Los botones saltaron desparramándose por todas partes, mientras *Shakespeare* ladraba como un poseso. La mayoría de la gente había huido. Mi socio consiguió hacerme retroceder y otro hombre se interpuso para alejar al tipo que me había retado. Marcus me arrastró hacia la escalera, seguido de *Shakespeare*. Oí que el segundo desalmado me calificaba de «asqueroso infecto» y de «pequeño capitalista». Di media vuelta, con el puño preparado. Marcus me volvió a agarrar por la cintura para volverme a encaminar hacia la salida, mientras yo rugía:

—¡Capitalista, sí, y pronto seré un gran capitalista! Seré yo quien te alimente a ti y a tus hijos, si es que hay alguna mujer lo bastante inconsciente como para tener hijos contigo.

—Déjalo ya, Werner —dijo Marcus—. No vamos a amargarnos el día.

Una vez que estuvimos en la calle, propiné una violenta patada a una papelera y seguí gritando unos minutos. Luego, después de coger a *Shakespeare*, me senté al volante de nuestro Chrysler, que distaba mucho de ser la encarnación de un capitalismo triunfante.

La perspectiva de la cena en casa de los padres de Rebecca no me ayudaba a mantener la calma. Me sentía más que tenso. Nathan Lynch había exigido conocerme. Para facilitar ese primer contacto, también había invitado, a petición de Rebecca, a Marcus y a su padre, Frank. En su condición de allegados «de las dos partes», tal como lo resumió mi socio, los Howard debían cumplir la función de «argamasa». Desde hacía una semana, Marcus me repetía todas las cosas que «se hacían» y las que «no se hacían». Así pues, tenía la cabeza repleta de esas reglas sin lógica que deben respetar las personas distinguidas. Rebecca no parecía más serena que yo. Por más que me dijera que sus padres «eran adorables» y que «todo iba a salir bien», su alegría parecía forzada. Además, prefirió no llegar conmigo. Quería «preparar el terreno», con lo cual me dio a entender que el terreno no era favorable para mí. Me pareció que, al negarse a acompañarme, estaba eligiendo ya el bando del adversario. Marcus me recordó que, hasta que se demostrara lo contrario, «los dos bandos no eran enemigos» y que él estaría allí para apoyarme. Aun así, tuve un mal presentimiento.

Al llegar delante de la puerta del número cuatro de la calle Ochenta Este, con un enorme ramo de flores en las manos, no las tenía todas conmigo. Frank, a mi derecha, me dio una palmada en el hombro. A mi izquierda, Marcus esbozaba una sonrisa de circunstancias. Tenía la impresión de que una vez que hubiera franqueado aquel umbral, ya no habría modo de volver atrás, pero Rebecca estaba en ese mundo y detrás de esa puerta. Quería reunirme con ella, así que llamé al timbre.

Nos abrió un mayordomo vestido con librea azul y amarilla. Después de coger el ramo de flores, se lo entregó a una joven y nos condujo a la biblioteca. Nathan Lynch apareció antes de que hubiéramos tenido tiempo de sentarnos. Era un hombre de unos sesenta años, de pelo blanco y tez rosada. Tenía unos ojillos grises, una mandíbula comprimida y unos labios finos, arqueados en una expresión de impaciencia. Me observó con cara de ligera hostilidad. Aquel señor que no me llegaba ni a los hombros desprendía una cólera sorda. Para mirarme, tenía que levantar mucho la cabeza. Mostrándose apenas más amable con Frank y Marcus, nos indicó, trazando un par de círculos con la mano, los asientos donde debíamos instalarnos. Luego nos ofreció un whisky y enarcó una ceja con aire contrariado cuando acepté. Nos escrutamos un instante. Me costaba creer que hubiera dado vida a un ser tan mágico como Rebecca. Por su parte, no lograba hacerse a la idea de que su hija única pudiera tener el menor tipo de contacto, y menos aún físico, con un armatoste como yo. Me pregunté qué diablos estaría haciendo su hija, mientras Marcus se enzarzaba con nuestro anfitrión en una conversación de bibliófilo de la que no entendía ni media palabra. Yo ni siquiera había leído los clásicos. Era poco aficionado a los libros en general y en particular a las novelas. En vista de la riqueza que ofrecía de por sí la vida, no veía qué interés tenía perder el tiempo en esa realidad paralela. Solo me atraían los libros sobre economía o la política.

Todavía no había llegado a apreciar el arte. He de reconocer que era bastante ignorante en la mayoría de las cuestiones que interesaban a mi posible suegro. Filántropo y mecenas exigente, Nathan Lynch concedía poca atención a las personas que le presentaban. Se formaba una opinión en cuestión de segundos. Y esa opinión era definitiva. Una frase torpe o una actitud que no consideraba «clara» bastaban para decidir el destino de una persona o de un proyecto. Aunque estaba muy solicitado, solo mantenía trato con gente «eficaz y competente». Le horrorizaba esperar, le horrorizaba que lo contrariasen, que lo decepcionaran. Las personas de su entorno (abogados, asistentes, consejeros y amigos de infancia) filtraban a los seres humanos para presentarle solo a «la flor y nata». Hablaba con políticos, con hombres de negocios y artistas de renombre. En resumen, solo le interesaba la gente que había demostrado su valía. Nathan Lynch no perdía el tiempo con valores inciertos. El propio medio que me había atraído hasta su casa, su hija, me convertía de entrada en un sujeto sospechoso. Desde mis orígenes oscuros, el inicio de mi andadura en el sector inmobiliario, mi juventud, hasta mi físico, todo debía de resultarle repulsivo. Habría adorado a un gran intelectual, habría aceptado a un heredero, habría tolerado a un banquero de más edad, reconocido ya, pero no tenía ninguna predisposición a ver cualidad alguna en mí. No me formuló ninguna pregunta y solo dirigió la palabra a Marcus y a su padre. Procurando ser amable, le pregunté acerca de un cuadro que representaba a un enano con la mano apoyada en un perro muy grande.

—¿No ve que es un Velázquez? —respondió, escandalizado.

—Estoy demasiado lejos para leer la firma —respondí.

—No debería tener necesidad de mirar la firma. ¡Es algo que se ve de entrada! —me soltó, y me dio la espalda.

No me di por vencido. Al cabo de unos minutos, cuando el silencio comenzaba a alargarse, volví a intentarlo:

—Rebecca me ha dicho que va a construir un museo para su colección de arte. Yo me he vuelto un apasionado de la arquitectura, gracias a Frank y a Marcus —expliqué, dirigiendo una sonrisa a mis aliados, que me alentaron con la mirada—. ¿Por qué tipo de edificio se querría decantar…?

—Rebecca le cuenta demasiadas cosas. Ese proyecto es confidencial —me cortó—. En cuanto a las obras, le agradezco que me ofrezca sus servicios, pero ya dispongo de obreros.

—No pretendía ofrecerle mis «servicios». En realidad, no me encargo de mis propios proyectos —contesté, irritado—. Y no sabía que ese museo sobre el cual concedió una entrevista al *New York Times* fuera confidencial.

Durante un breve instante, Nathan Lynch pareció estupefacto de que le plantara cara. Después me dedicó una réplica con una mala fe digna de su hija.

—¡Si además cree lo que escriben en los periódicos!

A partir de ahí, me arrellané en el asiento y me encerré en un silencio contrariado. En más de una ocasión, Frank y Marcus trataron de hacerme participar en la conversación. Nathan Lynch los interrumpía de forma sistemática. Tenía la manía de cubrir con su voz la de quienes intentaban hablar. Empezó a resultarme más que antipático. El mayordomo acudió a ofrecerme otra copa de whisky, que acepté.

—Al paso que va, tanto da que se quede la licorera entera —comentó con exasperación Lynch.

—Excelente idea —convine, cogiendo la botella de la bandeja del mayordomo.

Al ver que la dejaba en la mesita contigua, el empleado se crispó y se apresuró a colocar un posavasos de fieltro rojo entre la licorera y la marquetería. Marcus me dirigió una discreta señal de empatía para ayudarme a mantener la calma. Agaché la mirada y me concentré en los motivos de la alfombra. De mi boca no salió ni un sonido durante los veinte minutos que Rebecca tardó en bajar. Estaba muy disgustado con ella por haberme abandonado en terreno enemigo. Me parecía estar separado del mundo por una gruesa capa de soledad. El ruido que producía el contacto de los cubitos con el cristal a cada trago de whisky era lo único que me recordaba que mi existencia no era virtual. Con las falanges blanquecinas a causa de la presión, apretaba con rabia el reposabrazos del sillón. Tenía ganas de levantarme, de arrojar la copa contra la pared y de abandonar la habitación. Entonces apareció Rebecca.

Estaba pálida, visiblemente nerviosa. Saludó a Frank y a Marcus con un entusiasmo excesivo. Me lastimó el corazón cuando me dio, igual que a ellos, un beso en la mejilla. Le clavé una mirada dura, a la que ella me correspondió, como diciéndome: «No ibas a esperar que te diera un beso de tornillo delante de mi padre». Para colmo, se fue a sentar en un sofá lejos de mí, hablando como si no pasara nada. A diferencia de su padre, me incluía en la conversación, pero con un tono mundano y desenfadado que me enfureció. Me encerré en un mutismo enfadado. Mi socio me miraba con cara de desaprobación, indicándome que hiciera un esfuerzo, pero me sentía asqueado con aquella hipocresía, paralizado, incapaz de fingir.

La madre de Rebecca acabó de completar aquella pesadilla. Después de hacer una entrada teatral, se detuvo un instante y me observó de una manera inquietante, antes de proseguir su camino. Judith Lynch debía de haber sido magnífica. Pese a la escasa sensualidad que vehiculaban su delgadez excesiva y la expresión dura de su rostro, su estatura (superior a la de su marido), la esbeltez del talle y las caderas, todo encajado en un vestido de noche negro de corte severo, así como sus espectaculares ojos azules y el espléndido moño de color rubio rojizo, seguían componiendo un conjunto impresionante. Llevaba demasiadas joyas, como si hubiera querido protegerse con ellas. El escote quedaba tapado por un pesado collar de reina egipcia; el antebrazo izquierdo estaba recubierto por una pulsera de oro. Nathan, Frank y Marcus se levantaron a la vez para besarle, uno tras otro, la mano.

Yo quise imitarlos, tratando de recordar los preceptos de mi socio: no levantar la mano, inclinarse, pero no demasiado, y rozar apenas la piel con los labios. Sin embargo, cuando me llegó el turno, Judith Lynch se puso rígida. Su cara perdió el color bajo el maquillaje. La vimos vacilar. Marcus, que se encontraba a su lado, la cogió por el brazo para ayudarla a sentarse. Aquella reacción acabó de incomodarme. Me acerqué a Judith, pero ella me alejó con un gesto.

—Disculpen, no me encuentro bien —balbució—. Debe de ser ese medicamento nuevo que me recetó el médico.

—¡Que te ha vuelto a dar ese charlatán! —exclamó con irritación su marido—. No deberías confiar en él. Ya lo habíamos hablado. Deberías llamar al doctor Nars.

—Tu querido doctor Nars se niega a recetarme somníferos. Yo necesito dormir, Nathan. ¡Dormir! ¿Lo entiendes? —replicó Judith con voz sorda.

Los demás no sabíamos qué hacer. Marcus y su padre basculaban el peso de un pie a otro buscando un tema con el que distraer la atención. Por mi parte, seguía enfadado. El padre de Rebecca se comportaba con una grosería insoportable, pese a que Marcus llevaba machacándome desde hacía quince días las normas de educación que en principio eran tan importantes para ese señor. Para colmo, su mujer casi había estado a punto de desmayarse solo con verme. Rebecca, por su parte, parecía presa del pánico.

Nathan Lynch le preguntó a su esposa si deseaba volver a su habitación, pero ella parecía estar recuperándose poco a poco. Para borrar aquel desagradable incidente, abreviaron el aperitivo y pasamos a la mesa. La cena fue penosa. La señora de la casa apenas habló y yo no hice más esfuerzos que ella. Frank y Marcus trataban de romper el hielo a golpe de anécdotas, de citas históricas o literarias, de historias divertidas y de risas forzadas. Con la vista fija en el plato, yo daba cuenta de toda la comida que me servían. La madre de mi novia no podía evitar observarme. En cuanto a Rebecca, hablaba demasiado, se movía demasiado y se reía demasiado. A la hora del postre, el ambiente se había relajado un poco gracias a Frank Howard, que, contrariado por la escasa atención que me dedicaba Nathan Lynch, había pasado la última parte de la comida hablándome a mí.

Cuando nos levantamos para ir al salón, ocurrió algo extraño. En el momento en que los demás se habían adelantado y yo me situaba detrás de Judith Lynch para cederle el paso, tal como me había recomendado Marcus, la mujer se paró en seco y, tras cerrar bruscamente la puerta que separaba las dos habitaciones, corrió el pestillo para quedarse a solas conmigo. Oí cómo Nathan Lynch llamaba varias veces a su mujer. Ella se apresuró a cerrar la otra puerta que conducía a la cocina antes de encararse a mí.

Percibí una inquietud febril en su mirada. Era la expresión de un dolor inmenso o de una demencia: en aquella mirada ardía un sentimiento turbio y violento. La señora Lynch se acercó a mí quitándose el collar de reina egipcia, que dejó caer al suelo, con la mirada clavada en mis ojos.

—Señora Lynch, no entiendo... —farfullé.

Ella se acercó un dedo a los labios mientras con el otro señalaba una fina y pálida cicatriz que le orlaba el cuello, justo por encima de la clavícula.

—Señora Lynch, déjeme pasar —reclamé con voz firme.

Después de la velada que acababa de pasar, no estaba dispuesto a ver cómo aquella vieja loca se iba quitando alhajas en medio del comedor.

Se pegó de espaldas a la puerta, a la que su marido estaba llamando con los nudillos. Con todo el cuerpo temblando, se quitó una de las gruesas pulseras de oro. Entonces apareció la piel del brazo, totalmente recubierta por un cuadrilátero regular de cicatrices blancas. Mientras mostraba aquellos estigmas, en su cara se sucedía un extraño carrusel de emociones contradictorias: vergüenza, orgullo, exhibicionismo, dolor y, sobre todo, una especie de provocación feroz, alienada.

—¿Por qué me enseña eso?

La manilla de la otra puerta se agitó con vigor. Nathan Lynch había dado la vuelta para entrar y volvía a llamar a su mujer. Con los ojos todavía clavados en los míos, la madre de Rebecca no respondió. Como apoteosis de aquel extraño ritual, se quitó la ancha pulsera del brazo izquierdo y, con la muñeca tendida, me mostró un tatuaje de números acompañado de un pequeño triángulo.

—¿Sigue sin sonarle de nada? —preguntó Judith.

—Sé qué significado tienen esos números. Lo aprendí en el instituto, señora Lynch. Lo siento mucho.

—En el instituto —repitió Judith, con una carcajada sorda—. ¿Solo en el instituto?

—Sí, señora. ¿Qué esperaba?

—Nada —contestó—. No esperaba nada.

Recogió las joyas y, con las manos llenas, se retiró despacio, con un andar de sonámbulo, por la puerta de servicio tras la que la esperaban Rebecca, el mayordomo y una de las asistentas. Mi novia rodeó a su madre con los brazos y le murmuró: «Mamá, ¿qué pasa? Háblame, mamaíta». Desaparecieron en el piso de arriba. Muy afectado por aquella escena que solo había durado unos segundos, descorrí el pestillo de la puerta. Allí estaba de nuevo Nathan.

—Creo que su esposa no se encuentra bien —dije, lacónico.

Me miró como si hubiera agredido a su mujer y como si, al dirigirle la palabra, acabara de volver a hacerlo. Frank Howard puso la excusa de que tenía una cita a primera hora de la mañana para abreviar la velada, rehusando el café y las copas que acababa de servir el mayordomo. Yo pedí ver a Rebecca. El mayordomo subió y volvió a bajar para decirme que «la señorita Lynch me pedía disculpas, pero que debía quedarse cuidando a su madre». Me hirió que no bajara siquiera a darme un beso. Cuando salí de aquella casa, no sabía muy bien qué se había decidido aquella noche, pero sí comprendí que a partir de entonces empezaban los problemas. Una vez que estuvimos instalados en su coche, Frank quiso rebajar mi humillación.

—Nathan ha estado odioso esta noche, pero no debes tomarlo como algo personal, Werner. En alguna ocasión se ha comportado de la misma forma conmigo.

—Es muy amable al querer excusarlo, Frank, pero me lo tomo como algo muy personal. No soporta nada de lo que yo soy y aún menos mis orígenes. Por lo visto, fuera de su pecera de gente de alta alcurnia, no sabe ni respirar.

—Es una persona difícil —reconoció Frank.

Por su parte, a Marcus le había llamado la atención la actitud errática de la madre de Rebecca.

—¿Habías visto antes a la señora Lynch?

—Nunca —gruñí.

Lo que más me molestaba había sido la actitud de mi novia.

Lo había estropeado todo. Creía que era una chica libre, una artista; sin embargo, había descubierto una heredera conformista. Me sentía triste y decepcionado. Me pareció desleal. Me había dejado en la estacada.

—No sé a quién le recuerdas, pero ¡es como si la señora Lynch hubiera visto un fantasma!

—Debes de ser la viva imagen de algún joven amante al que quiso —apuntó Frank Howard, para rebajar mi enfado.

—Pues creo que no se portó muy bien con ella. No era amor lo que he visto en sus ojos.

—¿Qué te ha dicho cuando ha cerrado la puerta? ¿Que trataras bien a Rebecca? —preguntó Marcus.

—No me ha dicho nada. No parecía preocupada por su hija. Un poco más, y se desnuda delante de mí.

—¿Perdón? ¿Desnudarse? —preguntaron a coro padre e hijo.

—En todo caso, se ha quitado las joyas una a una y me ha enseñado sus cicatrices. Estuvo en los campos.

—¿Los campos? ¿Qué campos? —consultó Marcus.

—Los campos de exterminio —aclaré, hastiado.

—¡Vaya, no lo sabía! —exclamó Frank Howard, horrorizado—. ¡La conozco desde hace veinte años y nunca me ha hablado de eso! ¿Cómo lo sabes? ¿Te lo ha dicho?

—Tiene el antebrazo izquierdo tatuado… Esos números son inconfundibles. Está cubierta de escarificaciones.

—Por eso lleva siempre tantas joyas… —murmuró el arquitecto.

Luego se quedó absorto, repasando lo que sabía de Judith Lynch para contemplarla bajo otra perspectiva.

—Lo que no entiendo —dije, interrumpiendo el silencio que se había instalado en el coche— es por qué me ha enseñado esas cicatrices a mí y a nadie más que a mí.

Alpes Bávaros, agosto de 1945

Wernher von Braun estaba muy tenso. Juntaba las pobladas cejas en el entrecejo, componiendo una línea gruesa. Fumaba dos paquetes de cigarrillos al día y bebía un par de botellas de aguardiente sin lograr calmarse. Temía represalias de los nazis radicales, un rapto por parte de los soviéticos, un ultimátum de los ingleses para hacerles pagar a los inventores del V2 los estragos causados por los bombardeos de Londres, una denuncia internacional de las víctimas de la guerra, un movimiento de opinión en los Estados Unidos que les impidiera instalarse allí y muchas otras cosas más.

El Gobierno británico exigía que fueran juzgados y Washington prohibía la entrada en el territorio nacional a todas las personas que hubieran estado implicadas en las organizaciones nazis. Aquello representaba que el país de la libertad no lo iba a acoger con los brazos abiertos. Ni a él ni a los miembros imprescindibles de su equipo. Von Braun habría querido abandonar de inmediato Alemania, peros sus colaboradores norteamericanos parecían tener mucha menos prisa que él. También habría querido saber qué iba a ser de sus ancianos padres. Había solicitado llevarlos consigo. Las autoridades norteamericanas no le habían respondido y le negaban, asimismo, la autorización para ir a verlos. Eso le tenía más que preocupado.

Sus nuevos aliados lo ponían a prueba y saboreaban su ascendiente sobre su botín de guerra. En el curso de la negociación de rendición con sus futuros patronos, el científico había revelado el lugar donde estaban escondidas las catorce toneladas de planos y dibujos que había generado su equipo en el proceso de concepción y fabricación de los V2. Los soldados norteamericanos lograron recuperar en el último momento aquella preciosa documentación en un túnel abandonado. Orgullosos de arrebatar la presa a los rusos (furiosos por que les hubieran tomado la delantera en un territorio que, desde el reparto de Yalta, les correspondía a ellos), los estadounidenses solicitaron una amplia difusión de la noticia del acuerdo. Los corresponsales de prensa de todas las nacionalidades se congregaron en la gran plaza de aquel pueblo bávaro de postal. Envuelto en un impermeable negro, Von Braun, el científico más buscado del extinto Tercer Reich, con el brazo enyesado en ángulo recto delante de él, parecía que, con un gesto involuntariamente irónico, hiciera el saludo hitleriano.

Los periodistas filmaron su cuerpo hinchado a causa de las semanas de inmovilidad forzosa. Fumaba con la mano libre, sin parar de sonreír. A su lado, estaban Johann Zilch y una joven de mirada hosca que apretaba entre los brazos a un mofletudo bebé. Una parte del equipo soportaba mal la humillación del Reich, pero ese no era el caso de Von Braun, que se comportaba como un hombre famoso, bonachón y afable.

A la manera de Rita Hayworth visitando a las tropas del frente, estrechaba manos, posaba para los fotógrafos y se mostraba locuaz. Se jactaba de la importancia de sus descubrimientos y planteaba la posibilidad de ir a la Luna. A algunos les costaba creer que aquel prusiano de treinta y tres años, dotado de la apostura de un actor de Hollywood que se excediera un tanto en la comida, fuera el inventor de una de las armas más temibles de la guerra. Los soldados británicos estaban pálidos. Todos se acordaban de los bombardeos de Londres. Algunos de ellos habían perdido a seres queridos, enterrados bajo las ruinas provocadas por los bombardeos de los misiles V2. De aquello hacía tan solo unos meses. Tal vez el ingeniero se agitaba tanto porque percibía tal animosidad. Por todos los medios, intentaba caerles simpático a aquellos soldados de quienes dependía su futuro y el de los suyos.

No lo consiguió.

Una vez concluida la rendición, la relación entre las autoridades norteamericanas y el equipo se volvió más tensa. Durante tres meses, Von Braun, Johann Zilch y sus compañeros fueron sometidos a interrogatorios por parte de un comité de expertos aliados. Unos ingenieros militares enviados a Baviera se ocuparon del trasvase de tecnología hacia la base texana adonde iban a mandar a los científicos, mientras los mandos del ejército evaluaban la gravedad de sus convicciones nazis y de sus crímenes, así como su grado de compatibilidad con el estilo de vida estadounidense.

A las mujeres también las interrogaron en presencia de sus maridos. No se podía permitir que unos fanáticos criaran, en el continente de la libertad, a unos Hitler en potencia. Y menos aún dejar que los «rojos» contaminasen al Tío Sam. Muchos eran los llamados y pocos los elegidos. Cada caso entrañaba una negociación. Von Braun quería llevar a Marthe. Esta le servía de intérprete. Como además confiaba en su buen juicio y apreciaba su franqueza, consideraba que podía resultarle útil en su nueva vida.

Marthe, por otra parte, sentía un cariño visceral por Werner. Von Braun, que consideraba al pequeño como su ahijado, era reacio a separarlo de su tía, teniendo en cuenta el poco afecto que demostraba Johann por su hijo. Después de mucho pensarlo, decidió hacerla pasar, aprovechando el enorme desbarajuste administrativo provocado por la guerra, por la esposa de Johann. Ningún aliado sospechaba que Luisa había muerto en Dresde. Von Braun sabía que el equipo no lo iba a delatar, por lealtad y también porque sus hombres apreciaban a Marthe. Habían elogiado el valor que había demostrado al irse en bicicleta con Magnus para establecer el primer contacto con los norteamericanos. Además, algunos de ellos eran sensibles a sus encantos.

Las mujeres del grupo tenían una peor disposición con respecto a ella, pero Von Braun se había encargado de ponerlas en su sitio. A partir de ese momento, la enfermera se iba a llamar Luisa: quienes no siguieran las indicaciones tendrían que vérselas con él. El mensaje estaba claro. El único que se confundía todavía con los nombres era Friedrich, el incondicional pretendiente de Marthe, alias Luisa, que la había pedido en matrimonio. Marthe había dudado, pero la posibilidad de que los aliados no autorizasen la boda y, por consiguiente, se negaran a llevarla a Estados Unidos le había hecho desistir. Ante todo temía que, en caso de aceptar aquella petición de matrimonio, Johann quisiera quedarse con su hijo... Le parecía más seguro hacerse pasar por Luisa.

Von Braun pidió oficialmente integrar a Marthe en el primer grupo que debía trasladarse a Estados Unidos. La convocaron con Johann. Marthe causó una excelente impresión en aquella entrevista. Efectuó un excelente número de seducción ante el oficial texano y el soldado de origen mexicano que los recibieron. Percibiendo de manera inmediata quién ostentaba la autoridad, Werner se sumó a ella para hechizar al capitán Fling, agasajándolo con sonrisas y miradas de embeleso como si aquel individuo austero fuera el hombre más espiritual del mundo. Marthe, por su parte, hipnotizó a su interlocutor con sus ojos dorados. Aseguró que soñaba con vivir en América desde que era una niña. Durante la adolescencia, se pasaba el día escuchando jazz: Billie Holiday, Louis Armstrong, Duke Ellington... Confesó la desesperación que la embargó el día en que Goebbels había prohibido aquella música «degenerada». Entonces enterró su colección de discos en el jardín de sus padres (que ya habían fallecido) esperando poder volver a sacarlos algún día de su escondite, donde todavía debían de estar.

Marthe aseguró que le encantaba la Coca-Cola, que los aspiradores Hoover eran el colmo de la eficacia y que los coches de la marca Ford eran los más bonitos del mundo. Estaba deseando poder llevar pronto a su hijo al cine a ver la *Blancanieves* de Walt Disney. Prosiguió su declaración de amor por el sueño americano cantando, con una bonita voz, aunque con un fuerte acento alemán, algunos compases de *Jezabel,* la última película protagonizada por Bette Davis, que había visto antes de la guerra. Aquella interpretación provocó la hilaridad de su hijo y la consternación de Johann. Mirando con arrobo a Werner, declaró que anhelaba un hermoso porvenir para su hijo, lejos de la violencia y el odio que desgarraban el Viejo Continente. Quería que creciera en un país donde se permite la ambición y se recompensan los esfuerzos, una tierra de tolerancia que procura las mismas oportunidades a gente de cualquier origen... Al oír aquellas palabras, el soldado latino que tomaba nota de la entrevista se atragantó. Se encargaba de la mayoría de las tareas ingratas del regimiento y sus compañeros lo llamaban «sargento García», por su parecido con el enemigo del Zorro. Así pues, habría podido expresar algunas objeciones al respecto, pero su acceso de tos no interrumpió la perorata de Marthe.

El capitán Fling pareció satisfecho. Los otros científicos del equipo presentaron su mejor cara, pero su buena voluntad no era suficiente. Acoger nazis en territorio norteamericano no era algo sencillo. Si el presidente Roosevelt o el Senado hubieran sido informados del proyecto de recibir en Estados Unidos al equipo de Von Braun, seguramente habrían desestimado la demanda de asilo de aquellos refugiados.

Sin embargo, los servicios secretos estadounidenses no estaban dispuestos a entregar un botín tan preciado a los soviéticos. Por tal motivo organizaron un vasto blanqueo de sus currículos. Al cabo de unas semanas, aquellos valiosos investigadores dejaron de tener motivos de reproche.

Von Braun emprendió el viaje, con Johann y un círculo restringido de colaboradores. A ellos les sucedieron dos grupos más. En el secreto más absoluto, ciento diecisiete científicos, acompañados de sus familiares más cercanos, tomaron el avión y luego el barco hacia América. Pese a que Eisenhower había aireado en los medios de comunicación y sin tapujos la rendición, aquella operación se ocultó a los periodistas.

Sin visado y, en la mayoría de los casos, sin pasaporte, el equipo de los V2 partió rumbo a Texas. Su única garantía era un contrato de trabajo de un año. No tenían una misión concreta.

Marthe y Werner viajaron juntos hasta América.

Manhattan, 1970

Como es lógico, me vengué. Me acosté con una de las primas de Rebecca para asegurarme de que ella se enterase, con una chica que no me gustaba (solo porque había ido a la misma clase que ella) y, sobre todo, con una cantante folk de origen mexicano que estaba causando sensación en el mundo de la música. Quería que cada reunión de familia le recordara mi existencia, que en cada acto social se expusiera a cruzarse conmigo yendo del brazo de otra, que cada revista se transformara en una bomba preparada para estallarle en plena cara. Salí en los titulares de toda la prensa importante de Nueva York con una foto en la que besaba en la boca a Joan. La habían tomado después de uno de sus conciertos. En esa imagen, parecíamos muy enamorados. El hombre de negocios (tal como me denominaban ya por aquel entonces) y la cantante; aquel tipo rubio y alto y aquella chica tan guapa y morena: la historia le gustaba al público. Los *paparazzi* me llamaban por mi nombre de pila. Apenas se escondían. Mi madre, Armande, estaba que no cabía en sí de contenta. Coleccionaba todos los trozos de periódico en los que hablaban de mí y sus amigas de Hawthorne se encargaban de llevarle los que pudieran habérsele pasado por alto. Aunque se mostraba más discreto, mi padre estaba igual de orgulloso. Hasta mi hermana, que vivía recluida en una remota comunidad *hippie* de California, me había llamado por teléfono. Había topado con un artículo que me habían dedicado mientras envolvía con papel de periódico las zanahorias que iba a vender en el mercado con su pandilla de melenudos; a pesar de que consideraba mi vida demasiado materialista, había sentido la necesidad de llamarme.

En todas partes no se hablaba más que de mí, pero para los Lynch era como si no existiera. Ninguna de mis provocaciones hizo que Rebecca reaccionara. No me crucé con ella ni una sola vez en once meses. Nadie sabía dónde estaba. La mujer de mi vida se había volatilizado. Cuando no trataba de olvidarla con otras, trabajaba día y noche. Me podía el rencor. Quería ponerme a la altura de los Lynch y demostrarle a Rebecca lo que se había perdido.

Aunque en apariencia estaba bien, la angustia que conseguía ahuyentar durante el día regresaba para atormentarme por las noches. Volví a tener un sueño que me había perseguido de niño durante años y que siempre me hacía sentir muy triste. Se desarrollaba en dos partes que no parecían tener relación entre sí. Primero percibía a una mujer rubia, muy guapa, corriendo. Luego, al cabo de unos cincuenta metros, la veía caer. Permanecía sujeta al suelo por una fuerza invisible, hasta que quedaba brutalmente tumbada de espaldas. Yo me acercaba y ella me hablaba. Me sentía atraído por sus ojos inmensos, de un color azul oscuro casi sobrenatural. Me miraba con mucha ternura y me decía cosas que comprendía en el sueño, pero que era incapaz de recordar al despertar. Después, el decorado cambiaba por completo. Me llevaba hasta el mundo para asistir a su desmoronamiento. No tenía ninguna sensación física. Veía fuego, pero no notaba el calor. Veía gente chillando, pero no oía sus gritos. Veía edificios que se venían abajo, pero su polvo no me llenaba la boca. Las paredes estallaban, proyectando fragmentos que no me alcanzaban. No sabría decir qué edad tenía en ese sueño, ni si estaba sentado, tumbado o de pie; menos aún seguía vivo o ya había muerto. Al cabo de un momento, un ruido se volvía más y más potente. El horroroso estruendo del apocalipsis no llegaba hasta mí, pues estaba recubierto por aquel sonido que latía y me envolvía. Era un sonido que circulaba a mi alrededor. Era un sonido atronador, pero familiar. En ciertos momentos palpitaba, se desbocaba y te volvía completamente sordo. Sin ceder al pánico, tomaba conciencia de mí mismo. Estaba rodeado de una materia roja. Como si la sangre de las víctimas hubiera cubierto por entero el universo. Como si me hubiera zambullido en sus órganos. A través de esas membranas, veía unas luces anaranjadas, unos velos que se desgarraban y, después, una bóveda inmensa y unas manchas alargadas de color blanco y púrpura. El sonido envolvente se alejaba y entonces lo echaba de menos. Unos gritos taladraban mis orejas. Algo me quemaba los pulmones: un ácido o un humo tóxico. Oía explosiones. La tierra se rompía. La humanidad desaparecía, engullida en ella. En el momento en que había cesado de latir cualquier hálito de vida, en que hasta los pájaros habían callado su canto, los ríos, el viento, los animales y el corazón de las personas, notaba la soledad absoluta en la que me encontraba. En ese instante, me despertaba con un grito.

Las noches en que estábamos juntos, Joan me tranquilizaba como podía. Me ayudaba a aclarar mis sentimientos. Aquel abandono me tenía trastornado. Ella me escuchaba hablar de Rebecca durante horas. Se preocupaba por mis desdichas como si fuéramos viejos amigos, como si mi obsesión por Rebecca no pasara de ser un tema más que no la afectaba. Aunque no lo demostraba jamás, sabía que sufría por tener que luchar contra aquel fantasma.

Tenía razón. Cada uno de mis actos se relacionaba con Rebecca. Joan era una chica genial, inteligente, sensual, tierna, divertida... Debería de haber estado loco por ella, pero Rebecca me había hecho perder toda sensatez. Me acostaba con otras mujeres sin experimentar pasión ni emoción. Lo más que conseguía era sentir un poco de alivio. Un fin de semana, había intentado refugiarme en casa de mis padres. En la casa de mi infancia, esperé dar con una especie de calma y de sosiego, pero me sentí incluso peor que en medio del tumulto de Manhattan.

Aunque adoraba a Armande y a Andrew, no los comprendía. Era como si se disculparan constantemente por el mero hecho de vivir. En uno de nuestros proyectos inmobiliarios, les había reservado un magnífico piso en la ciudad, pero se negaban a vivir allí: habían preferido alquilarlo. Sospechaba que aquello fue cosa de mi madre. Era celosa y temía que mi padre le fuera infiel. Había pasado tantos años apoyándolo y vigilándolo que no lograba bajar la guardia. Decían que en Hawthorne tenían a sus amigos y su jardín. Yo les hacía llegar una pensión: mi madre se empeñaba en impedir que mi padre se la gastara. Eso sí, él se había dado el capricho de comprarse un buen coche. Tal vez apostaba cantidades algo más sustanciosas al rami y tenía unos cuantos trajes de calidad, pero ella seguía racionándole el dinero.

Se negaba a recurrir a los servicios de una asistenta. Decía que el cuidado de la casa la ayudaba a mantener la línea. Yo le decía que, con lo que les pasaba, podía pagarse unas clases de gimnasia, pero le pareció «ridículo a su edad, levantar la pierna en medio del comedor, meneándose al compás de la música de los jóvenes». Me hubiera gustado que descubrieran el lujo, que vinieran a instalarse cerca de mí y se desprendieran de sus antiguos hábitos.

Joan me decía que era un egoísta. A ellos les gustaba disfrutar de su vida normal, de su casa (que habían tardado décadas en pagar), de su jardín (donde habíamos crecido Lauren y yo). «Quieres complacerlos, pero desprecias lo que ellos han construido. Lo que intentas barrer con un cheque es el trabajo de toda una vida», insistía. Su modestia me provocaba sentimientos encontrados. A pesar de la culpabilidad que me producía el alejarme de ellos, que me lo habían dado todo con tanto desinterés, no podía reprimir cierto sentimiento de rencor.

Al abandonarme, Rebecca me había considerado indigno de ella. Me había devuelto a mi clase social, a mi educación insuficiente, a mi ignorancia de los códigos con que tan bien se protegían en su medio. Estaba resentido contra ella, contra mí mismo. Aun siendo consciente de mi injusticia, también sentía ese resentimiento contra mis padres por no haberme puesto a la altura de Rebecca. Tenía la confusa impresión de que la culpa la tenían ellos; su resistencia a cambiar aquellos hábitos que los anclaban en esa clase media de la que yo me esforzaba en salir me mortificaba. Sin querer, les hacía comentarios al respecto. Luego me sentía avergonzado por ser tan ingrato. Entonces procuraba compensarlos preparándoles sorpresas. Después de haberlos enviado a ver a mi hermana a California, emprendí la reforma de su casa, adonde mandé diez obreros durante su ausencia. Hice instalar una verja automática y una persiana eléctrica en el garaje para que mi padre no tuviera que bajar del coche y hacer girar la manivela, cosa que le daba dolor de espalda. Ordené renovar el cuarto de baño y la cocina, pintar el salón y el comedor. Les compré una cama de agua, también pensando en la espalda de mi padre; en el antiguo cobertizo adosado a la casa, creé la zona de servicio con la que llevaba tanto tiempo soñando mi madre. Lo transformé en una habitación con ventanas: puse una lavadora nueva, una secadora, una plancha profesional para las sábanas y un auténtico taller de costura. Una de las paredes estaba ocupada por un arcoíris de carretes de hilo de coser; la de enfrente, por estanterías de tejidos ordenados en distintos relieves. Una mesa de escritorio acogía una Singer último modelo. En sus cajones, subdivididos en pequeñas casillas de madera, había galones, gomas, botones, encajes, cintas, tijeras y todos los utensilios necesarios para las costureras. Donna, que me había ayudado en este punto, había comprado incluso un maniquí para las pruebas de ropa, así como una espaciosa mesa para cortar los patrones.

Ardía de impaciencia por ver su reacción, así que fui a buscarlos al aeropuerto. De entrada, se llevaron una sorpresa por encontrarme allí. Desorientado por la verja nueva, mi padre pensó por un instante que me había equivocado de dirección. Quedó encantado con aquella novedad. Su entusiasmo aún fue mayor al descubrir la persiana del garaje. Mi madre, en cambio, se enfadó: «¡Estás loco, mira que gastar tanto dinero! ¡Eres un inconsciente!». No paró de quejarse durante el recorrido por la casa. No entendía cómo funcionaba el horno nuevo; para dos, esa nevera era demasiado grande... ¿Y dónde iba a guardar la leña para el invierno ahora que ya no había cobertizo? Aquellos comentarios me pusieron de un humor de perros. Habría querido que se me colgara del cuello y que demostrara alegría, pero estaba demasiado incómoda para hacerlo.

Por más que le insistiera con que tenía suficiente dinero acumulado para dos vidas enteras o que les dijera que, si vendía los edificios de los que era propietaria Z&H, me haría con una cantidad de billetes en metálico capaz de llenar su casa, no me creía. Pensaba que me lo inventaba o que los edificios no se venderían, o que aquel dinero era de Marcus, no mío. Mi padre había tratado de explicárselo, pero de nada sirvió.

Aunque él no era mucho más expansivo que mi madre, no me sermoneaba y sí que me recompensaba con un «gracias, muchacho, eres muy bueno preocupándote tanto de nosotros». Después añadía, «pero con lo ocupado que estás, no te molestes por nosotros. Tenemos todo lo que nos hace falta, de verdad». Su modestia me resultaba dolorosa. Habría querido que fuera malgastador y que me reclamara más y más. Me hubiera gustado no construir sobre el vacío, para nadie más que yo, para nada.

La rabia y la melancolía llenaban mis días. Desde que Rebecca me había dejado, nada tenía sabor. Me dolía cómo me había tratado. Un año de amor perfecto, un año de palabras tiernas y de proyectos, se había evaporado en una velada. Al día siguiente de la cena, había llamado a casa de sus padres. El ama de llaves había contestado al teléfono. Después había empezado a llamar cien veces al día, literalmente. Siempre se ponía la misma mujer. La trataba a gritos, tal como había aprendido a hacer con los capataces de obra. La empleada incluso llegaba a llorar. Su conciencia profesional la obligaba a responder y yo seguía llamando. Me aseguraba que los Lynch no estaban en Nueva York y que no sabía adónde se había ido la señorita Rebecca. Me suplicaba que parase. Al cabo de dos semanas de sufrir ese trato, acabó por olvidar sus principios y desconectó el teléfono. Entre tanto, yo había ido hasta la casa de los Lynch. Había llamado cien veces, pero, como me había visto por la ventana, el mayordomo no me abrió la puerta.

Furioso, me destrocé los puños y los zapatos descargándolos contra el recio bloque de madera. Cuando me puse a arrasar los bojs que bordeaban la casa y a romper los vidrios de la planta baja a codazos, llamó a la policía. Me negué a moverme de allí. Tuvieron que intervenir cuatro agentes para meterme en el furgón. Ultraje y resistencia a la autoridad, allanamiento de morada... Sin Marcus, me habría pasado tres días en el calabozo. Con la intuición que lo caracterizaba, mi amigo tuvo la buena idea de contarle mi pena de amor al oficial O'Leary. Aquel tipo era un gran sentimental. Su mujer lo había dejado hacía solo unas semanas. Sin ni siquiera darse cuenta, se puso a contarle su vida a Marcus ante una botella de whisky Redbreast. Cuando acudía a llamar a la puerta de su despacho alguno de sus subordinados, lo mandaba a paseo con una sarta de injurias que habría hecho ruborizar de vergüenza a más de un recluso. O'Leary sabía lo que eran el mal de amor, el verdadero sufrimiento, no los arañazos del ego ni los arrebatos posesivos. Sin confesarlo, el oficial me admiró por haberme atrevido a hacer lo que él se prohibía. También él tenía ganas de romper los cristales de la casa de su suegra, esa cerda que, desde el principio, había hecho todo lo posible para separarlo de Maggie.

Marcus me describió como un joven con un gran futuro, loco de amor y despreciado por una familia de gente poderosa. Eso le suscitó simpatía hacía mí. Al terminar la botella y las confidencias, sin apenas poder articular palabra y con la mirada extraviada, el oficial O'Leary aceptó soltarme con la condición de que mi amigo se comprometiera a no consentir que me acercara al domicilio de los Lynch. Marcus pidió que le permitieran visitarme. Con expresión severa, mi amigo me soltó un sermón que se dirigía más a los policías que a mí. Le prometí no volver a casa de Rebecca a condición de que le pidiera a su padre que llamara a todas las casas de los Lynch, para localizarlos. O'Leary aceptó.

A mi salida, recibí como propina la emocionada palmada que me dispensó en el hombro: «Venga, ánimo, chico. ¡Y nada de tonterías, eh!», me gruñó. Yo mantuve un comportamiento ejemplar. Tal como habíamos acordado, Marcus le pidió a su padre que hiciera averiguaciones sobre el paradero de Rebecca y de sus padres. Frank Howard dejó mensajes en todas las propiedades de los Lynch, pero se topó con el mismo silencio que yo. La familia había abandonado el país sin que nadie comprendiera por qué.

Nueva York empezó a parecerme una ciudad solitaria y fría.

Me pregunté si Rebecca estaba viva. Un mes después de su desaparición, fui a la Factory. Cuando estábamos juntos, a menudo iba a trabajar allí, para ver qué hacía Andy, aparecer en sus filmaciones, enseñar sus cuadros, ver los de los demás y hablar de cuestiones técnicas. Yo siempre me había negado a ir. Aquel lugar estaba lleno de personas raras. Me parecían un poco ridículas y estaba celoso de la intimidad que Rebecca compartía con ellos. La quería solo para mí. De haber podido, la habría encerrado con llave. El estudio de Warhol era un sitio extraño, inquietante casi. Un montacargas hacía las veces de ascensor. Su enrejado oxidado y el suelo metálico recompuesto con planchas pintadas con *tags* no me inspiraban confianza, así que subí por las escaleras con *Shakespeare*. De los pisos de arriba llegaba el sonido mareante de una trompeta y las notas agudas de un piano. Llegué a una explanada que ocupaba la totalidad del quinto. Las paredes de ladrillo estaban pintadas de color plateado y los gruesos tubos y las columnas de hierro, cubiertos de papel de aluminio. El suelo de cemento lo habían dejado tal cual. Acudió a recibirme una *drag queen* rubia. Intrigado por aquella mujer con voz de hombre, *Shakespeare* quiso salir de dudas y fue a meter sin preámbulos el hocico entre las nalgas de la criatura. Tras la primera reacción de sorpresa, ella se inclinó para acariciarlo.

—¿Qué, quieres saber cómo es la cosa, guapo? —murmuró con voz ronca.

Igual de colorado que el sofá en forma de media bañera que presidía el centro del taller, cogí a *Shakespeare* por el collar y me lo llevé balbuciendo excusas. La *drag queen*, maquillada como un coche robado, me dirigió una mirada lánguida.

—No te preocupes. Ha sido muy delicado… y a mí me gusta la delicadeza —insistió.

—Estoy buscando a Rebecca… —farfullé.

—¡La bella Rebecca! No está aquí, tesoro, pero si quieres consolarte con otra rubia, me ofrezco voluntaria…

De rojo, pasé a carmesí.

—Eres un poco tímido, veo. ¿Quieres tomar algo? Tengo café o tequila.

Acepté el café, que fue a preparar en un rincón de la sala. Una mitad de maniquí de escaparate, de color cromado, se sostenía apoyada en unos casilleros de fábrica que cumplían funciones de armario. Delante del sofá, una lámpara con forma de sombrero de ala ancha y fragmentos de espejo incrustados servía de mesa. Los taburetes cubiertos de pintura alternaban con las mesas de madera abarrotadas de dibujos, retazos de lienzos, trozos de cartón y juguetes rotos. Encima del suelo había unos grandes cuadros de flores estilizadas, pintadas con colores infantiles. Unas sillas de metal y formica completaban el decorado, junto con los sillones baqueteados y las sábanas tendidas en cables de acero que hacían las veces de tabique.

La *drag queen* me sirvió el café en un antiguo tarro de mostaza y me enseñó el rincón en el que trabajaba Rebecca. Sus pinceles se habían secado en un residuo de trementina. En la pared había apoyadas decenas de cuadros. Su delantal de tela vaquera reposaba, manchado de pintura, sobre una silla de madera llena de salpicaduras de todos los colores. En el caballete había un lienzo inacabado. Me sobresalté al reconocerme de espaldas, desnudo de cara a la ciudad, con los brazos en cruz para abrazar el sol del amanecer, en esa postura de la que a menudo ella se había burlado. Por las mañanas, después de la ducha y antes de vestirme, tenía costumbre de abrir de par en par las cortinas y saludar el paisaje urbano con un estentóreo «buenos días, mundo» que a ella le daba risa. Era turbador ver que había pintado la escena.

Quise comprar las telas de Rebecca. Warhol no estaba allí. Había emprendido una gira por Europa para retratar a todos los personajes del Viejo Continente capaces de recompensarlo con una cuantiosa suma. La *drag queen* que me había abierto y que «vigilaba la casa» no opuso resistencia. Aceptó un fajo de billetes sin negociar ni contarlo: vendió unos bienes que no le pertenecían, contentísima con la perspectiva de poder bajar a comprarse, en cuanto yo me hubiera dado la vuelta, unos cuantos viajes hacia una realidad distinta. La droga era el carburante de Nueva York en general y de la Factory en especial. Los más afortunados entre los invitados de Andy abandonaban su taller en limusina; los menos, en ambulancia. Volví a mi casa con una veintena de cuadros y dos cajas llenas de dibujos que dejé en el cuarto pequeño.

Marcus opinó que aquello era desconsiderado con Joan, pero ella no tenía por qué enterarse. De todas formas, venía muy pocas veces a casa. A mí me costaba verla en el mismo sitio donde había visto a Rebecca. Prefería su encantadora casa, llena de flores y de plantas silvestres, situada a unas cuantas calles de allí. Marcus no entendía mi fijación con Rebecca. Dado que había sido durante mucho tiempo un cínico total con respecto al sexo débil, no perdía la esperanza de que recuperase mi vieja actitud. Me presentó a un montón de espléndidas sustitutas. Aunque no desperdiciaba la ocasión, tampoco establecía lazos con ninguna. Por primera vez en la vida, me sentí culpable. Al sufrir por la ausencia de Rebecca, comprendía el dolor mudo de Joan, que se portaba tan bien conmigo y que apenas me hacía reproches. Intuía que no le era fiel ni en el plano físico ni el mental. Yo me avergonzaba de mi incapacidad para quererla tal como ella merecía. Debería haber sido más dura conmigo, más exigente. La indulgencia de la mujer sirve de cimiento para la costumbre, pero es un débil incentivo para el amor.

Me detestaba a mí mismo por estar obsesionado por Rebecca. Habría querido aplastar mis sentimientos, pero parecían indestructibles. La ciudad se había convertido en un entorno hostil para mí. En cualquier momento, un lugar, una canción o una imagen podían perforarme el corazón y dejarme plantado, jadeante, solo en medio de la calle, esperando a que la onda de la pena cambiara de frecuencia para reanudar mi camino. Mi impotencia me tenía horrorizado. Había probado todo lo posible para borrar del mapa de mi existencia a esa mujer, pero su recuerdo parecía indeleble.

Volcarme en el trabajo era lo único que me permitía olvidar. La energía que invertía en él dio unos resultados que iban más allá de mis expectativas. Las primeras construcciones de la primera línea de mar se iban terminado y Z&H ganaba una fortuna. Después de haber celebrado nuestro primer millón (y luego el segundo), a aquellas alturas ingresábamos decenas de millones. El efecto exponencial era fabuloso. Reinvertíamos todos los beneficios gracias a los préstamos sin interés que nos concedía el estado. Tal como había comentado Frank Howard, para construir una gran fortuna, hay que robar los primeros mil millones. Eso era precisamente lo que estábamos haciendo nosotros con la ley de nuestra parte: gracias, Ayuntamiento. En aquel mercado en plena expansión, la garantía de los poderes públicos nos permitía financiar sin gastos y casi sin riesgo nuestras temerarias apuestas inmobiliarias. Aquellas obras contribuían a la renovación de la ciudad y a la rehabilitación de los barrios; asimismo, aportaban soluciones a su déficit de viviendas, desde luego, pero nosotros nos embolsábamos unos beneficios colosales. Nos ceñíamos más que nada a Manhattan y a los barrios limítrofes más seguros, evitando escrupulosamente los territorios de la mafia. Sí sobornábamos, en cambio, a un gran número de funcionarios y responsables diversos. Para reinar, hay que saber compartir, algo que siempre resulta más fácil cuando los «regalos» que uno hace no afectan a su vida. Solo hubo un edil al que le reservé una dosis de su propia medicina: el presidente de distrito de Brooklyn. Había acudido a soltar un discursillo en la inauguración de nuestro primer edificio, aquel en el que había besado a Rebecca por primera vez. Había cortado la cinta roja y había bebido de mi champán. Y el muy imbécil se permitió nuevas insinuaciones. Debería haber sabido que no iba a dejarme humillar sin reaccionar después de la afrenta que nos había hecho. Cuando, al cabo de unos días, me reclamó el apartamento que nos había sacado, me permití el placer de acompañarlo yo mismo a visitarlo. Lo llevé al último piso y, delante de la puerta de hierro blindada, le entregué, con una cinta, la llave de su propiedad. No se imaginan la cara que puso cuando, después de abrir la puerta, se encontró… ¡en la azotea! Como tardó un poco en comprender qué estaba sucediendo, tuve que meterle el contrato delante de la nariz. Su testaferro era, en efecto, propietario de un ático *por construir* en el último piso de ese edificio. Marcus había suprimido hábilmente la cláusula relativa a la entrega del apartamento y, aprovechando dicho detalle, yo había reducido directamente un piso en la construcción. El reglamento de copropiedad contemplaba la posibilidad de añadir una planta, pero con la condición de obtener mayoría de votos en la próxima reunión de copropietarios. Al comprender que lo habíamos engañado, le dio un ataque de nervios que me encantó. Lejos de tratar de calmar su ira, le anuncié que su ayudante, que tampoco me inspiraba ninguna simpatía, había recibido las llaves de su estudio aquella misma mañana. Aquella satisfacción (impagable) comprometía definitivamente las posibilidades de que Z&H consiguiera contratos públicos en Brooklyn, pero Marcus eludió el problema creando una empresa pantalla. Por mi lado, acabé de darle la puntilla a mi enemigo financiando con enorme generosidad la campaña política de su adversario. En las elecciones siguientes, perdió el cargo. Estuve presente el día del relevo de funciones y me llevé una satisfacción suplementaria al ver cómo se le desencajaba la cara cuando me tuvo que saludar.

Puesto que el éxito atrae el éxito, teníamos entre manos una quincena de obras simultáneas. La ciudad estaba cubierta de lonas con el logotipo de Z&H. Habíamos alquilado unas bonitas oficinas en Broadway, no lejos de nuestro piso, y Donna reinaba entonces sobre un pequeño equipo de tres secretarias, un arquitecto y cinco responsables de proyecto. Aunque Frank Howard seguía ayudándonos en los edificios de más prestigio, habíamos logrado imponer nuestras condiciones y ganar nuestra independencia. Aun así, seguía negándome a mudarme de casa. Aunque le exasperaba vivir con apreturas «en ese cuchitril», Marcus no se decidía a dejarme solo. Me seguía aferrando a la idea de que Rebecca volvería.

—¡En ese caso, no tiene más que llamar a la oficina! En todos nuestros andamios aparece el nombre de Z&H. Es como si dispusieras de una campaña publicitaria que pregonara: «Rebecca, llámame».

—Es muy importante para la empresa.

—No te digo que no —concedió Marcus—, pero te conozco, Werner. Sé por qué te empeñaste en hacer imprimir esas telas de cerramiento de obras con nuestra dirección y número de teléfono...

Marcus tenía razón. Todavía esperaba que Rebecca se presentara un día de improviso, con una buena excusa que me permitiera perdonarle su traición y reanudar nuestra relación en el punto exacto en que la habíamos interrumpido. Creo que habría llevado mejor una ruptura cabal. Entonces habría podido odiarla sin reparos, pero aquella desaparición dejaba margen para la duda y para esa dichosa esperanza que lo ata a uno al pasado y le impide avanzar.

Después de meses sin tener noticias de ella, jugué la última carta. Decidimos celebrar la culminación de nuestra obra más importante. A la inauguración del Z&H Center invitamos a lo más florido de Nueva York. Para rematar la velada, Joan aceptó dar un concierto. Yo firmé un cheque de muchos ceros para su asociación, que ayudaba a los niños pobres de México. Ella habría cantado de todas formas, pero necesitaba lavar mi conciencia. Y es que, en realidad, había montado todo aquello pensando en Rebecca. En la invitación, enviada a mil quinientas personas, aparecía una de sus obras: el tríptico que había realizado para el vestíbulo de nuestros primeros edificios de Brooklyn. Era una panorámica urbana de la bahía de Manhattan envuelta en una bruma abstracta y poética. Ese cuadro me retrotraía con crueldad a nuestra primera cena. En la cartulina de la invitación, Marcus Howard y Werner Zilch esperaban que «el señor y la señora X les hicieran el honor de asistir a la inauguración del Z&H Center y de la exposición de las obras de Rebecca Lynch. Un concierto excepcional de Joan, previsto a las 21.30, daría paso a una velada violeta, por lo que se rogaba a los invitados que acudieran vestidos de manera acorde». El color de los ojos de Rebecca me había inspirado el tema de la fiesta. Por primera vez desde su desaparición, se iban a mostrar en público los veinte cuadros y los dibujos que había comprado en la Factory.

Los quince días previos al evento me resultaron muy duros. Me levantaba todos los días con la esperanza de recibir su llamada, aunque solo fuera para insultarme por haber organizado una exposición sin su permiso. Había imaginado todas las reacciones posibles de Rebecca: enfadada, pero conmovida; enfadada y escudada en el silencio: contenta y dando señales de vida; contenta pero sin decidirse a llamar por orgullo; todavía en algún lugar del extranjero, sin estar al corriente; amnésica; casada y embarazada; presa de un acceso místico y retirada en un *ashram*; raptada por una red de trata de blancas... Y así otras cien hipótesis, complementadas con mil detalles enrevesados que acababan por minar la resistencia de Marcus y de Donna cuando se las contaba. Mi amigo no me reconocía. Se llevaba muy bien con Rebecca y estaba preocupado igual que yo por su inexplicable desaparición, pero también quería mucho a Joan. Su fatalismo no era muy compatible con mis obsesiones. Al final, Marcus llamó a Lauren pidiéndole socorro.

Mi hermana había empezado a estudiar en Berkeley cuatro años atrás, antes de dejar la universidad para vivir en una comunidad. Con un grupo de unos veinte amigos, habían comprado un rancho cerca de Novato, a una hora de San Francisco. Criaban gallinas, cabras y corderos. Practicaban yoga y meditación. Hacían el amor todos juntos. Cocinaban, cuidaban del huerto, lavaban la ropa en el río y, el resto del tiempo, fumaban la marihuana de su propia producción. Habían empezado cultivando dos plantas que había traído uno de los miembros de la comunidad de México, escondidas en una bolsa de ropa sucia cuyo pestilente olor había disuadido a los aduaneros de husmear en su interior. La planta masculina había sido bautizada con el nombre de «Robert»; la femenina, con el de «Bertha». Después las plantaron con toda solemnidad en la linde del gallinero, fuera del alcance de las cabras. Robert y Bertha habían dado una abundante producción y una descendencia igual de generosa.

Los miembros de la comunidad, fumadores empedernidos, atribuían un nombre a cada nueva planta para dar las gracias a aquellos divinos vegetales. De este modo, disponían de una genealogía completa de aquella familia de marihuana, que tenían expuesta, adornada con dibujos psicodélicos, en la cocina. No solo experimentaban con el cannabis. Uno de los componentes del grupo, que había estudiado química en Berkeley, había trabajado un tiempo para la industria farmacéutica antes de sentir la necesidad (cuando lo despidieron por haber usado con excesiva libertad las moléculas de la empresa) de construir una vida cargada de sentido, en armonía con la naturaleza. Gracias a su inventiva, la comunidad probaba toda suerte de brebajes, elaborados con alambiques diversos en una antigua despensa contigua a la cocina. Las «puertas luminosas» debían propiciarles el acceso a nuevos planos de sabiduría y comprensión del mundo. Una vez que la comunidad había dado su aprobación a las distintas sustancias, las vendían a jóvenes ejecutivos de San Francisco.

Aquella era la mejor manera de abrirlos al mundo y, a través del acceso a la plena conciencia, preparar la revolución del amor. Si bien las dos primeras generaciones de puertas luminosas habían logrado un gran éxito y habían aportado un agradable complemento a los ingresos de la comunidad, las cosas se complicaron con la tercera generación. Su potencia provocaba efectos secundarios, como ataques de paranoia y de agresividad. El grupo consideró que cada uno debía purgar su violencia latente, como condición indispensable para la revolución del amor. Como consecuencia, incrementaron el consumo de nuevas puertas luminosas para superar de la forma más rápida posible aquella etapa difícil y salutífera. Lauren creyó que había sonado su hora cuando, en pleno colocón, el químico la intentó estrangular. Aquella experiencia de muerte inminente supuso una suerte de revelación. A partir de ahí, ya no se sintió con fuerzas para ser una soldado del amor. Avergonzada pero resuelta, reconoció su fracaso místico delante de la comunidad congregada bajo la secuoya junto a la que efectuaban sus reuniones semanales. Dictaminando que su falta de fe y de valentía entrañaba un riesgo de contagio, los miembros del grupo votaron por unanimidad que debía marcharse.

Lauren, que se había entregado en cuerpo y alma a aquel grupo al que consideraba su familia, sintió que la dejaban en la estacada al primer tropiezo. Estaba muy deprimida, a punto de llamar a nuestros padres para regresar a Hawthorne y abrir un periodo de reflexión para reorganizar su vida. A mí no me había dicho nada. Le había financiado la compra de su parte del rancho. Como sabía lo que me había costado, en una época en que casi no tenía nada, no se atrevía a confesarme que su experiencia había acabado en fracaso. Cuando Marcus contactó con ella para que lo ayudara, haciéndole una alarmante descripción de mi estado mental, se disiparon sus reticencias.

A mi hermana, que era una persona muy generosa, le encantaba ayudar a los demás, y a mí en especial. Como no tenía ni un céntimo, mi socio le mandó un giro postal con una bonita suma de dinero para costearse el viaje. Al enterarse, la comunidad le exigió una compensación pecuniaria por su «inexcusable renuncia». Lauren no se atrevió a reclamar el dinero que había invertido en la compra del rancho del que la expulsaban y, aparte, se dejó desplumar de lo que Marcus le había dado. Solo le dejaron el mínimo para pagar el viaje en autobús y alimentarse durante el viaje.

Lauren, que no daba ninguna importancia a las contingencias prácticas y materiales, no avisó a nadie de su llegada. Debían de ser las seis de la mañana cuando oí llamar al timbre. Me levanté de un brinco, impulsado por la esperanza. Sin perder siquiera unos segundos para ponerme una camiseta, llegué en cuatro zancadas a la puerta, dispuesto a dar un apasionado abrazo a Rebecca. Al ver a mi hermana, con un vestido de burdo estampado artesanal, una diadema bordada en la cabeza y unas mugrientas sandalias en los pies, debí de poner una cara de evidente decepción.

—¿Esperabas a otra persona? —preguntó Lauren.

—No, no —dije, cogiendo a mi hermana por el brazo en una expresión de afecto que paré en seco—. ¡Apestas, Lauren! ¡Hueles a chivo! —protesté.

Shakespeare no la encontró tan repulsiva. Después de acogerla con agasajos, le husmeó a conciencia los pies; de hecho, si no lo hubiera sujetado por el collar, habría hecho lo mismo en la entrepierna. Entonces optó por inspeccionar atentamente el equipaje de Lauren, mientras yo reiteraba mis quejas.

—Los perfumes están llenos de sustancias químicas nocivas —adujo ella.

—Empieza por lavarte con agua y jabón: con eso me conformo —repliqué.

Cogí sus dos enormes bolsas de lona, extrañado de que hubiera sido capaz de acarrearlas ella sola. Marcus, que se había tomado la molestia de vestirse, salió y se acercó a Lauren para darle un beso.

—Más vale que esperes a que se haya duchado, créeme —dije.

Sin dejarle margen para sentarse ni para tomar un sorbo de café, empujé directamente a mi hermana al cuarto de baño.

—Pásame tu ropa. Bajaré tus cosas a la lavandería. Abren a las siete...

Lauren no opuso resistencia; mientras Marcus preparaba el desayuno, bajé la totalidad del equipaje de mi hermana al chino que nos hacía la colada. Aunque era muy profesional, se quedó un tanto pasmado por el grado de suciedad de lo que le llevaba. Regresé con unos bollos de canela y unos *muffins* de arándano todavía calientes. Lauren salió de la ducha envuelta en una toalla larga, con el pelo mojado.

—¡Ahora sí puedo darte un beso! —dijo Marcus, antes de dispensarle un largo abrazo.

—Ya está bien, ¿eh? —intervine yo, mientras iba a buscar al armario una camisa para mi hermana.

Marcus completó aquella indumentaria con unos pantalones de pitillo que tenía para ir a practicar deportes de invierno a Aspen. Luego compartimos un largo desayuno en el curso del cual Lauren nos describió sus desengaños. Al enterarme de cómo la habían tratado, monté en cólera, pero ella me disuadió de emprender una expedición punitiva a California. A la espera de la mudanza que no paraba de reclamar mi socio, Lauren se instaló en nuestra antigua oficina y en nuestra nueva vida.

Mi hermana tenía ideas claras sobre casi todo. Cuando llegó mi turno de confesarle mis penas de amor, al verme tan afligido por la pérdida de Rebecca, pese a que «lo tenía todo para ser feliz», decidió hacerse cargo de mí. Mi equilibrio y mi dicha se convirtieron en su misión y en su tabla de salvación, en la manera de transformar sus dudas en certidumbres. En tres semanas, reorganizó el ritmo de la casa. Lo primero que alteró fue nuestra forma de comer. Cuando no íbamos al restaurante, Marcus y yo nos alimentábamos exclusivamente de pasta, pizza, hamburguesas, patatas fritas y pastas saladas y dulces. Lauren se mostró escandalizada con dicho régimen. Para mí fue un motivo de regocijo, porque siempre había visto cocinar a mi madre y consideraba que esa era una de las cualidades de una mujer. Mi entusiasmo mermó de forma considerable cuando decidió prescindir de la carne. La sustituyó por una especie de pasta sin gusto llamada tofu, antes de iniciar una guerra sin cuartel para convertirnos al vegetarianismo. Las proteínas animales nos «contaminaban el cuerpo y la mente», decía, indignada por el sacrificio cruel e inútil de vidas generado por el «desarreglo dietético occidental». Intentó incluso convertir a *Shakespeare* al consumo de ese preparado de soja, pero mi perro hizo huelga de hambre durante una semana.

También hizo unos cuantos cambios en el apartamento. Compraba flores todos los días y quemaba un incienso de pachuli que me resultaba mareante. Colocó telas de la India encima de los sofás, transformó el salón en un templo budista, mientras que la cocina pasó a ser un vivero de plantas raras junto al que hizo acopio de semillas y especias del mundo entero. Cuando abríamos la puerta, nos acogía un potente aroma a curri. De tanto comerlo, tenía la impresión de que se me había impregnado la piel con su olor. Joan dijo que, efectivamente, desprendía un tenue olor a comino y a cúrcuma que no resultaba nada desagradable. Parecía encantada con aquellas novedades: no paraba de hablar de comida y de política con Lauren. Como nos encontraba tensos y «en conflicto con nuestras emociones», Lauren nos inició en el yoga. Ponía sin cesar las músicas de un monje que se pasaba horas y horas haciendo sonar un instrumento de una sola cuerda. Marcus no parecía más sensible que yo a aquella aventura interior, pero a mí me parecía que era demasiado amable con mi hermana.

Lauren nos hacía acostar una vez al día en el suelo del salón. Había que encerrar a *Shakespeare*, porque aquella postura lo ponía en trance y se obstinaba en venir a lamernos en cuanto empezaba la clase. Yo era especialmente refractario a la meditación. La voz reposada y susurrante que adoptaba Lauren para animarnos a observar nuestra *respiiiiiración*, relajar los músculos de la *caaaaara*, de la *leeeengua*, los *braaaazos*, las *pieeeer-*

nas y *toooodo* el *cueeeerpo*, me daba risa. Lauren no le daba mayor importancia: en su opinión, la risa constituía una terapia de por sí y era mi manera de evacuar la tensión. Terminaba las sesiones haciendo resonar varias veces un bol tibetano que después nos ponía encima de la barriga. En cuanto se disipaba la última vibración, me levantaba de golpe para volverme a colgar del teléfono y asumir la dirección de las obras, que nunca avanzaban lo bastante deprisa. Mi hermana no parecía preocuparse por el escaso efecto que tenían sus métodos sobre mi comportamiento y se consolaba con los progresos que veía en Marcus.

Mi amigo había comprado todos los tratados de espiritualidad que ella le había recomendado y pronto se volvió un experto en la materia. Aunque aquella literatura me dejaba indiferente, no tardé en apreciar, en cambio, los masajes de mi hermana. Una novia japonesa me había hecho probar aquellos placeres años atrás, pero nunca me había entregado a manos de un profesional. Lauren tenía un don. Detectaba las zonas doloridas y sabía desbloquearlas como por ensalmo. Poseía una fuerza insospechada que resultaba especialmente eficaz en los pies, a través de los cuales se podía tratar, según ella, casi todo el cuerpo. Yo no comprendía apenas nada de los principios de la medicina china que trató de explicarme, pero alcanzaba un estado de paz en cuanto me masajeaba los dedos de los pies. Por otra parte, se empecinaba en embadurnarnos a Marcus y a mí con una especie de mezcla de hierbas ayurvédicas que manchaba la ropa y que dejó amarillo el esmalte de la ducha.

Adoraba a mi hermana, pero, a excepción de mis padres, no existía en toda el planeta un ser más diametralmente opuesto a mí. Por suerte, había momentos de tregua. Lauren se ausentaba con frecuencia durante uno o dos días para ir a tocar música en las plazas o dormir en Central Park. Marcus se preocupaba siempre por aquellas desapariciones, mientras *Shakespeare* y yo aprovechábamos para estar a nuestras anchas. Ese verano, Nueva York estaba en el momento álgido del *flower power*. Los jóvenes llegados de todos los puntos del país se concentraban allí para echar abajo la sociedad que sus padres habían construido. Rechazaban de plano el capitalismo, el individualismo y el desprecio criminal con el que tratábamos nuestro planeta. Lauren era idealista y rebelde, en perfecta sintonía con nuestra época, mientras que Marcus y yo nos sentíamos muy a gusto con esa sociedad que nos había concedido, en tan corto tiempo, una vida tan desahogada.

Volábamos de éxito en éxito. La velada de inauguración del Z&H congregó a las personalidades más distinguidas, atractivas y poderosas de Nueva York. Lauren no paraba de criticar mi «materialismo» y las personas con las que me relacionaba, horribles capitalistas influyentes, horrorosos banqueros, ambiciosos, poderosos; en resumidas cuentas, gente como yo. La única que contaba con su aprobación era Joan, cuya militancia y cuya música la entusiasmaban. Era su ídolo, la prueba de que era posible tener éxito y obrar por el bien del mundo.

A pesar de sus reproches, mi hermana se divirtió como una loca aquella velada. Con su sari lila, su moño moreno y sus ojos negros bien maquillados, parecía una auténtica hindú. Toda aquella multitud vestida de violeta componía un espectáculo digno de verse. Los fotógrafos, que no paraban de ametrallar a los invitados, nos hicieron posar a Marcus, a *Shakespeare* y a mí en lo alto de las escaleras mecánicas. *Shakespeare,* que por primera vez en su vida había acudido a un salón de belleza canina, llevaba un grueso collar de cuero malva, que en realidad era un cinturón de Lauren. Movía la cola y dedicaba poses zalameras a las personas que llegaban como si él mismo fuera el anfitrión de la fiesta.

—Tengo el perro más mundano de Nueva York —comenté.

—Eso compensa un poco tus aires de patán —replicó Marcus.

Joan causó sensación. Habíamos hecho instalar el escenario en el atrio cubierto que ocupaba el centro del edificio. Conociendo su personalidad, tierna y tímida, me asombraba ver cómo se transformaba cuando daba un concierto. De repente, era capaz de imponerse, de atraer todas las miradas, de embriagar a la multitud. Transmitía una alegría y una energía casi místicas. Cuando cantaba acompañada tan solo de una guitarra una balada irlandesa, creaba una sensación de intimidad tan intensa que teníamos la impresión de ser solo cinco o seis los espectadores, cuando en realidad la estaban escuchando mil personas. Durante ese tiempo, nos volvíamos amigos. Cautivados, compartíamos aquella emoción. Joan terminó con una nota que duró una eternidad y cuya última vibración dio paso a un breve silencio. La gente estalló en aplausos. Me encantaban esos momentos de gloria. Entonces casi lograba creer que estaba enamorado, pero, una vez que bajaba del pedestal, Joan volvía a ser una mujer sencilla y sincera. Entonces, mi admiración descendía. Me reprochaba a mí mismo no poder apreciar la suerte que tenía. Con su camisa de encaje blanca, sus pantalones acampanados, la suave cabellera separada por una raya, irradiaba dulzura.

Lauren la felicitó con un entusiasmo enternecedor. Habrían podido ser hermanas. Ambas tenían la cara ovalada, unos ojos negros grandes y redondos, y su piel era ambarina. Coincidían, sobre todo, en la misma visión de la vida y del mundo.

Un conocido quiso comprarme unas obras de Rebecca. Me negué. Sus cuadros parecían un poco perdidos entre la inmensidad del local. Descontando unos cuantos escasos aficionados al arte, los invitados apenas les prestaban atención. Me sentía nervioso. Había prometido a Marcus que si Rebecca no daba señales de vida, la borraría definitivamente de mi memoria. Estaba decidido a buscar otro piso. Había tomado la resolución de pedirle a Joan que viniera a vivir conmigo. La admiraba y la respetaba. Además, hasta ese momento el amor me había resultado más dañino que beneficioso. La amistad sensual que compartía con Joan me parecía una forma mejor de embellecer el día a día. Me gustaba pasar tiempo con ella. Me decía que, a fuerza de verla, acabaría por creer en nuestra relación y quererla de veras. Esa noche, pese a la exhibición triunfal de nuestra empresa, el tiempo se me hacía terriblemente largo. Cada vez que veía a una chica rubia de espaldas, el corazón me daba un vuelco. Pero no eran ella. Me sentía incapaz de disimular lo impaciente que estaba y mi despecho.

Unos minutos antes de medianoche, cuando los invitados empezaban a bailar, me di por vencido. Joan no quería quedarse sin mí. Dejando que Marcus asumiera solo las funciones de anfitrión, me fui sin saludar a nadie, en compañía de Joan y de *Shakespeare*. La dejé en su casa. Me invadió un sentimiento de pesar al ver los esfuerzos que hacía para ocultar su tristeza. Tenía una sonrisa trémula y su tono de alegría sonaba a falso. No podía quedarme con ella. Esa noche no habría sido capaz de fingir. La besé, le dije que estaba muy guapa y que ella había sido lo mejor de la fiesta. Cuando cerró la puerta tras de sí, me hice el propósito de comprarle una joya bien bonita al día siguiente. Al fin y al cabo, era casi como una petición de matrimonio. Al día siguiente, iba a proponerle que viviéramos juntos. No era un asunto baladí. Habría tenido que estar contento, pero solo pensaba en mi dolor, cuyo origen conocía muy bien. No la había notado desde la adolescencia, desde aquellos años en que me pasaba noches enteras preguntándome porque me habían abandonado mis «verdaderos padres». Estaba solo y perdido.

Hawthorne, Nueva Jersey, 1948

El pequeño Werner no entendía el inglés. Armande, que esperaba ese momento desde hacía meses, lloraba. Andrew mantenía abrazada a su esposa, también al borde de las lágrimas. La responsable de la agencia de adopción, una señora enjuta de cabello castaño entreverado de canas, les había dejado el niño como si fuera un paquete.

—Les deseo suerte y les doy todos mis ánimos —había dicho—. No entiende nada y es insoportable.

El niño, que tenía tres años, al ver marcharse a la señora, no había dado muestras de emoción alguna. Sin embargo, cuando Andrew quiso cogerlo en brazos llamándolo «chiquitín», se puso a gritar como un loco. Aquel agente inmobiliario tuvo que ceder en su intento.

—Será mejor que empieces tú —dijo—. Las mujeres les resultan más tranquilizadoras.

Pero Armande no tuvo más éxito. El niño llamaba a su «mamá» en medio de unos desgarradores sollozos que le encogían el corazón. Durante todos aquellos años en que había esperado el milagro de un nacimiento, Armande había olvidado lo que era la desesperación infantil. Para acabar de empeorar las cosas, la mujer de la agencia no se había tomado la molestia de hablarle de Werner. No sabía nada de sus gustos, ni de sus costumbres, ni de su vida anterior. El crío, delante de la casa de madera y argamasa blanca que los Goodman había comprado justo después de casarse, no consentía ni que lo tocaran. No quería que se acercaran a él. Para no asustarlo más, lo dejaron encima del césped y se sentaron frente a él. Hablaban con calma entre ellos, mientras, con cara de cansancio, con el rostro enrojecido y el pecho todavía alterado por una respiración entrecortada, Werner se tocaba maquinalmente los pies mirándolos con expresión feroz. Esperaron una hora. El pequeño, sin duda agotado por el viaje y las emociones, daba cabezadas, con los ojos entrecerrados. Aunque estaba a punto de caerse de sueño, no bajaba la guardia.

—Debe de tener hambre y sed —dijo Armande—. Voy a buscarle algo.

Regresó al cabo de unos minutos con una bandeja que depositó entre ellos y el niño. Cuando se acercó con un biberón de zumo de fruta, Werner volvió a ponerse a chillar.

—No tengas miedo, chiquitín —le dijo, retrocediendo—. Toma, ¿ves? Ya me voy.

La joven se volvió a sentar cerca de Andrew.

—¿Qué vamos a hacer? —planteó con angustia.

—No te preocupes. Parece robusto.

Aquel niño tan rubio, con unos ojos casi desprovistos de color y que los traspasaban, no correspondía a la imagen que se habían formado de su hijo. Aunque les habían advertido de que al comienzo sería difícil, Andrew no se había imaginado hasta qué punto era cierto hasta ese momento. Observó al chiquillo. Werner era fornido. Tenía una mirada de una extraordinaria intensidad como si, detrás de ese cuerpo apenas esbozado, su carácter ya se hubiera formado, como si hubiese ocupado un espacio infinitamente más grande que su persona. La constatación de que ese niño los mantenía a ellos dos, adultos, a una respetuosa distancia, lo impresionó y lo enterneció. El chiquillo le caía bien. Andrew miró de reojo a Armande, que escrutaba al pequeño con una pasión casi inquietante: todo iba a salir bien.

—Probemos a comer un poco de pastel. Tal vez le entren ganas de imitarnos... —propuso.

Cortaron varias porciones de la tarta que Armande había preparado amorosamente la noche anterior y manifestaron su placer con grandes exclamaciones de satisfacción. Werner los miró con los ojos muy abiertos. La pareja no alcanzaba a precisar si estaba asombrado con su pantomima o si, efectivamente, tenía hambre. Armande avanzó a gatas sin que el niño la vigilara atentamente. Dejó delante del crío el biberón de zumo de fruta y un plato con pastel. Cabizbajo, Werner se volvió a concentrar en su pie derecho, que sujetaba con ambas manos. Transcurrieron varios minutos sin que efectuara el menor gesto. Entonces Andrew tuvo una intuición.

—Ponte de espaldas. Quizá se atreverá si no lo miramos.

Andrew giró sobre sí mismo y atrajo a Armande a su lado. Oyeron un leve ruido. Ella quiso darse la vuelta, pero Andrew se lo impidió.

—Espera. Démosle tiempo. Todo va a salir bien, cariño. Relájate. Tiene que aprender a conocernos.

Consultando el reloj Patek que había comprado en 1943, poco antes de embarcarse hacia Europa, Andrew le indicó el momento en que podría echarle un ojo. Ella apoyó la cabeza en el hombro de su marido. Después de todos aquellos meses de espera, cada minuto transcurrido le parecía una hora.

En el jardín, las sombras se fueron alargando hasta unirse entre sí. Los últimos cercos de sol desaparecieron del césped. Ya no oían nada. En la muñeca de Andrew, las agujas del Patek indicaron las siete menos cuarto. Por fin se dieron la vuelta. Con el biberón vacío aún en las manos y la tetina en la boca, Werner dormía acostado de lado. El pastel había desaparecido.

—Pobrecillo. Está que no puede más —murmuró Armande.

—Ven, subámoslo a su habitación —decidió Andrew, igual de emocionado.

Cogió al niño, cuya cabeza cayó desmayada en sus brazos. Werner no se despertó, ni siquiera cuando lo desvistieron y lo cambiaron. Se asombraron de lo sucia que llevaba la ropa. En los días siguientes, constataron que Werner ya iba solo al baño. Sin embargo, la responsable de la agencia de adopción, tal vez por falta de tiempo o de ganas de preocuparse por sus necesidades, le había puesto pañales. Werner tenía la piel tremendamente irritada. Armande lo limpió con cuidado. Se había entrenado con los hijos de las vecinas y movía las manos con soltura y precisión. Llevaba mucho tiempo preparando la llegada de su hijo. Había pedido consejo a las mejores madres de Hawthorne y había leído todos los libros sobre el tema, como *El cuidado del bebé y del niño*, de Benjamin Spock, o el *Manual certificado de la madre perfecta*, del doctor Jarred Blend.

Armande tenía un botiquín entero dedicado a curar los males más habituales: champú Johnson que no escuece los ojos, jabón Palmolive «infantil», un bote de aceite de almendra dulce adornado con un osito, talco y crema para las rojeces. Tenía de todo. Una cómoda llena de toallas de baño, de mantas bordadas y sábanas. Un cepillo suave para el pelo, un cortaúñas protegido con plástico azul. Una cantidad de ropa que Andrew encontraba exagerada. En la cuna, presidida por un móvil de madera que ella misma había pintado, barnizado y montado, habían colocado ya cinco peluches: un osito, un conejo, una tortuga de fieltro, un gato y un poni. Durante las semanas anteriores, habría agregado algunos más para llenar aquel vacío insoportable, pero Andrew la había detenido.

—¡Esta cuna es el arca de Noé! Déjale un poco de espacio. Pronto estará con nosotros. Esta vez no nos vamos a llevar una decepción.

Como los hijos de sus amigas tenían entre siete y catorce años, Armande había heredado bolsas y bolsas de ropa, con la que había llenado dos estanterías. Tenía previsto coserle vestidos nuevos a su hijo, pero se alegraba de no haber empezado antes de su llegada, porque Werner le parecía muy grande para su edad. Andrew había pintado la habitación de amarillo y Armande había instalado dos sillones de mimbre. Habría podido pasarse horas mirando cómo dormía su hijo. El adjetivo posesivo le había salido sin pensarlo. Era «su» hijo. El «suyo». ¡Lo había esperado tanto!

Habría querido acariciar el pelo rubio de Werner, que parecía tener una vida propia encima de su cráneo, besarle las mejillas y el cuello, palparle los brazos y las pantorrillas, hacerle cosquillas, escuchar su risa, respirar con fruición su cuerpo para memorizar su olor de niño. El amor que Armande le tenía reservado era tan grande que le producía una sensación de ahogo. Temía que Werner no se dejara querer. Habría que esperar a que se fuera familiarizando con ellos, desde luego... Debían ganarse la primera mirada, la primera palabra, la primera expresión de agradecimiento, el primer beso. Así pues, ella esperaba en silencio. Sin apenas atreverse a moverse por temor a despertarlo, saboreaba el sueño del niño, que le proporcionaba, al menos, la posibilidad de devorarlo con los ojos.

—Es tan guapo... —murmuró.

—Magnífico —confirmó su marido.

Andrew tuvo que mostrarse autoritario para lograr que Armande bajara a cenar. Ella volvió a subir entre plato y plato para comprobar que «todo iba bien», antes del postre y también después de la infusión, antes de ponerse a ordenar la cocina. Cuando emprendía otro ascenso, Andrew la agarró por el brazo.

—¡Déjalo dormir! Todo va bien...

Armande se echó a reír, acurrucándose entre los brazos de su marido.

—No me lo acabo de creer... Es perfecto.

—Sí, es muy buen chico.

—¡Estoy impaciente por enseñarlo a los Spencer y a los Parson!

—Seguro que a quien más tienes ganas de enseñarlo es a esa pesada de Joan Campbell, ¿a que sí? —le tomó el pelo su marido.

—No te equivocas... Ya verás la cara que va a poner cuando le presentemos a Werner.

—Le va a dar mucha rabia. Nuestro hijo es mil veces más guapo que el suyo —convino Andrew.

Empezaban a sentirse más seguros. A partir de entonces, él sería un padre y ella sería una madre. Ya no podrían lanzarles aquellas miradas compasivas. Ya no podrían seguir haciéndoles esas preguntas, hirientes como hojas de cuchillo: «¿Qué, a qué estáis esperando?»; «¿Aún no tenéis nada que anunciarnos?»; «Estás embarazada, ¿sí o no?». Ya no se repetiría aquella decepción de cada mes, como aquella mancha inmutable que era como una condena eterna. Para él, se habrían acabado las risas, las bromas de los amigos cuando se reunían para jugar al rami: «¡Vas a necesitar más puntería!»; «¡Es que no lo haces bien!»; «Y eso que dicen que las francesitas no son mancas...».

Se acabarían las peleas, porque, con la ayuda del alcohol y la excitación del momento, uno de ellos se habría excedido y Andrew habría arremetido a puñetazos contra él. Se habrían acabado las burlas. Se habrían acabado los murmullos, aquella palabra que temía, la palabra que se pegaba a las paredes, que los seguía, que se propagaba en los labios de sus conocidos, la palabra que envenenaba su existencia: «Estériles. Los Goodman son estériles... ¡Tiene que ser ella, seguro! No tendría que haberse casado con una francesa. Nadie la conocía. Sabe Dios cómo viviría antes de la guerra... ¡Un aborto! ¿Quién te lo ha dicho? ¿Nadie? ¡Ah! ¿Es una suposición? Pero probablemente tienes razón. Aunque ella es católica... ¿Y por qué iba a ser uno católico si no tuviera algo grave por lo que pedir perdón? Y ese pobre hombre que no sospecha nada... Yo enseguida supe que esa chica no era trigo limpio».

Esa noche, Andrew y Armande se sentaron en la sala de estar. El televisor (el primero del barrio) permaneció apagado. Bebieron oporto. Bromearon sobre la educación que iban a dar al pequeño Werner. Sería educado e inteligente. Sería deportista y decidido. Haría grandes cosas… Andrew y Armande pusieron *singles* en el tocadiscos. Escucharon *Memories of You*, de Benny Goodman, y *Une charade*, de Danielle Darrieux: era la música al son de la cual se dieron el primer beso en Lisieux. Bailaron despacio, de puntillas, abrazados. Antes de acostarse, abrieron con mil precauciones la puerta del cuarto amarillo donde dormía el ser que, en cuestión de horas, había transformado su vida. Lo miraban con el corazón acelerado, sin apenas atreverse a respirar. Esa noche, los Goodman fueron la pareja más feliz del mundo.

Manhattan, 1971

Marcus y Lauren volvieron cogidos del brazo, borrachos como cubas, hacia las cuatro de la mañana. Incapaces de encontrar las llaves, se colgaron del timbre para sacarme de la cama. Al haberme despedido de una vez por todas de Rebecca, no me di ninguna prisa en ir a abrir. *Shakespeare* se puso a ladrar como un condenado, provocando los gritos destemplados de los vecinos. Cuando ya habían llamado unas veinte veces, acudí a la puerta, con cara de pocos amigos. Mi hermana llevaba la chaqueta de Marcus, que la abrazaba por la espalda. Yo desahogué una parte de mi frustración sobre ellos, provocando solo carcajadas de su parte.

—¡Exactamente lo que te decía! —le comentó Lauren a Marcus.

Estaban borrachos. Acababa justo de volverme a acostar cuando a esos idiotas no se les ocurrió nada más divertido que volver a salir y ponerse a llamar otra vez. Salí de mi cuarto como un huracán, volcando una silla que *Shakespeare* evitó por los pelos. Abrí con furia la puerta, que chocó contra la pared. Sin embargo, mis maldiciones no llegaron a salir de mi garganta; la vi en el rellano. Tardé unos segundos en comprender que esa muchachita pálida de pelo corto teñido de malva era Rebecca. Reconocí su mirada en cuanto me miró.

—Entra —murmuré, estupefacto.

—Gracias —respondió ella, desplazándose junto a la pared.

Lauren y Marcus, que prolongaban su conversación en la cocina, pararon de reírse en cuanto la vieron.

—Rebecca... —balbució Marcus.

Ella sonrió, sin decir nada. *Shakespeare* le dio una gran bienvenida, girando a su alrededor, antes de echarse a sus pies. La joven le acarició la cabeza. Sus dedos me parecieron traslúcidos. Lauren abrazó con vehemencia a la recién llegada, asegurándole con tono de complicidad que había «oído hablar mucho de ella». Rebecca volvió a sonreír. Al lado de la poblada cabellera morena y del pecho generoso de Lauren, parecía un pájaro desplumado. Le propuse comer algo, pero rechazó mi oferta. ¿Algo de beber? Tampoco.

—En realidad, querría dormir —pidió.

Sin darle vueltas innecesarias al asunto, la llevé a mi habitación.

—¿Quieres que Lauren te preste un camisón? —pregunté.

—Me voy a acostar así mismo —respondió Rebecca.

Solo se quitó los mocasines antes de acurrucarse en la cama, de cara a la pared. Yo también me eché, pero sin atreverme a acercarme a su lado.

—¿Puedes rodearme con los brazos, por favor? —reclamó.

La atraje hacia mí. La sentía frágil, como si pudiera rompérsele cada uno de los huesos del cuerpo. Ya no era ni remotamente aquel animal fiero que tanto me había gustado dominar. Noté su calor. Respiré su olor a almendras dulces. Su piel, al menos, no había cambiado. Despacio, traté de reconocerla, de recuperarla. Me disponía a hacerle preguntas, a pedirle explicaciones, pero ella me contuvo.

—Por favor, prefiero no hablar.

Reprimí mi impaciencia. Parecía estar demasiado débil como para que la tratara con impaciencia.

—Como tú quieras, Rebecca —concedí con voz quebrada.

—Entonces abrázame bien fuerte —me volvió a pedir—, y no me sueltes.

—Te lo prometo.

No se movió en toda la noche. Estaba tan silenciosa que le puse varias veces la mano delante de la cara para comprobar que respiraba. Yo tenía los brazos anquilosados y la nuca rígida. Sentía un hormigueo en las piernas, pero no cambié de postura. Al despuntar el día, pude observarla mejor. Estaba flaca, cansada. Las ojeras le comían las mejillas; el pelo corto y teñido acentuaba la delicadeza de su cuello. La levanté para liberarme y me pareció inquietante de tan liviana. No se movió para nada, pese a mis idas y venidas por la habitación. Me volví a acostar un instante a su lado para despedirme. Le di un beso en la frente y le acaricié un momento la cabeza, sin lograr reacción alguna. Cuando salía, cambió de lado en la cama para ocupar el lugar que yo había dejado caliente y abrazó mi almohada.

A raíz de la inauguración del centro Z&H y de la fiesta (de la que se hacía eco gran parte de la prensa), Marcus y yo teníamos concertadas citas y entrevistas durante todo el día. En la cocina, Lauren exprimía las naranjas y preparaba las tostadas. A pesar de lo que había bebido, estaba como una rosa. En comparación con los efectos de las «puertas luminosas» de su antigua comunidad, las consecuencias de una noche de borrachera le parecían completamente inofensivas. Marcus, en cambio, tomaba con mala cara el tercer tazón de café de la mañana. Con la tez terrosa y el cráneo comprimido, luchaba por recuperar el control de sus facultades.

—Me duele hasta la raíz del pelo —se quejó, apartándose el mechón que le caía sobre los ojos—. Yo pensaba que era una forma de hablar, pero es literal… y muy doloroso.

—Deja, que eso te lo arreglo yo —se ofreció Lauren.

Cogió la cabeza de Marcus e inició un lento masaje de las sienes y del cráneo.

—¿Y yo qué? —reclamé, después de observarlos un momento.

Lauren concluyó el tratamiento accionando unos puntos de presión en la cara de Marcus, pero cuando quiso ocuparse de mí, él la retuvo aferrándole la cintura de los vaqueros.

—Un poco más, por favor. Lo necesito más que él.

Yo tampoco estaba muy fresco, la verdad. Había pasado toda la noche vigilando a Rebecca por temor a que se escapara mientras dormía... Lauren me acribilló a preguntas, pero, puesto que mi bella durmiente no había pronunciado más de una veintena de palabras desde su llegada al apartamento antes de entrar en su especie de coma nocturno, mi hermana no pudo saciar su curiosidad. Con la inquietud de que LMDMV («La mujer de su vida», precisó con voz pastosa Marcus a Lauren) se volatizase de nuevo, le pedí que no la perdiera de vista.

—En serio. No salgas sin ella, ni siquiera cinco minutos; si no, cierra la puerta con llave...

—¡Wern! ¡No puedes secuestrar a Rebecca! —protestó Marcus, con un arranque que agotó de golpe sus reservas de energía.

Luego mostró el tazón vacío con expresión de moribundo a Lauren, que se lo volvió a llenar de café.

—¡Ha sido ella la que me pidió que no la soltara! —le contesté, resuelto a legitimar mis abusos de poder de los próximos veinte años gracias a aquella frase que Rebecca tuvo la desdicha de pronunciar en una noche de debilidad y reencuentro.

—No os preocupéis —nos tranquilizó Lauren, mordisqueando una tostada—. Id a sacar provecho de vuestro triunfo y vuestros horrendos millones, que yo me ocupo de la damisela.

Marcus soltó un gruñido de indignación. Yo repliqué que nos habíamos ganado a pulso esos millones, que, a diferencia de otros, no pasábamos el tiempo con una flor en los labios, flirteando con desconocidos que recitaban poemas rasgando las cuerdas de una guitarra. Cuando Marcus se mostró de acuerdo conmigo, Lauren estalló en carcajadas.

—¡Qué barbaridad, chicos, no tenéis sentido del humor! —Adoptó una expresión más seria—. ¿Qué tengo que decirle a Joan si llama?

—¡No le digas nada! ¡Nada de nada! —exclamé.

—¡Lo niegas todo! —aconsejó Marcus al mismo tiempo, recobrando sus reflejos de abogado.

—¿Que niegue qué?

—Que ha vuelto Rebecca. No se tiene que enterar. Ya la llamaré yo a su debido tiempo.

—Pobre Joan —suspiró Lauren—. Es triste, con lo bien que me cae esa chica.

Fingí no haberla oído.

—Sí, es horrible, la pobre, con lo mucho que te quiere —corroboró Marcus, pensativo.

—¡Bueno, ya está bien! ¡Tampoco es que la haya pegado ni que la haya asesinado!

Aunque no se atrevieron a responder, su silencio me resultó igual de penoso que sus reproches. Salimos a la calle con desgana. A Marcus cada movimiento le suponía una tortura. Por mi parte, temía que Rebecca aprovechara mi ausencia para huir. Desde la primera entrevista con el *Village Press*, que precedió a la del *New York Times*, no paramos. El día transcurrió, casi sin enterarnos, en una sucesión de llamadas, entrevistas y reuniones. Yo concentraba toda la materia gris en aquel torrente, desplegando una energía que no era más que una armadura destinada a impedir que los sentimientos me distrajeran de mi objetivo. En esos momentos, Z&H se revelaba como una máquina tan eficaz que me sentía en plenitud. Y es que nosotros mismos habíamos inventado esa máquina y funcionaba. Me sentía orgulloso como un padre de su propio hijo. El éxito nos hacía desear más éxito todavía. A la hora de comer, llamé a Joan y me disculpé por no poder verla ese día. Tenía mucho que hacer con Z&H y el ajetreo generado por la fiesta. Las cosas se calmarían pronto, aseguré. Pasaría a verla al día siguiente o al otro, a más tardar. Capté su angustia por teléfono. Era sensible y perceptiva. El corazón se me encogió cuando me volvió a preguntar si la acompañaría a Francia cuando realizara su gira por Europa. Quería que descubriera con ella el país de mi madre, Armande. Habíamos hablado del asunto en varias ocasiones, pero ya no tenía ganas de hacer ese viaje. Respondí de la manera más evasiva posible. Donna, que entraba en ese momento en la oficina, efectuó un rápido diagnóstico.

—Usted tiene algo que reprocharse.

Cuando la puse al corriente del regreso de Rebecca, puso cara de aflicción.

—Pobre Joan, hace meses que teme la llegada de este momento...

Me llevé a Donna a Tiffany para que me ayudara a elegir un regalo. Opté por un colgante. Era una clave de sol en oro blanco y diamantes, en cuyo centro llevaba engarzada una piedra del tamaño de la uña de mi dedo pulgar. «Pobre Joan», comentó con un suspiro mi ayudante, mirándome mientras plasmaba los últimos ceros en el cheque, cosa que arruinó completamente su efecto. Donna hacía girar con nerviosismo entre las manos la pulsera que acababa de regalarle «para comprar mi aprobación», según había dicho, riendo. Y era justo así, aunque también me parecía poco delicado llevarla a una joyería sin comprarle nada. Salí de Tiffany igual de avergonzado que cuando había entrado. El resultado no fue mejor en lo relativo a «la pobre Joan», tal como había decidido llamarla todo el mundo esa mañana. El detalle la inquietó. Me lo dio a entender, afectando un tono de broma, cuando me llamó para darme las gracias.

—No es la primera vez que me haces un regalo así, pero tengo la impresión de que este tiene más que ver con el pasado que con el futuro...

Y tenía razón. Rebecca había vuelto a adueñarse de mi vida. Habría debido confesárselo de entrada, pero no sabía cómo hacerlo. Le dije las palabras de amor que ella necesitaba oír, dejando para más tarde aquella penosa confrontación. Cuando regresamos al final del día, «la frente nos relucía de autosatisfacción», de acuerdo con la expresión utilizada por Lauren. Al no ver a Rebecca, se me fue el color de la cara.

—Tu querida está en la habitación —se apresuró a tranquilizarme mi hermana—. Está durmiendo.

—¡Todavía! —exclamé con asombro.

—Se ha levantado una hora. Ha comido, se ha lavado y se ha vuelto a acostar.

Entreabrí la puerta del cuarto y la vi en la misma postura en que la había dejado, doce horas antes. Había sustituido la camiseta y el pantalón por un bonito camisón que Lauren le había dejado. La prenda, demasiado grande para ella, dejaba al descubierto un delicado hombro en el que despuntaban los huesos y un brazo delgado y musculoso. Me dieron unas ganas terribles de despertarla, pero Lauren me disuadió con una mueca de contrariedad y un «no» mudo en los labios, reforzado con unos enérgicos gestos de prohibición con el dedo. Me retiré de mala gana. Probé a llamar varias veces a casa de los Lynch. Puesto que había cesado en mi acoso desde hacía muchas semanas, el ama de llaves respondió. La muy idiota me despachó su discurso habitual. Los Lynch no estaban en Nueva York. No sabía dónde localizarlos ni dónde estaba Rebecca. Yo le repliqué con sequedad que, por mi parte, sí sabía dónde estaba Rebecca. «Si sus padres estuvieran interesados, que no duden en llamarme», añadí antes de colgar.

Lauren y Marcus me calmaron con una botella de vino, unas pepitas de girasol y unos pimientos asados que mi hermana había preparado para el aperitivo antes de servirnos un curri de verdura y anacardos, acompañados de una salsa de leche de coco. Yo sufría con la prolongada abstinencia de carne y de patatas, pero ya había renunciado a ese combate. Cenamos y brindamos por nuestros proyectos y nuestra amistad. También decidimos mudarnos de casa lo antes posible.

—¡Por fin! ¡Lo vamos a pasar en grande! —exclamó Marcus.

En un arrebato de entusiasmo, alzó en vilo a mi hermana y la hizo girar en torno a sí. Lauren se debatió riendo y él la dejó en el suelo. Olvidando la resaca de la mañana, quiso celebrar con otra botella aquella noticia que llevaba tantos meses esperando. Igual de alegres que la noche anterior, Lauren y mi socio salieron a ver qué les deparaban la ciudad y la noche.

Una vez en mi cuarto, me preparé haciendo más ruido del que era necesario. Becca no dio muestras de percatarse de mi presencia, pero, en cuanto me acosté en la cama, vino a acurrucarse contra mí. Se encajó entre mis brazos y mis piernas, pegándome los pechos al costado y la barriga a la cadera. Reposaba sobre mí con una confianza tal que volví a renunciar a despertarla. Noté su aliento casi imperceptible y la olí. Se había lavado el pelo, que ahora desprendía un aroma a avena y a flores. Cada centímetro de mi cuerpo que estaba en contacto con ella parecía poseer una intensidad propia, una aguda presencia. El deseo me traspasaba las entrañas.

Unas horas más tarde, seguía tumbado, con los ojos bien abiertos. Había tendido a Rebecca sobre mi torso, para aliviar la presión del brazo. Me rodeaba con las piernas. Notaba su pubis justo encima del mío. Tenía el sexo enhiesto como un puño en alto.

Hawthorne, Nueva Jersey, 1950

Aquello no era amor, sino adoración. Y Werner, que lo sabía, abusaba de la situación. Bajo aquella lluvia constante de afecto, de atención y de expresiones de aliento que le prodigaban los Goodman, se desplegó como una planta de extraordinaria vitalidad. Le bastó con unas cuantas semanas para entender perfectamente el inglés y con unos meses para responder en ese idioma. Tomó posesión de la casa y del jardín, convertidos en un reino por el que correteaba de punta a punta. Sus padres no estaban ya en su casa, sino en casa de aquel crío. No había forma de negarle nada ni de poner nada fuera de su alcance. Abría los armarios, las puertas, las rejas, subía hasta el desván, bajaba al sótano y traspasaba todos los límites que Andrew y Armande trataban de imponerle. Aquel hombrecillo era una fuerza de la naturaleza.

En la habitación de sus padres, en medio de la pared de color verde agua situada frente a su cama, unas rayas trazadas con un lápiz daban prueba de lo rápido que estaba creciendo. Por la noche, la máquina de coser de Armande, una Singer Featherweight de un negro rutilante, funcionaba a pleno rendimiento. Aquella mujer no paraba de confeccionar ropa para su hijo, que apenas le daba tregua con su temperamento aventurero y lo rápido que seguía creciendo.

La primera gesta memorable de Werner llegó a los cuatro

años, cuando se enfrentó en un singular combate al perro de su vecino, un animal de edad, apestoso y de mal carácter. Un día en que Werner trataba de ampliar su zona de juego explorando los territorios limítrofes, el dogo le mordió. Aunque no era grave, la mordedura dejó marcado un semicírculo rojo en el brazo del niño. Ante la estupefacción del vecino, que acudía a toda prisa, en lugar de estallar en sollozos o de ponerse a llamar a su madre, Werner Zilch se miró con asombro el brazo mordido antes de arrojarse sobre la cabeza del viejo dogo.

—Y ese hombretón —relataría más tarde el vecino— no solo atacó a mi *Roxy*, que era dos veces mayor que él, sino que le arrancó un trozo de oreja. Así, con dos dentelladas —especificaba el agricultor, imitando el gesto con la mandíbula—. ¡En toda mi vida no había visto cosa igual! Un chaval así no se olvida. Claro que la madre también se las traía…

Cuando vio el brazo de su más preciado tesoro, que acababa de desinfectar el vecino, Armande lanzó un grito igual de terrorífico que el que había proferido su hijo un momento antes. Injurió al propietario del dogo con toda la riqueza lingüística del francés y amenazó con degollar ella misma al perro. Cuando el agricultor precisó con incomodidad que había visto cómo el niño mordía a *Roxy*, le arrancaba un trozo de oreja y engullía luego entero el jirón de carne, Armande dio un traspié.

Como una loca, condujo a su hijo a la consulta del médico, que trató en vano de calmarla. Después de negarse a hacer vomitar a Werner, le desinfectó bien la herida, le puso una inyección antirrábica y los mandó a casa. La mujer se pasó un mes entero escrutando a su hijo como si observara bacilos a través de un microscopio. Sin embargo, Werner estaba de maravilla. En lugar de arredrarse, proseguía sus exploraciones geográficas con la bendición del vecino. En cuanto al perro culpable, cuya oreja horadada por los dientes de Werner había cicatrizado sin que volviera a crecerle el pelo, se acostaba en el suelo en señal de sumisión en cuanto veía aparecer al niño.

Aquella victoria no hizo más que reafirmar el carácter airado de Werner. Cuando la realidad o sus padres no cedían de inmediato a sus deseos, montaba en cólera de tal forma que Armande se quedaba estupefacta. Andrew lo ponía en cintura con autoridad, pero en secreto se vanagloriaba del temperamento de su hijo. Cuando estaban solos, solía coger a Werner por las axilas, lo levantaba en vilo y, clavándole la mirada en los ojos, le repetía:

—¡Sé feroz, hijo mío! ¡Sé feroz!

Pese a que lo castigaban a menudo, Werner no demostraba rencor por ello. Después de haber pasado media hora o una hora encerrado en su habitación, reanudaba sus actividades como si nada. Aunque no pedía perdón, sí tenía discretos gestos de reparación, como coger flores para su madre o encontrar en el jardín una reluciente pluma de cuervo (de un negro casi violeta) o una hermosa piedra para su padre. Werner estaba dispuesto a hacer muchos esfuerzos, siempre y cuando su orgullo no se viera comprometido.

Algunos padres hubieran intentado someterlo. De entrada, los Goodman comprendieron que el amor incondicional sería la clave del desarrollo armonioso de su hijo. Además, su presencia había sido tan beneficiosa para la pareja que tendían a dejárselo pasar todo. Una buena prueba de su afecto ilimitado la constituyó el hecho de que fuera él quien les cediera su apellido y no al revés. Al día siguiente de la llegada de Werner, Armande advirtió que en todas las prendas de ropa que había en la pequeña bolsa que había dejado la agencia de adopción, habían bordado la frase: «Este niño se llama Werner Zilch. No le cambien el nombre: es el último de los nuestros».

Perplejos ante aquel misterioso mensaje, Andrew y Armande elaboraron un sinfín de conjeturas y efectuaron varias tentativas de obtener más información por parte de la agencia de adopción. Después de una serie de infructuosas gestiones, ejecutando una especie de reverencia para agradecer el extraordinario regalo que les hacía la vida con ese niño, no le cambiaron el nombre. Lo del apellido fue más complicado. Armande se quedó desolada el día en que descubrió que había lavado la ropa de su hijo sin darse cuenta de que una de sus chaquetas contenía una carta en el forro. Para entonces, solo quedaba de ella un magma de papel en el que se distinguían unos restos de tinta azul.

Andrew, que volvió a llamar a la agencia para tratar de averiguar algo más, comprendió que la explicación de los orígenes de su hijo se había perdido de modo irremediable. Los flamantes padres inscribieron al niño con el nombre de Werner Zilch-Goldman. Y, como no querían tener un apellido distinto del de su hijo, adoptaron el mismo para ellos. Aquello habría representado un enorme sacrificio para el común de los mortales, pero aquel hombre era especial. No condicionaba su ego a ser más hombre que los demás: la felicidad que les aportaba su hijo había acabado de disipar sus dudas.

La transformación de la pareja saltaba a la vista. Armande, un poco más gruesa, trajinaba con serenidad de la mañana a la noche, cocinaba, limpiaba, planchaba, lavaba, fregaba, peinaba, regañaba, repartía mimos y contaba cuentos. Andrew también había cambiado. Tenía un porte más erguido. Ya no mantenía los puños crispados dentro de los bolsillos ni los hombros tensos, en esa postura compacta del boxeador que aguarda la provocación. Sus gestos se habían vuelto desenfadados; su voz, grave y cargada de aplomo.

A Armande le parecía cada vez más seductor. A Andrew le encantaban las nuevas curvas de su mujer. Sus escarceos nocturnos, que habían vuelto tan difíciles los fracasos, recuperaban su despreocupación y su alegría. Un año después de la llegada del pequeño, las rotundas formas de la joven ya no estaban propiciadas por sus platos de verduras al gratén, las patatas salteadas ni los asados. Tampoco se debían a los *crumbles* ni a las cremosas tartas aromatizadas con limón con que hacía las delicias de su hijo y su marido. El volumen de su pecho creció de forma espectacular. Estaba radiante. El reyecito Werner percibía que su madre preparaba algo y no paraba de levantarle la camisa para inspeccionar aquel vientre que se ensanchaba. Le explicaron que iba a tener un hermanito o una hermanita, que por el momento estaba bien calentito, cocinándose en el horno de mamá. Pero aquel pequeño tirano se negaba a compartir. ¿Un hermano? No, él no quería tener un hermano. Desde el principio decidió que el bebé sería una niña.

Werner estaba a punto de cumplir cinco años cuando nació Lauren. Para Andrew y Armande fue un alivio que se hubieran cumplido los deseos de su hijo. Para no desestabilizar a Werner, Armande lo colmó aún más de atenciones, pero el chiquillo no daba muestra alguna de celos. En realidad, adoraba a la pequeña. La besaba, le daba largos discursos y le regalaba juguetes. Se empeñaba en cogerla en brazos, cosa que a Armande le ponía nerviosa. Se convirtió en el traductor oficial de Lauren. Cuando la pareja parecía desorientada ante los gritos de su hija, Werner les explicaba con su vocabulario de niño cómo calmarla o darle lo que necesitaba.

Consideraba a Lauren como algo suyo, un nuevo ser del que se sentía a un tiempo propietario y responsable. Físicamente, la pequeña no se parecía en nada al hermano. De pelo oscuro y tez morena, observaba el mundo con unos ojazos impregnados de temor. Werner era su dios. En cuanto lo veía, le cambiaba la expresión y en la barbilla le aparecía un delicioso hoyuelo mientras estallaba en risas. Lo encontraba maravilloso y lo habría seguido hasta el fin del mundo, hasta tal extremo que, unos años más tarde, estuvo a punto de romperse la crisma trepando a un árbol donde Werner construía una cabaña o de ahogarse por estar a su lado en la rudimentaria balsa que había construido.

Por fortuna para este relato, Lauren salió indemne de todos los inventos y los arrebatos de su hermano.

Manhattan, 1971

Estábamos preocupados. Los tres: Lauren, Marcus y yo. Rebecca no había estado despierta más de cuatro horas en tres días, siempre durante mi ausencia. La única que había hablado algo con ella era Lauren. Incluso cuando estaba, Rebecca parecía encontrarse en otra parte. Mi hermana había intentado conversar con ella y ponerle músicas alegres haciéndole respirar aceites esenciales tonificantes de nuez moscada, limón y pino silvestre. Incluso había instalado un difusor en un rincón de mi cuarto para impregnar de forma continua el aire, lo cual solo sirvió para hacerme estornudar y quemar algunos pelos del trasero de *Shakespeare*, que se sentó encima sin darse cuenta. En la noche del cuarto día, sacudí con cuidado a Rebecca. Mi amor murmuró que quería dormir y que la dejáramos en paz. Como yo insistí, se puso agresiva y, rugiendo como un felino, arañó el aire con las manos para apartar las mías. Cuando la levanté para ponerla de pie a la fuerza, me mordió. Tras la sorpresa, la solté.

Marcus y Lauren oyeron el portazo, que hizo temblar toda la planta del edificio. A continuación, irrumpí en la cocina, exigiendo que mi hermana me desinfectara.

—No es grave. Como mucho, tendrás un hematoma —aseguró Lauren.

Su indiferencia no impidió que vaciara la cubitera del congelador con gran estrépito. Hice caer al suelo la mitad de los cubitos de hielo, así como toda la pila de trapos de cocina, y me hice una especie de entablillado con el que me dejé caer en el sofá del comedor. Estaba harto de que Rebecca no me hiciera el menor caso. Desde hacía cuatro días, me utilizaba como bolsa de agua caliente. Cuando le convenía, me ponía las manos y los pies helados debajo de la barriga o de las posaderas, para luego empujarme a un lado no bien se había calentado. Lauren fue a echar una ojeada a mi habitación. Con una gran paz en el rostro, Rebecca volvía a estar sumida en un profundo sueño al lado de *Shakespeare*, que se colocaba cerca de ella en cuanto yo me volvía de espaldas. ¡Tenía la cara dura de sustituirme por mi perro! El sofá era demasiado pequeño para mí, lo cual no ayudó demasiado a calmarme. Pasé una noche horrible repasando bajo todos los ángulos posibles nuestra historia y tramando mi venganza contra los Lynch y su hija. Al día siguiente, no había ninguna novedad.

—¡Es la bella durmiente! —concluyó Marcus, mientras los tres rodeábamos la cama en la que seguía tendida Rebecca—. ¿Has probado a besarla?

—En vista de los mordiscos que da, no me voy a arriesgar —gruñí—. Podría cortarme la lengua.

—Mientras solo sea la lengua... —bromeó Lauren. La miramos mal—. No tenéis sentido del humor, chicos —lamentó con un suspiro.

Nos fuimos a trabajar. Estábamos preparando una oferta de compra para tres nuevos terrenos edificables. Nuestro equipo había elaborado el presupuesto y el proyecto de urbanización. Los distintos arquitectos a quienes habíamos recurrido debían presentarnos sus proyectos en concurso. Pasamos el día de reunión en reunión; cuando volvimos a casa, la situación no había variado. De hecho, empeoró aún más.

Una noche, Rebecca decidió tomar un baño: casi nos inunda el piso, pues después se olvidó de cerrar los grifos. Al día siguiente, a las tres de la madrugada, se puso a cocinar todo cuanto había en los armarios de la cocina. Tras pasar una semana sin dormir, yo había caído como un tronco y no la había oído levantarse. Cuando se despertaron, Lauren y Marcus encontraron, alineados sobre la mesa, dos platos de lasaña, una bandeja de pasta gratinada, tabulé, pastel de sémola y pasas, así como una cantidad industrial de pasteles de queso en los que había dibujado unas líneas geométricas extrañas, una ensalada de tomate y cinco tazones de una especie de pasta para untar que había preparado con queso blando y todas las latas de sardinas reservadas para *Shakespeare*.

Aquello me sirvió para enterarme de que, al contrario de lo que había afirmado aquel día en que merendamos en el parque, era una experta cocinera. Lauren enseguida lo asoció a mi «machismo primario». «El sitio de la mujer no tiene por qué estar en la cocina», me soltó. Unos días más tarde, mi satisfacción fue mucho menor cuando descubrí el fresco que Rebecca había pintado en la pared de la cocina con los dedos embadurnados de kétchup y mostaza. A Marcus le pareció muy bonita aquella perspectiva de bosque entremezclada con unos motivos geométricos idénticos a los que había inscrito en los pasteles de queso. «Por desgracia, dada la clase de pigmentos usados, la obra no durara mucho», comentó, pensativo. No se equivocó: *Shakespeare* acabó con ella lamiendo la pared hasta un metro veinte de altura.

—¡No es una mujer, más bien parece una niña de tres años! —exclamaba yo con indignación cada vez que descubría otra diablura de esas.

Por ejemplo, le dio por coser toda mi reserva de calcetines para confeccionar una especie de puf en forma de flor, muy logrado en opinión de Lauren. Para evitar que hiciera lo mismo con los que me compró Donna para sustituirlos, tuve que poner un candado en la cómoda donde los guardaba. Me sentía tan frustrado y disgustado que hasta echaba de menos a Joan. Aun así, ya no conseguía hablar con ella.

A menudo, me había mostrado esquivo con las mujeres, pero Joan se merecía que me portara bien con ella. Al cabo de unos diez días de evasivas, presionado por los sermones de Lauren, de Marcus y de Donna, que hablaban regularmente con ella por teléfono, me decidí a anunciarle que Rebecca había regresado. Por cobardía, la invité a comer en el último restaurante de moda, situado a dos pasos del Radio City Music Hall. Pensé que si nos veíamos en un lugar público me evitaría una escena. Empecé dando un rodeo, con comentarios sobre la política de Nixon y detalles sobre un nuevo proyecto inmobiliario. Me mostré preocupado por la vida sexual de Marcus, que no nos había presentado a ninguna novia desde hacía tiempo y ya no desaparecía como antes, cuando tenía alguna nueva aventura. Después de realizar un meticuloso repaso del menú, pedí un bistec con patatas salteadas y un *bloody mary* para armarme de valor, antes de expresar mi indignación por nuestra última intervención sanguinaria en Vietnam, donde seguían muriendo tantos jóvenes de nuestro país cada semana.

Joan, que era perspicaz y más valiente que yo, me cortó:

—¿Ha vuelto?

—Sí —reconocí, con un tono apenado.

—¿Me vas a dejar?

—Yo no he dicho eso.

—Pero ¿todavía la quieres? —prosiguió con el tono profesional de un médico.

—No sé, estoy confundido...

Joan me confió que había albergado la esperanza de hacer que la olvidara, pero que lo comprendía. Jamás le había mentido y no podía reprocharme nada. Me dijo con ternura que me iba a echar de menos, pero que estaba demasiado triste y abatida para terminar de comer. Me ofrecí a acompañarla, pero rechazó mi oferta.

—No hay que prolongar las despedidas. Sería igual de penoso para ti que para mí.

Yo también me sentí triste. Admiraba a aquella mujer. Era una gran amiga y, en el fondo, lamentaba que estuviera enamorada de mí. Sentir cosas diferentes nos obligaba a alejarnos; por el contrario, su indiferencia habría garantizado nuestra amistad. Pagué la cuenta. No habíamos comido nada. Ella me dio un par de besos en las mejillas, sin permitirme el placer de estrecharla contra mí.

—Para, que vas a hacer que flaquee —advirtió.

Una vez en la calle, Joan me miró directamente a los ojos por última vez.

—¡Más te vale que seas feliz, Werner! Si estropeas esta relación con Rebecca, no te lo voy a perdonar.

Luego me dio una palmada en el hombro y echó a andar. La miré mientras se alejaba, con el corazón encogido. No había derramado ni una lágrima. Caminaba deprisa, en línea recta, sin volverse.

Peenemünde, Alemania, octubre de 1943

Johann llevaba cinco horas encerrado en aquella sala de interrogatorios. Los dos oficiales de las SS acababan de salir. Tenía hambre y sed. El recuerdo de la cara de Luisa le perforaba el estómago, pero una vez pasados los primeros momentos de angustia de la detención, había comprendido que era víctima de una maniobra intimidatoria. Con ella, la Gestapo enviaba un mensaje a Von Braun. Querían amedrentarlo. Le había tocado a él, como habría podido tocarle a otro. No veía otra explicación. Aquellas acusaciones eran ridículas... Evidentemente, no debería haber expresado quejas con respecto al esfuerzo de guerra. Lamentaba su imprudencia, pero esa noche estaba desanimado y había bebido demasiado. Era necesaria toda la paranoia de los SS para ver un complot o un sabotaje en ese momento de fatiga.

Johann se arrepentía, pero, poco a poco, iba ganando terreno, y los oficiales aflojaban. Eran menos violentos que al comienzo del interrogatorio. Lo que más le dolía no era encontrarse allí, sino que lo hubiera denunciado uno de sus compañeros. Siempre había considerado como una familia al equipo de Peenemünde. No lo entendía. Johann repasó las caras de las personas presentes esa noche: ¿Hermann? No, a Hermann le causaba pavor la Gestapo. Jamás se habría atrevido a dirigir la palabra a un oficial de las SS. ¿Konstantine? Imposible. Se llevaban de maravilla, compartían el mismo despacho y comían juntos casi cada día. En cambio, de su mujer, Christin, ya no estaba tan seguro. Era una arpía y, además, estaba celosa de Luisa. Lo malo era que Johann no lograba recordar si Christin estaba todavía allí cuando había pronunciado aquella maldita frase. Friedrich sí estaba, pero él no habría hecho algo así. Era tímido y estaba enamorado de Marthe, que vivía en Peenemünde desde hacía varias semanas. Nunca habría hecho nada que pudiera perjudicar a la familia.

Johann se frotó la cara. Estaba cansado. Elfriede no. Guillem tampoco. Pero ¿entonces quién? ¿Quién? ¿Andréi? Todavía menos. Sí, habían tenido alguna que otra fricción, pero de ahí a mandarle a la Gestapo… Johann estaba resuelto a esclarecer aquel asunto cuando volviera a la base. Von Braun lo ayudaría. Aquel detestable incidente se resolvería pronto. El propio Führer había destacado los V2 como una prioridad absoluta. Los SS se verían obligados a entrar en razón.

Se levantó y rodeó dos veces la mesa de metal. El ruido metálico del cerrojo le llamó la atención. Se quedó de piedra.

—¿Qué haces aquí? —le preguntó con voz glacial al individuo con uniforme de SS que acababa de aparecer.

Kasper se tomó su tiempo. Miró a su hermano en silencio, con una sonrisa socarrona en los labios, antes de entrar en la habitación.

—Buenos días, Johann. No parece que te alegres de verme…

Era turbador observar a aquellos dos hombres juntos. Si uno de ellos no hubiera llevado un uniforme militar y el otro sí, cualquiera habría podido confundirlos.

—Habíamos decidido no volver a hablarnos —contestó Johann.

—Eso fue antes de que me robaras a mi mujer. He venido a buscarla —susurró el hermano mayor.

—Yo no te «robé» a tu mujer, Kasper. Marthe vino a refugiarse aquí para huir del infierno a que la sometías.

—¡Pobrecilla! ¿Y tú la crees?

—La creo porque te conozco. Estás loco, Kasper. Eres un loco peligroso. Nuestros padres deberían haberte hecho encerrar.

—Por ahora, el que está encerrado eres tú. Y soy yo el que va a decidir si te liberan.

Kasper corrió una silla y encendió un cigarrillo.

—¿Qué quieres? —le preguntó Johann, de pie junto a la ventana.

—Ya te lo he dicho, Johann. Pon a funcionar un poco tu cerebro de sabio. He venido a buscar a mi mujer. Me he enterado de que te habían detenido y me he ofrecido a mis compañeros para hacerte entrar en razón. Han pensado que confiarías en mí...

—Si hay alguien en todo el planeta de quien no me fío, ese eres tú. No pierdas el tiempo.

—No tengo prisa. Y lo único que pretendo es ayudarte.

—No necesito tu ayuda. Dentro de unas horas habré salido de aquí.

—¡Ni lo sueñes, compadre! Están convencidos de que eres un agente infiltrado. Yo no les he dicho lo contrario... Siempre tuviste amigos raros.

Arrellanado en la silla, Kasper la hacía bascular con un pie. Sus galones indicaban que había ascendido de rango.

—Sabes perfectamente que jamás traicionaré a mi país —respondió Johann.

—Ah, yo no sé nada. Bueno, sí. Me enteré de que tu perra esperaba un cachorro...

—¿Qué perra?

—¿Luisa no está preñada?

—¡Te prohíbo que hables de esa forma de mi mujer!

Kasper aplastó la colilla en el cuenco de estaño que servía de cenicero. Luego se acercó, con los ojos brillantes.

—Sé muy bien de qué pie calza Luisa. La poseí antes que tú y le encantó.

—¡Cierra el pico! —gritó Johann—. No soportaste que me prefiriera a mí.

Johann crispó los puños, con la espalda combada de modo instintivo en actitud de combate.

—Si tanta confianza tenías, ¿por qué te fugaste con ella como un ladrón después de la muerte de nuestros padres?

—Me fui porque tú les habías comido el tarro a los vecinos haciendo correr todos aquellos rumores horribles sobre Luisa. Se portaban mal con ella. No me quedó más remedio —respondió Johann.

—El problema contigo es que siempre me quieres quitar lo que me pertenece: primero Luisa y ahora Marthe...

—Luisa no te pertenecía.

—¡Estábamos prometidos!

—El noviazgo nunca fue oficial. Luisa no se habría casado nunca contigo —replicó Johann.

—Se habría casado conmigo si tú no la hubieras aterrorizado contándole mentiras sobre mí. ¡Y, para colmo, nuestros padres se pusieron de tu lado! Todos os confabulasteis para quitármela.

—Yo no hice más que decir la verdad. El trato que le has dado a Marthe no hace más que confirmar mis temores.

—Yo quería a Luisa. ¡No tenías derecho a quitármela!

—Ella es un ser humano, libre para elegir lo que quiera —afirmó Johann, abriéndose el cuello de la camisa: tenía la sensación de que se estaba ahogando.

Kasper encendió otro cigarrillo, con un violento destello en la mirada.

—Nunca entendí qué veía en ti, con lo inadaptado que eres para este mundo con tus garabatos matemáticos y tus distracciones de niño retrasado.

—¿Que qué vio en mí? Entendió cómo eras. Además, sabe que yo la quiero más que a nada en este mundo.

—Me extraña que quieras comer de mis sobras.

—No empieces otra vez —replicó Johann con rabia.

—Si supieras lo que le hice, se te quitarían las ganas…

—¡Para! —gritó su hermano, que descargó un violento puñetazo en la mesa.

—La gasté bien gastada y tú vas de segundo…

—¡Te he dicho que cierres el pico!

—¿A no ser que haya seguido viéndola sin que tú te enteraras? ¿Quién te dice que no he seguido viéndola?

Johann soltó el puño. Las falanges crispadas chocaron contra la nariz de Kasper, que crujió como un pedazo de leña. Johann iba a proseguir la pelea, pero, en lugar de defenderse, Kasper cogió una de las sillas y, mientras pedía ayuda a gritos, la arrojó contra la ventana, cuyos vidrios estallaron.

Alertados por el ruido, los dos oficiales de las SS entraron en tromba en la habitación.

Kasper tenía la mano encima de la nariz, con la cara ensangrentada.

—¡Me he encarado a él y me ha atacado! Ha intentado huir rompiendo el cristal…

Los dos hombres sujetaron con brutalidad a Johann.

—¡No le hagan caso! —trató de defenderse—. Ha sido él el que ha arrojado la silla contra el vidrio…

Por más que se debatió, los oficiales no quisieron escucharlo. Lo arrastraron hacia las celdas sin ver la sonrisa triunfal y el gesto burlón que Kasper le dispensó a su hermano menor a modo de despedida.

Manhattan, 1971

Donna preguntaba cada día por Rebecca. Nos tenía muy preocupados con su sueño interminable. Fue ella la que tomó la iniciativa de llamar a su médico. Tenía una confianza absoluta en aquel hombre, que había salvado a su hija de una grave infección. Yo no conocía de nada al doctor Bonnett, que acudió esa misma noche a nuestro domicilio. Era un hombre bajito, delgado y moreno. Había pasado los primeros años de su carrera en África y conservaba una leve cojera desde el día en que un maliano, descontento con el tratamiento que le había administrado, le destrozó el músculo de la pantorrilla de un machetazo. Se había recuperado gracias a la decocción que le aplicó la bruja del pueblo de al lado. El bálsamo se demostró tan eficaz que, a partir de entonces, pasaba el tiempo libre tratando de reproducirlo con las plantas que la anciana le había enseñado y que él había identificado minuciosamente.

Demostraba tener una gran curiosidad por todo. Aparentaba tener cincuenta años apenas, cuando en realidad tenía sesenta y cuatro, tal como me reveló más tarde. Después de colaborar en un laboratorio de investigación de Boston, regresó a Nueva York, su ciudad natal, donde se había convertido en un apasionado partidario de las medicinas alternativas, en especial de la acupuntura. Eso impresionó mucho a Lauren. De hecho, tuvimos que rescatar al doctor del pormenorizado interrogatorio al que lo sometió mi hermana, para llevarlo a ver a Rebecca, que seguía durmiendo.

La nueva fase sonámbula de su enfermedad la había vuelto muy dócil. Para despertarla, no tuve ni que tocarla. Me bastó con llamarla tres veces por su nombre para que se sentara en la cama. Una vez instalada en ese estado de semivigilia, no tenía más que darle una orden para que la ejecutara, cosa que me resultaba mucho más tolerable. A pesar de las ideas que se me ocurrían en ocasiones, no abusaba en la práctica de ese nuevo poder. Respetaba incluso su desnudez. En lo referente a su aseo, Lauren me había informado de que Rebecca se encerraba en el cuarto de baño y de que, al cabo de una media hora larga, volvía a salir vestida con uno de los pijamas que yo le había comprado. Hice pasar a Rebecca al salón.

Primeramente, el doctor Bonnet la observó con gran intensidad. Después le pidió que se quitara la ropa. Yo no quise dejarla sola con él y me quedé conmocionado con el espectáculo de su cuerpo, cubierto de hematomas y cardenales. Enseguida me inundó una oleada de rabia. Habría querido matar a golpes a quien le había hecho aquello. Pedí con suavidad a Rebecca que se volviera a vestir y ella obedeció.

—¿Es su mujer? —me preguntó el doctor Bonnet.

—Todavía no —respondí con voz sorda.

—¿Se droga?

—No lo sé —reconocí, recordando que antes de su desaparición solía fumar marihuana—. En todo caso, no durante estos últimos días.

—¿Sabe si esta joven ha regresado recientemente de un país tropical?

—No, ignoro dónde estaba antes de venir aquí.

No podía quedarme en aquellas explicaciones. Las marcas que había en el cuerpo de Rebecca no tenían nada de normal y no quería que pensara que yo era el responsable. Le resumí cómo la había conocido, nuestros primeros meses de amor, la cena en casa de sus padres, su desaparición durante casi un año y su repentina reaparición. Mi franqueza pareció tranquilizar al doctor Bonnet, que anotó concienzudamente cada detalle en un cuaderno cerrado con una goma elástica. Su diagnóstico provisional fue una posible narcolepsia: un trastorno agudo del sueño cuyas causas eran poco conocidas. Le extrajo sangre con una jeringuilla y la distribuyó en unas pequeñas probetas que guardó en su maletín negro de cuero. A continuación, formuló otra hipótesis.

—Voy a mandar analizar estas muestras. Cabe la posibilidad de que sufra una patología, como la transmitida por la mosca tse-tsé, aunque no he visto ninguna picadura infectada y no tiene fiebre… De todas maneras, más vale asegurarse, porque esa enfermedad es terrible.

—¿Es mortal? —le pregunté.

—A la larga sí, por desgracia. ¿Habla de manera confusa?

—Es peor que eso. No habla. Desde que volvió, debe de haberme dicho unas cincuenta palabras y algunas pocas más a mi hermana, Lauren, que se queda con ella todo el día.

—¿Tiene alucinaciones o crisis de angustia?

—No, está muy tranquila. Y por las noches cocina.

—¿Cocina? —repitió, estupefacto.

—Es como si preparara un banquete. Hemos tenido que vaciar los armarios de la cocina; si no, hubiera hecho la comida para todo el barrio. También hace obras de arte. Y cose calcetines…

—¿Cose calcetines? —preguntó con asombro el doctor Bonnet.

Estaba como un niño que coge un objeto nuevo y lo inspecciona por todos lados para comprender cómo funciona.

Le enseñé el puf que Rebecca había confeccionado, así como los restos del fresco de mostaza. Después de escrutarlos con el interés que lo caracterizaba, anotó algo sobre el papel, aunque no me dijo el qué.

Regresamos al salón, donde le pregunté con inquietud si una enfermedad tropical podía transmitirse a través de una mordedura.

—Así que... no se muestra agresiva.

—Solo si uno intenta despertarla. Si no, es más bien afectuosa.

Le mostré mi brazo. Me ofendió oír que me decía que aquello «no era nada». Volvió a inspeccionar atentamente los ojos de Rebecca, el color y la cara interior del párpado.

—No presenta ningún síntoma clínico preocupante. Solo está anémica. Me inclinaría más bien por una disfunción postraumática. En determinados casos, un ser humano que ha vivido situaciones de violencia o de *shock* extremo puede tratarse mediante el sueño —explicó.

—¿Es algo positivo, entonces?

—Sí lo es, excepto cuando dicha recuperación se transforma en huida definitiva. Algunos enfermos recuperan poco a poco un estilo de vida normal, mientras que otros no regresan nunca, porque prefieren permanecer en el espacio tranquilizador de sus sueños.

—¿Cuándo sabremos si va a volver?

El doctor Bonnet era incapaz de precisarlo. La narcolepsia exigía mucha paciencia. Los enfermos necesitaban tiempo. En vista de los golpes que había recibido, solo Dios sabía qué era lo que su subconsciente trataba de olvidar. Escribió una receta en la que prescribía una multitud de tónicos que complementaría en el momento en que recibiera los resultados de los análisis. Se despidió pidiéndome que lo llamara de forma regular para tenerlo al corriente de su evolución. Durante la conversación, Rebecca se había ovillado en el sofá y volvía a dormir como una marmota.

Su eclipse parecía interminable. Yo me consumía de deseo y ella apenas se percataba de mi presencia. Había vuelto a ver, una detrás de otra, a tres de mis antiguas amantes, de las que me recibían en su casa sin remilgos. Había practicado todas las posturas y mis juegos favoritos, pero sus cuerpos me parecieron sin vida. El placer fue algo mecánico. Aquellas tentativas frustradas acabaron de incrementar mi desasosiego. Desde aquel primer beso que me había robado Lou en la puerta del gimnasio del instituto, había consumido a las mujeres como si fueran deliciosas frutas, disfrutando con sus particularidades, sus perfumes, sus texturas, sus arrebatos y sus fragilidades. Al despedirme de esas chicas con las que, en otro tiempo, me había encantado hacer el amor, no experimentaba un mayor grado de emoción ni de saciedad que si, simplemente, les hubiera estrechado la mano. Para completar la humillación, por la noche, en cuanto me acostaba al lado de Rebecca dormida, la daga se me volvía a enderezar en el bajo vientre. Al final, le confié mis desdichas a Marcus.

—¡No deja de tener gracia que tú, el don Juan de Manhattan, te vuelvas monógamo! —se mofó.

—Pues a mí no me parece nada gracioso.

—Tu minga es una amante fiel, ya te puedes ir acostumbrando.

—Mi minga es masoquista. Tiene fijación con la única chica que no me hace el menor caso.

Estaba tenso e insoportable.

—¡Llama a Joan, hombre! —me replicó con exasperación Lauren una mañana—. ¡Al menos con ella te acostabas!

—Sí, la verdad es que estabas más tranquilo… —coincidió Marcus mientras retiraba la miga de tostada que se había quedado prendida en la comisura de la boca de Lauren.

Al ver la palidez de mi cara, presagio de uno de esos accesos de ira cuyas consecuencias no les apetecía nada sufrir, orientaron la conversación hacia nuestro próximo domicilio, adonde teníamos previsto mudarnos el fin de semana. Yo albergaba la esperanza de que aquel cambio de ambiente tuviera un efecto positivo en Rebecca. Marcus había encontrado en cuestión de días una agradable casa de cuatro pisos en la zona del Village. Era de ladrillo y estaba totalmente reformada. La calle, muy tranquila, me había gustado, al igual que el edificio. El nivel del sótano, iluminado por los grandes tragaluces del patio, lo ocupaba una cocina, un lavadero y un estudio independiente. En la planta baja había una gran sala y un comedor; en el primer piso, otra sala. Los cuatro dormitorios estaban repartidos entre la segunda y la tercera planta. Bajo el tejado había una terraza y un cuarto muy amplio. Era una buena inversión. El Village estaba en plena mutación y yo no tenía la menor duda de que aquella adquisición se iba a revalorizar. Nuestros últimos proyectos habían sido tan fructíferos que pude comprarla sin pedir ningún préstamo, cosa que me permitió rebajar aún más el precio que Marcus ya había negociado.

Él me propuso participar, pero el hecho de tener una vivienda propia suponía el cumplimiento de un viejo sueño, pese a que era evidente que en ella íbamos a vivir todos juntos. Por otra parte, su padre, Frank, se lo habría tomado mal, puesto que ya le había propuesto muchas veces que se instalara en un piso de la mitad de la manzana que poseía junto a Central Park. Donna se ocupó de organizar la mudanza con su eficacia habitual. El día acordado, se presentaron en casa cinco musculosos polacos que empezaron a vaciarla. En medio de las cajas, Marcus y yo permanecíamos anclados junto a los teléfonos, pendientes del nuevo negocio que debíamos atender. Habíamos participado en una licitación de unos terrenos próximos a la estación central y acabábamos de enterarnos de que los dados estaban trucados. Disponíamos tan solo de unas horas para desbaratar la maniobra. Siguiendo las instrucciones de Donna y de Lauren, los mozos de las mudanzas cargaron el camión: únicamente dejaron la cama donde seguía durmiendo Rebecca, que no dio muestras de que la incomodara en lo más mínimo todo aquel desbarajuste.

Yo daba voces por teléfono. Marcus alternaba lisonjas y

amenazas. La negociación era difícil. Una vez que el piso estuvo vacío, nos quedamos una hora más, sentados en el suelo, multiplicando las llamadas para inclinar la licitación en nuestro favor, mientras los obreros se comían un bocadillo. Cuando por fin colgamos el teléfono, dejamos a Donna vigilando y cogí a Rebecca en brazos y la llevé hasta nuestro viejo Chrysler.

Bajo el sol de julio, su palidez me dolió. Hacía tiempo que prácticamente no le daba la luz del día. Su piel parecía traslúcida. Sí había recuperado, en cambio, el color rubio del cabello. El tinte malva que tanto detestaba se había ido; en cuestión de cuatro semanas, estimulado por las horas de sueño, su cabello corto había crecido mucho. Para entonces formaba ya una media melena rizada que le suavizaba la cara y le daba una apariencia más similar a la que yo había conocido. Coloqué a Rebecca entre *Shakespeare* y Lauren, en la parte de detrás. Ella utilizó de cojín a mi perro, que aprovechó para lamerle afectuosamente el antebrazo sin que Rebecca protestara.

Marcus y yo nos sentamos delante y el coche partió renqueando, un poco inclinado hacia atrás, rumbo a nuestro nuevo hogar. Los de la mudanza pusieron una cama en una habitación de la planta baja, en la que instalé a Becca, que seguía durmiendo como una bendita. Sin perder ni un minuto inspeccionando la casa, en cuanto se hubo cerrado la puerta de entrada, me senté encima de una caja en la sala, enchufé el teléfono que había traído y reanudé las gestiones. Donna, perfecta como siempre, ya había hecho instalar las líneas. Al cabo de dos horas, me tomé un respiro de unos minutos para llamar a mis padres. Quería que vinieran el próximo fin de semana, para que vieran mi primera casa. Estaba seguro de que se sentirían orgullosos de mí.

Y

Al caer la noche, un calor asfixiante invadió la ciudad. Se avecinaba una tormenta. Puse a Rebecca en la habitación contigua a la mía, con *Shakespeare*: el muy traidor la seguía como una sombra y casi se había olvidado de mí. Los encerré con llave, insistiendo en aquella privación de libertad ante la que Marcus ya no se escandalizaba; sobre todo tras una noche en que aquella insoportable artista cosió todas sus corbatas entre sí para formar una alfombra de dos metros de largo que Lauren encontraba «sublime». Mi hermana la había confiscado de inmediato para ponerla en su habitación, por lo que Marcus había tenido que recomponer su colección. Sus antiguas corbatas eran historia.

Por la noche, en aquella casa se disfrutaba de una calma ideal, lejos del bullicio al que estaba acostumbrado. Hacía tanto calor que dormí desnudo. Hacia la una de la mañana, noté que un animal se colaba en mi cama. Solté un grito y levantándome de golpe, me enrosqué con la sábana, listo para defenderme. Reconocí a Rebecca. Entre la sorpresa y la cólera, la agarré por el cuello del pijama y la eché de mi cama. Ella me lanzó una mirada acusadora.

—Te había dicho que no me soltaras —me reprochó.

—¿Y ahora me hablas? —contesté, irritado.

—Siempre te he hablado —aseguró la joven.

—En un mes, no me has dirigido más de diez veces la palabra...

—No tenía nada que decir —respondió encogiéndose de hombros.

Iba a darle un par de ideas sobre temas de conversación cuando me asaltó otra idea:

—Pero ¿cómo has salido, si te había encerrado?

—Lo sé. Por cierto, no lo vuelvas a hacer. No me gusta estar encerrada.

—¿Cómo has abierto?

Rebecca señaló la ventana con la barbilla.

—¡No me digas que has trepado por la fachada!

—Solo he tenido que sortear los dos balcones.

—¡Estás loca! ¡Has perdido la cabeza!

—No estoy loca.

—Entonces eres peligrosa.

—No lo bastante —replicó Rebecca, con una expresión sombría—. Creía que era peligrosa, pero no lo soy lo bastante.

—No estoy de humor para adivinanzas, Rebecca. Surges en mi vida, desapareces durante meses, vuelves a aparecer sin decir ni una palabra, te pasas durmiendo veintitrés horas al día, cocinas por la noche, trepas por las fachadas, estás cubierta de moratones...

—¿Cómo? —me interrumpió, sorprendida.

—¿No sabes que estás cubierta de moratones? —contesté.

Me senté en la cama y le bajé bruscamente el pantalón del pijama. Estaba tan enfadado que el suave montículo de su pubis dorado no atrajo mi mirada.

—¿No te suena de nada esto? —le pregunté con un tono que la acusaba.

Escruté los motivos pardos y azulados que el tiempo comenzaba a atenuar en su piel. Rebecca se miró las piernas sin decir nada y luego levantó la cabeza, confusa.

—¡Mira! —insistí, rozándole los muslos con las manos.

Se le erizó la piel. Después de pasar semanas refrenando el deseo, me sorprendió su reacción. Tenía la mirada turbia y una expresión concentrada. En sus ojos reencontré la fiebre que había en ella antes de que rompiéramos. Retiré las manos de sus muslos. No le había perdonado ni su desaparición ni su silencio, mucho menos aquel violento mordisco.

—¿Dónde has estado todo este tiempo?

—¿Seguro que tienes ganas de hablar? —me preguntó mientras se me subía encima.

—¡Sí, tengo ganas de hablar!

Me enlazó el cuello con los brazos, para dejarse caer sobre

mí, para pegar sus pechos contra mi torso, pero la agarré con firmeza por las caderas para mantenerla a distancia.

—Para, cariño —dijo, besándome suavemente en los labios.

Traté de protestar, pero continuó.

—Ya ves que no tienes ganas de hablar… —constató, apoyando su sexo sobre el mío.

Con las manos, la apreté con más fuerza sobre mi miembro. Ella empezó a oscilar despacio de delante hacia atrás.

—Quítate la camiseta —le ordené.

Se desprendió de ella sin rechistar. Al verle las axilas lisas, sin rastro de vello, pensé que Rebecca había premeditado aquel momento. Vestida, parecía pequeña. Una vez desnuda, tenía exactamente lo necesario en el lugar adecuado. Los pechos, redondos y firmes, estaban un poco encarados hacia el exterior. Me gustaban su cuello largo y sus hombros rotundos. En el cristal de la ventana, percibí nuestro reflejo. Rebecca, arqueada, estaba más hermosa que nunca. Se inclinó hacia delante. Su espalda y su cintura se hundían hasta el inicio de la protuberancia de las nalgas.

—Si crees que me vas a llevar al huerto engatusándome de una manera tan evidente… —protesté, inmovilizándola.

—Eres tú el que me va a llevar al huerto, si quieres.

—De repente, pareces muy despierta —dije, deslizando un dedo en el umbral de su sexo.

Rebecca entrecerró los ojos, perdida en el placer. Ver su reacción me excitó más aún. Rebecca no parecía experimentar el menor embarazo.

—No sirve de nada hablar —insistió cuando abrió los ojos.

—Me tienes harto, Rebecca —concluí, dándole la vuelta como si le hiciera una llave de yudo.

La inmovilicé en la cama, manteniéndole las dos muñecas en la espalda. Ella efectuó tímidas tentativas para soltarse, pero sus movimientos de caderas sirvieron tan solo para ayudarme a deshacerme de las sábanas e instalarme entre sus muslos.

—Me tienes harto —repetí besándola, mientras la penetraba de golpe.

Enseguida, sus protestas se transformaron en suspiros. Liberándole las muñecas, hundí la cara entre su cuello y su hombro. Nuestros cuerpos se redescubrían con una avidez torpe. Yo la aplastaba y la maltrataba, pero aquella brusquedad no hacía más que avivar su deseo. Le daba órdenes en voz baja. Le decía «por favor» para mantener las formas, y ella obedecía. La levantaba y la doblaba con una facilidad desconcertante. Había olvidado la increíble suavidad de su piel. Rebecca quería que llegara hasta el fondo de su ser. Apreciaba mi fuerza y la dureza de mi cuerpo, que justificaban su propia suavidad y su propia redondez. Cuando la poseía así, comprendía lo que significaba «estar hechos el uno para el otro».

Al amanecer, se levantó al mismo tiempo que yo. Raras veces dormía más de cinco horas: me gustaba estar despierto cuando la ciudad aún descansaba. Rebecca se vistió y se plantó delante de mí, con la mano tendida.

—¿Puedes darme dinero, por favor?

Por un momento, me pregunté si me pedía una compensación por la noche anterior. Ella despejó con una franca carcajada la duda, sin dejarme tiempo para formularla.

—Que no, tonto. A mí el dinero me sobra, lo que pasa es que no tengo nada encima. Necesito ir a comprar material.

—¿Material?

—¡Para trabajar, para pintar! Ya no me queda nada.

Por primera vez desde hacía semanas, tenía ante mí a la Rebecca «de antes», burlona, independiente, decidida. Saqué de la cartera un grueso fajo de billetes; después de contar cuatrocientos dólares, se lo tendí con una duda en el rostro. Ella hizo un gesto con la mano y añadí otro fajo de igual grosor. Cogió el dinero con la misma desenvoltura con la que se había entregado a mí la noche anterior.

—Te lo devolveré, no te preocupes.

—No me preocupo. Además, no tienes por qué devolvérmelo —contesté, divertido por la cara dura y la determinación de aquella mujer.

Acto seguido, me dio un beso distraído en la boca, con los ojos enfocados ya hacia el costado, hacia sus mundos imaginarios. Después se marchó a algún lugar, sin más explicaciones, sin ni siquiera desayunar.

Manhattan, 1971

Rebecca y Lauren se repartieron la gran sala de la azotea para acondicionar un taller y un sitio donde practicar yoga aprovechando la luz cenital. Al volver por la noche, Marcus y yo las encontramos a la una haciendo el pino subida a un taburete; a la otra con un pañuelo en la cabeza y la cara embadurnada de pintura, sosteniendo cuatro pinceles con la mano y uno con la boca. Estaba dando los últimos toques de color a una composición que resultó ser un gigantesco pene en erección.

—¿Es el tuyo? —preguntó con hilaridad Marcus.

—¡Ah, no! —contesté, indignado.

—*Shi, esh* el tuyo —afirmó Rebecca, todavía con un pincel entre los dientes.

—Es una hermosa declaración —se mofó Marcus—. No sabía que estuvieras tan bien dotado.

—De pequeño, tenía fascinado a mamá —corroboró Lauren, aún haciendo el pino—. La tiene enorme.

—¡Bueno, dejadme tranquilo!

—Ah, no, no te vamos a dejar tranquilo —anunció Rebecca, antes de sacarse el pincel de la boca para venir a darme un beso.

—¡Nada de DPA! —exclamó Lauren, volviendo a posar los pies en el suelo, con la cara tan roja como la mía, aunque por motivos diferentes—. Podríais tener la amabilidad de no provocarnos.

—¿Qué es eso de DPA? —preguntó Marcus.

—Demostraciones públicas de afecto —respondió ella, alisándose la larga melena morena.

Esa noche cenamos en la terraza a base de pan con olivas, tomate y queso, regados con varias botellas de Chianti. Lauren preparó de postre nata montada con fresas. Yo seguía añorando mi chuleta con patatas, pero mi hermana mantenía con firmeza la ruta hacia el vegetarianismo. Después de comer, nos anunció que iba a retomar los estudios para especializarse en psicología y en hipnosis. El doctor Bonnett le había aconsejado que se interesara también por la acupuntura. Puesto que tal disciplina aún no se impartía en la universidad, se había ofrecido a transmitirle sus conocimientos, con la idea de completarlos más tarde. Su idea era abrir, con el tiempo, un centro de terapias naturales. Después de preguntar si sus masajes incluirían las partes íntimas de los hombres, cosa que ella confirmó bromeando, me declaré dispuesto a invertir en su futuro instituto.

Pasamos un buen rato buscándole nombres estrafalarios. Coincidimos en que debía transmitir la noción de desarrollo personal y de placer sexual: debería llamarse «Eden's». Cuando le pregunté si funcionaría mediante abono o por servicios, Lauren nos salió con que su propósito era «fomentar el bienestar de la gente, no ganar dinero». Me mordí la lengua para no contestarle que también sería una ocasión para que asumiera sus gastos. Mis padres le habían pagado los estudios en San Francisco, que no había terminado. Yo le había regalado su parte de la granja, que no se había acordado de reclamar en el momento de abandonar la comunidad. Y, por aquel entonces, ya llevaba varios meses manteniéndola. Aunque la adoraba, no me gustaban mucho sus discursos moralizadores sobre la economía, el materialismo y los beneficios, que cada vez se hacían más frecuentes.

Marcus y yo trabajábamos para poder llevar a cabo nuestra construcción más ambiciosa: un rascacielos en la Quinta Avenida, en pleno corazón de Manhattan. La batalla se presentaba ardua. El terreno se encarecía con la gran demanda existente; además, las tornas en el Ayuntamiento se habían invertido hacía poco. No era seguro que la alcaldía mantuviera las ayudas que había concedido hasta entonces. Sin ese incentivo fiscal, el proyecto sería muchísimo menos rentable. La estrechez del solar presentaba también otros retos. Para resistir al viento y a los eventuales movimientos sísmicos, un edificio tan alto habría debido anclarse en una base mucho más amplia, según las normativas de construcción.

Frank Howard había resuelto dichas dificultades estructurales, pero, en el caso de que hubiera que reducir, por cuestiones de ocupación de suelos, varios pisos, el proyecto perdería todo interés económico. Estábamos tocando todas las teclas posibles, presionando sobre los diferentes responsables. A Lauren aquello no le gustaba. Por más que le explicase que nuestros competidores no tenían sus escrúpulos y que no dudaban en ir mucho más lejos que Marcus y que yo, consideraba que no debería haberme «rebajado a su nivel». Acostumbrado a los acuerdos de paz, Marcus nos había prohibido tocar del tema, pero entre hermanos no hay necesidad de hablar para saber qué piensa el otro, por más que se esfuercen en disimular.

Al amanecer del día siguiente, todo el mundo estaba de pie. El único que parecía resentirse de nuestros ágapes era Marcus, que se perfilaba como el menos resistente del grupo. Aquel día fue especialmente duro. Volvimos de la oficina con la esperanza de poder pasar a la mesa. En el nivel de la azotea, Rebecca pintaba, con expresión absorta. Lauren tomaba notas, con actitud igual de concentrada, de un manual de iniciación a la hipnosis. *Shakespeare*, por su lado, patrullaba entre la sala y la terraza, siguiendo, muy ajetreado, un itinerario misterioso y preciso que nadie comprendía, aparte de él. Husmeaba en los rincones, se erguía sobre las patas traseras para vigilar la calle y ladraba a las palomas como un general a las tropas. Llevamos a cenar a Rebecca y a Lauren a Chez Marcel, un bistró francés situado a dos manzanas de allí. El dueño aceptaba a los perros y hasta ofreció a *Shakespeare* una fiambrera de guiso de ternera. Pasamos una animada velada. Marcus resumió entre bromas las semanas durante las cuales lo había agotado de tanto hablar de Rebecca noche y día. Por una parte, me hacía gracia; por otra, me sentía incómodo. Con cada nueva anécdota, me iba encogiendo un poco más en el asiento. Percatándose de que perdía el humor, mi socio puso fin a las burlas. Puesto que hablábamos del pasado, aproveché para volver a hacerle preguntas a Rebecca. Quería que nos dijera de una vez qué había hecho durante todos aquellos meses. Se fue por la tangente: al cabo de unos segundos, estábamos riendo de lo que nos contaba sobre Andy Warhol y la Factory.

—¿No tienes ganas de volverlos a ver? —le preguntó Marcus a Rebecca.

—Más adelante. Por ahora, tengo ganas de avanzar. Hacía demasiado tiempo que no pintaba…

Volvió a describir cómo nos conocimos y cómo destrozamos la carrocería de dos coches. Lauren, que desconocía la historia, quedó encantada. En aquella conversación, observé de reojo a Rebecca. Parecía completamente normal. Como si tras una noche de amor, hubiera salido a flote. Era la misma chica segura de sí misma, cáustica y encantadora como nadie en este mundo. La alegría de vivir, la impertinencia y la ternura infantil de la que hacía gala cuando estábamos los dos solos me reconfortaban el corazón. Aquella noche, éramos felices. Tal vez debería haberme conformado con esa dicha, pero los interrogantes se agolpaban en mi pensamiento.

Necesitaba comprender. No podía quedarme así. No podía vivir temiendo que, a la más mínima, Rebecca podía evaporarse. Necesitaba que confiara en mí para poder confiar en ella. Antes de irnos de Chez Marcel, compramos allí mismo pan francés y leche para el desayuno del día siguiente. Durante el trayecto de regreso, el aire estaba cálido y no teníamos ganas de acostarnos. Lauren y Marcus se fueron a sus habitaciones. Nos quedamos solos en la terraza durante un momento. Rebecca me llamó, acodada en la barandilla. Enseguida nos fundimos en un abrazo. Llevaba un vestido azul, parecido al del día en que nos conocimos, sin nada debajo. La acaricié y le hice el amor despacio, bajo la luz de las farolas de la calle y de la luna. Nos redescubríamos con una facilidad que resultaba desconcertante.

La narcolepsia de Rebecca pareció invertirse. Se levantaba a las cinco de la mañana y trabajaba de un tirón. De acuerdo con Lauren, que todavía me servía de fuente de información, paraba tan solo unos minutos hacia las once y media de la mañana, y después hacia las tres de la tarde. Sentada delante de la obra que la ocupaba, con el pelo alborotado y la mirada extraviada, comía galletas saladas con queso Philadelphia, acompañadas de cerveza, café y plátanos. Luego seguía pintando hasta que volvíamos. Entonces se quitaba el delantal de tela azul manchada de pintura y la vieja camisa de cuadros que me había cogido para protegerse los brazos y se ponía, delante de nosotros, su camiseta blanca. Ella se burlaba de la exasperación que provocaba en mí esa falta de pudor. Decía que era demasiado convencional.

Después bajaba a ducharse y se ponía algún vestido de noche que Lauren le prestaba. Me decía que sí, que sí, que pronto iría a comprarse ropa, pero que por el momento no tenía tiempo. Los celos me podían. A pesar lo que me decía de mi hermana, no podía creer que estuviera tan ocupada solo por aquella suerte de fiebre artística. Antes de la cena, tomábamos el aperitivo los cuatro juntos. Después de la cena, hacíamos el amor. A veces, se levantaba en plena noche y la encontraba en el tejado de encima de su taller. Le gustaba quedarse allí, en las cálidas noches de verano, mirando la ciudad y dejando vagar su mente. Me decía que la acompañara. Luego se hacía de rogar un poco y al final acababa por bajar y ovillarse junto a mí.

Rebecca era un gato.

Manhattan, 1971

Desde que había despertado, Rebecca nos tenía a todos fascinados. Poseía una energía irresistible que, combinada con su candor, desarmaba a cualquiera. Sabía transformar cualquier instante en una fiesta, las minúsculas anécdotas del día a día en el argumento de una novela y las cosas más simples en auténticos placeres. Bautizó a nuestro grupo con la denominación de «la banda de los cuatro» e instauró la sacrosanta costumbre del «schnick», una palabra de origen desconocido que designaba el aperitivo. Rebecca, que se jactaba de haber trabajado de camarera en los Hamptons durante un verano, pese a la oposición de sus padres, preparaba el cóctel del día, en torno al cual nos reuníamos para contarnos los pormenores.

Lo que primero fue un nombre común («¿Tomamos el *schnick*?») pasó a convertirse en un verbo que hasta nuestros amigos adoptaron («¿Podemos ir a *schnickear* hoy a vuestra casa?»). Solíamos reunirnos unas diez o incluso veinte personas para compartir unas cuantas botellas de vino blanco o tinto, acompañado de queso, aceitunas o anacardos, que era el fruto seco predilecto de Rebecca. Durante esos meses de verano, también nos contagió la afición por salir a dar un paseo después de la cena y disfrutar aspirando el aire de la ciudad, absorbiendo aquel hervidero de vida, de conversaciones ajenas, de risas o de discusiones, de escenas grotescas o de ventanas con luz. Mirando los pisos, nos imaginábamos la vida de la gente que los habitaba. Íbamos a Washington Square, en cuyas mesas de ajedrez de piedra nos instalábamos junto con los veteranos del barrio, mientras las chicas se reunían con amigos o se sentaban en la hierba a escuchar música. A ese lugar acudían cada día grupos nuevos para dar lo mejor de sí mismos, con la esperanza de darse a conocer. También había actores jóvenes que representaban pequeñas obras o *sketches*. Algunos nos hacían morir de risa. Otras veces, preferíamos evitar las aglomeraciones y nos poníamos a caminar sin rumbo por las calles, utilizando como única brújula los intereses olfativos de mi perro, que tenía un sentido de la exploración ilimitado. Rehacíamos el mundo al hilo de nuestro recorrido, caminando de frente, hombro con hombro como los mosqueteros o en tándem. A menudo nos parábamos en alguna terraza, para cenar por segunda vez o para tomar una última copa. Marcus era el primero en declararse rendido durante aquellas veladas. Lauren, la más infatigable, protestaba; mientras que Rebecca y yo seguíamos a quien se imponía.

Incluso cuando volvíamos a las tantas, no me cansaba de la piel de Rebecca ni de su luz. En los momentos de intimidad, necesitaba observarla, como si me alimentara de su energía vital. Cuando la acariciaba, no lo hacía mediante distraídos roces, sino que mis dedos tenían algo de poseído, magnético, dirigidos por una extrema concentración del pensamiento. Poco a poco, volvía a detectar sus puntos sensibles. Le mordía con suavidad la nuca, y ella sentía escalofríos; o la acariciaba con la punta de los dedos el perfil de las nalgas. Becca se quedaba quieta y, respirando apenas, se derretía de placer. Le encantaba mi sexo. Decía que era su mejor amigo. Me hacía reír dirigiéndole discursos tiernos o jocosos, y le daba besos a la menor ocasión. A mí me volvía loco su perfume más íntimo. La respiraba entre risas, con la nariz en su entrepierna, hasta el punto de que algunas noches me dormía en esa posición, con la cabeza apoyada en uno de sus muslos y una mano posesiva encima del vientre. Ella se dormía con los dedos enterrados en mi erizada pelambrera.

Le gustaba bailar. Entonces ponía la música a tope. A veces, cuando regresábamos del trabajo, Marcus y yo las encontrábamos ejecutando coreografías en el salón o en la terraza. Despeinadas y acaloradas, saltaban como unas salvajes, cantando a pleno pulmón. Lauren desafinaba mucho, mientras que Becca demostraba mayores dotes. Nos invitaban a bailar con ellas. Nosotros nos hacíamos de rogar, alegando que estábamos cansados. Pero ¿qué excusas eran esas? Las chicas tenían los ojos chispeantes y risueños, así como un entusiasmo inquebrantable: al cabo de poco, estábamos bailando los cuatro por parejas. A Rebecca le gustaba el rock acrobático. Yo era más bien torpe en ese estilo, mientras que Marcus la hacía girar como un aro de *hula hoop* alrededor de sus brazos y sus caderas. Se ofreció para enseñarle a Lauren, que se dejó convencer fácilmente. Se entrenaban cada noche. Lauren se mordía el labio contando los pasos con aire aplicado o daba gritos de susto y alborozo en las figuras.

También adoptamos la costumbre de frecuentar, los miércoles y viernes, el Electric Circus, un club de moda, instalado en la antigua Casa de Polonia, en St. Marks Place, en el corazón del East Village. Warhol lo había utilizado una temporada antes de cedérselo a un empresario que había invertido trescientos mil dólares para reformar sus gigantescas salas, instalar lámparas flash, pantallas de proyección y escenarios equipados con altavoces potentísimos. Repantingados en los sofás, pedíamos whisky o *bananas* y charlábamos con amigos. Allí acudían los *hippies* del barrio, Tom Wolfe, Truman Capote o Warren Beatty, a quien yo detestaba porque Rebecca lo encontraba muy atractivo.

Un tal Dane me exasperaba todavía más. Mi novia me lo había presentado como «su mejor amigo». Decía ser agente artístico, pero no me lo creía ni por asomo. Era de estatura media, delgado y de tez pálida, y tenía unos ojos igual de negros y desprovistos de brillo que su pelo, un aire atormentado y una ironía que no dejaba ni a sol ni sombra. No paraba de hacer preguntas insidiosas. Me miraba como si yo fuera un asesino y aprovechaba siempre que podía para llevar a Rebecca aparte y susurrarle cosas al oído. Saltaba a la vista que estaba loco por ella. La inocencia con que Becca lo negaba me ponía furioso. Me decía que la amistad entre un hombre y una mujer es posible y que su relación con Dane era una prueba de ello. Yo le respondía que aquello era una broma, que la amistad es aquello con lo que se conforman quienes no pueden aspirar a más con otra persona más atractiva que ellos. De lo contrario, antes se ha de despejar la cuestión del sexo, cosa que no siempre resulta suficiente. Mi relación con Joan era un buen ejemplo. Me habría encantado llamarla, hablar con ella, comer de vez en cuando juntos, pero sabía que no lo podía aceptar por lo que sentía.

En el Electric Circus, los trajes de noche alternaban con los vestidos floreados, los engominados charlaban con tipos con tatuaje y un hombre vestido de emperador romano podía coquetear con un maniquí en minifalda de lentejuelas. Había teatro experimental, grupos como Velvet Underground, los Grateful Dead o Cat Mother & the All Night Newsboys.

Entre las funciones de los músicos, actuaban tragafuegos y trapecistas. Las artes convivían allí en un perfecto desorden. Rebecca expuso unos meses después su serie «Phallus», que causó gran sensación tanto en la prensa como en casa. El jueves íbamos al Bitter End, en Bleecker Street. Paul Colby, el nuevo mánager, que había trabajado para Frank Sinatra y Duke Ellington antes de lanzar una línea de muebles, había hecho una programación demencial. Era pintor y poseía un olfato especial para detectar el talento. Los mejores se daban cita en aquel escenario de ladrillo rojo que con el tiempo se volvería legendario. Con el curso de los años, al hilo de nuestras separaciones y reencuentros, allí escucharíamos a Frank Zappa, Nina Simone o Bob Dylan, antes de troncharnos de risa con las ocurrencias de Woody Allen y de Bill Cosby.

El fin de semana no salíamos, para evitar a los habitantes del extrarradio que irrumpían en Manhattan. Preferíamos leer, trabajar, estar juntos y, a veces, ordenar la casa. En medio de un desbarajuste indescriptible, había tazas del desayuno olvidadas por ahí, alguna que otra barra de mantequilla fundida abierta encima de la mesa de la cocina, migas, botes de mermelada vacíos, platos sucios que desbordaban el fregadero, camas deshechas (excepto la de Marcus, por supuesto), ropa sucia pendiente de llevar a la lavandería y toallas enroscadas por el suelo en los cuartos de baño. Una noche en la que, al volver, no encontré ni un trozo de jamón o de queso que llevarme a la boca, empecé a protestar. Las chicas contestaron que no tenía más que ir a hacer la compra. Lauren afirmó que, desde que había reanudado los estudios, no tenía ni un minuto libre.

—Yo no soy una mujer casera —dijo Rebecca—. No sé ni freír un huevo.

—¡¿Estás de broma?! —repliqué—. ¡Si tuve que poner candados en todos los armarios de la cocina del otro piso para impedir que preparases cenas para veinte personas durante tu sonambulismo! ¡Si sabes cocinar lasañas y tartas de queso cuando estás dormida, deberías ser capaz de freír un huevo cuando estás despierta!

—Pues mira, no solo no sé, sino que, en vista de tu mal humor, no me dan ningunas ganas de aprender.

Se marchó con mala cara hacia la ducha. Como tardaba en bajar y la estábamos esperando para salir a cenar, subí a mirar. La encontré acurrucada en nuestra cama, profundamente dormida. La sacudí con cuidado, pues no tenía ganas de que me mordiera, pero no se despertó.

—¡No es posible! —grité, antes de soltar unos improperios que atrajeron a Marcus y a Lauren hasta el primer piso.

Se quedaron mirando a Rebecca.

—¡Es insoportable, de verdad! No puedo decirle nada... Si, a la menor crítica, se vuelve a quedar un mes en coma, renuncio.

—Hoy ha trabajado mucho. Estará cansada —apuntó Lauren, aunque no parecía muy convencida de lo que decía.

Mi hermana trató de despertarla haciéndole respirar aceites esenciales. Marcus cantó con su hermosa voz de barítono un fragmento de la «Betulia Liberata». Rebecca ni siquiera pestañeó.

—¡Esto ya pasa de castaño oscuro! ¡Es un chantaje! —estallé, dando vueltas alrededor de la cama—. ¡Os aseguro que, en cuanto se despierte, la dejo!

—De lo que se entera una tras una siestecita... —dijo ella desde la cama.

Me quedé petrificado, al igual que Marcus y Lauren. Rebecca aprovechó para saltar de entre las sábanas, vestida ya para la cena y con aire triunfal y expresión de regocijo, se inclinó delante de mí como una actriz ante su público. Lauren y Marcus estallaron en carcajadas.

—¿Así que me vas a dejar? —preguntó, intensificando las risas de mi hermana y mi socio.

—¡Lo que has oído! ¡Te dejo! Ya no existes para mí —repliqué, furioso.

—Venga, no seas tan rencoroso, cariñito.

—¿Cariñito? ¿Es tu apodo? —preguntó Marcus enarcando una ceja.

—¡No me fastidies! —le solté, indignado.

Después, como no sabía qué decir ni qué hacer, salí del cuarto hecho una furia.

Se estuvieron riendo de mí hasta llegar al Chez Marcel. Al cabo de media botella de burdeos, ya se me había pasado el mal humor. De todas formas, decidí poner remedio a nuestro problema hogareño. No había comprado mi primera casa para transformarla en un cubo de basura. Al día siguiente, llamé a Miguel. El restaurador cubano pasaba por un mal momento. Había aceptado organizar dos grandes banquetes en los Hamptons para un estafador que se había esfumado sin pagarle. Los proveedores le estaban acosando, a pesar de que gracias a él se habían llenado los bolsillos durante tres años. Pero la memoria es corta, y la avaricia, enorme. Cuando lo contacté para pedirle que nos recomendara a alguien, se recomendó a sí mismo.

—¿Y su empresa, Miguel? Creía que estaba a gusto trabajando por cuenta propia...

—Es que no me va bien con otros clientes, aparte de con usted, señor Werner.

Cerramos el trato en cuestión de minutos. Aquello fue el inicio de una nueva vida para nosotros. Con su corpachón enfundado en un impecable uniforme, Miguel se reveló como la mejor ama de casa de Manhattan. Le encantaba que una casa estuviera bien ordenada. Cosía, lavaba y planchaba con almidón; componía espléndidos ramos de flores y cocinaba como un gran chef. Le gustaban las despensas bien surtidas, las conservas de verduras caseras, los botes de mermelada con etiquetas caligrafiadas, las campanas encima de los platos, los nudos de servilleta al estilo antiguo, la cristalería fina y los cubiertos de plata. Disfrutaba contemplando los armarios donde se alineaban las pilas de manteles y las sábanas almidonadas. Había trabajado mucho tiempo para hoteles de lujo, antes de que lo contratara una familia de la alta sociedad neoyorquina. Aquella experiencia acabó mal. El hijo mayor de sus patronos, de unos veinte años, se había enamorado locamente de Miguel y había estado tratando de seducirlo durante dieciocho meses. Tras una relación llena de pasión, lo despidieron. Para él, fue un trauma profesional al que se sumó el desgarro sentimental.

Cuando dije en casa que había decidido contratarlo, Lauren se escandalizó por que pudiéramos emplear a alguien para ocuparse de nuestra ropa sucia. Le parecía inmoral explotar a un ser humano para que estuviera pendiente de nuestras necesidades más básicas. Nosotros le contestamos que no se trataba de «explotar», sino de dar trabajo a alguien que así lo deseaba y que, además, se había ofrecido espontáneamente para ocupar el puesto.

—El capitalismo es la viruela de esta sociedad —manifestó Lauren—. Me niego a quedarme en esa casa si tenéis intención de martirizar a una criada.

—A ti el capitalismo ya te va bien cuando te presta dinero para abrir tu centro.

—¡Es lo menos que puedes hacer! ¡Ayudándome a tratar a esa gente, devuelves un poco de lo que le debes a la sociedad!

—¿Y qué es lo que propones si ni tú, ni Rebecca, ni Marcus, ni yo tenemos tiempo para ocuparnos de la casa? —repliqué, esforzándome por mantener la calma.

—Si nos repartimos las tareas, podemos encargarnos perfectamente entre los cuatro.

—La última vez que probaste lo de repartir las tareas con tu pandilla de melenudos chiflados, la cosa no terminó muy bien que se diga... No te pongas pesada y déjame llevar las riendas a mí —le solté con fastidio.

—¡Pero has visto con qué tono me hablas! ¿Crees que tener un rabo entre las piernas te da todos los derechos del mundo?

—En este caso, no se trata de rabo, sino de talonario.

—¡El dinero, claro! ¡El dios Dinero! ¡La palabra clave! A eso se reduce todo, ¿no?

—Efectivamente, y no veo qué problema hay.

—¡Materialista! —se lamentó, elevando la mirada al cielo, Rebecca.

—¡Hasta ahora, no habíais tenido quejas de nuestro materialismo! —apuntó Marcus, un tanto disgustado.

—Cuando se ha nacido con una cucharilla de plata en la boca y no se sabe freír ni un huevo, es muy fácil criticar el materialismo de los demás —dije, en alusión a Rebecca.

Por suerte, en aquel momento sonó el timbre. Era Miguel, que venía a visitar la casa y su estudio. Aunque nos saludó con amabilidad a todos, percibió la tensión. Una vez solos, le expliqué de qué había estado hablando con mi hermana. Para mitigar las reticencias de Lauren, Miguel le pidió una cita en lo que él llamaba ya «la biblioteca». Se refería a la sala que ocupaba el primer piso, cuyas estanterías permanecían vacías, aparte de la *Encyclopædia Britannica*, algunos montones de revistas, unos cuantos vasos sucios y el esbozo de una escultura de yeso de Rebecca. Ignoro qué se dijeron, pero Lauren salió de allí totalmente convencida.

Miguel encontró enseguida su lugar en la casa. Con su acento hispano, nos llamaba con apelativos ceremoniosos: «señor Werner», «señorita Rebecca», «señor Marcus» y «señorita Lauren». Por más que le repetimos que no era necesaria tanta solemnidad, no cedió en eso. Para él, aquellos usos no eran una obligación, sino un refinamiento en el modo de vida que, aunque no pudiera compartir (al igual que buena parte de la humanidad), le gustaba aplicar.

El diagnóstico del mayordomo, tal como él se definía, fue duro. Aquello era como un campamento juvenil. Los muebles del antiguo piso, vetustos y estropeados, parecían perdidos en aquellas espaciosas habitaciones. Hasta el propio Marcus se había dejado desbordar por las negociaciones del rascacielos en construcción y apenas había organizado su cuarto. Miguel se reveló como un hada del hogar. Yo le di carta blanca para equipar la casa. Me presentó una lista de diez páginas y formuló varias propuestas para acondicionar los distintos espacios. Disfrutó de lo lindo eligiendo cortinas, confeccionando lámparas a partir de jarrones baratos o adquiriendo sillones antiguos cuya tapicería cambió él mismo.

Estábamos maravillados con aquellos cambios. Rebecca también contribuyó. Creó una mesa de sofá cubriendo con una chapa de metal batido una bobina de cable industrial vacía que cogió en una de nuestras obras, así como un sofá para la terraza con palés de madera pintados. También colgó, encima de la chimenea de piedra clara, uno de los enormes falos de aquella serie que me había dedicado.

A Miguel le encantó aquella obra «magnífica, absolutamente magnífica». Luego, tras unos cuantos circunloquios, le pidió a Rebecca si podía ver los otros cuadros de la serie. Ella se los enseñó: a partir de ese momento, me miró con los ojos del convertido que ve aparecer todas las mañanas a Jesús desnudo rodeado de una aureola de luz.

Marcus pidió que le enviaran a casa sus libros y sus muebles, incluido el piano de cola, que sirvió para alegrar nuestras veladas. Mi casa se convirtió en un palacio. El gusto clásico de Miguel quedaba mitigado por la fantasía de Rebecca y el exotismo de Lauren. Mi hermana fue colocando sus provisiones de telas indias y alfombras mexicanas, que habían acabado por hacerle llegar los miembros de su antigua comunidad. También consiguió recuperar el dinero que le debían. De eso se encargó el abogado que yo mismo había contratado. Primero lo intentó amablemente; luego tuvo que ser más contundente.

Mi tempestuosa relación con Rebecca era el punto negro dentro del buen ambiente colectivo. El secretismo de mi novia y su empecinamiento en no responder a mis preguntas me ponían de los nervios. Todavía no me había dado ninguna explicación con respecto a su desaparición, cosa que no lograba aceptar. Habíamos adoptado la mala costumbre de dar portazos. Al poco tiempo, todas las puertas presentaban alguna grieta u otra; incluso algunos marcos habían sufrido desperfectos. Siguiendo las recomendaciones de Lauren, aficionada a derribar barreras físicas y psicológicas, Miguel retiró las que no eran indispensables y las guardó en el sótano. Para él era un suplicio observar la degradación de aquellas puertas, en especial la de nuestra habitación y la del taller de Rebecca.

Nuestra relación era una incesante sucesión de explosiones y de apasionadas reconciliaciones que acababan en febriles reencuentros en la cama. Éramos incapaces de alejarnos el uno del otro, pero también incapaces de llevarnos bien. Resultaba agotador. Cuatro meses después de la llegada de Miguel, una tarde en que Marcus se había ido a cenar a casa de su padre, al volver de la oficina me encontré, sentado en el salón de mi casa y en el mismo sofá que a mi novia, a Dane, el supuesto agente artístico al que hacía pasar por su mejor amigo. Sin pronunciar ni una palabra, me acerqué a él como una exhalación, lo agarré por la chaqueta y lo arrastré fuera de la sala. Él trató de defenderse, muy sorprendido, pero lo eché de la casa.

La escena no duró más de unos segundos. Yo temblaba de ira. Rebecca me aguardaba dentro, fuera de sí. Me dio una bofetada y empezó a insultarme, afirmando que estaba enfermo y que no pensaba pasar ni un minuto más conmigo. La perseguí por las escaleras. Ella se refugió en nuestro cuarto y cerró con llave. Yo eché abajo la puerta a patadas, causando un estruendo que hizo bajar a Lauren del taller. Miguel salió de la cocina armado con un cuchillo de carne y se quedó mirando, estupefacto, la escena. Entré en la habitación. Fiel a sus costumbres, Rebecca había salido por la ventana. Estaba bajando por la fachada. Verla asumir aquel riesgo me causó el grado suficiente de miedo como para calmarme un poco. Bajé como un rayo, pero Lauren me impidió seguirla por la calle.

—¡Vete con él, eso es! ¡Venga! ¡Pero ni se te ocurra volver! —la amenacé desde la ventana del salón—. Ya te puedes olvidar de una vez por todas de mí.

Ella me fulminó con la mirada y, después de llevarse el dedo índice a la sien para decirme lo loco que estaba, me mandó a paseo con el dedo medio levantado, antes de desaparecer, descalza, en la esquina de la calle. Lauren pasó la velada tratando de hacerme entrar en razón. Me repetía que tenía que aprender a canalizar la rabia y a no dejarme llevar por los celos. La idea de poseer al otro era algo ilusorio y abusivo, aseguraba. Por mi parte, no comulgaba con aquellas ideas que estaban tan de moda, según las cuales uno podía ser leal sin ser fiel. Incluso cuando era soltero y solo buscaba una compañía libre de complicaciones, no me gustaba la idea que mis amantes pudieran compartirme con otro. No digo que me fueran fieles, pero por lo menos tenían la delicadeza de hacer que yo me lo creyera. Ahora que estaba enamorado, el mero hecho de pensar que cualquier otro pudiera mirar a Rebecca me hacía perder la razón. Era como si aquella mujer me produjera una reacción química en todo el organismo. Me había intoxicado. Cansada de aquel sermón, Lauren trató de tranquilizarme con una sesión de meditación forzada. Miguel me trajo una infusión «para dormir bien».

Después de refugiarse en casa de una amiga, que le prestó unas Converse demasiado grandes, Rebecca llamó a Marcus y fue a reunirse con él en casa de Frank Howard. Le contó la escena de celos y le pidió consejo. Nuestras peleas la agotaban. Ya no sabía qué debía hacer. Marcus le abrió entonces los ojos, haciéndole ver de dónde derivaba mi rabia.

—Ponte en su lugar. Estáis viviendo una historia de amor perfecta. Vais a cenar a casa de tus padres. Las cosas no van bien y entonces tú te esfumas. Él pasa varios meses buscándote desesperadamente. Entonces, al cabo de un año, te presentas sin dar ninguna explicación. Está convencido de que vas a volver a desaparecer a la menor ocasión. Sinceramente, conociéndolo, tiene que quererte mucho para aceptar esta situación.

—En realidad, no la soporta.

—¡Entonces por qué no hablas con él!

Esa noche, Rebecca estaba lo bastante afectada como para prestarle atención.

—Me gustaría hablar con él, Marcus, pero me da miedo que después sea peor…

—¿Qué es eso tan trágico que le tendrías que contar? ¿Una infidelidad?

—No, no es eso… Es algo más grave.

—Entonces explícanoslo. Somos tus amigos. Estamos aquí para ayudarte.

Frank Howard pidió a su chófer que los llevara a casa. Llegaron con cara seria. Rebecca entró en el salón, donde Lauren y yo estábamos recostados en la relajante postura de Savasana, a la luz de dos velas.

—Bueno, creo que no hay otra alternativa. Os lo voy a contar todo —anunció encendiendo la luz—. Pero, Werner, quiero que sepas que, si no he dicho nada, ha sido para protegerte.

Manhattan, 1971

Nos instalamos en el taller de Rebecca, que, muy pálida, pareció oscilar un instante al borde del abismo de sus secretos. Después, se sentó con las piernas cruzadas en el suelo e inició su relato.

—Yo tenía quince años, más o menos, cuando empecé a comprender de dónde provenía mi madre y a sospechar lo que había vivido. Ella intentó durante mucho tiempo protegerme de aquel pasado. Es una persona pudorosa que se confía raras veces.

—De tal palo, tal astilla... —señaló Lauren con una sonrisa.

Fulminé a mi hermana con la mirada.

Rebecca hizo una pausa antes de proseguir:

—Nunca vi feliz a mi madre. Siempre ha tomado medicamentos, siempre ha comprado en exceso, siempre ha hecho viajes así sin más, siempre ha pasado temporadas en alguna clínica y ha abandonado con frecuencia a mi padre, aunque siempre ha acabado volviendo con él. Podría contar con los dedos de una mano las carcajadas que han salido de su boca. Siempre eran forzadas o exageradas, como si le sirvieran de escudo. Nunca la he visto alegre. Es como si su risa fuera una campana agrietada. En algunos momentos, está tranquila. El resto del tiempo lo pasa luchando, hora tras hora, con sus fantasmas. No se encuentra bien en su cuarto, ni en el salón, ni estando sola, ni con otra gente.

»Poco a poco, fui reconstituyendo el rompecabezas, recogiendo pistas. Un indicio podía llegar alguna noche en que había bebido demasiado. Una pista podía encontrarse en las huellas que encontrabas en su cuerpo, por más que mantuviera los labios sellados. También recurrí, por supuesto, a su diario íntimo. No escribió casi nada en aquel entonces: aquello podría haberle costado la vida, pero todavía hoy recuerda todo lo que vivió. Su pasado irrumpe en el presente y se lo lleva todo. Un simple olor, una imagen o una palabra bastan para que se quede petrificada, con la mirada perdida. Entonces sé que revive algo que no debería haber vivido nunca. Lo mismo ocurre con su diario. Está hablando de una fiesta o una comida, pero, de repente, el relato anodino se interrumpe a raíz de alguna misteriosa asociación para regresar a su infierno. No sé bien si fui yo la que robó esos cuadernos o si ella me dejó verlos. A veces creo que tenía ganas de que yo lo supiera. Aquellas notas cuentan cosas inimaginables.

»Yo llevaba varios años empeñada en reconstituir su pasado cuando un día que estábamos de compras, nos encontramos con una mujer en la Quinta Avenida. A mí no me gusta demasiado comprar ropa, como ya os habréis dado cuenta —añadió con un amago de sonrisa—, pero es una de sus drogas y su manera de demostrarme su afecto. Salíamos de Saks cuando mi madre la vio. Fue como si la multitud se hubiera partido por la mitad. Se quedaron paradas cara a cara, inmóviles; luego se arrojaron una en brazos de la otra. Se abrazaban llorando y se acariciaban la cara y el pelo. «¡Estás viva!», se repetían. La mujer llamaba «Lyne» a mi madre; ella llamaba «Edwige» a la otra. Yo no entendía nada. Luego mi madre me presentó: «Es mi hija, Rebecca». Edwige se puso a llorar aún con más fuerza. «Qué suerte tienes, Lyne. Qué suerte de tener una hija tan guapa, tan perfecta. Yo no he podido.» Pregunté si Edwige vendría a comer con nosotras y ambas dieron un respingo. Se miraron y se comprendieron sin decir nada. Edwige vestía con ropa modesta. Trabajaba de vendedora en una de las tiendas de la Quinta Avenida. Mi madre se quitó los pendientes de diamante, las pulseras y el collar de oro que siempre llevaba encima, incluso para dormir, porque así disimulaba la cicatriz que tenía en el cuello.

»En medio de las protestas de Edwige, le colgó los pendientes en las orejas. Luego le metió a la fuerza las pulseras en los bolsillos, le cogió las manos, puso encima el collar y las cerró. «No es nada. Eres a mí a quien ayudas aceptándolos. Por favor…»

»Se volvieron a abrazar. Mi madre añadió: «Si necesitas cualquier cosa, ven a verme. Vivo al este del parque, en la calle Ochenta».

»Mi madre arrancó una página de la agenda y anotó su dirección. Se separaron, con prisas. Mamá siguió llorando en el coche. «No te preocupes por mí —me decía—. No te preocupes, es de alegría.» Con todo, me daba cuenta de que en su interior había más desdicha que alegría. Los años que había enterrado acababan de resurgir, con más intensidad que nunca. Aquella mujer le había causado una impresión tan fuerte que yo removí cielo y tierra para localizarla. Entré en todos los comercios de la Quinta Avenida hasta encontrar el sitio donde había trabajado durante varias semanas con un nombre distinto. Después, tardé meses en convencerla. No quería traicionar a su amiga. No os voy a describir el dolor de mi madre, porque es indescriptible, igual que todo lo que pasó allí. Solo intento hablaros de los hechos.

El tormento de Rebecca me había emocionado. Marcus y Lauren guardaban silencio, tan conmovidos como yo. La mirada esquiva de Becca se perdía lejos de nosotros. Cuando reanudó el relato, las lágrimas empezaron a rodar por sus mejillas, sin alterar el tono monocorde de su voz, como si no fuera consciente de ello, como si fuera otra persona la que lloraba por ella.

—Mi madre nació en 1929 en Budapest. La detuvieron el 30 de marzo de 1944 junto con su padre, unos días después de la entrada de los nazis en Hungría y de la constitución del nuevo Gobierno. La enviaron a Auschwitz-Birkenau el 17 de mayo de 1944, adonde llegó tras cuatro días de viaje sin agua ni comida. Los hombres esperaban a los deportados para ayudarlos a bajar. Esos vagones para ganado no tenían estribo. Uno de ellos cogió a mi madre por las axilas y, al dejarla en el suelo, le murmuró: «Sobre todo, no te vayas en el camión».

»Ella le hizo caso, sin pensar. Habría querido llevar a su padre, pero no estaba casi en condiciones de caminar. Los SS lo subieron a la fuerza en el vehículo abarrotado. No pudo darle ni un beso: nunca más lo volvió a ver. Los que subían al camión estaban débiles y cansados, eran demasiado viejos o demasiado jóvenes, o estaban enfermos. No tengo duda alguna sobre lo que fue de ellos. Mi madre caminó varios kilómetros hasta el campo. La carretera era una lengua de barro negro y helado, bordeada de alambradas. Parecía como si todos los colores se hubieran retirado de aquel paisaje de nieve sucia, entre el que avanzaba una multitud de figuras abatidas. El mundo era en blanco y negro. Veía unos barracones miserables en cuyas ventanas asomaban unas caras cadavéricas. Las miradas atormentadas de esos rostros fueron un anuncio de lo que le esperaba. A los quince años, mi madre aparentaba diecisiete. Estaba desarrollada. Era muy guapa. En la entrada del campo, el SS que se ocupaba de la selección no se percató de su edad real. Si no, la habría enviado hacia la muerte. En el interior del recinto, les ordenaron que se quitaran la ropa. Desde los seis años, cuando su nodriza la ayudaba todavía a lavarse, mi madre no se había desnudado delante de nadie. Se encontró desnuda, desnuda en medio de la nieve del invierno de Polonia, ante la mirada de cientos de mujeres y de hombres. Encogida por la vergüenza y el frío, le faltaban manos para taparse. Delante de ella, empezaron a rapar a sus compañeras, de la cabeza a los pies. Otras hacían cola para que las marcaran.

»A mi madre la tatuaron con una aguja sucia que penetró unas treinta veces en su piel, sin la menor precaución. La tinta se expandió, difuminando su número y el triángulo que representaba una media estrella de David. Le entró miedo. Le habían dicho que había que aprenderlo de memoria, pero había quedado ilegible. Cuando empezaron a afeitarle el pubis, justo antes de cortarle el cabello, intervino un SS. No entendió lo que decía. Agarrándola por el pelo, le echó la cabeza hacia atrás y le abrió la boca para inspeccionarle la dentadura, como a un caballo. Después dijo: «Bloque 24». La única que tuvo la misma suerte fue otra muchacha, una judía polaca, la que respondía al nombre de Edwige y a quien yo conocería muchos años después en la Quinta Avenida. Aunque tampoco se puede decir que tuvieran suerte.

»Un SS le entregó a mi madre un metro cuadrado de fieltro marrón para que se tapara y luego la llevaron, todavía descalza, al primer edificio. Allí la lavaron, la desinfectaron y luego la volvieron a lavar con un guante de crin. La llevaron a una oficina aparte, donde una médica la sometió a diversos exámenes ginecológicos. La doctora comprobó su virginidad e informó de ello al guardia que la había conducido hasta allí. La arrastraron hasta un pequeño edificio de ladrillo rojo, situado en la entrada del campo. Allí había una veintena de mujeres más. A ese lugar lo llamaban «la división de la alegría».

»Una guardiana de las SS les cambió el nombre a mi madre y a su compañera: «A partir de ahora te llamarás Lyne», le dijo a mi madre. Su compañera pasó a llamarse Edwige. Habló un poco con las otras mujeres, tratando de comprender lo que le esperaba. No tuvieron agallas para prevenirla. Por otra parte, el baño y las enérgicas fricciones habían limpiado su tatuaje y habían puesto al descubierto, bajo el número, el triángulo que evidenciaba su origen judío. Sus compañeras le advirtieron de que ese símbolo la ponía en una situación de extremo peligro. Su vida dependía del placer que procurase a los guardias SS, que debido a las leyes raciales tenían prohibido mantener relaciones con una judía. Una chica le aconsejó llenar cada día de tinta el triángulo: le dio un tarrito con una punta de madera, que había dejado otra mujer. Mi madre preguntó qué había sido de ella. «Como empezó a toser, la mandaron con las otras prisioneras —respondió una de las chicas—. Sobre todo, no te olvides nunca de teñir de negro ese triángulo», repitió.

»El triángulo delta negro era la marca de las asociales, prostitutas o delincuentes comunes alemanas. No estaban expuestas a sufrir una ejecución sumaria como las otras prisioneras, dada la gran demanda de obreras sexuales. A partir de la primavera de 1944, se pusieron a elegir de acuerdo con sus criterios estéticos o sus perversiones, sin preocuparse de los códigos establecidos por Himmler, según los cuales «solo pueden ser seleccionadas las mujeres de quienes no puede esperar ya nada el pueblo alemán». Hacían creer que aquel trabajo era «voluntario». Hasta los prisioneros lo pensaban. Mi madre comprendió enseguida a qué debía atenerse. Tanto en primavera como en verano, sobre el campo caían casi a diario unos copos de nieve sucia, una nieve gris y acre que velaba el sol, una lluvia de cenizas humanas. En el Bloque 24, a las que se rebelaban las amenazaban con mandarlas al horno. Si se volvían a rebelar, acababan quemadas en él. Aquel lugar estaba oficialmente reservado a los presos arios y que habían hecho méritos, pero en 1944 se habían creado dos secciones para satisfacer las necesidades de los SS.

»De acuerdo con el reglamento, los hombres debían realizar el acto sexual, autorizado solo por motivos de higiene física y mental, en una sola postura, la del misionero. Un guardia comprobaba el cumplimiento de las normas por medio de una abertura en la puerta de las habitaciones. Era fácil conseguir que el vigilante hiciera la vista gorda. Si el hombre quería poseer a la mujer a cuatro patas, debía pagar un suplemento. Si quería pegarle, le costaba un poco más caro. Después de cada relación, las mujeres debían lavarse, utilizar una loción bactericida y espermicida, maquillar los golpes y borrar las lágrimas o la sangre antes de reanudar el servicio. Estaban obligadas a callarse, de la mañana a la noche. Si algún SS sufría algún inconveniente a causa de una de sus amantes (porque ella hubiera confesado el mal trato que le daba), este la castigaba sin contemplaciones. Todo el mundo coincidía en pensar que aquellas chicas eran afortunadas. Tenían el jabón que necesitaban. Durante la semana, se pasaban el día entero en ropa interior delgada. Disponían de maquillaje. Comían sin racionamiento, porque a los SS no les gustaban las mujeres demasiado flacas. Sobrevivían unos cuantos meses más, mientras no cayeran enfermas o se quedaran embarazadas. Un embarazo equivalía a una sentencia de muerte.

»Los SS las elegían según sus preferencias. Algunos tenían su favorita. Podían reservarla, siempre y cuando no hubiera sido reclamada antes por un superior jerárquico. Mi madre tuvo la desgracia de gustarle a un tipo situado en los escalafones superiores, que resultó ser también uno de los más violentos. Era un hombre muy alto, de musculatura especialmente desarrollada, capaz de partirle el cuello a alguien con una sola mano. Tenía el pelo rubio oscuro y los ojos del color del hielo. Su belleza hacía aún más intolerable su crueldad. A mi madre, que no había conocido nunca a ningún hombre, la desfloró con violencia unas horas después de su llegada.

»Desde el primer día, sirvió a cinco hombres más. Su «amo», tal como le gustaba hacerse llamar, se jactaba de no ser celoso. En realidad, le gustaba compartir. Tenía una afición perversa por las cicatrices. Mi madre, a sus quince años, tenía una piel de niña que él disfrutaba estropeando. Utilizaba varios escalpelos, que conservaba en un pequeño estuche rojo de cuero. Era como si viera la pureza como un insulto; como si la frescura fuera una condena. Necesitaba rebajar la inocencia hasta el nivel de su degradación. Le gustaban los juegos que llegaban hasta la linde de la muerte, como la estrangulación. Edwige, la compañera de mi madre, solo atendió una vez a ese hombre, pero lo describía como el mismo diablo. Había hecho estudios de química de grado superior que le habrían permitido hacer carrera en ese ámbito, pero había encontrado su misión en la vida en las SS.

»Al contrario de lo que le habían anunciado los guardias, a mi madre no la soltaron al cabo de tres meses. Se había librado de forma milagrosa de las enfermedades y no se había quedado embarazada. Los traumas, la desesperación y la vergüenza provocados por aquella vida la habían secado. Desde el primer mes, dejó de bajarle la regla. Edwige la envidiaba. A diferencia de mi madre, ella tuvo que someterse, gracias a la ayuda de otra chica, a un raspado que si, por una parte la salvó, por la otra la dejó estéril. Creo que fue ese amor maternal lo que la llevó a establecer un vínculo conmigo y le permitió contarme su historia, pese a que con ella rompía el pacto tácito que la ligaba a mi madre.

Rebecca pareció perderse en sus pensamientos durante unos segundos, antes de proseguir.

—Mamá llegó en uno de los peores momentos de la historia de Auschwitz-Birkenau. Los SS liquidaban a los gitanos del campo. En su diario, encontré unos minúsculos pedazos de papel. Eran recetas de cocina que las mujeres intercambiaban en los ratos muertos. Entre esas fichas, había un breve relato relacionado con las ejecuciones de los prisioneros. En él explica que les pedían que cavaran una fosa profunda. Una vez hecha, les ordenaban colocarse en el borde de esa zanja que acababan de abrir a sus pies y los SS los mataban. Después acudía otra tanda de presos a los que hacían alinear. Los tiros resonaban y las víctimas caían: cubrían los primeros cadáveres. La marea humana seguía fluyendo y desapareciendo, hasta que la fosa quedaba llena y cerrada.

»Edwige también me habló de ese día de verano en que, por una vez, no llovió ceniza. Los alemanes reunieron una orquesta judía. En el campo estaban algunos de los mejores músicos del mundo. Tocaron durante una hora melodías sublimes. La gente cantaba. Aquella belleza afectó a mi madre más que los malos tratos. Aquella belleza fisuró su armadura y le llegó al alma, acurrucada en algún lugar del espacio no cartografiado de su persona. A partir de ese momento, no volvió a ser la misma. No volvió a hablar con nadie. Apenas comía. Y luego, una noche de agosto, mientras los SS estaban desbordados por las montañas de cuerpos acumuladas por una nueva serie de ejecuciones, mi madre se escapó. Edwige no sabe cómo lo consiguió ni quién la ayudó. El diario íntimo me permitió reconstruir los hechos: uno de sus guardianes se había enamorado de ella. Fue él quien dejó inconsciente al verdugo de mi madre mientras la violaba. Después se puso su uniforme y la ayudó. Probablemente no sabré nunca cómo abandonó el recinto del campo. Ni siquiera un oficial de alto grado podía hacer salir a una cautiva… Aquel guardián lo logró, sin embargo…

Rebecca volvió a abrir una pausa, era como si le faltaran las fuerzas.

—La noche en que viniste a cenar a casa, Werner, la única en que se abrió de veras conmigo, no pudo explicarme su evasión. El miedo le bloqueaba las palabras en la garganta. Mi madre tiene grandes dotes para los idiomas. Habla ocho idiomas con fluidez. En unos meses, Edwige le había enseñado polaco y tenía un nivel suficiente para hacerse entender. Durante los primeros días de su fuga con ese guardián, encontró apoyo entre la población local. Gracias a unos campesinos, pudieron comer y entrar en contacto con la resistencia de Cracovia. Una vez pasada la frontera de Eslovaquia, mi madre consiguió deshacerse de la compañía de aquel guardia enamorado. Viajó con documentación falsa, sin tratar de averiguar qué había sido de su padre ni de recabar noticias sobre otros miembros de su familia. Recorrió cientos de kilómetros, hasta el momento en que encontró la manera de trasladarse a Estados Unidos.

Estábamos aturdidos. Rebecca lloraba en silencio. Me levanté para darle un abrazo, pero ella me contuvo.

—¡Espera! Por favor, espera.

Estaba temblando. Encorvada, pareció buscar en el fondo de sí misma el valor que le faltaba.

—No os lo he dicho todo. De hecho, no os he dicho lo esencial.

Esperamos expectantes.

—El verdugo de mi madre tenía un nombre...

Por primera vez desde el inicio de su relato, con los párpados enrojecidos, Rebecca me clavó en los ojos sus pupilas violeta. Me levanté para acercarme a ella. Me hizo un gesto para que no me levantara.

—Se llamaba Zilch. Capitán SS Zilch —dijo con voz inexpresiva.

Las palabras volaron por la habitación. Nos dejó en fuera de juego. Lo que aquello implicaba iba mucho más allá de cualquier cosa que hubiéramos imaginado. Me dejó paralizado y no pude articular palabra.

—Se llamaba Zilch —repitió—. Y era tu padre.

En un primer momento, empecé a gritar. Le dije que estaba loca, que yo no tenía nada que ver con todo eso, que por todas partes veía algo malo, que no tenía derecho, que aquel desprecio que sentía por mí era enfermizo. ¿Qué pretendía? ¿Destruirme? ¿Arrastrarme hasta su infierno? No había hecho nada para merecer que me tratase de esa forma. ¿De dónde había sacado semejante historia? Sabiendo como sabía lo que me hacía sufrir el misterio de mis padres biológicos, era desleal atacarme por ese lado y aprovechar mis miedos y mis debilidades. ¿Por qué me decía aquello? Era algo cruel e infundado. Me faltaban palabras para calificarlo. O más bien, sí había una que servía. Aquello era perverso.

Marcus y Lauren parecían estatuas de sal. No reaccionaban, perdidos entre nosotros dos. Su silencio hacía que mis gritos parecieran más potentes. Lauren trató de detener mis idas y venidas, pero la evité. No quería que me tocara. Se puso a llorar. Yo seguí hablando y hablando. Dije todo lo que me había guardado para mí y después me callé. Miré la cara de Rebecca. Al ver que bajaba la mirada, comprendí que decía la verdad. La rabia se disipó de golpe. Es como si me hubiera quedado vacío por dentro.

Había deseado tanto saber la verdad, pero... verme marcado con un hierro candente. Ser culpable de lo peor de que es capaz un hombre. Nacer de esa infamia. Me sentía sucio, atrapado, repugnante. Nadie dijo nada. Solo me miraron con temor. La habitación empezó a darme vueltas. Me zumbaban los oídos. Lo que había enterrado hacía años surgió de repente, en una especie de erupción volcánica.

Me apoyé en una pared y empecé a golpearme la cabeza contra ella, hasta que Rebecca se acercó para intentar detenerme. La rechacé con violencia. Enseguida me arrepentí y la atraje hacia mí. Invadido por la rabia, le dije que debía demostrarme lo que afirmaba. No podía creerla. Era imposible.

—¿Me oyes? Es imposible que, de los cuatro mil millones de personas que viven en este planeta, nos hayamos encontrado, manchados con una sangre que nos une y nos separa para siempre.

Le reclamé que me lo dijera todo, en ese mismo momento. ¿Cómo había podido estar todos esos meses sin hablarme de ello? De todas maneras, no entendía por qué había vuelto. Si yo era ese hombre al que describía, no debería haberse acercado a mí, ni haberme besado y menos aún decir que me amaba. No se puede querer al hijo de un hombre como ese.

Rebecca me cogió la cabeza entre las manos. Llorando, intenté volverla hacia otro lado, pero ella me obligó a mirarla.

—Si volví, Wern, es porque no puedo vivir sin ti. Eres el amor de mi vida. No sé qué va a ser de nosotros, pero sí sé que no puedo estar con nadie que no seas tú. Yo no lo controlo todo. A veces me vengo abajo. No te dije nada porque sabía el daño que te iba a hacer. A mí me dejó al borde del abismo. Pasé meses destrozada, pero cuando me levanté, en cuanto pude, vine a reunirme contigo. Quise hacer como si no hubiera pasado nada. Creí que podríamos seguir como antes, cuando no sospechábamos qué era lo que nos atraía con tanta violencia el uno hacia el otro. Sin embargo, todo eso quedó ahí, agazapado entre los dos. Por más que procurara esconderlo, tú sentías cómo se agitaba en mi interior. Intenté evitarlo, una y otra vez. Pero esta noche he comprendido que ese dolor forma parte de nuestro amor. Cuando logremos superarlo, no habrá una historia más hermosa que la nuestra. Werner, si nuestros caminos se han cruzado, es porque ese pasado existe y porque los dos, tú y yo, debemos repararlo.

Manhattan, 1971

Marcus y Lauren se sumaron a nuestro abrazo, al igual que *Shakespeare*. Estuvimos un buen rato así, frágiles y atormentados. Era como si una corriente de aire hubiera acabado conmigo. Tratábamos de acercarnos a pesar del abismo que acababa de abrirse bajo nuestros pies. Intenté tranquilizarme, pero necesitaba que ella hablara, que me explicara. No podía prolongar esa espera que abrasaba mi corazón y mi estómago. Rebecca prometió no ocultarme nada. Marcus bajó a buscar una botella de vodka. Me tomé dos vasos a palo seco, sin notar el efecto reconfortante habitual. En realidad, me sentí aún más aturdido y con náuseas. Estaba llorando. Mis viejos dolores infantiles y las imágenes a las que iban asociados se agolpaban en mi mente.

Apremié a Rebecca para que reanudara su exposición, cosa que hizo.

—De los quince a los diecisiete años, viví obsesionada con la historia de mi madre. Sus fantasmas me consumían. Me sentía indignada, impotente, habitada. Adelgacé mucho. Fue entonces cuando aparecieron mis trastornos de sueño. Podía pasar una semana sin despertarme y la siguiente sin dormir... Ya conocéis el problema. El médico no detectaba ninguna anomalía biológica, por así decirlo. Mi padre me mandó al psicoanalista que trataba a mi madre, el doctor Nars. Lo detestaba ya antes de conocerlo... Ese gurú de la zona alta... Lo acusaba de haber destruido nuestra familia privándonos de mi madre durante meses enteros. Al menor motivo, la internaba en su clínica, la atiborraba de medicamentos y me prohibía verla aduciendo que la cansaba. Sucedía desde que era niña. Cuando, en la adolescencia, mi padre me llevó a su consultorio por primera vez, el «amable doctor Nars» no consideró que fuera un problema atender a la vez a la madre y a la hija. Cualquier psicoanalista dotado de un mínimo código deontológico me habría remitido a un colega, pero él aseguró que, al contrario, eso le confería «una mejor visión de conjunto». Pero lo cierto es que lo importante es que eso le daba un mayor control sobre uno de los hombres más ricos y poderosos de Estados Unidos, mi padre. Me cayó mal desde la primera cita. Me escuchó diez minutos, pero luego empezó a soltarme un discurso de media hora sobre mi culpabilidad patológica, una tendencia a la histeria y un rechazo de la realidad. Ese trastorno explicaba mis aspiraciones artísticas. Pintar no era más que una manera de huir. Aconsejaba que se me impidiera dibujar para arreglar «mi reloj interno». Hablaba con tanta arrogancia y seguridad que perdió toda credibilidad ante mí. Yo no veía qué mal había en huir. La realidad es infecta.

»Mi madre lo sabe de sobra; cualquier persona nacida durante este siglo ha podido observar su verdadero rostro. Es una limitación, una humillación. El sacrificio permanente de los sueños y los infinitos. ¿Cómo podía respetar a un psiquiatra que se empeñaba en considerar el arte como una neurosis? Y, para colmo, según sus esquemas primarios era poco más que una histérica. Es como si lo que me pasaba no entrara dentro de lo que él concebía como posible.

»Al cabo de unas diez sesiones, me rebelé. Le dije que si había necesitado estudiar y escribir tanto sobre el psicoanálisis, era porque él mismo carecía de los instrumentos más elementales para establecer un vínculo con los demás y hacer que alguien lo amara. No sabía escuchar ni tener empatía. Le solté que su desconfianza hacia el arte no era más que la demostración de su impotencia, de su imaginación limitada y de su miedo cerval a parecer anormal, cuando él, más que nadie, debería haber aceptado y apreciado la anormalidad.

»A pesar de las presiones de mi padre, no volví a poner los pies en su consultorio. Empecé a pintar con más ardor que nunca y me refugié en casa de unos amigos y después en casa de Andy. A los dieciocho años, monté mi primera exposición. Luego llegaron otras... Papá acabó por suplicarme que volviera a casa. Cedí por mi madre. En cuanto a la realidad, decidí afrontarla a mi manera. Seguía recomponiendo las piezas del rompecabezas, escuchando a otras víctimas que contaban lo que mi madre no podía decirme. Le daba vergüenza, ¿entendéis? Para las muchachas del Bloque 24, las confesiones no traían nada bueno. No les protegía la aureola de las víctimas y los mártires. En general, se veían como «voluntarias». Voluntarias para la violación...

»A Dane lo conocí a raíz de esas indagaciones, en una reunión de antiguos deportados. Tiene diez años más que yo. Sus padres eran judíos polacos. Su familia quedó diezmada durante la guerra. Murieron ochenta y nueve de sus parientes. Solo le queda una tía con la que vivía en Brooklyn. Desde el primer momento, nos dimos cuenta de que cargábamos con el mismo peso. Al igual que yo, Dane no soportaba nuestra impotencia. Al igual que a mí, la impunidad de los miles de verdugos había abierto un cráter por donde supuraba la rabia. Reclamaba justicia y sangre con cada fibra de su ser. Me fascinó. Me contagió la idea de librar a mi madre del suplicio que había soportado, de la vergüenza que todavía la consumía. Yo también pensaba que eso le daría paz. Era necesario que supiera qué se había hecho de su verdugo. Había que perseguirlo y castigarlo. Dane forma parte de una red de supervivientes y de familiares de los supervivientes de los campos. La red centraliza informaciones provenientes de todos los países. Cada semana reciben cientos de cartas enviadas por las víctimas y por nazis que denuncian a sus antiguos camaradas.

»Unos meses antes de conocernos, Dane y sus compañeros lograron hacerse con un documento muy valioso, el registro oficial de las SS. Lo compraron en Austria, a un antiguo miembro de la Gestapo agobiado por las deudas. Ese individuo se había dado cuenta de que los mandamases del partido nazi habían ganado mucho dinero durante la guerra. Tenían bonitos coches, lingotes de oro y casas de lujo. Él, en cambio, no había ahorrado nada, así que denunció a sus camaradas. La red encargó varias copias de ese registro. Después de incluir sus notas, lo confiaron a otras organizaciones. En vista de la nula voluntad de los Estados, cuando el mundo entero pretende olvidar, teniendo en cuenta que, desde Núremberg, se ha dado por cerrado el caso, las víctimas debían asumir ellas mismas su derecho a hacer justicia. Dane me propuso colaborar con él. Él pondría su red a mi disposición para esclarecer el pasado de mi madre y yo le haría algún que otro favor. «Una chica guapa como tú, una artista de renombre,«de buena familia», decía. Podía ser muy útil para recabar información y quizá para participar en otro tipo de operaciones, sobre las cuales no entró en detalles.

»Enseguida comprendí por qué me necesitaba. La mayoría de los antiguos criminales estaban protegidos. Los poderes públicos no querían abrir la caja de Pandora. Hasta los casos más documentados no daban lugar a ninguna gestión oficial. Por más que transmitiéramos todas las pruebas al Departamento de Justicia, nadie consideraba deseable iniciar un proceso. Dane y su red optaron, pues, por métodos más contundentes. Yo participé en tres operaciones. Una vez que habíamos localizado a los criminales, yo entraba en contacto con ellos. Los encandilaba y ellos intentaban seducirme. Íbamos a cenar y después me llevaban a su casa o al hotel para tomar una copa…

Aquello era demasiado. Me levanté y abandoné el círculo que habíamos formado.

—Eres una inconsciente…

—No pasaba nada —me atajó Rebecca—. Yo les ponía un somnífero en el vaso y luego abría la puerta a Dane. Mi función terminaba allí.

Marcus se levantó y preguntó qué había sido de los hombres a los que había drogado.

—Al primero, intentamos entregarlo de forma anónima a las autoridades norteamericanas: lo soltaron al día siguiente, sin interrogarlo siquiera. En Estados Unidos, es imposible que la justicia actúe contra esos monstruos porque sus crímenes tuvieron lugar en el extranjero.

—¿Y los demás? —insistió Marcus.

—Dane los envió a Israel, donde pueden ser juzgados. Les hacíamos pasar la frontera mexicana; desde allí, era un juego de niños.

—Pero ¿quién financia a esos hombres y esos aviones? —pregunté, dejándome ganar de nuevo por la ira.

—Hay miles de víctimas dispuestas a pagar mucho dinero para que esos cerdos sean juzgados —me contestó con frialdad.

—¿Y si os hubierais equivocado? —apuntó Marcus.

—No nos equivocamos —aseguró, tajante, Rebecca—. Teníamos pruebas de sobra. Si este país no estuviera podrido hasta la médula, esos individuos habrían acabado en la silla eléctrica.

Hizo una pausa para no perder la compostura. Se sirvió un vodka que la ayudó a retomar el hilo de su discurso.

—A raíz de esas misiones, conocí a la mayoría de los investigadores e historiadores que se dedicaban a la búsqueda de los criminales nazis. Después de la confesión de mi madre, la noche en que viniste a cenar a casa de mis padres, me volví a poner en contacto con ellos. Tenía que averiguar algo más sobre ese famoso SS que utilizaba el apellido Zilch. Me fui a

Alemania y me quedé varias semanas allí recabando información. Un profesor de historia en Berlín, que nos ayuda desde hace años, localizó unas fotos en los archivos nazis.

Fue a revolver entre su material de pintura; en medio de una pila de papeles, cogió un sobre de papel kraft, atado con un cordel rojo. Luego lo abrió y sacó fotos de diferentes tamaños. Me tendió la primera, que cogí con gesto brusco mientras Lauren y Marcus se acercaban.

—La tomaron con ocasión de la rendición a las autoridades norteamericanas de los científicos que inventaron los V2. En su momento, la noticia causó un gran revuelo. Ahí está el cerebro del equipo, Wernher von Braun —dijo, señalando un hombre moreno, bastante guapo, de cierta corpulencia.

—¡Pero si es el tipo de Disney! —exclamó Marcus—. ¡Me encantaban sus películas sobre el espacio!

—Estaba en el campo de trabajo de Dora —lo cortó Rebecca—. Allí dirigía una planta de fabricación de misiles en la que trabajaban miles de prisioneros en condiciones de esclavitud. Esos... obreros, por así decirlo, estaban sometidos a unos ritmos infernales. Este hombre ocasionó la muerte de más personas fabricando sus bombas que haciéndolas estallar.

—Nosotros también veíamos esas películas, ¿te acuerdas, Werner? —murmuró, estupefacta, Lauren—. *Man in Space* y *Man and the Moon*...

Yo asentí, apretando los labios.

—¡Es el héroe de toda una generación! ¡Miles de niños norteamericanos soñaron con el espacio y la luna gracias a él! —susurró, turbada, Lauren, que se volvió hacia Rebecca.

—Ya sé. Pues también es un antiguo SS.

—¿Y puedo preguntar qué tiene que ver con mi supuesto padre?

Rebecca nos pasó otra foto.

—Esta es más antigua. Fue tomada después de declararse la guerra, cuando Himmler inspeccionó la base de Peenemünde.

Cogí con ansia el pedazo de cartón. Junto a Von Braun y otros científicos, un hombre destacaba entre todos. Era un palmo más alto que sus compañeros y se me parecía tanto que cualquiera habría dicho que era un montaje. A su lado había una joven rubia, guapísima, cuya visión me aceleró el pulso. El pie de la foto indicaba: «El profesor Johann Zilch y su esposa, Luisa».

Me senté en una de las cajas que hacían las veces de silla en el taller. Me froté la cara, pero no logré borrar lo que acababa de ver. Cogí la foto de nuevo para observarla mejor, inundado por una oleada de emociones contradictorias. La habitación empezó a dar vueltas. Me zumbaban los oídos. Lo que había ocultado durante años seguía aflorando, en un continuo desfile. Armande, Andrew, mi permanente sensación de no encajar. Mi diferencia. Mi soledad. El agujero negro que habían sido mi primera infancia y los años terribles de la adolescencia. Todo ese tiempo que pasé indagando, imaginando sin tregua, infructuosamente, por qué mis padres me habían abandonado. ¿Cuántas veces había tratado de imaginar sus caras? ¿Cuántas veces me había preguntado si me parecía a ellos? Verlos y reconocerme de esa forma en sus facciones me producía vértigo. No conseguía establecer una relación entre aquellos jóvenes y los monstruos que Rebecca acababa de describir... Me tendió otra imagen. En ella había cuatro hombres en bañador y Johann Zilch en camisa. Estaban al borde de una piscina, alegres y ociosos. De nuevo, me asombró mi gran parecido con él. Era como si hubiera tenido una vida antes de la mía, una vida de la que no hubiera conservado recuerdo alguno.

—La sacaron en Fort Bliss, justo después de la guerra y la llegada de los científicos a Estados Unidos —precisó Rebecca.

—¡Pero qué historia es esa! —exclamó Marcus, cogiendo la foto—. ¡Cómo puedes imaginar que los Estados Unidos hubieran acogido a unos nazis! ¡A unos científicos sí, pero a unos nazis jamás!

—Bueno, eso fue lo que pasó —replicó Rebecca—. Nuestros amigos de los servicios secretos, con la ayuda de la NASA, dulcificaron su pasado. ¿Por qué crees que las autoridades se muestran tan poco colaboradoras?

Marcus calló. Le costaba creer que unos responsables militares hubieran podido ocultar al pueblo norteamericano una información como esa. Yo volví a coger la foto y escruté atentamente la cara del verdugo de Judith.

—Ahora entiendo mejor la reacción de tu madre cuando fui a vuestra casa... —admití con un suspiro.

—Se quedó traumatizada —prosiguió Rebecca—. Cuando subí con ella después de la cena, se puso a hablar sin parar. Me reveló más cosas en una noche que en quince años... Yo tampoco le dije lo que ya sabía, porque le habría sentado mal. Sí me describió, sin embargo, a su verdugo, al famoso capitán Zilch. Cuando entró en la biblioteca donde nos esperabas, fue como si lo volviera a ver.

—¡Pero yo no tengo nada que ver! Yo soy estadounidense, mis padres se llaman Armande y Andrew Goodman. ¡No tengo nada que ver con ese loco que hizo pasar un infierno a unas pobres mujeres! ¡Yo ni siquiera había nacido!

Hice una pausa, durante la cual traspasé a Rebecca con la mirada.

—¿Tu madre sabe que salimos juntos?

Ella se ruborizó, antes de reconocer que no.

—Está en el hospital. Ha perdido completamente la noción del tiempo. El doctor Nars no deja que la visite. Mi padre le profesa una devoción increíble. Él también está muy desorientado... Algunos días lo comprendo, otros no. En su lugar, habría utilizado toda mi fortuna para perseguir a ese nazi y hacerle pagar por lo que hizo. Sin embargo, pasa horas al lado de la cama de mi madre, tratando de calmarla en su delirio y leyéndole. Como no tengo ganas de discutir con él, espero a que se vaya; entonces me las arreglo para irla a ver.

—¿Cómo lo haces? —preguntó, extrañada, Lauren.

—Voy las noches en que hay partidos de béisbol. El portero de la clínica se queda clavado delante del televisor y ya no vigila nada. Paso por encima de la verja del jardín y entro por la tercera planta.

—Trepando por la pared, imagino… —deduje.

—Sí. La última vez que fui, me llevé un buen susto. El canalón se soltó de pronto; seguramente, me habría partido la nuca si el estor de la sala común no hubiera amortiguado la caída. Conseguí levantarme y marcharme corriendo antes de que me encontraran los de seguridad. Después de ese accidente en el que, durante una fracción de segundo, creí que ahí había acabado todo, me dieron ganas de verte… Así que llamé a tu puerta —concluyó con una sonrisa triste—. Te preguntabas de dónde provenían todos esos moratones, pues ya tienes la respuesta.

Noté que me ponía rojo.

—¡A partir de ahora, te prohíbo que te subas a algo más alto que un taburete! Esta tarde, sin ir más lejos, me has puesto la piel de gallina…

Lauren me tendió las fotos que acababa de mirar con más detalle. Intenté darles un sentido, entrever un indicio que me permitiera salir de la niebla en la que estaba hundido.

—Intento comprender, pero no lo consigo… ¿Cómo lograste esas fotos de Fort Bliss?

—Al volver de Alemania, Dane me ayudó, con la colaboración de su red. Así nos enteramos de que había habido un tal Johann Zilch en la operación Paperclip.

—¿La operación Paperclip? —preguntó Marcus.

—Era el nombre en código de la misión que permitió hacer entrar en Estados Unidos, de forma discreta e ilegal, a mil quinientos científicos e ingenieros nazis. Ciento dieciocho de ellos pasaron varios años en Fort Bliss, en Texas. Me desplacé hasta allí con Dane. Aunque no había forma de penetrar en la base, tras pasar muchas horas en el Ella's Dine, el restaurante donde se reunían los soldados y el personal de la base, de pagar copas y de hacer preguntas, establecimos contacto con una mujer que había sido la secretaria del comandante James Hamill, que fue quien se encargó de los científicos en su momento. Aún seguía trabajando en Fort Bliss. Le dimos a entender que podría ganar algún dinero si nos ayudaba a conseguir cierta información. Como vivía sola y le faltaba poco para jubilarse, mordió el anzuelo. En primer lugar, nos interesaba la lista de los científicos y de sus acompañantes. Anotó los nombres falsos que le dimos, así como el número de teléfono donde nos podía localizar. Al cabo de unas semanas, nos vendió esa valiosa lista. Aparte de eso, nos proporcionó un dato clave.

»Cuando le había preguntado si se acordaba de Johann Zilch, nos contó una anécdota especialmente interesante... «No me gustaba ese hombre», reconoció de entrada. Después de unos cuantos tequilas, fue más explícita. En 1946, la secretaria había simpatizado con Luisa, la esposa de Johann Zilch. Se acordaba muy bien de la pareja y del incidente que había causado escándalo en aquella época. Los Zilch tenían un hijo, un niño adorable de año y medio. Era un chiquillo muy fuerte, decía, decidido, rubísimo, de ojos azules.

—¿Cómo se llamaba? —pregunté, irguiendo el torso en el sofá.

—Se llamaba Werner, cariño... Tienes que ser tú. Consulté la lista de los científicos. Johann Zilch llegó con Von Braun en septiembre de1945. Aterrizaron en Nueva York y pasaron una temporada en una base de Massachusetts, antes de que los destinaran a Fort Bliss. Allí, Johann se reunió con su esposa, Luisa, y su hijo, Werner.

De nuevo se me agolparon los interrogantes, los recuerdos, la rabia.

—A continuación, la secretaria me explicó esa extraña historia. Johann era un hombre perturbado. Mantenía unas relaciones difíciles con sus colegas de trabajo. El único que parecía protegerlo era Von Braun. Se ocupaba muy poco de su hijo. Por lo que creyó entender la secretaria, no se había recuperado de un grave accidente que sufrió durante la guerra. Cierto día, le dio una paliza tan violenta a su mujer que casi la mata. Luisa pidió poder abandonar la base con su hijo, pero, por aquel entonces, los científicos y sus familias no tenían ni permiso de residencia ni pasaporte. No estaban autorizados a salir del recinto militar ni a entrar en contacto con la población. Luisa quiso regresar a Alemania contigo, Werner, pero el comandante Hamill se negó. Dos semanas después, la secretaria se casó y se tomó un mes de vacaciones. Cuando volvió, Luisa, Johann y el bebé habían desaparecido sin dejar ninguna dirección.

—No entiendo nada —dije.

—Yo tampoco entiendo gran cosa. Me faltan muchos elementos. Solo me queda deciros algo para que sepáis lo mismo que yo: le pedí a la secretaria de Fort Bliss si tenía una foto de Luisa, para intentar localizar su pista. Finalmente, me vendió una.

Rebecca me alargó la fotografía de una mujer joven y robusta, que sostenía a un niñito rubio en los brazos. Me embargó una intensa emoción al verme en los brazos de mi madre, al descubrir aquella cara que había imaginado mil veces, en un vano intento de rescatarla de mi primera niñez, igual que había tratado de recuperar el sonido de su voz, su perfume, sus gestos y su ternura. Con los ojos anegados de lágrimas, contemplé aquella foto con toda la pasión y la avidez que reprimía desde hacía años. A través de la mirada, traté de hacer revivir a esa mujer, de reconocerla. Quería despertar la memoria para recuperar al niño que había sido, convertir aquella imagen en una parte de mí, como una piedra que sirviera de cimiento para reconstruirme. Seguí con la mirada fija en la imagen hasta que, de pronto, algo se rompió bruscamente. Se me endureció la expresión.

—Tú también te has dado cuenta, ¿verdad? —me preguntó Rebecca.

—Sí. En la foto alemana que me has enseñado, Luisa Zilch era muy rubia, con una cara triangular y los ojos claros. Sin embargo, la mujer que me sostiene en esta fotografía tiene la cara redonda y el pelo y los ojos oscuros…

—Ahí está el *quid* de la cuestión… ¿Cuál de las dos es la verdadera Luisa?

—¿Y cuál es mi madre biológica?

Manhattan, 1971

Rebecca había abierto la caja de Pandora. Era como si acabara de vivir un terremoto. Los interrogantes que me habían perseguido durante la adolescencia y que tanto me había costado sofocar resurgían de las tinieblas de mi conciencia. A aquellas alturas, me parecía imposible seguir acallándolos. Resolví entrevistarme con Von Braun lo antes posible. Ahora ocupaba el puesto de director estratégico de la NASA. Durante el año que había consagrado al esclarecimiento del pasado de su madre y el mío, Rebecca se había planteado, como es lógico, ir a visitarlo, pero lo había descartado pensando que yo sería la persona más adecuada para inducirlo a hablar. Mi nombre y mi cara le traerían recuerdos imborrables.

Von Braun era un testigo demasiado importante para arriesgarse a suscitar su desconfianza por medio de una entrevista mal preparada. Él era el único capaz de desentrañar el misterio de mis orígenes o, en el supuesto de que no dispusiera de todas las claves, de ponernos sobre la pista de otros testigos. La eficacia legendaria de Donna entró en acción. Mi ayudante insistió con Bonnie, la secretaria del doctor Von Braun, para que le hablara de mí a su jefe. A partir de ahí, la mención de mi apellido bastó para que el científico se ofreciera a recibirme la mañana del siguiente viernes en la sede de la NASA.

Tomé un vuelo hacia Washington a primera hora del viernes. No había querido que Rebecca me acompañara. No habría sido capaz de disimular su ira. Y no me parecía que colocar a Von Braun en el banquillo de los acusados fuera la mejor manera de hacer que se confiara. Estaba nervioso. Procuraba hacerme a la idea de que la entrevista podía tener un desenlace horroroso. Si me confirmaba que mi progenitor era un sádico perverso, responsable de crímenes de guerra, ¿cómo podría desprenderme de aquel veneno? ¿Podía ser el fruto del mal sin ser el mismo mal? Por más que Marcus y Lauren me repitieran que los hijos no son responsables de las faltas de sus padres, creía que tenía la sangre impura. Había descubierto, agazapada en mi interior, una bestia desconocida, capaz de saltar en cualquier momento. ¿Acaso no era brutal y colérico? ¿Acaso no estaba dispuesto a recurrir a lo que fuera para conseguir lo que quería? ¿No me habían acusado de cínico y de duro? En una noche, me había convertido en mi propio enemigo. Lo que iba a averiguar a través de Von Braun podía transformarme en un ser insoportable para mí mismo.

La sede de la NASA era un impresionante edificio de vidrio y cemento. En la primera planta, me recibió la tal Bonnie. Era una mujer bajita y regordeta, con el pelo caoba y un flequillo rizado que le caía encima de unas gafas de color rojo. Era un dechado de profesionalidad.

—El director está a punto de terminar una reunión. Estará con usted dentro de un momento —me explicó, haciéndome pasar a una habitación con paneles de madera oscura.

Me preguntó si quería tomar algo; acepté un vaso de agua. Luego cerró la puerta y observé a mi alrededor. Una gruesa moqueta sofocaba el ruido de los pasos. Encima de un mueble bajo, junto a la pared, se alineaban varias maquetas de los cohetes Saturn, de un metro de altura. Un imponente escritorio de raíz de olmo presidía, dominante, la pieza. Sobre su superficie barnizada, se exhibían los premios que le habían concedido a aquel científico las más prestigiosas instituciones científicas y cívicas norteamericanas. Al otro lado, cerca de las estanterías llenas de libros de contenido histórico y técnico, había una serie de fotos enmarcadas en las que se le veía en compañía del presidente Kennedy, del presidente Johnson, del presidente Eisenhower y de otras personalidades. Una cortina plisada de color pardo tapaba una parte de la ventana, tamizando la intensa luz del final de la mañana. Cuando Von Braun entró, me encontraba de pie frente a su escritorio. Parecía mucho más viejo que en las fotos y que en los recuerdos que guardaba de la infancia, de aquellos programas dedicados a la Luna, el cosmos y el sistema solar. El denso pelo negro ahora estaba estriado de mechas grises. Vestía un traje oscuro de cuadros pequeños, una camisa blanca y una corbata azul.

—Buenos días, joven, encantado de conocerle —dijo mientras me estrechaba la mano y me daba una palmada paternal en el hombro—. ¡Es increíble lo mucho que se parece a ellos! —añadió escrutándome. Aún conservaba un fuerte acento alemán—. ¿Me permite que le llame Werner? ¿Sabe que nos llamamos igual?

—Desde luego —acepté—. Aunque creo que hay una «h» de diferencia.

—Es verdad, su madre prefirió mi nombre sin la «h». ¿Sabía que soy su padrino?

Noté que se me aceleraba el pulso al oírle hablar de mi madre.

—No, no lo sabía —admití, procurando aparentar el mayor grado de calma posible.

—Bueno, su padrino en cierto modo... Eso era lo que me dijo su madre cuando estaba embarazada. En todo caso, le puso mi nombre... Imagino que ha venido para hablar de eso —añadió, ofreciéndome asiento en un rincón provisto de sillones.

—En efecto. Espero que me ayude a encontrar la respuesta a ciertas cuestiones —confirmé.

Asintió con una calurosa sonrisa.

—¿Cómo está su padre?

—¿Qué quiere decir? —repliqué con brusquedad.

—Johann, su padre, ¿qué tal está? No lo he vuelto a ver desde hace veinte años.

—Me parece que no le entiendo... —reconocí, confuso. Nos miramos con perplejidad y entonces precisé—: Mi padre se llama Andrew Goodman. —Después de un momento de silencio, añadí—: Soy adoptado.

Si hubiera roto la mesa de un puñetazo, su asombro no habría sido mayor.

—¿Cómo dice? —repitió.

—Adoptado. Cuando tenía dos años y medio, Armande y Andrew Goodman, una pareja que vive en Nueva Jersey, me adoptaron.

—Pero ¿qué fue de Johann?

—¿Johann Zilch?

—Sí, bueno, su padre...

—Nunca conocí a Johann Zilch. Hasta la semana pasada, no tenía ni idea de su existencia. He venido a verlo para averiguar algo sobre él.

—No me lo puedo creer —dijo Von Braun, tan turbado que tuvo que sacar un pañuelo del bolsillo para secarse la frente—. ¿Quiere un café?

—No, gracias.

Von Braun no había salido todavía cuando su secretaria, Bonnie, llegó con una bandeja. Después de dejar el vaso de agua que le había pedido, sirvió a Von Braun un café con dos terrones de azúcar. Se dirigía a su jefe con deferencia y admiración.

—Entonces, ¿no habla alemán? —preguntó Von Braun, una vez que se hubo ido.

—Ni una palabra.

—No consigo entender qué fue lo que pasó...

Permaneció en silencio durante unos momentos, tabaleando el brazo del sillón. Luego miró el reloj y se levantó.

—¿Ha comido? —me preguntó.

Negué con la cabeza. Entonces llamó a Bonnie por el interfono y le pidió que le detallara las citas que tenía previstas para ese día. Después de anularlas todas hasta las cuatro de la tarde, volvió a sentarse a mi lado.

—Muy bien, entonces se queda conmigo. Vamos a necesitar un poco de tiempo.

No esperaba encontrarme con una persona tan atenta. Rebecca me había presentado un retrato tan negativo de los crímenes de ese hombre que su encanto y la inteligencia que brillaba en sus ojos me tenían desconcertado. Von Braun era afable y muy empático.

—En vista de lo que me acaba de revelar, no estoy seguro de si podré ayudarle. Pero, dígame, qué es lo que había venido a buscar...

—Querría saber algo más sobre mis padres biológicos. Pude remontar su pista hasta Fort Bliss y, por lo tanto, hasta usted. Sin embargo, a partir del momento de su llegada a Estados Unidos, los hilos de mi historia se enmarañan...

Cogí la bolsa que llevaba y extraje la carpeta que contenía las fotos. Elegí dos, que puse delante de él.

—Usted ha mencionado a mi madre biológica y ha dicho incluso que yo era su ahijado. Seguramente podría ayudarme a averiguar cuál de esas dos mujeres es Luisa Zilch...

Von Braun cogió las fotos y, con expresión grave y nostálgica, señaló a la mujer rubia.

—Esta es Luisa. Parecemos tan jóvenes... —Suspiró—. Unos niños... Esa foto la tomaron antes de la guerra. Todavía estábamos en Peenemünde.

—¿Sabe adónde fue a parar Luisa? —le pregunté.

Calló un instante para mirarme con una mezcla de temor y de compasión.

—Mi pobre amigo, murió hace años... —me anunció, volviéndome a posar la mano en el hombro—. Mucho antes de que llegáramos a Estados Unidos.

Me quedé anonadado. Del mueble bar situado debajo de la biblioteca, Von Braun sacó una botella de whisky y dos vasos, que llenó casi hasta el borde.

—Creo que va a necesitar algo más reconfortante que el café. Yo también, la verdad.

—¿De qué murió?

El doctor Von Braun eligió con cuidado las palabras.

—Resultó gravemente herida durante los bombardeos de Dresde.

Por mi expresión, comprendió que no tenía la menor idea de dónde estaba Dresde.

—Era una ciudad alemana, una de las más hermosas que han existido. Durante la guerra, los ingleses la arrasaron completamente. El edificio en el que vivía su madre quedó afectado. Unos soldados la sacaron de los escombros, pero no había forma de salvarla. Solo permaneció con vida el tiempo necesario para traerlo a usted a este mundo...

Siguió describiéndome lo que sabía de las circunstancias de la muerte de Luisa cuando me fulminó un potente flash. El sueño que se había estado repitiendo durante años irrumpió brutalmente en el presente. En un segundo, comprendí que ese sueño era mi primer recuerdo. Un acontecimiento tan monstruoso que había quedado impreso en mi conciencia antes incluso de que se hubiera formado.

Primero percibo a una mujer rubia, muy guapa, corriendo. Luego, al cabo de unos cincuenta metros, la veo caer. Permanece sujeta al suelo por una fuerza invisible, hasta que brutalmente queda tumbada de espaldas. Yo me acerco y ella me habla. Me siento atraído por sus ojos inmensos, de un color azul oscuro casi sobrenatural. Me mira con mucha ternura y me dice cosas que comprendo en el sueño, pero que soy incapaz de desentrañar al despertar. Después, el decorado cambia por completo. Me sustraigo al mundo para asistir a su desmoronamiento. Estoy ahí, viendo cómo se destruyen las cosas y las personas. No tengo ninguna sensación física. Veo fuego, pero no noto el calor. Veo a gente chillando, pero no oigo sus gritos. Veo edificios que se vienen abajo, pero su polvo no me llena la boca. Las paredes estallan proyectando añicos. No sabría decir qué edad tengo ni si estoy sentado, tendido o de pie, y menos aún si aún sigo vivo o ya estoy muerto. Al cabo de un momento, oigo un sonido atronador y familiar que circula en torno a mí y me protege. En ciertos momentos, palpita y se desboca. Sin ceder al pánico, tomo conciencia de mí mismo. Estoy rodeado de una materia roja. Como si la sangre de las víctimas hubiera manchado por entero el universo. Como si me hubiera zambullido en sus órganos. A través de esas membranas, veo unas luces anaranjadas, unos velos que se desgarran y después una bóveda inmensa y unas manchas alargadas de color blanco y púrpura. El sonido envolvente se aleja y yo lo echo de menos. Unos gritos me taladran las orejas. Algo me quema los pulmones. Oigo explosiones. La tierra se resquebraja. Me parece que la humanidad desaparece. En el momento en que ha cesado de latir cualquier hálito de vida, en que se han callado los pájaros, los ríos, el viento, los animales y el corazón de las personas, tomo conciencia de la soledad absoluta en la que me encuentro.

En mi memoria se agolpaban miles de cosas. Debía de llevar unos minutos con el vaso en la mano y la vista perdida en el vacío cuando el contacto de la mano de Von Braun en el antebrazo me devolvió a la realidad.

—Siento mucho tener que darle esta mala noticia. Debe de ser un gran *shock*. —Me apretó el brazo mientras volvía a llenar los vasos con la otra mano.

Me contó lo que sabía sobre la muerte de mi madre, sobre el médico que la había asistido y acerca de mi nacimiento en la iglesia de Dresde justo antes de que fuera derruida. Me habló detenidamente de lo maravillosa que era. Poseía una capacidad de seducción irresistible, decía.

—Adoraba a su padre. Formaban una pareja estupenda. Su madre se casó muy joven. Tenía poco más de veinte años cuando falleció. Era una joven magnífica, muy dotada para la música, siempre alegre. Le encantaban la naturaleza y las plantas. De hecho, las estudiaba... En Peenemünde, era ella la que ponía flores en los parterres delante de las casas. Hacía cosas estupendas. —Guardó silencio un momento, apesadumbrado—. Y nosotros que pensábamos que estaría segura en Dresde... Johann nunca volvió a ser el mismo tras su muerte.

—¿Por qué se fue de la base militar?

—A su padre lo habían detenido. Llevábamos varios meses sin tener noticias suyas. La Gestapo nos sometía a una estrecha vigilancia...

—No entiendo. ¿Se oponía al régimen?

—Había efectuado algunos comentarios derrotistas y dijo en voz alta lo que muchos de nosotros pensábamos para nuestros adentros, yo el primero. Hay que hacerse cargo de cómo era Alemania en ese momento... No era fácil tomar opción por algo. —Von Braun me miró a los ojos. Después de aguardar una aprobación que yo no expresé, continuó—: Los «amigos» de su padre lo denunciaron a la Gestapo. Lo detuvieron por sabotaje al cabo de unas horas.

—¿Qué había dicho exactamente?

—Dijo que él quería construir cohetes y no misiles armados de bombas. Que ya no soportaba tener las manos manchadas de toda esa sangre.

La imagen de Von Braun cada vez correspondía menos al retrato que de él había trazado Rebecca. Según su versión, Johann y Luisa eran una pareja estupenda que vivía de pan y cebolla, así como de la investigación científica. ¿Estaría defendiendo a su generación frente al juicio mudo que hacía la mía de ella? Aun teniendo presente la rabia de Rebecca, me negué a condenarlo de antemano.

—Entonces… ¿quién es esta mujer? —pregunté, señalando la otra foto—. ¿La segunda mujer de mi padre?

—No, no —negó, sonriendo—. Es su tía.

—¿La hermana de mi madre? No se parecen nada…

—No, la mujer del hermano de su padre.

—¿Mi padre tenía un hermano?

—Un hermano mayor. Kasper Zilch.

Guardé silencio intentando aclarar las ideas.

—¿Por qué aparece mi tía con el nombre de Luisa en las listas de Fort Bliss?

Von Braun se rebulló en el asiento.

—Puede confiar en mí —aseguré.

Persistió en sus dudas. Intentaba calibrar cuáles eran mis intenciones.

—Querría saber cuáles son mis orígenes.

—Cuando nos rendimos a los norteamericanos —se decidió a explicar—, después del primer momento de entusiasmo, las relaciones se tensaron. Nos habíamos puesto de acuerdo sobre el traslado desde Alemania, pero lo demás estaba en el aire. El despertar fue doloroso. Al principio, solo nos concedieron un contrato de trabajo de un año. Incluso se negaban a que nuestras familias se reunieran con nosotros en Estados Unidos. Al final aceptaron a los cónyuges y a los hijos: nada más. Ni padres ni hermanos. Johann había sufrido unas horribles heridas semanas antes de terminar la guerra. Estaba debilitado y perturbado. No se encontraba en condiciones de hacerse cargo de un niño pequeño. Marthe ansiaba marcharse a Estados Unidos para ocuparse de usted. Lo adoraba. En resumen, la única manera de traerlos a los tres era fingiendo que Marthe era la esposa de Johann y, por consiguiente, su madre. Había que hacerla pasar por Luisa.

—¿Presentaron una documentación falsa?

—Europa estaba sumida en un caos tan grande entonces que no nos costó alterar la realidad. Había habido millones de muertos y desaparecidos; ningún registro oficial estaba al día. Nadie se dio cuenta del engaño.

Le di las gracias por sus confidencias, asegurándole que no lo iba a traicionar.

—Podría costarme caro —insistió—. Incluso ahora, al cabo de veinticinco años. Aquí todo tiene repercusiones políticas. No se imagina el peso que tiene la vía judicial en este país, por no hablar de las autorizaciones y contraautorizaciones, los formularios de toda clase. Se me van los días en eso. Es desalentador… Me siento capaz de vencer la gravedad, pero no el papeleo.

Aquello me hizo desconfiar de aquel hombre. ¿Acaso Von Braun echaba de menos la eficacia del Tercer Reich? ¿Acaso se tenía que dedicar menos al «papeleo» allí, cuando podía disponer a su antojo de la vida de otros? Recordé las imágenes de los cadáveres del campo de trabajo de Dora que Rebecca me había enseñado. ¿Cómo había podido participar en esa carnicería un hombre en apariencia tan afable, atento y educado? ¿Cómo podía vivir con ese peso? Viéndolo allí, en su bonito despacho de moqueta mullida, convertido en el nuevo héroe de Estados Unidos, en bondadoso divulgador de estrellas para los niños del país de la libertad, me dieron ganas de lanzarle su pasado a la cara. Al percibir la tensión que se había instalado entre ambos, Von Braun prefirió guardar silencio.

—Había hablado del hermano de mi padre… —proseguí.

—Kasper…

—¿Lo conocía?

—Muy poco. Solo lo vi un par de veces…

—¿Se parecía a Johann?

—¡Como dos gotas de agua! De hecho, muchos pensaban que eran gemelos.

—Doctor Von Braun, tengo que hacerle una pregunta. Ya

sé que Johann era amigo suyo, pero ha pasado mucho tiempo y necesito saber…

Se cruzó de brazos, a la defensiva.

—¿Cree que, durante la guerra, mi padre biológico pudo haber cometido crímenes contra la humanidad? ¿Era de ese tipo de personas?

—¡Por supuesto que no! —contestó sin dilación.

—Pero durante todos esos meses en que estuvo desaparecido, ¿es posible que hubiera ido a Auschwitz?

Von Braun me observó, sumamente sorprendido. Esperaba que le mencionara Dora, los bombardeos de Londres u otras zonas negras de su pasado, pero en ningún caso Auschwitz.

—No veo cómo habría podido ir a parar allá. Y si la Gestapo lo hubiera enviado a ese lugar, dejando más allá el hecho de que Johann tenía un temperamento muy pacífico, habría estado allí como preso y no en condiciones de perjudicar a nadie.

—¿Habrían podido obligarlo?

—Francamente, eso no tiene pies ni cabeza, Werner. Cuando recuperamos a Johann, le habían propinado tal paliza que incluso lo habían dado por muerto. Había perdido la memoria. Estaba destruido. Imagino que, al cabo de veinticinco años, le cuesta comprender nuestros actos y la situación compleja en la que nos encontrábamos, pero nosotros éramos científicos, Werner, personas que solo tenían un anhelo: explorar el espacio igual como los navegantes el siglo XVI exploraron los mares. Nosotros queríamos ver cómo la Tierra se convertía en una perla azul desde las mirillas de los cohetes. Éramos científicos, no políticos ni guerreros.

—Pero sí que eran nazis.

Lanzó un suspiro. Había tenido que aprender a vivir con esa acusación, esa permanente sospecha que enturbiaba hasta sus mayores logros y que continuaría empañándolos para el resto de los días.

—Jamás habríamos podido llevar a cabo nuestras investigaciones sin el beneplácito del partido nazi. Por aquel entonces, éramos patriotas, queríamos trabajar para nuestro país. El Gobierno ponía unos medios fabulosos a nuestra disposición. Había que aceptar el juego. Yo nunca fui un nazi convencido.

—¿Y Johann Zilch?

—En absoluto. Al tener una naturaleza idealista, era menos conciliador que yo. Le costaba más mantener las anteojeras y concentrarse únicamente en nuestras investigaciones.

—¿Y el tal Kasper?

—No sé. Los dos hermanos se llevaban mal. Según Johann, Kasper era una persona atormentada y celosa. Johann incluso acogió a su cuñada, Marthe, cuando esta se separó de su marido. Aunque los Zilch eran bastante pudorosos en cuestión de asuntos familiares, comprendí que Kasper no era un marido fácil.

—¿Kasper habría podido estar en Auschwitz como parte del personal del campo?

—No tengo ni la menor idea, lo siento —reiteró Von Braun.

Cada vez que pronunciaba la palabra «Auschwitz», se le crispaba levemente la cara.

—¿Cuándo se marchó Johann de Fort Bliss?

—Casi dos años después de nuestra llegada. Los primeros meses, estábamos mano sobre mano. El Gobierno había requisado nuestros documentos, planos, máquinas; se había hecho con nuestros mejores ingenieros, pero para nada. Nos habían hecho venir a Estados Unidos más para apartarnos de sus nuevos enemigos que para permitirnos proseguir con nuestras investigaciones. Los distintos cuerpos del ejército se disputaban nuestro equipo. Las administraciones se pasaban la pelota entre sí. Los créditos se hacían esperar. En esa época, el Ministerio de Defensa estaba obsesionado con la bomba. Para transportarla, había optado por dar prioridad a los barcos y a los aviones. Las fabulosas posibilidades de nuestros misiles habían quedado, de hecho, aparcadas.

»No vaya a creer que tengo una afición especial por los conflictos armados —puntualizó Von Braun—, pero ningún Gobierno está dispuesto a invertir dinero para observar la Luna o las estrellas. El armamento siempre ha sido el motor de los descubrimientos. Yo sabía que, sin una aplicación inmediata en el ámbito de la defensa, nunca obtendríamos los medios para ver cumplido el sueño de mi vida.

—¿Ese sueño justifica todo lo demás? —planteé.

Volvimos a intercambiar esa mirada que no requiere de palabras.

—Es un cuestión compleja, Werner… —admitió con un suspiro, desviando la mirada—. Hoy en día, viendo la manera cómo se desarrollaron las cosas, pienso que habríamos tenido que actuar de otra forma. Yo lo había apostado todo a un objetivo y eso me cegó. Dejé a un lado lo que debería haber visto, contra lo que tendría que haber luchado. Tampoco sé si habría tenido el valor de hacerlo. El Reich era una máquina peligrosa y brutal. En mi caso, no solo no me resultó dañina, sino que permitía que me acercara a lo que era más importante para mí. Su generación, Werner, no puede comprender las condiciones en las que vivimos. Una vez que se conoce el final, es fácil juzgar. Nosotros caminábamos en los pantanos de una realidad turbia. La historia la escriben los vencedores. A estas alturas, desde luego que lamento lo que ocurrió, pero yo soy y siempre fui un científico.

Guardé un silencio que era un modo de censurar sus palabras. Von Braun optó por abandonar el tema para reanudar su relato.

—En Fort Bliss, éramos prisioneros de paz. No teníamos derecho a salir de la base sin escolta. Vivíamos en unos barracones asfixiantes y en mal estado. El tejado de cinc no estaba aislado y, en verano, el calor superaba los cuarenta y cinco grados. En Peenemünde éramos unos consentidos, en Estados Unidos teníamos que contar hasta el último céntimo. Nos rechazaban todos los proyectos que presentábamos. Yo me tenía que conformar con hacer demostraciones de astronomía en el Rotary Club de la localidad o en las escuelas. Perfeccioné mi nivel de inglés, que era bajo, e hice grandes progresos en ajedrez. Poco a poco, nos fueron concediendo los permisos de residencia. Mi equipo se dispersó. Los que pudieron se marcharon al sector privado, donde su talento resultaba útil y pagaban sueldos más altos. Aquellos fueron los peores años de mi vida.

Que dijera aquello me indignó. Los peores años de la vida de Von Braun, o cuando menos los peores meses, tendrían que haber sido los que había estado explotando y matando a miles de esclavos en su fábrica subterránea de Dora, no los que había pasado disfrutando de unas vacaciones prolongadas en Texas.

—Los militares —prosiguió Von Braun, interrumpiendo un incómodo silencio— se limitaban a recabar información sobre los V2 y a apropiarse de nuestra tecnología. Hicimos despegar algunos en el desierto de White Sands, en Nuevo México. Los norteamericanos congregaban a los periodistas y nos sacaban de las chabolas como a animales de feria. Nuestros visados de científicos aparecían con gran aparato en la prensa internacional con objeto de atemorizar a los rusos en la nueva guerra larvada que se estaba gestando. Nos utilizaban como espantapájaros. Perdimos mucho tiempo antes de que el Ministerio de Defensa nos autorizase a estudiar, de manera teórica y sin ningún crédito, las aplicaciones potenciales de nuestros cohetes. Fue en ese momento cuando comprendimos lo que había sucedido con Johann. Los golpes que había recibido en la cabeza durante la guerra habían borrado casi por completo su memoria científica. Él, que había sido uno de los elementos más brillantes de nuestro equipo, no se acordaba de nada.

—¿Le pidió que se fuera?

—Fue él quien se quiso marchar. No soportaba esa situación. Nuestros trabajos habían constituido el cimiento de su vida. Había perdido a la mujer a la que amaba, su familia y su país y, además, ya no podía ejercer su profesión. La existencia ya no tenía sentido para él. Estaba usted, su hijo, pero creo que ese hombre estaba demasiado derrotado como para poder darle el lugar que merece un niño.

—¿Cree que pudo quitarse la vida?

—Se fue de Fort Bliss con Marthe dos años después de nuestra llegada. Había encontrado trabajo en una fábrica agrícola que producía abono y pesticidas. Yo no tenía ningún motivo para impedir que se fueran. Además, él no fue el único que se marchó... Por aquel entonces, no tenía nada que ofrecerles a aquellos hombres que me habían seguido ciegamente hasta un país extranjero.

—¿No mantuvieron contacto?

—Intenté llamarlo varias veces a su oficina, pero nunca respondió. Cuando preguntaba por él a la telefonista, me aseguraba que «el señor Zilch estaba bien». Llegué a la conclusión de que me asociaba con un pasado doloroso. Luisa, la guerra, su amnesia...

Von Braun me propuso ir a comer. Por primera vez en mi vida, no tenía hambre. Lo que quería es que me contara más cosas. Aún me quedaba un sinfín de preguntas que formularle. Me llevó al comedor reservado al personal directivo de la NASA. La vasta sala iluminada con grandes ventanales estaba ocupada con una decena de mesas cubiertas de manteles blancos y dispuestas con lujoso esmero. No se veía ni una sola mujer ni siquiera entre los camareros. Von Braun saludó a algunos colegas. Todos lo miraban con respeto, casi con timidez. Aquel hombre tenía una asombrosa capacidad de adaptación, pensé. Después de haber sido adulado por el régimen nazi, recibía las alabanzas de la primera potencia mundial. Tamaña proeza no podía dejar de despertar mi admiración, dejando a un lado las consideraciones morales. Von Braun tenía un voraz apetito y la perspectiva de la comida le devolvió la jovialidad. Una vez en la mesa, probé a reanudar las indagaciones desde otro ángulo.

—¿Y Marthe? ¿Qué puede decirme de ella?

—Era una joven decidida, de mucho carácter. Cuando quería algo, no era fácil hacerla renunciar.

—¿Se llevaba bien con ella?

—Sí y no. Se ocupaba muy bien de usted, de eso no cabe duda. Marthe era inteligente e instintiva. También era valiente, tal como demostró cuando nos rendimos a los norteamericanos. Después de separarse de su marido, durante los meses que pasó con nosotros en la base, estudió enfermería para poder ganarse la vida. Otras mujeres, tan jóvenes como ella, se habrían conformado con quedarse bajo la protección de su cuñado, pero Marthe era independiente. Quería ser dueña de su destino. Luisa, su madre, la adoraba.

—¿Por qué no se llevaba bien con ella?

—Yo la apreciaba, pero a las otras mujeres del grupo no les gustaba. Siempre había conflictos. Marthe no se esforzaba por fomentar la armonía. Era solitaria y se mantenía al margen. Además, tenía sus manías, reacciones a veces muy irracionales...

—¿Qué clase de manías?

—En cuanto se reunió con nosotros en Baviera, Marthe le tomó inquina a Johann. Creía que era peligroso para un niño. No quería dejar que se acercara a usted. ¡Cómo se le va a impedir a un padre que coja en brazos a su hijo! Es cierto que Johann estaba perturbado y que le fallaba la memoria, pero debería haber demostrado más paciencia, ser más comprensiva. En lugar de ayudarlo a establecer un lazo afectivo con usted, hacía lo contrario. Incluso trató de huir con usted. Marthe no era su madre y esa manera de defenderlo era un tanto desproporcionada.

El camarero acudió a tomar la nota. Más relajado por la comida, Von Braun tomó dos generosos sorbos de vino tinto y se untó con mantequilla un poco de pan, antes de volver a centrar la atención en mí.

—¿Tiene idea de qué pudo haber sido de Marthe? —le pregunté.

—Por desgracia, no —reconoció, apesadumbrado, Von Braun—. No le puedo ayudar en eso. Lo único que le puedo decir es que Marthe nunca habría permitido que lo adoptaran. ¡Nunca! Estaba más que dispuesta a ocuparse de usted. Casi nadie podía tocar a su bebé delante de ella. Le profesaba a su madre un afecto..., cómo decirlo, un afecto apasionado, turbador a veces. Se volcó en usted. Sospecho que el origen de las tensiones que existían entre ella y su padre podrían estar ahí. En vida, Luisa servía de puente. Tras su muerte, usted se convirtió en un objeto de disputa entre ambos. Es posible que Johann renunciara, cansado de no poder tenerlo para él solo, pero eso no explica por qué lo confiaron a un orfanato. Quizá Marthe sufriera algún accidente. No entiendo qué pudo ocurrir...

—¿Cree que habría conservado el nombre de Luisa Zilch o que habría podido cambiarlo?

—Es una buena pregunta. No estoy al corriente de las formalidades que eso implicaría. Cuál era su apellido de soltera, veamos... Deje que me acuerde... ¡Ah, sí! Engerer. Marthe Engerer. Puede ser una pista.

Seguí haciéndole preguntas mientras dimos cuenta de aquella copiosa comida. Por más que conociera el pasado oscuro de Von Braun, por más que oyera la voz de Rebecca entremezclada con la de mi conciencia, me resultaba difícil no encontrarlo simpático. Me costaba entender cómo unos hombres tan inteligentes e instruidos habían podido cerrar los ojos o participar de forma activa, durante la guerra, en una barbarie de tales dimensiones.

Después de la comida, Von Braun me llevó a las oficinas donde estaban los planos y las maquetas, en torno a los que se afanaba un ejército de ingenieros. Luego pidió a su chófer que me llevara al aeropuerto. Reiterando su pesar por no haberme podido ayudar más, aseguró que estaba a mi disposición por si surgía algún otro interrogante. Me animó a volver a visitarlo, prometiendo que la próxima vez cenaríamos en su casa, donde me presentaría a su mujer y a sus hijos. Más o menos, me había adoptado. También me propuso que fuera acompañado de mi novia, por supuesto, pero yo no tuve arrestos para decirle que más valía que dicho encuentro no tuviera lugar, si es que no quería acabar maniatado en un avión con destino a Israel, donde sería juzgado. Se despidió a la americana, estrechándome contra sí con una afectuosa palmada en la espalda.

—Yo quería mucho a sus padres, ¿sabe? —repitió, antes de soltar una carcajada.

Al final del día, mientras me ataba el cinturón respondiendo distraídamente a la afable sonrisa de una hermosa pasajera que viajaba a mi lado, me sentí incómodo y nervioso. Las fronteras entre el bien y el mal me parecían más imprecisas que nunca. La vida me vapuleaba a su antojo. No estaba seguro de que en algún momento pudiera recuperar el control.

Zona de ocupación soviética, octubre de 1944

A Johann lo trasladaron a Oranienburg-Sachsenhausen, el prototipo de los campos nazis. Desde su llegada, sufrió buena parte de las torturas favoritas de los SS. Le ordenaron que se quitara la ropa. Para vestirse, le entregaron un viejo traje de faena sobre el que habían pintado unas franjas blancas, tanto en las perneras del pantalón como en la camisa. También tuvo que coser encima del torso un triángulo de tela que indicaba su condición de traidor a la patria. Recibió unos zuecos de suela de madera.

Por haber hecho mal la cama, un jergón que era imposible dejar bien liso, empezó pasando un mes en una celda de aislamiento sin luz. Allí, durante doce de las veinticuatro horas del día, no podía ni sentarse ni acostarse. En ese espacio minúsculo, no disponía de sitio ni para dar un paso. Lo único que podía hacer era alternar el apoyo del cuerpo de un pie a otro subiendo las rodillas, para activar la circulación de la sangre e impedir que se le helaran las extremidades. Procuraba no perder la noción del tiempo. Dedujo que las tres visitas del vigilante contaban por un día y que el largo espacio de tiempo que mediaba entre ellas equivalía a una noche. Al cabo de veintiocho días a oscuras, cometió el error de rebelarse. Durante cuatro comidas seguidas, le habían servido la misma rata muerta. Cuando el *kapo* le llevó el roedor por quinta vez, Johann se abalanzó sobre él para meterle al animal muerto en la boca. Delante de los demás presos, lo ataron desnudo al «Bock», un caballo de tortura. Un SS descargó sobre él veinticinco bastonazos, hasta dejarle las nalgas reducidas a una masa sanguinolenta. Ernst, un resistente comunista que llevaba tres años allí, lo ayudó a curarse con los envoltorios de margarina que conservaba como oro en paño.

—Debes de gozar de alguna protección —le había dicho—. Por menos, a mí ya me habrían fusilado. La paliza es el castigo más ligero que administran...

Efectivamente, Johann debía de ser efectivamente un caso especial, sujeto a consignas específicas, porque, después de aquella tunda, no volvió a la celda de aislamiento, sino que lo destinaron a un taller. Allí debía descoser ropa y zapatos durante dieciséis horas al día: el objetivo era localizar posibles tesoros. Johann comprendió que aquellas prendas pertenecían a prisioneros despojados de todo, tal vez ejecutados. Las prendas eran tantas que se quedó sobrecogido. A menudo encontraba en los bolsillos de los abrigos, chaquetas y pantalones, fotos de mujeres y de niños que le sonreían. El corazón se le encogía pensando en todas aquellas vidas rotas. Pensaba en Luisa, en el bebé... Rezaba por que estuvieran sanos y salvos. A veces, oculto en un forro o en la suela de un zapato, encontraba un anillo o una cadena de oro, una pequeña piedra preciosa o unos billetes. Los objetos íntimos como los mechones de cabello o los mensajes de amor hicieron que se diera cuenta del horror. Al amparo de Peenemünde, no había sospechado su magnitud. Sí, había sido un privilegiado. Para él, la guerra no había pasado de ser una realidad abstracta, la vaga justificación de sus investigaciones; en ningún caso, ese monstruo que le destruía la carne, el alma y el cerebro. Aquello que lo convertía en una bestia herida y embrutecida.

—Uno cree que ha tocado fondo, que está de vuelta de todo, pero no es más que el principio. Con ellos, siempre hay algo peor —le había confiado Ernst.

Tenía razón. Johann se había dado cuenta. Aún lo percibió de forma más cruenta cuando, al cabo de unas semanas, los extenuados presos tuvieron que evacuar el campo. Durante doce días fueron víctimas de todo el salvajismo que aquellos hombres ejercían sobre los seres que tenían a su cargo. Cierta mañana, concentraron a los presos en la explanada central del campo. Los guardias anunciaron que iban a trasladarlos a otro lugar. Sin autorizarlos a ir a recoger sus pertenencias, levantaron las barreras, abrieron las puertas: al poco rato, no quedó ni un alma en el campo. Ya desde las primeras horas de marcha, a los prisioneros que no lograban mantener el ritmo los abatían de un tiro en la nuca y abandonaban sus cadáveres. Así ocurrió en Nassenheide y en Sommerfeld. La abominación se repitió en Herzberg, en Alt Ruppin y en Neuruppin, donde fueron ejecutadas noventa y cinco personas, igual que en Herzsprung, donde hubo un número equivalente de víctimas.

Johann se empeñó en sostener a Ernst, pero aquel camarada que había resistido durante tanto tiempo las inconcebibles condiciones de vida del campo había contraído la disentería. Al cabo de una decena de kilómetros, en el límite de sus fuerzas, rogó a Johann que lo dejara allí. Él quiso arrastrarlo igualmente, pero su amigo se soltó, renunciando a luchar. Unos minutos después, Johann oyó el sonido de un disparo. Siguió caminando, sofocando la rabia y la pena. La vergüenza por no haber podido salvarlo, la duda de si había hecho todo lo posible, lo corroían por dentro.

A lo largo de ese calvario, algunos actos de generosidad permitieron resistir a algunos, seguir caminando sin sucumbir a los golpes. Los presos conformaban racimos humanos: una sola carne que sufría el mismo dolor y que protegía en el centro a los más débiles; entre un gran sufrimiento, trataban de avanzar para vivir un poco más.

Los cuerpos encogidos jalonaban las cunetas. La sed era aún peor que el hambre o el frío. Sus andrajos empapados hacían que la sensación todavía fuera más terrible. Al cabo de cuatro días, llegaron a un campo provisional, situado en plena campiña. Aunque estaba cercado de alambradas, lo que lo delimitaban eran los disparos de los SS. En el interior de ese cuadrado infernal de unas treinta hectáreas, la ley del más fuerte y el hambre voraz acabarían por abocar a aquellos desdichados a luchas sórdidas y actos de demencia. Allí se pisoteaba a fondo la dignidad humana. Los casos de antropofagia se multiplicaron en las inmediaciones de las fosas comunes; había otros que arrancaban la hierba, los dientes de león y las ortigas. Las hojas de los árboles que quedaban al alcance de las manos habían sido consumidas y la corteza arrancada hasta dos metros y medio de altura, tanto para servir de alimento como de combustible para calentarse. Después empezaron a raspar la propia madera para utilizarla como una especie de pasta que masticar. El río que habría podido saciar la sed de los prisioneros estaba tan contaminado de excrementos que quienes se dejaron tentar por sus aguas murieron. Solo había un pozo que ofrecía agua potable, porque accedía directamente a una capa freática. Estaba custodiado por los SS: acercarse a él suponía jugarse la vida a cara o cruz. Una noche, hubo un milagro con la llegada de una decena de camiones de la Cruz Roja. Los acogieron con gritos de alegría, pero había un paquete para cada tres hombres y la distribución de las raciones de comida generó nuevas escenas de barbarie. Los más afortunados se aislaron con unas cuantas tortas o galletas, pero con aquel grado de agotamiento y deshidratación, era difícil engullir esos alimentos secos, que se pegaban a la lengua y al paladar.

Al día siguiente, reanudaron la marcha. Los presos volvieron a dejar tras de sí a muchos de los suyos, que se habían acurrucado en el suelo envueltos con su manta y no se habían vuelto a levantar. Cada paso suponía un sufrimiento atroz. Aun así, persistían, convencidos de que al final de aquel camino se les presentarían dos alternativas: la muerte o la liberación. Dos días después, se produjo un segundo milagro, auténtico esa vez, en el bosque de Raben Steinfeld, donde el convoy topó con los soviéticos. El final del calvario de los prisioneros se desarrolló en silencio. Las víctimas estaban tan cansadas y famélicas que no tuvieron ni fuerzas para regocijarse. Su alivio, infinito y mudo, estaba poblado por los miles de sombras de sus hermanos desaparecidos. En ese momento, Johann se atrevió por fin a sentarse sin temor a la bala de los asesinos. En su interior, dio las gracias a Luisa por haberlo apoyado y protegido. Si había sobrevivido era para encontrarlos, a ella y al bebé.

Pasaron una semana en aquel mismo lugar. Johann no supo jamás cómo los soviéticos lograron identificarlo. Había miles de víctimas vestidas con los mismos harapos, luciendo la misma cara demacrada, el mismo torso descarnado y huesudo; sin embargo, lo localizaron. Los servicios secretos rusos debían de haber elaborado una lista de los científicos que trabajaban en Peenemünde. Cuando los soldados del Ejército Rojo se hicieron cargo de los supervivientes de los campos, empezaron a constituir un censo, inscribiendo en interminables listas su nombre, su lugar y fecha de nacimiento, así como su profesión. Johann se limitó a decir que era ingeniero, sin más. Pero eso fue suficiente para alertar a los oficiales rusos, que buscaban con ahínco a los inventores de los misiles V2.

Antes de presentarle a Serguéi Korolev, lo interrogaron varios responsables. Aquel científico superdotado se había trasladado a Alemania por orden de Stalin para recopilar toda la documentación y el mayor material posible sobre los V2. Desde muy joven, había comprendido, al igual que Von Braun, el inmenso potencial del carburante líquido para la propulsión de los motores espaciales. En poco tiempo, pasó a dirigir el centro de investigación consagrado a los cohetes. Sus trabajos quedaron reducidos a cenizas a causa de las purgas políticas. Korolev acababa de cumplir siete años de prisión; aunque tan solo tenía treinta y ocho años, aparentaba unos cincuenta. Era un hombre corpulento y de facciones agradables, a pesar de que no sonreía jamás. Había perdido la primera parte de los dientes después de que le partieran la mandíbula en un interrogatorio. El escorbuto contraído en la Kolyma, el peor penal de la Unión Soviética, había dado cuenta del resto de su dentadura. Aunque oficialmente estaba considerado como un enemigo del pueblo, Korolev volvía a trabajar al servicio del país. Stalin acababa de emprender un ambicioso programa de desarrollo de misiles balísticos y no podía prescindir de un experto tan valioso. Los alemanes les llevaban diez años de ventaja a los soviéticos. Los V2 fascinaban a los científicos y militares del mundo entero. Stalin quería hacerse con aquella tecnología fuera como fuera. Hasta el momento, las gestiones de Serguéi Korolev habían resultado infructuosas. El descubrimiento de Johann Zilch, uno de los más estrechos colaboradores de Von Braun, en la zona controlada por el Ejército Rojo, era un increíble golpe de suerte.

Zilch formaba parte del equipo alemán que había lanzado los primeros misiles. Pese a no haber superado los 3,5 kilómetros de altura, aquellos juguetes de un metro sesenta de largo y setenta kilos de peso, conocidos con los cariñosos apodos de Max y Moritz, constituían una gran promesa de futuro. Johann había participado en cada etapa y en cada versión de los cohetes, cuyo perfeccionamiento había permitido bombardear Londres desde el continente. Era un hombre muy valioso.

Korolev, que estaba igual de obsesionado que Von Braun con las estrellas, le hizo una propuesta que el prisionero no estuvo en condiciones de rechazar. Cuando los soviéticos se hicieron cargo de él, las palabras de Ernst, su camarada comunista, resonaron en la cabeza de Johann: «Con ellos, siempre hay algo peor». No estaba seguro de que su situación fuera a mejorar cambiando de manos.

Manhattan, 1971

Había que salir de aquella situación cuanto antes. Donna se encargó de contactar con los mejores despachos de detectives privados del país. Yo contraté a cinco agentes que actuarían bajo la dirección de un tal Tom Exley, un antiguo miembro de la Criminal que había montado su empresa de investigación y cuya eficacia me había elogiado el jefe de la policía de Nueva York. También volví a ver a Dane. Rebecca me convenció de que él y su red eran los más indicados para resolver el rompecabezas de mis orígenes. Nuestra entrevista fue glacial, pero productiva.

A mí me daba igual que me apreciara o no; no hice ningún esfuerzo por mostrarme agradable, con excepción del cheque de cien mil dólares que firmé en favor de su asociación de hijos de deportados. Cogió el trozo de papel entre el índice y el pulgar, con expresión de repugnancia. Se lo guardó en el bolsillo sin darme las gracias. Rebecca, que se percató de mi repentina palidez, se apresuró a acompañar a su amigo a la puerta mientras Marcus me servía un whisky. Mi socio no era nada partidario de los métodos que utilizaba Dane. Pese al horror que le inspiraban los crímenes cometidos durante la guerra y la complicidad del Gobierno de Estados Unidos en borrarlos, que un individuo, aun siendo primo, hijo, hermano o amigo de las víctimas de la *shoah*, se arrogara el derecho de juzgar y castigar a otras personas le parecía una vía peligrosa. Yo, por mi parte, comprendía a Dane y a Rebecca. La venganza siempre es la forma más segura de justicia. Hasta entonces, solo la había practicado en el marco de nuestros negocios. Y nunca había sufrido una ofensa lo bastante grave como para franquear la línea amarilla, pero no estaba seguro de qué reacción habría tenido si alguien le hubiera hecho daño a Rebecca, Lauren, Marcus o mis padres.

—Primero das la impresión de haber superado el *shock* y de que lo has digerido, pero al cabo de unos días regresas con una manera más que particular de solucionar el problema. La cólera inicial habría sido más fácil de llevar —me dijo Marcus.

Diez días después de las revelaciones de Rebecca, me desperté en plena noche, con una honda convicción. La desperté, hice que se sentara, la besé en las comisuras de los ojos y por toda la cara para ayudarla a despertar.

—¿Qué pasa? —preguntó con voz ronca, rechazando mis demostraciones de afecto—. Aún no es de día... ¿Has tenido una pesadilla?

—Cariño, quiero tener un hijo contigo —le anuncié con entusiasmo.

—¿Cómo has dicho?

—Quiero tener un hijo contigo.

—¡Es demasiado temprano para hablar de esas cosas! De todas maneras, no creo que sea una buena idea...

Con un bostezo, se volvió a acostar de espaldas a mí.

—Claro que es una buena idea —aseguré, incorporándola y acercándola a mí—. Es la mejor idea que podríamos tener.

—Escucha, no es el momento adecuado —zanjó.

—¡Es importante, Rebecca! ¡Te hablo de un hijo, de nuestro hijo!

Comprendió que no había forma de seguir durmiendo. Yo era demasiado monomaniaco para aparcar el asunto y seguir hablando tranquilamente a la hora del desayuno. Con expresión de enfado, me escuchó exponer una ambiciosa teoría que empezaba con la reconciliación de los pueblos y el olvido de las ofensas, pasaba por la fusión de dos seres en uno solo: el más hermoso acto de amor posible. Y terminaba con «quiero un hijo tuyo con unos pliegues blandos y unas manos y unos pies así de grandes. Una niña que tendría tus ojos y tú mismo aspecto adorable...».

—Wern, me estás preocupando... ¿Estás bien? —me interrumpió Rebecca, observándome con atención.

—Estoy muy bien, mejor que nunca. Quiero tener un hijo contigo.

—Pero ¿a qué viene tanta urgencia? ¿Por qué quieres un hijo ahora?

—¡Porque te quiero y porque entre los dos no solo será guapísimo, sino extremadamente inteligente!

—¿No será que quieres atarme, retenerme a tu lado?

—Para nada. Sé perfectamente que nunca conseguirás dejarme —afirmé con mi aplomo habitual—. Es el acto más positivo y hermoso que podemos hacer partiendo de esta situación horrible de la que no somos responsables. Entonces, ¿qué? ¿Qué te parece? —la presioné, dispuesto a encargar el niño enseguida.

—Necesito pintar... La creación y la procreación nunca han sido una buena pareja. Si tenemos un hijo ahora, ya no produciré más cuadros y me habrás maniatado para toda la vida.

—¡No es verdad! No estoy pensando en mí, sino en ti. Mira qué caderas más bonitas tienes —dije, acariciándola—. Y los pechos y el vientre... Estás hecha para dar vida; nunca acabarás de ser una mujer ni una artista mientras no cumplas ese propósito.

—Es de las cosas más machistas que he oído en mi vida. Me dejas sin palabras.

—Y tus teorías feministas están tan faltas de entrañas que te hacen olvidar las verdades esenciales.

Pasamos el resto de la noche peleándonos. Rebecca estaba

furiosa, igual que yo. Al final, se llevó la almohada y una manta a su taller para aislarse. Quise seguirla, pero me dio con la puerta en las narices y se encerró con llave. Me volví a acostar, sin lograr conciliar el sueño. Aquella idea se había adueñado de mí. Transcurrió una semana sin que pudiera desprenderme de ella. Le repetí cincuenta veces al día que quería tener un hijo con ella. Sin darme cuenta, ponía las manos en su vientre plano como si yo fuera su propietario. Ella me rechazaba sin miramientos.

De repente, las mujeres embarazadas me parecían dotadas de todas las gracias y las miraba igual de deslumbrado que si me hubiera topado con la Virgen María. Aquella actitud despertaba los celos de Rebecca. Marcus no quiso tomar partido. Aunque tampoco se atrevía a intervenir, Lauren no comprendía las reticencias de mi novia. ¡Mi hermana habría deseado tanto que un hombre la quisiera hasta el punto de tener un hijo con ella! Ninguno le había dejado tiempo suficiente para abordar el tema. Lauren pasaba de una aventura a otra, sin retener ningún amante. Ellos aceptaban, a lo sumo, darle placer, cuando no buscaban exclusivamente recibirlo de su parte. Lauren era incapaz de obrar de manera calculadora o con una estrategia. Por más que le explicara que podía aspirar a más y que, para atraer a los hombres que merecían la pena, debía ser más caprichosa y no entregarse sin pedir nada a cambio, ella obedecía a su naturaleza generosa. Yo le había expuesto mi teoría de la inversión: cuanto más tiempo o dinero invierte un hombre en una mujer, más sale perdiendo si la deja. A Lauren le parecía atroz aquella manera de enfocar los sentimientos; en eso coincidía con Marcus. Según él, los hombres que se acercaban a Lauren eran unos fracasados que no estaban a su altura; ninguno de nuestros amigos le parecía digno de ella cuando yo trataba de buscarle una pareja.

La sinceridad de Lauren se volvió una vez más en su contra cuando Rebecca le preguntó acerca de su opinión, buscando apoyo. Mi hermana dio rienda suelta a su entusiasmo. ¡Tener un hijo era algo formidable! ¿Cómo era posible que dudara ni un segundo? Ella sería la madrina; Marcus, el padrino. ¡Mi hermana cuidaría de él, por supuesto! Rebecca podía seguir pintando... Y, además, los bebés son tan bonitos, tan buenos, tan dulces... De todas maneras, con unos padres como nosotros, ese niño sería maravilloso. La verdad era que soñaba con su llegada. Él traería vida y risas a la casa. Lo llevaríamos a todas partes, jugaría con *Shakespeare*... Las palabras y la expresión de alborozo de Lauren dejaron descompuesta a Rebecca: era como si el mundo entero se confabulara contra ella. Sintiéndose incomprendida, se refugió en el trabajo y comenzó una serie de cuadros que representaban a mujeres acosadas por vampiros. Unos días después, se puso furiosa cuando, al mirar sus obras, Lauren tuvo la imprudencia de preguntarle que si era así como veía a los niños, como seres que chupaban la sangre a sus madres. Rebecca se marchó, furiosa, estuvo fuera todo el día y no abrió la boca durante la cena.

Miguel, impaciente, desbordó el vaso de su paciencia al regalarle un abecedario que había bordado durante la semana.

—El señor Zilch me ha anunciado la gran noticia —dijo—. ¡Felicidades, señorita Rebecca!

Ella le devolvió el abecedario con brusquedad: no era verdad que fuéramos a tener un hijo. Luego precisó que yo tenía la mala costumbre de confundir mis deseos con la realidad, pasando por alto que para tener un hijo se necesitan dos personas y que ambas deben desearlo. Y esa condición no se daba.

Ese mismo día, volví con actitud triunfal de la oficina, cargado con una decena de peluches en previsión del feliz acontecimiento que Rebecca ni siquiera se había comenzado a plantear. Después de clavarme una mirada glacial, dejó el pincel, se quitó el delantal y, sin decir ni palabra, bajó a acostarse. A partir de ahí, no se despertó más de una hora por día durante las dos semanas siguientes. Despechado, empecé a trabajar el doble. Llegaba después de la cena y me volvía a marchar antes del desayuno: durante esas dos semanas, Lauren y Marcus comían y pasaban las veladas los dos solos.

No veía la actitud de Rebecca como una negativa a tener un hijo, sino a tenerlo conmigo. Eso hacía que me sintiera fatal. Era como si me estampara la marca de la sospecha, como si, en alguna parte de mi cuerpo, en apariencia sano, se ocultara una grave enfermedad o una demencia. Durante aquellos años, había logrado convencerme de que escribía sobre una página en blanco, de que la incógnita de mis orígenes me permitía iniciar una historia totalmente nueva y libre. Un pasado que no había deseado había surgido para demoler, en cuestión de unas horas, aquel edificio que había erigido pacientemente. Había sido justo la mujer de mi vida quien le había propinado el primer golpe. Desde entonces, parecía que no hacía más que obstinarse en destruir la poca confianza que me quedaba.

Manhattan, 1972

A *Shakespeare* le afectó mucho la marcha de Rebecca. Su madre había salido por fin del instituto del doctor Nars. Para acompañarla en su convalecencia, Nathan Lynch le había pedido a su hija que volviera durante unas semanas «a casa». Aquella expresión en boca de Rebecca me sacaba de mis casillas. Me dijo que solo sería temporal. Me prometió que me llamaría todas las noches, y así lo hizo. Sin embargo, aquella separación me recordaba demasiado a cuando había desaparecido.

Así pues, no podía tomármelo con calma. Sumada a los conflictos que habíamos tenido últimamente, su ausencia socavaba aún más la falla que, poco a poco, se abría entre nosotros. Hasta mi perro notaba que la decisión de Becca no era tan intrascendente como ella decía. Se marchó una mañana. Dejó sus cosas, pero sabía que aquello no bastaría para que volviera en caso de que se torcieran las cosas.

En el dintel de la puerta, *Shakespeare* le dio la espalda y no quiso dejarse acariciar. Lauren y Marcus también parecían inquietos. El grupo se había quedado cojo; por más que fingiéramos que nada había cambiado, el equilibrio de la casa se resentía. *Shakespeare* perdió el apetito. Ya no corría detrás de las palomas en la terraza. Ya no ladraba al gato de la casa de al lado, que se paseaba a sus anchas por el patio del sótano. Ya no ofrecía la barriga para que se la rascara a cualquier desconocido que se interesara por él. *Shakespeare*, tan aficionado a dar largos paseos con nosotros, ahora prefería quedarse, cabizbajo, en casa. Un día, Miguel se dio cuenta de que había robado un chándal de Rebecca y se lo había llevado a su caseta. Intentó quitárselo, pero él se mostró tan intimidante que desistió. Cuando volvían Marcus y Lauren, en lugar de abalanzarse sobre ellos, solo movía un poco la cola y se volvía a acostar. Y yo…, bueno, había caído en desgracia a sus ojos. Ya no reaccionaba cuando lo llamaba. Si me ponía autoritario, acababa por obedecer a mis órdenes, pero con una mirada cargada de reproche.

—¡Yo he hecho lo que he podido, hombre! —trataba de defenderme—. Si ella no quiere estar con nosotros, no hay nada que hacer. ¿Te crees que es fácil? Yo también estoy triste, pero tampoco la podía encerrar. Y si no me quiere lo bastante para tener un hijo, ¿qué quieres que te diga?

Shakespeare se volvía a acostar, dejándome con la palabra en la boca, como una esposa que rehúye conversar con su marido. Nadie me hacía demostraciones de afecto por aquel entonces. Por teléfono, Becca parecía distante. Yo le pedía cada noche que volviera a casa, pero me decía que no era posible, que su madre no estaba bien.

La pesadilla de mi nacimiento volvió a turbar mis noches. Pese a que después de la revelación de Von Braun creí haberme librado de ella, en realidad se volvió más intensa que nunca. Veo correr y caer a una mujer rubia, muy guapa, que ahora sé que es mi madre. Luego queda brutalmente tumbada de espaldas. Me siento aspirado por sus ojos. El amor inmenso que advierto en ellos me tranquiliza y me aterroriza al mismo tiempo. Y es que siento que lo voy a perder. De nuevo, cambio de decorado. La materia roja y aquel sonido envolvente regresan; con ellos, el estruendo y los gritos. Ahora soy uno de los soldados que intentaron salvarla. Lloro. No sé cómo ayudarla. Mi madre está tumbada sobre una mesa, con el abultado vientre cubierto con una sábana empapada de sangre. Tiene la cabeza vuelta hacia la pared. Me acerco para besarla por última vez. Posando los dedos en su frente, hago girar la cara helada hacia mí y me pongo a dar alaridos al reconocer a Rebecca.

Rebecca llevaba dos semanas viviendo en casa de sus padres cuando quedamos para comer en el Tavern on the Greek de Central Park. Ese día hacía sol. Rebecca llevaba un abrigo largo de color gris perla ceñido con un cinturón que le realzaba el talle, un vestido beis y unas botas rojas de tacones altos. Su cabello rubio se levantaba a cada paso. En torno a sus ojos de gata, vi que se había dibujado un cerco oscuro. Hacía tiempo que no la veía tan femenina y sofisticada. Cualquiera habría dicho que me quería reconquistar, cuando en realidad nunca había dejado de estar rendido a sus pies. Estaba magnífica. Me abrazó con fuerza y me dijo que me echaba de menos. De uno y mil modos, me dijo que me quería, pero se negó a regresar a casa.

—¿Es nuevo? —pregunté, abriéndole el abrigo para acariciarle la cintura y las caderas a través del suave tejido de lana del vestido.

—Sí, fuimos de compras con mi madre.

En la mesa, hablamos un poco de todo, evitando los temas conflictivos. Teníamos ganas de estar contentos. No queríamos discutir. Vimos de lejos a Ernie, el brazo derecho del padre de Rebecca, cosa que nos hizo reír, al recordar la primera vez que nos habíamos visto. Aquel tipo me lanzó una mirada hostil, pero sin acercarse. Quien sí se acercó fue Donald Trump, que se detuvo junto a nuestra mesa.

—¡Aquí está la chica más bonita de Manhattan! —exclamó con entusiasmo—. Menuda suerte tienes —añadió, mientras besaba a Rebecca en la mano y la devoraba con la mirada.

Nos invitó a cenar a la semana siguiente, pero Rebecca le dijo que se iba unos días al campo con su madre. Aquello se llevó de un plumazo mi buen humor. Trump nos dejó ahí, como si nada, y fue hacia su mesa, donde lo esperaba una rubia.

—No es muy agradable tener que enterarme de esta forma de que te vas de Nueva York.

—No me voy de Nueva York. Solo voy unos días al campo —precisó Becca, elevando la mirada hacia el cielo.

—¿Cuántos días?

—No sé... Unos diez... Quince tal vez... No lo hemos decidido —respondió con un tono que dejaba entrever que aquel tema la aburría.

—Pero... ¿cuándo piensas volver?

—En cuanto mi madre esté mejor...

—Tu madre no está bien desde hace más de veinte años: no hay motivos para creer que vaya a mejorar —repliqué—. ¿Por qué es imprescindible que estés a su lado ahora?

Permaneció en silencio, parapetada en aquella expresión de tristeza y lasitud que me sacaba de mis casillas. Le dije que creía que me estaba mintiendo.

—¡Tú no eres el único ser humano de este planeta, Wern! Mi familia me necesita. No veo por qué tendría que ser un problema...

Me apresuré a recordarle con toda crudeza por qué representaba un problema. ¿Acaso había olvidado cómo me habían tratado? ¿O su desaparición? ¿Todo lo que no sabía sobre mi padre biológico? ¿El hecho de que se negaba a tener un hijo conmigo?

—¡Ya estamos otra vez con lo mismo!

Ni siquiera tocamos los platos. Dejé un fajo de billetes en la mesa para no tener que esperar a que nos trajeran la cuenta. No quería pelearme con Rebecca delante de testigos, y mucho menos delante de Donald Trump y de Ernie. Una vez fuera, subimos rápidamente el tono. Nos despedimos enfadados. Me alejé por la Quinta Avenida en un estado de nerviosismo terrible. En la oficina, todos se apartaron al verme llegar. En casa, Marcus, Lauren y Miguel también me evitaron, cansados de mis arrebatos y de mis obsesiones.

Por la noche, salí sin ellos. Me reuní con una pandilla con la que estuve de juerga toda la noche. Al igual que la última vez en que Rebecca me había fallado, traté de consolarme con nuevas conquistas. No soportaba que me dejara plantado y tampoco tener que dormir solo. A lo largo de los días siguientes, me las ingenié para tener compañía en la cama. Pese a que eran encantadoras, aquellas chicas no fueron muy bien recibidas por Lauren y *Shakespeare*. Mi perro se mostró intransigente, gruñendo a todas y cada una de mis invitadas: tuve que encerrarlo por lo agresivo que fue con una editora morena con la que salí un tiempo. Ni el propio Marcus, que habría sido capaz de dar conversación hasta a una planta si así lo hubieran exigido las normas de cortesía, estuvo sociable con ellas.

—Tu empeño en sustituirla es igual de patético que inútil —me dijo el día en que se lo comenté—. Por lo menos ten la decencia de no imponernos tus sustitutas. Rebecca no es solo tu ex; también es amiga nuestra.

Su actitud me resultaba incomprensible. ¡A fin de cuentas era Rebecca la que se había ido! Esa mujer era imposible... Si uno de ellos tenía las instrucciones para manejarla, habría aceptado con gusto la información. Mientras tanto, buscaba una compañera agradable, con exigencias normales como ir al restaurante, ver a los amigos, salir de fin de semana y comprar joyas; una mujer que tuviera tiempo para mí, que no necesitara estar sonámbula para freírme un huevo y que no torturase a mis amigos con su complicado pasado, con sus revelaciones devastadoras, sus grandes dudas existenciales y sus demonios de artista.

—O sea, que lo que quieres es una empleada, ¿no? —me soltó Lauren—. Una chica a la que pagarías para que se ocupara de ti. ¿Es eso?

—La ventaja con las mujeres que lo quieren a uno por su dinero es que se sabe cómo conservarlas —repliqué con despecho.

Renunciando a obtener la bendición de mi hermana o de mi mejor amigo, decidí ver a aquellas chicas-consuelo fuera de la casa. El hecho de que durmiera en otra parte sin llevarlo conmigo fue como la puntilla para *Shakespeare*, que abandonó la resistencia pasiva para pasar a la acción. Un día en que regresaba de madrugada después de pasar la noche con una encantadora modelo venezolana, encontré en mi cuarto su declaración de guerra. Aparte de orinarse en mi cama y, como era capaz de abrir sin dificultad el armario, había desgarrado metódicamente todos mis calcetines. Incapaz de localizar al culpable, me empeciné en buscarlo, enfurecido. De paso, desperté a toda la casa. Lauren, que tenía un importante examen de acupuntura al cabo de unas horas, salió de la habitación y me arrojó con rabia un libro a la cabeza, clamando que mi egoísmo rebasaba todos los límites. «¡Tú no eres el único ser de este planeta!», me gritó: era lo mismo que había oído de labios de Rebecca. Eso me puso aún más furioso. Marcus apareció con un pijama de rayas azul marino y blanco. Con una ceja enarcada y la mandíbula comprimida, dijo que «esas trifulcas permanentes resultaban, en efecto, muy pesadas». En cuanto a Miguel, que acogía al rebelde, acostado con la cabeza entre las patas, silencioso y resuelto bajo su cama de hierro, no se atrevió a salir de su apartamento.

La actitud de *Shakespeare* me hizo reflexionar. Atribuí la depresión de mi perro a que no tenía compañera y deseaba convertirse en padre: «Tiene cuatro años, el equivalente de treinta años para una persona. Necesita tener hijos».

Manhattan, 1972

Rebecca llevaba fuera ocho interminables semanas cuando el detective privado que había contratado, Tom Exley, me llamó para comunicarme una excelente noticia. Con ayuda de su equipo, había localizado a Marthe Engerer. Mi tía estaba viva y residía en Estados Unidos, concretamente en Luisiana, a unos cuarenta kilómetros de Nueva Orleans. Trabajaba como enfermera a domicilio y vivía con una psiquiatra. Tom ignoraba la naturaleza exacta de su relación; me imaginé a dos viejas solteronas que habían decidido compartir su soledad. A mi memoria regresaron todos aquellos años en que había estado intentando seguir la pista de mis progenitores. Por aquel entonces, imaginaba que la clave del misterio de mi nacimiento se encontraba en algún lugar de Alemania, un país con una lengua y una cultura de las que no sabía nada. ¡Y pensar que, durante todo ese tiempo, lejos de haberse perdido en una Europa desconocida para mí, las respuestas a mis preguntas se encontraban aquí, al final de un simple trayecto en avión!

Tom había conseguido la dirección de Marthe Engerer. Se había desplazado hasta allí y la había podido identificar, pero había preferido no entrar en contacto con ella sin mí, por temor a despertar suspicacias. A fin de cuentas, no teníamos ninguna idea de la función que había desempeñado durante la guerra. Cabía la posibilidad de que no deseara recordar aquellos años. Yo estaba comiendo con Lauren y Marcus cuando recibí la llamada. Cuando les anuncié la noticia, quisieron avisar a Rebecca. Pero me opuse. Me negaba en redondo a arrojarme a sus pies para que viniera con nosotros. Era a ella a quien correspondía dar el primer paso. No quería ceder ni un milímetro.

—Marthe Engerer no te pertenece, Wern. Va a darte información sobre tu padre biológico, pero también puede proyectar luz sobre el pasado de su madre. No puedes excluirla de esa forma —protestó Lauren.

—Te recuerdo que es ella la que se excluye sola —le respondí, al tiempo que le ofrecía un gran pedazo de pollo a *Shakespeare*.

No le perdonaba que hubiera vuelto a elegir a su familia frente a mí. Y aún menos comprendía su silencio. Después de haber desaparecido durante un año, tras haberme jurado amor y fidelidad, ¿cómo podía hacerme eso? Desde la cita que nos dimos para comer, no había tenido noticias de ella, por lo menos de manera directa. Marcus, Lauren e incluso Miguel habían hablado por teléfono con ella por diversas cuestiones de índole práctica, cosa que no hacía más que agravar mi rencor. Se comunicaba con todos los habitantes de la casa, excepto conmigo. Mi hermana y mi mejor amigo se mostraban más indulgentes. En realidad, se lo perdonaban todo. Aquella imparcialidad me sacaba de mis casillas. Deberían haberse puesto de mi lado y negarse a hablar con Rebecca, lejos de aquella falsa equidistancia. Tenían que haberla ignorado para que le entrara la melancolía y regresara. Su deslealtad me dolía. Siempre que me quejaba, Lauren reaccionaba con vehemencia.

—¡No puedes exigirnos que dejemos de querer a Rebecca de la noche a la mañana porque seáis incapaces de comportaros como adultos!

—Lauren tiene razón, Wern —la apoyaba Marcus—. Nuestro afecto por ella no resta el que sentimos por ti…

Tardaron cuarenta y ocho horas en convencerme para que dejara que Rebecca viniera con nosotros a Luisiana. Como me negué a llamarla, Lauren se encargó de ello mientras Donna organizaba la expedición. Debíamos viajar los cuatro, junto con Tom Exley. Una semana antes, el detective llamó a Marthe Engerer haciéndose pasar por un vendedor de material médico y concertó una cita con ella. Aquello nos garantizaba que estaría en su casa el día de nuestra llegada. Tom, Marcus, Lauren y yo salimos juntos de casa. Rebecca fue al aeropuerto por su cuenta.

A juzgar por la mirada que me lanzó al llegar, estaba furiosa, aunque yo no veía por qué. Nos saludamos de lejos, con un breve gesto de la mano, sin siquiera darnos un beso. Contrariado, me fui a buscar la prensa y recorrí las tiendas del aeropuerto en busca de un regalo para Marthe Engerer. Al final opté por una enorme caja de galletas. En el avión, me instalé al lado de Marcus. Protegido por el *Financial Times*, no dije ni mu.

Las tres horas y media de vuelo se me hicieron interminables. Detrás de mí, Rebecca y Lauren parloteaban con una despreocupación que me puso de los nervios. Habría querido que Rebecca me hablara, que me explicara, que me insultase, todo menos que se comportara como si yo no existiera. Marcus trató de distraerme; sin embargo, en vista de que yo solo reaccionaba con onomatopeyas y gruñidos, acabó renunciando y se abstrajo, con expresión concentrada, en la lectura de *Love Story*, de Erich Segal. Desde luego, era hora de que se buscara una novia.

Las azafatas nos sirvieron una bandeja con comida. Como tenía hambre, pedí otra a la más guapa de ellas. Cuando me la trajo, se inclinó hacia mí y me habló en susurros, con las mejillas sonrosadas.

—Le he puesto dos pasteles de chocolate. Si necesita cualquier cosa, no dude en pedírmelo.

A mi espalda, la conversación de las chicas se interrumpió en seco. La irritación de Rebecca resultó palpable. Prolongué aquel diálogo con la azafata, pero mi ex no tardó en reanudar su conversación con Lauren, estropeándome el breve placer que me habían procurado sus celos.

Al bajar del avión, nos recibió un calor húmedo, casi tropical. Como no habíamos facturado maletas, salimos del aeropuerto en cuestión de minutos y nos subimos al microbús rojo chillón que nos estaba esperando. Parecíamos turistas. Detrás de mí, Marcus, Lauren y Rebecca estallaron en carcajadas vete a saber por qué. No entendía que pudieran estar tan alegres y tranquilos. Marthe Engerer iba a responder a las preguntas que me torturaban desde hacía años. Mi futuro, al igual que mi pasado, dependía de aquella entrevista. Tenía el cuerpo revuelto. Sin embargo, mis amigos estaban de broma.

—No entiendo qué os hace reír tanto —estallé—. Todo esto no tiene nada de gracioso.

Mi frase surtió el efecto deseado. Tom Exley se alejó con el pretexto de que tenía que revisar el contrato de alquiler del microbús y nos dejó solos.

—Nos reímos porque estamos contentos de estar juntos, Wern —dijo Rebecca.

—Si ya no estamos juntos, es porque tú lo quisiste así.

—Sabes perfectamente que las cosas no son tan simples —respondió—. Además, has aprovechado bien el tiempo durante mi ausencia…

Lancé una mirada de sospecha a Lauren y a Marcus para saber quién me había delatado. Ambos agacharon la cabeza.

—¿Y qué esperabas? ¿Que me quedara sentado como un angelito esperando a que te dignaras explicar el motivo de tu fuga? —repliqué con rabia.

—¡Empezaste a engañarme una semana después de que me fuera! No se puede considerar que eso sea una muestra de comprensión ni de paciencia. Y no los acuses a ellos

—añadió, mientras yo dirigía una mirada amenazadora a mi hermana y mi supuesto mejor amigo—. Tú querías que me enterase y me enteré.

—No soy tu sirviente, Rebecca. No tengo por qué esperarte como un perro en su caseta sin que me des ni una explicación. —Ella intentó responder, pero yo la corté—: No quiero mantener esta conversación contigo por enésima vez. Y menos delante de testigos. Tú fuiste la que se marchó, así que atente a las consecuencias.

Me volví hacia Lauren, Marcus y Tom.

—¡Y ahora subid al autobús! ¡Nos vamos de una vez! —les dije con tono agresivo.

Me senté delante. Los demás se repartieron las dos filas de asientos de detrás. Tom conducía. Durante el trayecto, reinó un silencio sepulcral. El aire era asfixiante. Viendo desfilar las calles de Nueva Orleans, tenía la impresión de encontrarme en un país extranjero. Los colgadizos, las galerías de balcones, las plantas que desbordaban las terrazas y las construcciones bajas tenían una apariencia exótica. Fuera de la ciudad, la carretera se adentraba en una selva para después bordear una zona de pantanos en cuyas cenagosas aguas debía de campar toda una fauna oculta. Era como si estuviéramos en Brasil o en cualquier otro país de Sudamérica. Lo único que nos recordaba los Estados Unidos era la radio. Tardamos media hora en llegar a nuestro destino.

Marthe Engerer vivía en un pueblo situado entre Nueva Orleans y Bâton Rouge. En la fachada de madera blanca de su casa sobresalía un largo porche con columnas, acondicionado con dos sillones de mimbre y una mesa de hierro forjado. Las macetas que colgaban del voladizo aportaban una nota de color rosa y blanco. El césped, impecable, completaba la impresión de lugar cuidado y acogedor. Llegábamos justo a la hora. En el autobús, me había concentrado unos minutos para armarme de valor. Mis compañeros guardaban silencio. Marcus se percató de mi nerviosismo.

—Ven, Wern, vayamos primero nosotros dos. —Debí de poner cara de angustia, porque añadió—: No te preocupes. —Me apoyó una mano en la espalda—. Venga, vamos…

Haciendo acopio de fuerzas, recorrí con Marcus los escasos metros que me separaban de mi destino y llamé a la puerta.

—¡Ya voy! —respondió una voz femenina.

Una señora de unos sesenta y pico años abrió la puerta. Llevaba unas gafas rojas y tenía una cabellera ondulada de color castaño claro entreverado de gris y unos ojos pardos que enfocó en mí, examinándome con curiosidad.

—Tenemos cita con Marthe Engerer.

—¡Ah! ¿Por el material médico? ¿Son ustedes? Soy Abigail —se presentó, tendiéndonos la mano—. Marthe está adentro. Pasen… La llamaré para que baje.

Nos condujo al comedor y nos ofreció una limonada, que aceptamos.

—¡Marthe! Ha llegado la gente con quien tenías la cita —anunció al pie de la escalera, antes de irse a la cocina.

Al cabo de unos minutos, Marthe apareció en el umbral. La reconocí de inmediato. Aunque había envejecido, era la mujer de la foto. Marthe reparó primero en Marcus, que estaba sentado justo delante de ella. Luego se fijó en mí. Advertí su titubeo.

—¡Dios mío! —exclamó con un grito ahogado, apoyándose en la jamba de la puerta.

Se llevó la mano al pecho. Abigail, que llegaba con una bandeja cargada de vasos, creyó que se iba a desmayar y se apresuró a sostenerla.

—¿Qué pasa, cariño?

—Es Werner, el hijo de Luisa —explicó ella—. No se imagina lo mucho que se le parece —agregó, dirigiéndose a mí—. Es igual que ella.

—¿Que quién? —pregunté para despejar la duda.

—Que su madre.

Se acercó con paso vacilante y se sentó a mi lado en el sofá, rozándome las piernas con las rodillas. Aquella proximidad me incomodaba, igual que la intensidad con que me observaba. Me pasó una mano por el pelo. No me atreví a moverme.

—Estoy tan contenta de que estés vivo. Eres tan alto, tan guapo… ¡Te pareces tanto a ella!

—Mirando las fotos, tenía la sensación de que me parecía más a Johann —objeté, como si nos conociéramos desde siempre.

—Sí, un poco…, en el porte en general, pero la nariz, la mirada y los pómulos son los de ella.

Me cogió la cara entre las manos y la palpó, como una ciega que quisiera memorizar mis facciones. Aquel contacto me produjo un escalofrío.

—Pensé que no te volvería a ver. Si supieras cuánto tiempo pasé buscándote… Meses, años…

—Habla de usted todos los días —confirmó Abigail.

—Tenía miedo de que te hubiera matado…

—¿Quién me quería matar?

—Kasper, tu tío…

—¿Cómo…? ¿Mi tío quería…?

—Es largo de contar, cariño —respondió Marthe, que empezaba a tratarme con una familiaridad que me resultaba un poco embarazosa—. Te lo explicaré todo. Me imagino que para eso has venido… En cuanto a Kasper, créeme si te digo que ese hombre es, o era, capaz de todo.

Hotel Haus Ingeborg, Alpes Bávaros, 1945

Von Braun jugaba a las cartas con unos colegas en el salón del hotel. Desde que se habían rendido a los norteamericanos, su vida no había cambiado. Habían cambiado tan solo de carceleros: los SS por los GI, igual de disciplinados y puntillosos. Marthe estaba cansada y subió a acostarse. Había anochecido. Las cortinas de su cuarto estaban corridas; las luces, apagadas; aun así, al entrar, percibió de inmediato su presencia. Muerta de miedo, quiso salir. A él le bastó una fracción de segundo para cogerla por el brazo y arrojarla sobre la cama.

—Déjate de tonterías, Marthe. Quiero hablar contigo.

Siempre la había aterrorizado su contundencia. Incluso con un talón enyesado, seguía siendo temible. La joven se incorporó en un lado de la cama. Habría querido conservar la calma, pero por su flanco derecho resbaló un riachuelo helado. Pensó en el cuchillo que llevaba sujeto al muslo. Debía estar segura... ¿Sería capaz de llegar hasta el final? Johann se sentó en el sillón frente a ella. Había recobrado su verdadera voz, aquella que escuchaba en sus pesadillas cada noche.

—Mírame, idiota.

Marthe levantó la vista. En dos semanas, al supuesto Johann se le habían desinflado los párpados tumefactos y un centímetro de cabello comenzaba a tapar las cicatrices de su cráneo.

—Escúchame bien. Sé que tú lo sabes. No vamos a andarnos con mentiras. Entre marido y mujer, eso no vale —apostilló con ironía alargando la pierna sana para subir, con el pie, la falda de Marthe, que retrocedió con brusquedad.

—Sigues siendo una perrilla salvaje.

Le lanzó una mirada lúbrica que incrementó su miedo.

—¿Qué pretendes, Kasper?

—Para de despertar sospechas. Von Braun empieza a mirarme de una manera rara. Quiero irme de Alemania lo antes posible. Los norteamericanos son mi mejor billete de salida y Von Braun va a hacer de agencia de viajes.

—¿Y si no?

—Si no, te quitaré a Werner y no lo volverás a ver más. Soy su tío y tú no eres nada para él. Hasta Von Braun lo reconocería llegado el caso. La familia es algo sagrado.

Marthe encajó el golpe. Kasper había comprendido el afecto que la unía a Werner. Sabía que aquella era la manera idónea de dominarla.

—¿Y si no? —preguntó.

—No tienes alternativa. Si consigues hilar dos pensamientos coherentes en esa cabeza hueca, verás que vas a salir ganando. Puesto que soy oficialmente Johann Zilch, tú no tienes más que convertirte en Luisa. Tú hablas inglés. Siempre soñaste con ir a ese país de degenerados. Las enfermeras encuentran trabajo en todas partes. También puedes encontrar a un viejo con quien casarte que os mantendrá a ti y al niño. A mí no me interesa Werner. Si haces lo que te digo, te dejaré tranquila…

En vista de que Marthe tardaba en responder, agitó un puño.

—¿Lo has entendido? —dijo, con la mandíbula y la voz deformadas.

—Lo he entendido —confirmó ella.

Kasper se levantó. Marthe volvió a sentir aquella tensión. Tras rodear la cama, él se encaminó a la puerta. Ella se desplazaba al mismo tiempo que su marido para mantener, en aquel angosto espacio, la mayor distancia posible entre ambos. Cuando él apoyó la mano en el picaporte, dijo aquello que le estaba quemando en los labios desde el principio:

—Todo el mundo te da por muerto…

—Estar muerto es la mejor manera para poder sobrevivir.

A pesar de que el corazón le iba a mil por hora, Marthe encontró el valor para insistir.

—¿Qué le hiciste a Johann?

—Lo mandé al sitio donde siempre debió estar.

—¿Qué quieres decir?

—Lo has entendido perfectamente.

En cuanto desapareció, Marthe se precipitó hacia la puerta para cerrar con llave. Luego corrió la cómoda delante y se deslizó por la pared, sin fuerza. No sabía cómo librarse de la maldad de Kasper. Debía luchar con denuedo para no ceder al pánico, consciente de que a partir de ese momento iba a tener que calcular con sumo cuidado cada paso, para protegerse a sí misma y al pequeño. Tras darle muchas vueltas al asunto, volvió a desplazar la cómoda, salió al pasillo y fue a buscar a Werner a la habitación de Anke. Permaneció despierta el resto de la noche mirando dormir al niño. A partir de ese momento, pálida y más delgada, Marthe se prestó a fingir una reconciliación. Aunque mantenía a Werner lo más lejos posible de su «padre», se comportaba encantadoramente con él cuando se encontraban en presencia de otra persona. Satisfecho con aquella actitud, Von Braun no se molestó en comprender a qué se debía.

Entre Nueva Orleans y Bâton-Rouge, 1972

Rebecca y Lauren se habían reunido con nosotros. En aquella casa, en cuyo jardín no dejaban de sonar el canto de los pájaros, escuchábamos, tensos y en silencio, el relato de Marthe. Esta evocó la muerte de Luisa, mi madre, y cómo la había salvado un joven soldado. Explicó que me había encontrado en brazos de una desconocida, en la orilla del Elba, donde se habían concentrado miles de supervivientes. Describió su precipitado viaje a través de Alemania en busca de mi padre, Johann. Habló de Peenemünde, de la tendera que las había ayudado a ella y a mi nodriza, del trayecto hacia los Alpes... Sus confidencias llenaban los espacios en blanco que había dejado Von Braun durante la comida en los locales de la NASA. Las piezas del rompecabezas iban encajando unas con otras a toda velocidad.

Escuchando sus palabras, aguardaba el toque de gracia, la falta que marcaría con hierro candente a mis mayores. Rebecca, Marcus y Lauren estaban igual de nerviosos que yo. Abigail, la amiga de Marthe, trataba de relajar el ambiente. Nos servía limonada, que no bebíamos, y nos acercaba platos de galletas de arándano, que no comíamos. Cuando relataba los episodios más tristes de aquella odisea en la Alemania de la guerra, se recolocaba con gesto nervioso las gafas rojas y sacudía el pelo rizado con tristeza. Escrutaba a Marthe con inquietud, pero ella solo tenía ojos para mí. Estaba hablando de su reencuentro con Von Braun cuando, incapaz de esperar más, la interrumpí con brusquedad.

—¿Johann estuvo en Auschwitz?

—¿En Auschwitz? —repitió Marthe—. ¿Y qué habría ido a hacer él allí?

—Formar parte de la organización, ocuparse de los prisioneros… —contesté, por no hacer referencia directa a la cámara de gas, a la tortura, a la violación y a los otros crímenes que se sucedían en mi pensamiento.

—Cariño, tu padre no le habría hecho daño ni a una mosca… Era incapaz. Él era una personal cerebral, un científico. No se adaptaba bien a la realidad. Y, aún menos, al combate…

—Sin embargo, estuvo desaparecido durante una buena parte de la guerra… —intervino Rebecca.

Marthe miró a la joven como si descubriera su presencia. Después de examinarla un momento, con expresión impasible, le respondió.

—A Johann lo detuvo la Gestapo. Si estuvo en Auschwitz, cosa que me sorprendería mucho, habría sido como preso. Aunque no tengo pruebas que presentarle, señorita, sí puedo expresarle mi íntimo convencimiento. Johann está muerto. No volvió a ponerse en contacto con el equipo de Von Braun al terminar la guerra. Estoy en condiciones de afirmar que el hombre que vino con nosotros a Estados Unidos era Kasper. Consiguió hacerse pasar por su hermano y abandonar Alemania antes de que los aliados fueran a pedirle cuentas. Estoy segura. En cuanto a Johann, que en paz descanse, nunca más volví a tener noticias de él.

Se hizo el silencio. Así pues, mi padre biológico no era el monstruo que me había pintado Rebecca. Era muy extraño recibir de manera tan sencilla la solución a un enigma que me torturaba desde hacía años. Marcus, que fue el primero en salir de la estupefacción, se levantó y vino a darme una alegre palmada en la espalda.

—Es una noticia fantástica, Wern —dijo.

—¡Qué alivio! —exclamó Lauren, antes de colgárseme del cuello para estrecharme entre los brazos.

Relajó un instante la presión para volverme a abrazar. Marthe y Abigail nos miraban con asombro, sin comprender el por qué de aquellas repentinas muestras de afecto. Me volví hacia Rebecca, atento a su reacción. Me lanzó una mirada inescrutable. ¿Todavía dudaba? No logré captar lo que pensaba. Seguía lejos, misteriosa y recluida en su mundo. No hizo ademán alguno. Aquello me causó una gran tristeza que me esforcé en disimular. Había albergado la esperanza de que aquellas palabras bastaran para absolverme, para detener el movimiento tectónico que no paraba de alejar a Rebecca de mí. Entonces comprendí que las cosas eran más complicadas, como ocurría siempre con ella. Marthe retomó el hilo de su relato.

—Llegamos a Fort Bliss en enero de 1946. Yo acompañaba a un centenar de científicos nazis. Eran pocos los que habían podido llevar a sus familias, que debían reunirse con ellos más tarde. Yo había podido formar parte de ese primer grupo, casi exclusivamente compuesto de hombres, porque Von Braun se consideraba tu padrino y no quería dejarte en Alemania. Había aceptado que me hiciera pasar por Luisa, tu madre, y había realizado las gestiones necesarias para que pudiera acompañarlos. Tú te portaste muy bien durante la travesía. El mar estaba un poco agitado. No tuviste mareos, a diferencia de la mayoría de los adultos; comías sin protestar y dormías como un ángel, incluso cuando había olas de varios metros de altura y yo creía que había llegado nuestra hora. En Texas, el calor no pareció afectarte. Tenías una resistencia impresionante para un niño tan pequeño.

»En la base de Fort Bliss, nos llevaron a unos barracones que debían ser temporales, pero que resultaron ser permanentes. Yo estaba alojada contigo en el mismo bungaló que Von Braun, porque disponía de dos habitaciones en lugar de una. Una simple plancha metálica nos servía de techo. Sin otro aislamiento que esa chapa, que se calentaba como la resistencia de una tostadora de pan, el sol de Texas hacía subir la temperatura hasta los cuarenta y cinco grados. Tú te pasabas el día dentro de una bañera, debajo de las aspas perezosas de un viejo ventilador. Vivíamos en una suerte de autarquía. Legalmente, no existíamos. Al no poder trabajar, los hombres se sentían inútiles. Igual que en Baviera, mientras esperaban el final de la guerra, jugaban a las cartas y al ajedrez, fumaban, escuchaban música y mataban como podían el tiempo. Aquellos días eran todos iguales. Kasper era el único que se alegraba de la situación. Mientras el equipo permaneciera mano sobre mano, mientras no pudiera reanudar su labor, su impostura pasaba inadvertida.

»El día en que Von Braun pudiera reemprender sus investigaciones, sin embargo, se haría evidente que Kasper no tenía el menor conocimiento de aeronáutica ni de los V2. Sus colegas comprenderían enseguida que no era Johann. Así pues, Kasper no tenía ninguna prisa de que llegara el momento. Disfrutó de una tregua de casi un año. Aunque, por una parte, le enfurecía no poder salir del campo, por la otra se felicitaba porque se libraba de cualquier represalia.

»En Europa se celebraban los juicios de Núremberg, cuyo desarrollo seguíamos en la prensa estadounidense. Como la mayoría de los científicos no hablaba inglés, me pedían que les tradujera los artículos. A Kasper se le ensombrecía la expresión cuando escuchaba aquellas cosas. Yo no sabía qué había hecho durante la guerra. Nos habíamos separado al inicio del conflicto, justo después de la invasión de Polonia. De todas formas, conocía su temperamento sádico; con solo ver la angustia en su cara cuando, en octubre de 1946, la prensa norteamericana informó de la ejecución de los culpables, comprendí que había sobrepasado muchas líneas. A la espera del momento en que por fin recobraría la libertad, aproveché esos meses de inactividad forzada del equipo para sacarme, en el marco del ejército de Estados Unidos, el diploma de enfermera, puesto que el que había obtenido en Alemania no era válido en Texas.

»A comienzos de 1947, Von Braun recibió la autorización de regresar a Alemania, bajo escolta militar, para casarse con su prima, Maria-Luise von Quirstop. Volvió a Fort Bliss con su esposa y los padres de esta. Yo tuve que cambiar de casa. Von Braun no sabía cómo justificar ante los mandos norteamericanos del campo que yo no viviera con mi «marido», de modo que nos adjudicaron (a tu tío, a ti y a mí) un apartamento de dos dormitorios en uno de los edificios administrativos. Aunque era más cómodo que los barracones, allí estábamos desprotegidos frente a Kasper.

»Volví a vivir un infierno. Debía disimular las marcas de sus golpes, los cortes y los esguinces. Se comportaba igual que al principio de nuestro matrimonio, como si todo fuera bien. En más de una ocasión estuve tentada de irme. Pedí permiso para volver contigo a Alemania, pero no me lo concedieron ni los estadounidenses ni Von Braun. Finalmente, vi una escapatoria cuando autorizaron a Von Braun a volver a trabajar en sus proyectos de cohetes. Aunque no disponía de ningún crédito que pudiera permitirle construir el aparato con el que soñaba, al menos podía avanzar en el plano de la concepción teórica.

»Kasper prefirió adelantarse a los acontecimientos: antes de que lo pillaran en flagrante delito de incompetencia, solicitó abandonar el campo. Evidentemente, era imposible que yo me quedara con Von Braun y menos aún que tú pudieras quedarte conmigo pero sin tu tío. Así pues, una vez más, para que no me separasen de ti, tuve que someterme al yugo de Kasper. Él justificó su marcha alegando las secuelas de su amnesia. Las torturas que había padecido habían causado estragos en su memoria científica, les aseguró a sus colegas. Con lágrimas en los ojos, porque era muy buen actor, explicó a Von Braun que el hecho de verse disminuido de esa forma le producía una vergüenza y un sufrimiento intolerables. Pidió permiso para buscar un trabajo y marcharse. Von Braun lo ayudó a conseguir papeles para los tres y a encontrar un empleo en Sanomoth, una sociedad especializada en productos fitosanitarios.

«Por fin el destino parecía sonreírme. Aquello era el inicio de una nueva vida. Kasper se iría por su lado, y yo me iría por el mío contigo, de acuerdo con la promesa que me había hecho en Alemania y que después había repetido en varias ocasiones. No tenía motivos para dudar. Tú le inspirabas una franca aversión, porque eras el hijo de su hermano, a quien consideraba un enemigo jurado. Por mí, no sentía más que desprecio. Aun así, no bajaba la guardia. Tenía miedo de todo. Por precaución, había bordado en todas tus prendas de ropa las últimas voluntades de Luisa: «Este niño se llama Werner Zilch. No le cambien el nombre, es el último de los nuestros». Había escrito tu historia en dos páginas, en dos ejemplares que cosí en los forros de tus chaquetas. Por si, por desgracia, Kasper conseguía separarnos, había incluido mi nombre y la manera de localizarme a través de la enfermera con quien seguí la formación en Fort Bliss, así como los datos de Von Braun y de la secretaria del comandante Hamill, de quien me había hecho amiga. No sé qué instinto me impulsó a tomar esas precauciones, porque en aquella época estaba convencida de que Kasper estaría encantado de marcharse y dejarnos para siempre. De ese modo, no tendría más que encontrar un trabajo. En Texas no era difícil. El país estaba en pleno crecimiento. Tú pronto tendrías edad para ir a la escuela… Por fin los dos íbamos a emprender una nueva vida. Sabía que a veces la organización no sería fácil, pero estaba impaciente. Por desgracia, las cosas fueron muy distintas de como las había imaginado.

Marthe hizo una pausa para beber un vaso de limonada en medio de un silencio que interrumpió Rebecca:

—Disculpe que le haga esta pregunta, señora, pero ¿por qué no lo denunció? Una vez en Estados Unidos, habría podido revelar que Kasper había usurpado la identidad de su hermano Johann.

Marthe tardó un poco en responder.

—Porque tenía miedo. Miedo de Kasper... físicamente; miedo de Kasper moralmente. Y también temía la reacción de sus colegas. Los tiempos han cambiado mucho, ¿sabe? Hace veinte años, no estaba bien visto que una mujer se opusiera a un hombre. Era mi palabra contra la suya, y mi palabra no valía gran cosa. Aparte, habría sido la mejor manera para que me quitara a Werner. Yo estaba muy unida a ti —precisó—, pero, pese a que Luisa me había confiado tu custodia antes de morir, no tenía ninguna autoridad legal sobre ti. Kasper podía separarnos cuando le viniera en gana. ¿Sabe? —añadió Marthe, mirando a Rebecca—, es fácil encontrar la solución una vez que han pasado los años, pero las decisiones se toman en medio de la niebla del presente.

—¿Cuándo se marchó de Fort Bliss? —le pregunté.

—En mayo de 1948. Von Braun y los del equipo pensaban que iría a instalarme contigo y Kasper cerca de la sede de la empresa de Sanomoth. Sin embargo, en realidad, habíamos previsto separarnos ese mismo día. Yo había encontrado un empleo en el Paso, en un hospital regentado por una comunidad protestante. El director me había ofrecido una habitación en las dependencias, que podía utilizar mientras organizaba mi vida contigo y encontraba una vivienda. Le había explicado que era viuda y que vivía con mi hijo pequeño; se había mostrado muy comprensivo. Como no quería que Kasper supiera adónde íbamos, le había pedido que nos dejara en una dirección falsa en el centro de la ciudad, lo bastante lejos del hospital como para que no nos pudiera localizar. Lo tenía todo previsto, pero cometí el error de creer que se conformaría con obrar según su propio interés. Me olvidé de que era capaz de poner en peligro su bienestar solo porque disfrutaba haciendo daño a los demás. Había subestimado aquella necesidad visceral de destruirme. El mal existe, igual que los sádicos. No hacen falta excusas. Es algo que llevan en su interior. Las heridas que infligen les inspiran placer. Hay que huir de ellos o, si se dispone de medios suficientes, abatirlos. Las personas sensibles tenemos unos límites que para ellos son desconocidos. Yo sabía que no daba la talla para luchar. Había decidido desaparecer contigo sin que él sospechara nada. Por eso no rechacé su invitación a comer. «Será nuestra última comida juntos», había dicho con esa mirada con la que tan bien me sabía ablandar al principio de nuestro matrimonio. Fuimos al Riviera, un restaurante mexicano que acababan de abrir en Doniphan Drive. Le dije que la comida quizá resultara demasiado picante para un niño de dos años y medio, pero Kasper insistió. Nos sentamos a una de las mesas de madera tosca, cerca de la entrada. En la radio, unos mariachis cantaban *La paloma, Viva México* o *Cielito lindo*. Pedimos la comida. Me acuerdo de la camarera que nos trajo los platos. Recuerdo que estuvimos hablando de todo y de nada. Después me dio calor y me sentí mal. Veía la sonrisa de Kasper y su expresión extraña. Parecía estar disfrutando. Las sienes me latían como si se me fuera a partir la cabeza en dos. Apuré de golpe el vaso de zumo de naranja y todo empezó a dar vueltas. Tenía la sensación de haber perdido el control de mi cuerpo. Vi que mi mano cogía el cuchillo de carne de la mesa de al lado. Me acuerdo de la extrañeza que sentí al verla actuar así, al margen de mi voluntad. A partir de ahí, nada. Un agujero negro, el vacío…

Marthe hizo otra pausa. Estaba pálida.

—¿Prefieres que se lo cuente yo? —propuso su amiga.

Abigail pasó la mano sobre la frente de Marthe. Me sorprendía la armonía que había entre aquellas dos mujeres. La ternura que había entre las dos resultaba más que evidente.

—No, no te preocupes —respondió Marthe con una sonrisa un poco trémula. Se levantó—. Solo necesito tomar el aire un momento… Ahora vuelvo.

Por la ventana del comedor, la vimos dirigirse al banco circular que rodeaba el tronco de un imponente árbol cubierto de flores blancas y carnosas. Cuando se sentó, me levanté para ir con ella, pero Abigail me contuvo.

—Déjela sola un momento. Enseguida volverá. Mientras tanto ¿quieren comer algo? —preguntó.

Todos asentimos. Lauren propuso ayudar a Abigail y la acompañó. Marcus y Tom también quisieron participar, pero ella dijo que la cocina era demasiado pequeña para cuatro personas. Rebecca, evidentemente, no movió un dedo. Permanecimos en silencio. Sin que ella se diera cuenta, miré su reflejo en uno de los cristales. Parecía pensativa… y era tan hermosa… Sin embargo, no bastaba con aquello para borrar todo lo demás. Estaba resentido con ella. No sabía si podría perdonarla algún día.

Entre Nueva Orleans y Bâton-Rouge, 1972

Sentada en su jardín, Marthe trataba de recobrar el control de sus emociones. Desde luego que le alegraba ver el magnífico joven en que se había convertido Werner. Pero también sentía pesar. ¡Todo aquello quedaba tan lejos! Alemania, Silesia, su juventud, la guerra... Rememoró las comidas de familia en el amplio comedor de los Zilch, donde, después de discutir de política, los dos hermanos llegaban a las manos. Kasper había sido un nazi de la primera hornada. Se acordaba de la violencia de sus afirmaciones, de su odio hacia los judíos, los negros, las mujeres, los burgueses, los pobres y toda persona que no fuera él mismo. Nadie quedaba a cubierto de sus críticas. Con la cara crispada, se dejaba llevar por las palabras, embriagado por su propia dureza. Eso le daba la sensación de ser fuerte, de ser lúcido. Se jactaba de decir en voz alta lo que los otros pensaban para sí, escupiendo sus comparaciones degradantes y sus discursos darwinianos.

Kasper disfrutaba con aquellas transgresiones. Calibraba su potencia en función de su capacidad de destrucción. Incluso sus manías iban en ese mismo sentido: tenía la horripilante costumbre de cortar a trozos los tapones de botella y de transformar en confeti los papeles que le caían en las manos. En los demás, buscaba desde el principio el punto débil o el detalle del que burlarse. Para Kasper, la vida no era más que un pulso permanente. Cuando Johann hablaba de bondad, Kasper soltaba un bufido de desprecio y esgrimía la única cita de Nietzsche que conocía: «Para el fuerte, no hay nada más peligroso que la piedad». Otros días, Kasper aludía a Hegel, cuyos textos no había leído nunca, caricaturizando la dialéctica del amo y el esclavo.

Una persona menos compleja que Johann se habría rebelado con mayor contundencia contra el régimen nazi, pero él estaba absorto en sus investigaciones científicas y apenas se interesaba por lo que estaba agitando su país. Su sueño de llegar a construir un cohete espacial le había servido, desde la infancia, de protección contra Kasper y contra el mundo. Refugiado en la sala de los archivos, en el segundo piso de la casa, transformaba la realidad en ecuaciones para tener la impresión de que la dominaba. En la época en que Hitler emprendió su fulgurante ascensión, Johann solo opuso resistencia a su hermano. A Luisa aún le preocupaban menos que a su marido aquellas cuestiones. Estaba enamorada: eso lo era todo. No entendía nada de política y se apresuraba a tratar de distraer a los hermanos cuando empezaban a hablar de esas cosas. Kasper la reprendía con una brutalidad asombrosa. Johann defendía a su mujer y la comida terminaba en una gran pelea.

A fin de cuentas, Marthe había sido la única que había reprobado desde el principio los desmanes del poder nazi. La suya era una indignación primitiva, la de todo ser a quien se pretende rebajar y a quien se le coarta su libertad. También albergaba un feminismo instintivo, del que tomaría conciencia años después: no soportaba la imagen débil de la mujer alemana que la propaganda glorificaba.

Sus opiniones no eran bien recibidas. Su único intento de intervenir en el debate, durante una comida de domingo, se saldó con un violento revés de Kasper que escandalizó a toda la familia Zilch. A Marthe le sorprendieron sus protestas. ¿De veras ignoraban lo que estaba viviendo una vez que cerraba la puerta de su dormitorio? ¿Era posible que aquellas recias paredes de granito de la casona bastaran para sofocar su dolor y su desesperación? La vergüenza le impedía quejarse y confiarse, era cierto, y Kasper procuraba no dejarle marcas en las partes que quedaban al descubierto. Pero, aun así, le costaba creer que sus suegros no se hubieran dado cuenta del calvario que estaba viviendo.

En aquella familia afectuosa y rica, continuadora de un largo linaje de notables e industriales, jamás se había engendrado un personaje tan nefasto como Kasper. Su agresividad constituía un misterio, incluso para sus padres. ¿Cómo explicar la diferencia tan enorme que había entre sus hijos? Los dos hermanos habían recibido toda clase de dones: una buena educación, una salud de hierro, unas facciones magníficas y una inteligencia fuera de lo común que Kasper empleaba para lo peor. Sus privilegios le procuraban un sentimiento de superioridad delirante. Cada vez que se miraba en el espejo se sentía aún más seguro de sí mismo. La raza aria, de la que se consideraba un ejemplar perfecto, era más alta, más fuerte, más rápida y más hermosa. Tenía la sensación de ser un gigante rodeado de enanos. Su arrogancia iba acompañada de los celos enfermizos que le provocaba toda persona susceptible de hacerle sombra, empezando por su hermano. Aquel hermano menor que, con su nacimiento, lo había destronado le hacía perder cualquier noción de la realidad. A Kasper le gustaba reinar. Habría querido ser el único hombre en toda la Tierra. Johann, no obstante, tenía el descaro de ser más brillante en los estudios. También despertaba más afecto. Johann era un niño dócil, amante de la lectura, de los juegos de construcción y, más tarde, de las matemáticas y la física. Kasper era un niño turbulento.

En vista de que su padre, poco aficionado a los conflictos, lo evitaba, Kasper desplazó su atención hacia su madre. No paraba de atormentarla, sin duda porque le costaba disimular su preferencia por su hijo menor. ¿Quién habría podido resistirse a Johann? No tenía ni el narcisismo ni el carácter pendenciero de su hermano. Las disensiones entre ambos resultaban tanto más asombrosas porque, viéndolos juntos, se habría dicho que eran gemelos. Tenían la misma silueta, la misma gracilidad de movimientos, unos ojos casi traslúcidos y un encanto intenso. Tal vez en Kasper había cierta redondez en las facciones, algo de avidez en la boca y cierta negligencia en el porte que, a quien estaba acostumbrado a observarlos, permitía distinguirlos. No obstante, aparte de aquellos pequeños detalles, su parecido era evidente. Cuando la gente insistía en lo parecidos que eran a Kasper se lo llevaban los demonios.

De pequeño, Johann se protegía lo más posible de su hermano mayor; sin embargo, en cuanto hubo alcanzado, en la adolescencia, la talla de Kasper, se sometió a un entrenamiento físico intensivo para responder a cada uno de sus golpes. Después de haber soportado su agresividad durante años, se rebeló. Kasper consideraba a Johann como una prolongación de sí mismo. Que su hermano menor se mostrara independiente lo sacaba de sus casillas.

La casa de los Zilch se convirtió en una suerte de escenario de guerra entre los dos hermanos, que luchaban por un trono imaginario que solo existía en la mente de Kasper. Tras la muerte de sus padres, el acoso se volvió aún más violento. Los vecinos metieron cuchara. Hicieron correr toda clase de rumores acerca de Luisa, sobre todo el de que había sido la amante de Kasper antes de casarse con el hermano menor.

Marthe, que vivía en Berlín por aquella época, preguntó a Luisa al respecto. La joven reconoció que Kasper la había cortejado unos meses antes de que conociera a Johann. Negó con vehemencia haber tenido cualquier contacto físico con el marido de Marthe. Su relación había sido, según afirmaba, platónica. Marthe se extrañó de su propia reacción. Habría tenido que estar celosa de que su marido hubiera podido desear a Luisa, tendría que haberse sentido molesta por no estar al corriente. Pero, en lugar de ello, experimentó un placer inexplicable al pensar en la proximidad que había habido entre Luisa y Kasper. Compartir un hombre con Luisa le procuraba una extraña satisfacción.

El vecindario se mostró menos magnánimo. Los rumores y las humillaciones hicieron que el ambiente se tornara irrespirable. Johann abandonó la propiedad familiar junto con Luisa para unirse al equipo de investigación del joven profesor Von Braun; con su partida, Marthe vio cómo se alejaban los únicos motivos de alegría que, en aquella casona hostil y fría, le habían impedido venirse abajo.

¡Qué difíciles eran de soportar aquellos recuerdos! Los años deberían haber cerrado la herida. Sin embargo, seguía intacta. Una flor de magnolia cayó a sus pies. La cogió con aire distraído, aceptando su fragilidad en el cuenco de la mano. Todavía permaneció un momento bajo el árbol antes de volver. Werner la esperaba en el comedor. No era momento de flaquear.

Entre Nueva Orleans y Bâton-Rouge, 1972

Marthe recuperó su lugar en el sofá y siguió el relato en el punto exacto donde lo había dejado:

—Debí de haber perdido el conocimiento en el restaurante mexicano donde estábamos comiendo tú, yo y Kasper. Cuando me desperté, estaba en una habitación inmaculada. Por un instante, creí que había muerto. Traté de recobrar la conciencia de las cosas. Había una luz que parecía provenir del cielo. De hecho, entraba por una estrecha ventana con barrotes, muy alta. Me di cuenta de que estaba atada a la cama. No podía ni incorporarme ni ponerme siquiera de lado. Me asaltó el pánico. Pedí socorro a gritos. Acudieron dos enfermeras, que me dijeron con aspereza que me calmara. Pregunté dónde estaba. Pedí que me desataran. Pedí que te trajeran. ¿Quién te había cogido? ¿Quién se ocupaba de ti? ¿Por qué estaba encerrada? Como no respondían a mis preguntas, me enfadé. Entonces me pusieron una inyección y volví a perder el conocimiento. Dormí durante horas, días o semanas, no sabría precisarlo. Estaba atontada a causa de los medicamentos. En mis escasos momentos de conciencia, te reclamaba. Las enfermeras me decían que estabas con tu padre y que te encontrabas bien. Pero yo sabía que el mayor peligro que podías correr era estando con Kasper. Sin embargo, mis protestas no servían de nada; al contrario, confirmaban el diagnóstico del equipo médico, que estaba convencido de que era paranoica. Había perdido la noción de todo. Ya no tenía ganas de nada. El tiempo era un espacio en blanco. Mi corazón estaba vacío.

»Una mañana, una de las auxiliares me anunció que el profesor Change me iba a recibir. Para entonces, actuaba con mucho cuidado. Había comprendido que cada palabra podía ser utilizada en mi contra. El profesor fue más amable que su personal. Por fin me explicó la causa de mi encierro. Según me informó, había padecido un ataque de demencia en un restaurante mexicano, cuando estaba con mi marido. Lo había amenazado con un cuchillo, delante de mi hijo, y también había amenazado al personal que había tratado de intervenir. Había costado mucho reducirme. Después, mi marido había decidido que lo mejor era internarme. Me enseñó las cartas de algunos testigos del Riviera, que confirmaban aquella versión. Al leerlas, comprendí que Kasper me había drogado. En los primeros tiempos de nuestro matrimonio, ya se divertía probando con la familia toda clase de productos, cosa que ponía fuera de sí a su padre. Kasper no había renunciado a esos experimentos hasta que lo amenazó con desheredarlo. En todo caso, no dije nada al respecto, consciente de que, si trataba de explicarme con el doctor Change, solo conseguiría agravar mi situación. Me limité a provocar sus dudas. Contuve mi amargura y mi ironía. «¿Mi marido ha venido a verme desde que me ingresaron en su servicio?» El médico sonrió con embarazo. No, no lo había hecho. «¿Ha llamado para preguntar por mí?» Tampoco. «Y dígame, ¿paga las facturas por mi ingreso en este lugar?» «Eso sí, en ese sentido no tiene de qué preocuparse», me aseguró el profesor. «Sí me preocupo un poco, profesor. Querría saber cuándo podré reunirme con mi hijo.»

»Era un hombre bondadoso, transigente. Solo quería asegurarse de que mi estado se estabilizaba, de que no representaba un peligro ni para mi marido, ni para mi hijo, ni para la sociedad. Adopté un aire contrito y modesto. Estaba dispuesta a todo para que me dejaran salir de allí. Me dijo que debía seguir una terapia con una joven muy comprensiva y competente, la primera psiquiatra mujer de aquel lugar. Confiaba en que nos entendiéramos. Acepté: lo más importante era, desde luego, hacer los progresos que se esperaban de mí. Satisfecho con aquella primera entrevista, pidió que me cambiaran de habitación. También se me permitió participar en las actividades cotidianas con los otros enfermos: paseos, labores creativas o limpieza. Al día siguiente, conocí a la psiquiatra. Entonces aún no sabía que me iba a salvar la vida —concluyó Marthe, que miró a Abigail.

—Esa psiquiatra era yo —explicó su compañera—. Enseguida comprendí que había algo que no encajaba en la historia de Marthe. Tardé en ganarme su confianza. Me decía lo que habría querido oír cualquier médico en mi lugar, pero no se abría. Sabía que me ocultaba la verdad. Notaba que tenía miedo. Acabamos congeniando; al final, nos enamoramos. Tuvimos que ser prudentes y hábiles. Conseguí que la dejaran salir; sin embargo, cuando, al cabo de unos meses, el equipo se enteró, no sé cómo, de que vivíamos juntas, me despidieron.

»Algunos colegas intentaron hacer internar de nuevo a Marthe. Alegaban que, al haberme dejado seducir, había perdido la objetividad profesional. Al día siguiente, nos fuimos del Paso y nos vinimos a Luisiana, para protegernos de las posibles complicaciones judiciales que hubieran podido surgir en Texas. Tuvimos que volver a empezar de cero. Yo abrí mi consulta. Marthe encontró un puesto en una empresa de servicio de enfermeras a domicilio. Compramos esta casa, acondicionamos el jardín y construimos una vida que nos gusta. Todo habría sido perfecto si hubiéramos sabido qué había sido de ti, Werner.

—Te busqué por todas partes —aseguró Marthe. Se levantó con brusquedad y fue a la habitación contigua, seguramente su despacho, de donde sacó una gruesa carpeta de cartón—. Son los anuncios que publiqué en la prensa con tu foto, las cartas que envié y las respuestas que recibí. Ninguna de mis gestiones dio resultado. Te habías esfumado, igual que Kasper. Acabé pensando que te había matado y enterrado antes de huir a Argentina, a Chile o a uno de esos países que acogen a individuos como él. Era horrible no saber nada. Sin embargo, el día en que habrías cumplido quince años, renuncié a seguir buscando, tal como Abigail me recomendaba desde hacía tiempo. Tu desaparición me impedía vivir y rehacerme. Tenía que aceptar aquel desenlace. Aunque en lo más profundo de mí me negaba, dejé de buscarte.

Al darse cuenta de que Marthe perdía fuerzas, Abigail nos propuso instalarnos en la mesa. Había preparado una copiosa ensalada de tomate, maíz y pepino, combinada con carne fría. Nos sirvió unas cervezas frescas, que nos sentaron muy bien. Entonces fui yo quien tomó la palabra. Les hablé a Marthe y a Abigail de mi infancia, de mis padres adoptivos, del nacimiento de Lauren, de mi sociedad con Marcus y nuestras primeras operaciones inmobiliarias. Mi hermana participó, aportando una parte de recuerdos. Trajo a colación anécdotas divertidas sobre mi tozudez y mis diabluras de niño que hicieron reír a Marthe y a Abigail. También dijo que Armande y Andrew «me adoraban». Yo recordé que mi madre se pasaba el día gritándome.

—Calla —protestó Lauren—. Sabes perfectamente que haría lo que fuera por ti.

Rebecca no decía nada. Se limitaba a observar atentamente, pasando los platos, con expresión sombría. No alcanzaba a adivinar qué tramaba dentro de su cabecita rubia. Sus pensamientos permanecían a buen recaudo, detrás del cristal irrompible de sus ojos de color amatista. Abigail sirvió un cuenco lleno de nata montada y otro de fresas. Marthe no comía. Estaba ansiosa por saberlo todo de mí, de nosotros. No paraba de hacer preguntas.

—¿Por qué no te pusieron su apellido tus padres? ¿Habían encontrado alguna de mis cartas?

—No... La única carta que deberían haber encontrado estaba dentro del forro de una chaqueta que mi madre lavó, por desgracia.

—¿Con agua? ¡Pero qué ocurrencias! —exclamó, indignada, Marthe, como si aquella metedura de pata hubiera tenido lugar unas horas antes.

—No se dio cuenta del error hasta que descosió el forro. Lo lamentó mucho... —Hice una pausa—. A mí también me dio mucha rabia durante los años que pasé tratando de comprender qué había ocurrido. Mis padres sí se fijaron, en cambio, en la frase que habías bordado en mi ropa... ¿Por qué ponía que yo era «el último de los nuestros»?

—Luisa estaba convencida, con razón, de que Johann estaba muerto —explicó Marthe con tristeza—. Sabía que estaba condenada. Tus abuelos habían fallecido. Desde que tu madre había comprendido el maltrato que me había dado Kasper y que este había abusado de su condición de primogénito para vender la propiedad familiar sin avisar a su hermano, lo consideraba un monstruo indigno de formar parte de la familia. Por mi parte, había recobrado la libertad. En ese sentido, tú eras, tanto para ella como para nosotros, el último de los Zilch...

Me quedé pensativo. Pese a que aquella familia había tenido, por lo visto, su importancia en aquel país del que yo no conocía nada, me costaba hacerme a la idea de que tuviera algún vínculo con ella. Hasta ese momento, aquel apellido que había suscitado tantos interrogantes sin respuesta y burlas me pertenecía solo a mí. Había querido mantenerlo a fuerza de voluntad, para imponerme, para demostrar mi valía, para que me admirasen... De repente, tenía que compartirlo con otros. Me resultaba desagradable estar emparentado con esa familia que, en otro tiempo, había ocupado una posición tan notable. En el fondo, no me gustaba descender de nadie. No me gustaba verme privado de aquella libertad absoluta, que me permitía ser la persona que me viniera en gana.

—Si tuviera que encontrar a Kasper, ¿cómo lo haría? —le preguntó Rebecca a Marthe.

—Ahora que estás aquí —dijo ella, volviéndose hacia mí—, y puesto que estás bien, no tengo ningunas ganas de buscar a Kasper. Si hubiera tenido el menor indicio, habría seguido la pista hace tiempo... Al principio, me presenté en Sanomoth, donde se suponía que trabajaba, pero lo habían trasladado. No conseguí que me dieran ninguna información. Quizás usted tenga más suerte que yo, señorita —añadió, con algo de ironía en la voz.

—Eso espero —contestó Rebecca.

—¿Por qué le preocupa tanto Kasper? —preguntó Marthe, mientras se servía un plato de fresas con nata—. No sacarán nada bueno aproximándose a ese hombre, ¿sabe?

—El SS Zilch fue el verdugo de mi madre en Auschwitz. Puede que usted haya abandonado la idea de vengarse de él, pero yo no renuncio a la justicia. Después de los crímenes que cometió ese sádico, no se puede consentir que siga tomando el sol en Chile o en cualquier otro país de Sudamérica. Mientras exista una mínima posibilidad de que ese desgraciado siga con vida, no pienso renunciar —afirmó Rebecca con un estremecimiento.

—No sabía que hubiera estado en Auschwitz —murmuró Marthe.

—Antes ha dicho que saltaba a la vista que había cosas horribles —le recordó Rebbeca.

—Es verdad... No me atrevo ni a imaginar lo que tuvo que soportar una mujer sobre la cual ejercía un poder absoluto. Lo siento mucho por su madre —dijo Marthe—. Lo siento muchísimo... —repitió.

Aunque no respondió, Rebecca inclinó la cabeza para agradecérselo.

Aeropuerto Kennedy, 1972

Había anochecido cuando aterrizamos. El viaje de regreso fue mejor que el de ida. El calor, la carretera y las montañas rusas emocionales por las que acabábamos de transitar nos habían dejado sin energías, de modo que nos pasamos todo el trayecto durmiendo. Al bajar del avión, noté que me volvía a atenazar la angustia. Rebecca y yo no habíamos cruzado ni una palabra durante todo el día. Ella se iba a ir por un lado y yo por otro. Me parecía inimaginable que fuéramos a acabar así, pero lo cierto era que ella caminaba, con el bolso colgado del hombro, sin dirigirme ni una mirada.

Yo había creído que nuestro distanciamiento se debía tan solo a aquella espada de Damocles que pendía desde hacía meses sobre nosotros. Pese a que ya habíamos aclarado las dudas sobre mis orígenes y de que mi padre había quedado libre de sospecha, Rebecca seguía comportándose igual, como si yo continuara siendo el mismo presunto culpable, el hijo de un culpable declarado. ¿Acaso los momentos que habíamos compartido habían sido un mero espejismo? ¿Habría estado viviendo solo aquella historia mientras ella caminaba ya, sin que yo me diera cuenta, hacia otros lugares?

Su silencio me comía por dentro. Eso hacía que dudara de mí, de mi instinto, de mi perspicacia. Tal vez no había comprendido nada. Y puesto que no me había amado, cabía preguntarse si al menos había disfrutado conmigo. De improviso, me asaltó el temor de que incluso en aquellos momentos íntimos en que la consideraba mía, ya se hubiera estado apartando de mí...

Caminaba tres pasos detrás de ella por la cinta de la terminal, que nos hacía avanzar dos veces más deprisa hacia el momento de separarnos. Nuestro reflejo se deslizaba en los cristales que la oscuridad de afuera transformaba en un espejo. Ella no aminoró el paso ni un instante; tampoco se le ocurrió pararse, volverse y decirme que estaba harta, que estábamos hechos el uno para el otro, que seguiríamos juntos para siempre.

—¿Quieres que te llevemos a casa, Rebecca? —propuso alegremente Lauren, que a veces tenía la sutileza del perro al que tiran una pelota dentro de una cristalería.

—No hace falta... Me está esperando un coche —respondió la exmujer de mi vida—. Si quieres, puedes volver conmigo.

Mi hermana debió de maldecirse para sí. Tenía el don de meterse en líos de toda clase.

—Puedes ir si quieres, Lauren —la animé yo con cara agria.

—No, no, quédate con ellos... —insistió Rebecca, con una sonrisa que significaba—: Si me dejas en la estacada, ya te puedes olvidar de mí.

Estábamos llegando a la zona de aparcamiento de los vehículos privados. Una vez allí, hubo un momento de indecisión que Marcus resolvió con una autoridad y una impaciencia inusitadas en él.

—Lauren, tú vienes conmigo —declaró, cogiéndola por la cintura—. Y vosotros dos vais a volver juntos, porque estamos hasta la coronilla de vuestras peleas. ¡Hace dos meses que nos estáis mareando!

—¿Que os estamos mareando? Qué grosería, Marcus —ironicé, encantado de que aquella intervención de mi mejor amigo me permitiera ganar tiempo.

—No te sienta bien eso de ser grosero —confirmó Rebecca.

—Si al menos os puedo poner de acuerdo en eso, por mí encantado. Mientras tanto, no vamos a seguir en medio de vuestras disputas. ¡Se acabó! *C'est fini!* Puedo repetirlo en media docena de idiomas más, si es necesario. Vámonos, Lauren.

Después de empujar enérgicamente a mi hermana hacia el interior del primer coche reservado, se metió dentro e, indicando con un gesto al chófer que arrancara, nos dejó plantados.

Abrí la puerta del segundo vehículo a Rebecca: un detalle de galantería poco habitual en mí. Ella entró murmurando un «gracias» que no presagiaba nada bueno. Una vez sentado a su lado, pedí al conductor que subiera el cristal de separación para que no oyera nuestra conversación.

—No vale la pena —intervino Rebecca, para no empezar a discutir—. No tenemos nada que decirnos.

—¿Ah, no? ¿No tenemos nada que decirnos?

—Ya no hay nada que discutir. Lo sabes perfectamente.

—¡Pues no, no sé nada de nada! Yo, en todo caso, sí que tengo de lo que discutir. No voy a consentir que te vuelvas a esfumar, envuelta en tus misterios y tus justificaciones esotéricas. Me debes una explicación.

—Sabes perfectamente por qué no van a funcionar las cosas entre nosotros.

—Pues no, no lo sé. Puede que solo soy un pobre macho sin luces, pero no lo veo. No hay nada que desacredite a mi padre biológico. Él no le hizo nada a tu madre. De verdad que no veo que es lo que nos impide ser felices juntos.

—¡Tienes una mala fe increíble! —estalló Rebecca—. El problema nunca fue tu padre, tu tío o algo del pasado de lo que tú no eres responsable, sino lo que hiciste tú. Y también tu temperamento, que nunca conseguiré cambiar. Eres así y no puedes ser de otra manera.

—Pero ¿de qué estás hablando, por Dios? —pregunté, irritado.

—Me engañaste. Y no solo una vez, sino muchas.

—¡Yo no te he engañado nunca! —exclamé, estupefacto.

—Joan, ¿no te suena de nada ese nombre? ¿Vanessa Javel, la editora, tampoco? ¿Y Eva Mankevitch, la psiquiatra? ¿Annabel, mi compañera de clase? ¿Y Sibyl? ¡El colmo! La más idiota de mis primas, un adefesio de otra época. ¡No tendrás la cara de decirme que fue algo fortuito o que estabas enamorado! ¡Y eso sin contar a las camareras, azafatas y madres de familia! Harías el amor hasta con un sillón si le pusieran una peluca. ¡Es insoportable!

Me quedé tan pasmado que no supe qué decir. Rebecca nunca me había dejado entrever que estuviera celosa. Al contrario, su indiferencia me había exasperado alguna vez.

—Pero, Rebecca, ¿por qué no me dijiste nada?

—Si no tienes el suficiente tacto y sensibilidad para entenderlo solo, no puedo vivir contigo.

—¿Cómo quieres que adivine lo que sientes si no me hablas de ello?

—Ayer te hablé.

—¡Hace semanas que me dejaste, sin una palabra de explicación! ¡Ayer fue el primer día que sacaste vagamente a colación el problema! No lo sabía —protesté.

—Lo sabías muy bien.

—No, no tenía ni la menor idea. Creí que te ibas por Kasper, por Johann, por todo lo que nos tenía trastornados.

—Te dejé porque me engañabas.

—No, yo te engañé porque me dejaste. Todos esos nombres que has citado, a todas esas chicas que no me importan lo más mínimo, solo las vi cuando estaba solo porque tú me habías abandonado. Incluso a Joan, que es una mujer genial, una mujer que realmente se merecía mi amor y mi respeto, la dejé en cuanto volviste. ¿Cómo lo habría podido adivinar? Parecías tan desprendida…

—¿Qué querías? ¿Que me revolcara por el suelo después de haber roto la vajilla? No iba a darte ese gusto.

Tenía los ojos brillantes y las mejillas enrojecidas. El pecho le palpitaba bajo la blusa blanca. En el cuello le latía aquella vena en la que tanto me había fijado cuando hacíamos el amor. Bajo el pelo recogido se le escapaban las mechas infantiles de la nuca. Sus manos sobaban con nerviosismo la correa del bolso. Me aturdía.

—Ni siquiera cuando estás enfadada consigo no quererte… —murmuré.

Noté que se ablandaba. Me dirigió una mirada en la que se había diluido la cólera, pero el chófer eligió ese momento para abrir el vidrio de separación y plantear una pregunta estúpida:

—¿Tengo que dejar a la señora en el mismo sitio que al señor?

—Por ahora, no va a dejar a nadie. Limítese a circular —le ordené con sequedad.

Tenía que ganar tiempo como fuera… Hablar y hablar, hasta reconquistarla. Atarla con palabras, desbordarla a base de ternura, abrumarla con mis caricias. Recuperarla completamente.

—¿Circular en qué dirección? —preguntó el conductor.

—Conduzca en línea recta sin parar. ¡Y no nos interrumpa más! —repliqué, subiendo el vidrio y corriendo la cortina.

—No tienes por qué descargarte con él, que no tiene culpa de nada —protestó Rebecca.

—Yo tampoco tengo ninguna culpa, y así me desahogo.

—No tienes por qué hacerles pagar nuestros problemas a los demás. ¡Has hecho que te tenga miedo!

—¡Ya estás exagerando! No cambies de tema, por favor.

Era de noche. Por fin estábamos solos, libres para hablar de tú a tú. Seguimos hablando de ese modo durante horas. Hubo gritos. Hubo risas. Hubo lágrimas. Hubo besos. Hubo acusaciones y perdones. Hubo castigos y placer. Compartidos todos, en igual medida. Nos reencontramos en un coche, como la primera vez en que habíamos hecho el amor, aquella noche en que cenamos en aquella azotea de Brooklyn. Avanzábamos con el mero objetivo de avanzar. El movimiento bastaba para hacer callar las preguntas. Estábamos juntos, pegados, completamente concentrados en el instante, maravillados porque todavía nos deslumbrábamos. La alquimia que habíamos buscado en todos los recovecos de nuestros corazones fatigados y después en los cuerpos mudos de otras amantes (y tal vez otros amantes) había surgido de nuevo.

Desnudos, tapados con una manta de lana áspera que habíamos encontrado bajo el brazo del asiento, éramos felices. Y, como cada vez que sonreía la dicha, nos sentíamos hambrientos. Yo iba a orientar al conductor hacia un restaurante abierto las veinticuatro horas del día cerca del Rockefeller Center cuando el coche dio un tumbo y se detuvo con una sospechosa sacudida. Aguardamos unos diez minutos reprimiendo las carcajadas; al ver que no ocurría nada, levanté la cortina. El habitáculo estaba vacío. Me puse los vaqueros y la camiseta y bajé del coche. Estábamos en pleno campo. La luz gris del amanecer estaba impregnada de una humedad fresca y aromática. El chófer fumaba, apoyado en un árbol del terraplén. Era una mole. Al verme, tiró el cigarrillo.

—¿Dónde estamos? —pregunté.

—En Long Island.

—¿En los Hampton?

—Sí —confirmó, como si fuera lo más normal del mundo.

—Pero ¿por qué?

—Usted me ha dicho que circulara en línea recta.

Rebecca, que se había vestido y se había abrigado con mi chaqueta, se acurrucó a mi lado.

—¿Se ha estropeado el coche? —preguntó con inocencia.

—Nos hemos quedado sin gasolina, señora —explicó el chófer.

Rebecca y yo nos miramos con perplejidad.

—Pero ¿por qué no se ha parado a repostar? —pregunté

con la mayor amabilidad posible, aunque la ira empezaba a comerme por dentro.

—Usted me ha dicho que no parase.

—O sea, ¿que ha seguido hasta que se ha agotado el depósito?

—Si, señor —respondió.

—¡No me lo puedo creer! —rugí, poniéndome a dar vueltas mientras Rebecca trataba de calmarme.

—¿Por qué no ha preguntado si convenía parar?

—El señor me había dicho que no los interrumpiera.

El día empezaba a despuntar y no había ni una casa ni un teléfono cerca. Caminé por la carretera, seguido de Rebecca, que se partía de risa como cada vez que me dejaba llevar por la rabia. El chófer también me siguió. El hombre refunfuñaba, repitiendo que había hecho lo que yo le había pedido. Él no tenía la culpa. No se merecía que lo trataran de esa forma. Además, tenía hambre y estaba cansado. Había conducido sin parar toda la noche. No era la carrera prevista... Ni siquiera se había tomado un descanso, y así era cómo le daban las gracias.

Enfurecido por sus quejas, di media vuelta y, poniendo la nariz a escasos centímetros de la suya, le ordené que se fuera en la dirección contraria, advirtiéndole de que no le quería ver ni oír más. Le entregué un fajo de billetes que cubrían el doble de la carrera y le aconsejé que no volviera a cruzarse en mi camino si quería seguir prolongando su patética existencia. Aquel tipo pesaba el doble que yo y habría podido meterme una buena paliza, pero se volvió con aire abatido y se alejó arrastrando los pies en dirección contraria.

—¿Y ahora qué hacemos? —dijo Rebecca, alegre.

—Caminaremos —contesté yo, de mal humor.

Anduvimos hasta divisar la playa desierta. Rebecca se quitó los zapatos y seguimos avanzando por la orilla. El sol teñía de ocre y rosa el mar, la arena y nuestras caras. Vimos una casa, pero estaba cerrada. Trescientos metros más allá, tuvimos la suerte de encontrarnos con un hombre de unos sesenta años que estaba dando su paseo matinal. Delgado y bajito, vestido de manera impecable, parecía melancólico.

Le contamos lo que nos había sucedido. Después de observarnos, pensativo, se le iluminaron un instante los ojos grises; sin pensárselo dos veces, nos propuso ir a descansar a su casa. Con el hambre y el cansancio acumulados, no nos hicimos de rogar. El señor Van der Guilt vivía en una casa magnífica: Sandmanor. Tuvo la amabilidad de enseñárnosla. Rebecca se quedó impresionada. El edificio principal, de ladrillo claro, parecía una casa solariega inglesa. Construido en forma de herradura, estaba dominado por una torre que albergaba la habitación del dueño. Las dos alas estaban flanqueadas por galerías en columna, lo que le daba un aire aún más majestuoso. La rodeaba una armoniosa alternancia de boj, cascadas de rosas y cipreses. Más lejos, la disciplina de parterres al estilo francés del parque daba paso a unos grandes árboles que extendían su ramaje hasta conformar unos bosquecillos originales.

—A mi mujer le apasionan los jardines —nos dijo.

Abreviando la visita, el señor Van der Guilt nos invitó a compartir con él un copioso desayuno que ni siquiera probó. Nos miró comer con la indulgencia de alguien que ha renunciado el apetito de los vivos. Debimos de caerle bien, pues nos propuso utilizar la «cabaña», que en realidad no era tal, sino una preciosa casa situada cerca de la piscina olímpica y que él ya no utilizaba. A aquellas alturas, era un mero elemento estético. Pero, aun así, estaba llena y cuidada.

—Las piscinas vacías son muy tristes —explicó.

A veces los hijos del personal se bañaban allí. Ver disfrutar a aquellos chicos le hacía sentir más alegre.

Nos acompañó a la «cabaña» para que pudiéramos descansar. Después de invitarnos a comer con él, se marchó. Lo que en principio debía ser solo un día de descanso se prolongó una noche y un día más; al final pasamos casi una semana de luna de miel en casa del señor Van der Guilt. Habíamos encontrado ropa y cepillos de dientes en Wainscott, la ciudad más cercana. Como no salíamos, no necesitábamos nada más. Nuestra ropa sucia desaparecía para volver a aparecer al cabo de unas horas, limpia y planchada. Después apenas la ensuciábamos, porque pasábamos buena parte del tiempo desnudos y en la cama. La vida en los Hamptons era de una increíble dulzura.

Antes de haber estado allí, me lo imaginaba como una pecera donde los ricos vivían sumergidos en asépticas casas de lujo. Lo que descubrí fue una existencia sencilla, casi pueblerina. Quien evitase entrar en el frenesí de los cócteles, las cenas y las galas benéficas podía pasarse los días descalzo en compañía de las colonias de aves y el rumor del océano. Nos encantó refugiarnos en aquella suerte de burbuja. Había llamado a Marcus y a Lauren para contarles dónde estábamos. Por lo visto, no nos echaban mucho de menos. Marcus me despidió en cuestión de un par de minutos después de haberme animado a que «descansara». Se lo conté a Rebecca, un poco molesto. Ella me atrajo hacia sí en el sofá de delante de la cabaña, que miraba al mar y a la piscina.

—Deben de estar contentos de estar un poco solos ellos… —me tranquilizó.

—¿Por qué? —pregunté con sorpresa, besándola en el cuello—. Nosotros somos una compañía muy agradable…

Rebecca me lanzó una mirada extraña.

—No me digas que no te has enterado…

—¿Enterado de qué?

—¡No lo sabes! —confirmó, incorporándose con una sonrisa incrédula y burlona.

Como seguía observándome en silencio, tuve que decir algo que me parecía absurdo:

—¿Lauren y Marcus? ¡No es posible! —solté.

Estaba bromeando, ¿no? Pero ella parecía muy seria, pese a lo divertida que se la veía.

—Pero ¿desde cuándo? —pregunté con vehemencia.

—¡Por lo menos cuatro meses! ¡Ya era hora de que te despertaras!

Aquello era un complot que había tramado a mis espaldas.

—¡El muy cerdo! ¡Mira que acostarse con mi hermana! ¡Y sin decirme nada! ¡Sin consultarme siquiera!

Rebecca se rio mucho con mi indignación y pasó el resto del día mofándose de mí.

—Tu hermana no te pertenece y tu reacción era tan previsible que por eso Marcus no te dijo nada. Se adoran. Tú eres la única persona capaz de no darse cuenta.

Marcus y Lauren... No me había enterado de cómo había evolucionado su relación. También es cierto que el pudor de mi amigo era casi enfermizo. Nunca habíamos mantenido el tipo de conversaciones fanfarronas que suelen tener los hombres entre sí. No me hablaba de sus amantes, de cómo eran ni de si las quería. Incluso, a algunas de ellas las habíamos compartido. Él se volvía a poner en contacto con ellas al cabo de unos días, sin decirme nada. Era completamente discreto al respecto. Más tarde, yo me enteraba, por casualidad o por otra persona, de que salía con tal o tal chica desde hacía semanas o meses. De su vida amorosa no sabíamos nada. Jamás había invitado a sus parejas a compartir ni siquiera una comida con nosotros. Me había dejado cegar por la vanidad. Creía que mantenía a sus conquistas alejadas por temor a que se fijaran en mí. Pero ahora me di cuenta de que las había mantenido alejadas por Lauren. Ahora comprendía mejor los arrebatos de Marcus cuando algún tipo trataba desconsideradamente a mi hermana.

—¡No era desconsideración! —dijo Rebecca—. ¡Se largaban todos por tu culpa! Tú te empeñas en ahuyentarlos. Cada vez que invitaba a casa a uno de sus pretendientes, no descansabas hasta que huían. Marcus tampoco perdía ocasión, pero él tenía otros motivos... Cualquiera que te oyera, pensaría que no hay nadie digno de Lauren. Esta vez, al menos, no podrás decir que su nueva pareja no está a la altura…

A nuestro anfitrión solo lo veíamos durante las comidas. Entonces nos relataba su vida, llena de anécdotas. Tenía un gran sentido del humor y era un gran narrador. El señor Van der Guilt había dado la vuelta al mundo diez veces. Conocía los países más remotos y las poblaciones más aisladas. Hablaba seis idiomas y tenía una manera muy particular de analizar los intereses geopolíticos. En su condición de heredero, no había tenido necesidad de trabajar. Había sido diplomático durante un tiempo, sobre todo en París, Estambul y Viena, pero sospechaba que había realizado otras actividades de las que no podía hablar. Era un hombre encantador, mil veces más cultivado de lo que yo pueda aspirar a ser un día, y era igual de rico de lo que yo esperaba llegar a ser. Había perdido a su mujer, Kate, dos años atrás, por culpa de una alteración genética poco habituala: la enfermedad de «los huesos de cristal». Había sido su gran amor y no lograba superar su muerte. Seguramente vio en Rebecca y en mí un espejo de lo que él había vivido, porque en la noche del quinto día, cuando ya debíamos regresar a Nueva York a la mañana siguiente, nos planteó de improviso una pregunta que nos sorprendió.

—¿No querrían comprarme Sandmanor?

Estábamos cenando en la terraza de la casa, a la luz de las antorchas. La noche de verano era un poco fresca.

—¿Va a vender este sitio tan maravilloso? —preguntó, extrañada, Rebecca.

Se quedó pensativo un instante, tomando unos sorbos de la grapa que nos había servido.

—Esta casa me recuerda demasiado a Kate. Ella lo eligió todo: la silla en la que estoy sentado, esa copa en la que está bebiendo, este plato o estas antorchas de plata que trajimos de la India. En cuanto abro los ojos por la mañana, veo su almohada, que ella ha dejado de arrugar; su ropero, que no me he resignado a vaciar; sus productos de belleza... Es como si se hubiera ausentado unos instantes, como si fuera a volver... Sandmanor era la obra de su vida. Y ya han podido observar qué gran obra. No puedo seguir viviendo aquí, no quiero destruir lo que ella creó ni puedo abandonarlo en manos de cualquiera. No tengo hijos. Kate y yo nos quisimos mucho. Aquí he vivido los mejores años de mi vida. Me tengo que ir, pero querría que Sandmanor siga siendo una casa llena de amor y, tal vez, de niños, como los que no tuvimos nosotros. Aunque el día a día entre ustedes seguro que no es fácil, salta a la vista que se quieren mucho.

Más tarde, cuando Rebecca se había ido ya a acostar y yo me disponía a reunirme con ella, el señor Van der Guilt me puso la mano en el hombro.

—Siempre he sentido cierta admiración por la gente como usted —me confió—, las personas que se forjan a sí mismas, que luchan, que construyen su vida. Yo nunca habría tenido su energía... Compradores para Sandmanor los encontraré sin problema, no me cabe duda; sin embargo, por los motivos que les he expuesto, preferiría que se tratara de ustedes. Puede tomarlo como una especie de declaración, si quiere... —bromeó—. Además, su novia estará bien aquí. Una mujer como ella sabrá ser una digna sucesora de Kate. Tiene la misma clase y generosidad que ella. Bueno, no insisto más —concluyó, y echó a andar por el sendero. Antes de desaparecer detrás de los laureles que lo bordeaban, añadió—: ¡Cuento con usted, Werner! Usted es un hombre instintivo. Reflexione deprisa y bien.

Manhattan, 1972

Rebecca estaba en ebullición. Pensaba en Sandmanor a todas horas. Yo estaba igual de obnubilado que ella. Ese proyecto nos permitía avanzar juntos y construir algo común que no fuera un hijo. A ella la asustaba ser madre. Por mi parte, lo de comprar Sandmanor me permitía no darle demasiadas vueltas a las zonas de sombra y a las frustraciones que Marthe Engerer no había podido disipar. La había invitado a Nueva York y a casa de mis padres. Apreciaba su franqueza casi brutal y el afecto que me profesaba. Cuando Dane, que proseguía con sus pesquisas, necesitaba algún dato, la llamaba para charlar un poco de todo.

No había renunciado a localizar a Kasper Zilch. Necesitábamos saber si estaba vivo, despejar aquella duda. Durante el día, me parecía haber superado el trauma; sin embargo, por la noche, aquellos interrogantes sin resolver perturbaban mi sueño. Soñaba con mi padre y con mi madre. Sus caras se modificaban sin cesar, adoptando los rasgos de Armande, de Andrew, de Marthe, de Luisa o de Johann y Kasper. Soñaba que dormía en un charco de sangre o que me aparecía en la uña una mancha negra purulenta que me contaminaba el pulgar y la mano, que después subía por el brazo hasta alcanzar el hombro, el cuello y la mandíbula. Esa mancha me corroía la carne, los dientes, la piel, el ojo. Era un veneno ultraviolento que me destruía y contra el cual no existía ningún antídoto. Me despertaba gritando, sudoroso. Rebecca, no obstante, ni siquiera se despertaba, hundida en su sueño opaco e imperturbable. Entonces, temiendo volver a la pesadilla, me levantaba y me iba a trabajar, hasta que los demás se despertaban.

La situación tampoco es que me ayudara mucho a recobrar la serenidad. Las indagaciones sobre Kasper no daban resultados y los proyectos inmobiliarios de Z&H funcionaban al ralentí a causa de un inspección fiscal. Sospechaba que alguien había movido los hilos para que nos sometieran a aquel examen. Tener de forma permanente una decena de agentes del fisco en nuestras oficinas hacía que el ambiente allí fuera irrespirable. No obstante, no me dejaba amilanar. No teníamos nada que reprocharnos. En cuestión de archivo y organización, Donna era un portento y dudaba mucho que alguien pudiera sorprenderla en falta en alguna factura. Marcus parecía mucho menos sereno que yo.

Además, aquella inspección resultaba del todo inoportuna porque necesitábamos destinar dinero a la compra de Sandmanor. Hasta ese momento, las ganancias de mis inversiones habían bastado para financiar los siguientes proyectos. A excepción de la casa que adquirí en el Village, lo que compraba se autofinanciaba por sí solo. Aunque virtualmente era muy rico, carecía de liquidez. Puesto que ni Rebecca ni Lauren querían ir a vivir a la zona del Uptown, Marcus y yo tratábamos de vender los dos últimos pisos de nuestro rascacielos, pero los clientes con medios suficientes para permitirse ese tipo de dúplex no abundaban.

Sandmanor valía una fortuna. Evitando mezclar amistad con negocios, el señor Van der Guilt nos mandó su abogado. Cuando este me anunció el precio de venta, no me sorprendió, pero el caso era que disponía apenas de un tercio de la suma necesaria. Rebecca estaba en la misma situación. Había ganado dinero con sus exposiciones y esperaba heredar un día una de las mayores fortunas de Estados Unidos, pero la relación con su padre era complicada. Le pasaba una generosa pensión de la que ella solo echaba mano cuando no le alcanzaba con lo que sacaba con su trabajo. De ahí a pedirle que firmara un cheque de varios millones había un abismo. Aunque no creo que Nathan Lynch le hubiera negado nada a su hija adorada, lo habría aprovechado como palanca para exigir algo como contrapartida. Para él, yo seguía siendo un cazafortunas de quien debía protegerla. No tardé en comprobarlo.

Como artista y niña mimada que era, Rebecca no gestionaba nada directamente. En ese momento pidió un informe de sus cuentas a Ernie, que aprovechó para husmear en sus asuntos. Con un candor que me dejó asombrado, ella respondió a sus preguntas y le habló de nuestro proyecto. Ernie se apresuró a informar a su padre de «lo que tramaba». Al cabo de dos horas, la secretaria de Nathan Lynch llamó a Donna para citarme a una reunión. Aquella forma de ponerse en contacto conmigo no me gustó. Además, conservaba un mal recuerdo de la única vez que lo vi. Por eso pedí a Donna que respondiera que tenía la agenda llena para los dos meses siguientes. En caso de que la secretaria de Nathan Lynch insistiera, la mía debía ir rechazando una fecha tras otra, hasta que ese hombre tan reacio a convertirse en mi suegro acabara por desistir. Me daba igual cómo se lo tomara. Sabía que no le caía bien y, en ese sentido, no había nada que hacer.

Donna cumplió mis órdenes. Aquello debió de enfurecer al padre de Rebecca: nunca nadie le negaba nada. Así pues, a la mañana siguiente, Ernie se presentó en Z&H. Lo hice esperar dos horas en la puerta de mi despacho, sin recibirlo. Nathan recurrió entonces a Frank Howard, que habló con Marcus, quien a su vez me sermoneó un poco, sin gran convicción. En mi opinión, la humillación que le había infligido al padre de Rebecca había sido suficiente para desalentarlo. En realidad, no había calibrado bien el alcance de su mal carácter ni del afecto que sentía por su hija. Mientras comía en el Phoenix con Michael Wilmatt, un famoso arquitecto que trabajaba en uno de nuestros nuevos proyectos, vi llegar a Nathan Lynch acompañado de Ernie. Había envejecido mucho en cuestión de dieciocho meses. Su tez, antes sonrosada, había adquirido una palidez de cera. Una vez más, me sorprendió lo bajito que era. Nathan era consciente de ello, pues estiró el cuello y abombó el torso al tiempo que se abalanzaba sobre mí. Sin saludarme, exigió hablar conmigo en privado. Estuve tentado de decirle que no, pero sentía curiosidad por saber qué quería y no tenía ganas de montar un escándalo delante de Michael Wilmatt. Tras presentarle mis excusas, seguí al padre de Rebecca hasta un salón contiguo. Ernie hizo ademán de acompañarnos.

—Él no viene —le advertí tajantemente.

—¡Pues claro que voy a ir! —protestó Ernie.

Sin tomarme la molestia de responderle, me volví a dirigir a su jefe.

—O él se queda en la puerta, o yo me voy.

Nathan Lynch alejó a Ernie con un gesto áspero.

La decoración de aquel salón minúsculo estaba sobrecargada. Lauren se instaló en el sofá capitoné de terciopelo azu; yo me senté delante de él, en uno de los tres sillones tapizados a juego.

—¿Qué intenta hacer con mi hija? —me espetó.

—No hago nada con su hija que ella no quiera.

—¿Sabe que no le voy a dejar casarse con ella sin contrato?

—Tampoco es que me preocupe, porque no nos pensamos casar.

—O sea, que, además, ¿se divierte con ella?

—Rebecca no se quiere casar, ni conmigo ni con nadie. Por lo visto, la pareja idílica que usted forma con la señora Lauren le quitó las ganas de imitarlos...

—No me gusta nada su insolencia.

—Ni a mí su grosería.

Nathan Lynch hizo una pausa. Habría querido pulverizarme en tres frases, pero no estaba seguro de poderlo lograr.

—¿Quiere comprar una casa con ella?

—En efecto.

—No espere que yo le firme un cheque en blanco. Si pago esa adquisición de mi hija, tengo intención de que ella quede protegida. Por lo que he oído, tiene usted una engorrosa tendencia a... diversificar sus intereses.

—No sé en qué chismes se basa usted para decir tal cosa, pero no voy a entrar en detalles en lo tocante a nuestra vida privada. En cuanto a su financiación, prefiero prescindir de ella.

—Me he informado sobre su castillo de naipes... Sus pequeños chanchullos inmobiliarios no le van a permitir comprar una propiedad como esa. —Guardó silencio un instante—. De todas formas, no querría que mi hija se viera privada de algo que desea porque haya elegido mal al hombre con el que se va... a asociar. Voy a serle franco —prosiguió, inclinándose hacia mí, con la mandíbula comprimida y la mirada metálica—, usted no tiene ni familia, ni educación, ni fortuna. Posee un físico anodino, una inteligencia muy mediocre y carece de toda moralidad. No hay nada que justifique el tiempo que ella pasa con usted.

Abandoné cualquier tipo de cortesía:

—Yo creo que es porque disfruta mucho conmigo en la cama —contesté con una sonrisa.

Se sobresaltó como si le hubiera dado una bofetada. Tras un breve momento de ofuscación, se puso a pregonar a voz en cuello el mal concepto que tenía de mí.

—Ya ve por qué no quería entrevistarme con usted —dije, poniéndome en pie—. Lo más sencillo, para el bienestar de su hija, para el suyo y para el mío, sería que sigamos actuando como si el otro no existiera, como hasta ahora.

—¡Mequetrefe desgraciado! No pienso actuar como si no

existiera, no. Voy a sabotear cada uno de los contratos que intente obtener y voy a poner todo mi empeño en arruinarlo a usted y a sus amigos. No crea que se va a deshacer de los inspectores que en este momento revisan su contabilidad. A partir de mañana, va a tener el doble. No va a poder dar un paso sin encontrarme en su camino. No le voy a dar ni un momento de respiro.

—Es una lástima que no invirtiera esa energía en vengar a su esposa en lugar de en hacerla internar. No tiene claras cuáles han de ser sus prioridades —repliqué.

Me amenazó con el puño, vociferando. Como temí ser incapaz de mantener la calma mucho tiempo más, salí. Ernie esperaba en el vestíbulo, igual de blanco que las servilletas de las mesas. Me pareció atisbar en su mirada una chispa de miedo o de admiración. No debía de ver a menudo a alguien que le plantara cara a Nathan Lynch. Me alejé sin pronunciar palabra alguna. Al reunirme con Michael Wilmatt, le propuse cambiar de restaurante para estar más tranquilos. Me sentía bastante orgulloso de la lección que le había dado a aquel viejo, aunque me preocupaba las consecuencias personales que pudiera tener. No pude ocultarle el incidente a Rebecca, porque, en el momento en que su padre me abordó, resultó que en el comedor del Phoenix había un periodista del *New York Gossip*. Había sido testigo del inicio de la escena, de nuestro aparte y de mi marcha precipitada. Tras repartir unos cuantos billetes, le había sido fácil interrogar al personal para reconstituir lo esencial del diálogo que habíamos mantenido. Al día siguiente, en las páginas de «sociedad», el periódico presentó la anécdota con el título de «Nathan Lynch acaba linchado...».

Las primeras líneas daban el tono del artículo:

> «No quiero tus millones, prefiero quedarme con tu hija..., y a ella le va el asunto», le soltó Werner Zilch al millonario durante un violento altercado en el Phoenix.

Me sentí consternado. Rebecca nunca leía ese tipo de prensa, pero unas amigas bien intencionadas se apresuraron a llamarla para avisarla. Yo estaba trabajando en casa esa mañana. Ella se plantó delante de mí con una ejemplar del periódico en la mano.

—No me digas que pronunciaste esas palabras…

—¿Qué palabras? —pregunté, avergonzado.

—«Prefiero quedarme con tu hija…, y a ella le va el asunto.»

—No, yo no dije eso —afirmé sin pestañear.

—¿Y cuándo pensabas hablarme de ello?

—No quería deprimirte…

—¿Qué necesidad tenías de provocarlo?

—¡Yo no lo provoqué! Es él el que me persigue desde que llamaste a Ernie y le pusiste al corriente de nuestros planes. Tu padre me abordó como un salvaje en el restaurante.

—¡No me vengas con bobadas! —exclamó Rebecca.

Le relaté la escena con más detalle…, manipulando un poquillo las cosas a mi favor, desde luego. Roja de cólera, después de tirar al suelo el *New York Gossip*, se precipitó hacia el teléfono.

—Buenos días, Esther, quiero hablar con mi padre. No, ahora mismo. Me da igual que esté ocupado. Si quiere volver a ver a su hija algún día, que salga de la reunión. Exactamente… Me espero.

Se sentó encima de mi escritorio, con las piernas colgando, y me pidió que saliera. Como me hacía el remolón, me fulminó con la mirada: por primera vez, le encontré un pequeño parecido con Nathan. Me di el gusto de quedarme delante de la puerta, donde pasé unos minutos estupendos deleitándome con aquella conversación subida de tono, antes de oír que Rebecca bajaba de la mesa. Me apresuré a alejarme. Sin parar de reprender a su padre, se acercó, tensando el hilo del teléfono, a comprobar que yo no estaba escuchando.

En ese momento, sonó el aparato de la otra línea. Era el señor Van der Guilt. El propietario de Sandmanor me invitó a comer con él.

—Por lo que veo, tiene dificultades para financiar la compra de Sandmanor que yo trato de venderles por la fuerza —bromeó—. Quizá pueda aportarle una solución. Estaría bien que nos viéramos para hablar del asunto.

—Con mucho gusto. ¿Cuándo está disponible?

—Hoy mismo. ¿Le va bien?

—Por supuesto.

—Le propongo el Mayfair Hotel. Sí le pediría, a cambio, que vaya sin Rebecca. Ya se lo explicaré...

Acudí a la cita a la una. Él me estaba esperando hablando con un par de italianos muy elegantes que se levantaron de la mesa para saludarme. Yo, que creía haber tejido una nada desdeñable red de contactos en unos cuantos años, fui consciente de lo pequeño que era a su lado. Durante la comida, se acercaron a saludarle toda clase de personas. Él se levantaba cada vez, con simpatía y entusiasmo, para charlar un instante con sus interlocutores, a menudo en otro idioma. Lo oí hablar en italiano, en francés e incluso en árabe. Siempre tenía el detalle de presentarme con una palabra de elogio y, al volver a sentarse, se tomaba la molestia de explicarme cómo había conocido a aquellos amigos. Entre una y otra interrupción, acabó exponiéndome su proyecto. Aunque se trataba de una idea muy simple, jamás me habría imaginado que le pudiera interesar. Me proponía un cambio: la cantidad de que yo disponía, equivalente a un tercio del precio, sumada a los dos pisos de nuestra Z&H Tower, que no conseguíamos vender.

—Viendo el sitio donde vive, nunca me habría imaginado que pudiera gustarle un apartamento tan... moderno —comenté, extrañado.

—Fue usted quien me dio la idea. En Sandmanor, cuando intentaba convencer a Rebecca para trasladarse a ese dúplex, dijo que le gustaba la perspectiva de dormir en un sitio donde no había vivido nadie. Entonces me di cuenta de que eso era precisamente lo que yo necesitaba: una vivienda nueva, donde no tenga recuerdos compartidos con Kate. Lo fui a visitar y me encantó. Además, a mi edad, más vale empezar a aproximarse al cielo… —concluyó con una sonrisa.

Tenía que hablar con Marcus de esa propuesta, ya que él era propietario, a través de Z&H, del cincuenta por ciento de la propiedad. Habría que plantear la posibilidad de que nuestra empresa me concediera un préstamo personal. Si Marcus aceptaba, cosa que no ponía en duda, la solución era la ideal. El señor Van der Guilt dejaba, además, en los haberes de Sandmanor, un año de sueldo para cinco de sus empleados, lo que me concedería un margen para decidir si me convenía conservarlos o no. Sí pensaba llevarse, en cambio, a la pareja que se ocupaba de la casa.

—Ellos me conocen mejor que nadie y estaban muy unidos a Kate, pero estoy seguro de que encontrará a alguien para sustituirlos.

Lo tranquilicé hablándole de Miguel, convencido de que se encargaría con esmero de Sandmanor. Al final de la comida, el señor Van der Guilt me hizo otro favor aún más sorprendente. Sacó del maletín una gruesa carpeta de tela verde y me la tendió.

—Estuve dudando antes de decidirme a traerle estos documentos. No soy el tipo de persona dada a inmiscuirse en los asuntos de los demás, pero, como por casualidad leí un artículo que se hacía eco de la difícil relación que mantiene con el padre de su novia, pensé que estos papeles podrían serle útiles. También conciernen a Rebecca. Aunque considero importante que ella lo sepa, me parecía embarazoso que se enterara por mí. Ya los mirará esta tarde —me dijo, para contenerme, pues quería ponerme a leer el contenido de la carpeta en cuanto la tuve en mis manos—. Y si necesita alguna precisión, no lo dude…

De regreso a la oficina, dediqué un momento a hojear los documentos que me había confiado el señor Van der Guilt. Encontré los extractos de cuentas de una empresa fantasma domiciliada en las islas Caimán, acompañadas de órdenes de transferencia de Rebecca, de su madre, Judith, e incluso de su padre, hacia dicha empresa. Las sumas transferidas eran colosales. Al principio, no entendí el motivo de dichas operaciones. Pero quedó claro cuando revisé el último fajo de papeles. Utilizando un recurso que no alcancé a explicarme, el señor Van der Guilt había obtenido el nombre del accionista propietario de aquella empresa fantasma, que no era otro que Ernie. Tampoco es que me llevara una sorpresa mayúscula al comprender que llevaba años robando a Rebecca y a sus padres. Me había caído antipático desde el primer momento. En su condición de brazo derecho de Nathan Lynch, debía de disponer de unos poderes que le habían permitido irle sustrayendo, poco a poco, millones de dólares.

Llamé a casa. Miguel respondió y me confirmó que la señorita Rebecca se encontraba en su taller. Una hora después, estaba tomando una cerveza con ella en la terraza, delante de los documentos que me había confiado Van der Guilt. Me aseguró, casi fuera de sí, que ni ella ni su madre habían autorizado jamás aquellas transferencias; estaba casi segura de que su padre tampoco tenía nada que ver con aquello. Pese a que no tenía un concepto muy elevado de Ernie, le sentó muy mal descubrir aquella traición. En primer lugar, porque aquello ponía de manifiesto su descuido y su ingenuidad; en segundo, porque la hería en su vanidad femenina. Aunque lo negara, Rebecca sabía perfectamente que Ernie estaba enamorado de ella. Había sido tan cándida como para pensar que eso lo convertía en un ser abnegado que nunca osaría hacer nada que la perjudicara, cuando en realidad habían sido precisamente sus sentimientos por ella que le habían inducido a malversar aquel dinero.

—¡Después de todo lo que mi padre ha hecho por él! ¿Sabes que le pagó los estudios de Derecho? ¿Y que lo ayudó a montar su despacho? ¿Te das cuenta? ¿No dices nada? —exclamó Rebecca, al ver que me limitaba a poner cara de entenderla y de estar consternado—. ¿No te da rabia?

—Claro que sí, amor mío, pero lo arreglaremos.

Por segunda vez ese mismo día, Rebecca bajó a mi despacho, se sentó encima de mis papeles y de mi mesa, y llamó a su padre. Por segunda vez ese mismo día, me aposté detrás de la puerta para disfrutar, como decía Lauren, del momento presente.

Arizona, 1974

—¡Buen fin de semana, profesor! —dijo el portero, mientras accionaba la barrera.

El profesor Zilch esbozó un saludo desde el otro lado de la ventana del Chevrolet de color bronce y abandonó el recinto de Sanomoth. Tenía previsto ir al Paradise, como todos los viernes por la noche, pero antes quería pasar por la tienda de armas. Si aún no había llegado el nuevo fusil que había encargado, compraría otra pistola. Aunque ya disponía de diversas armas en casa, le resultaba tranquilizador tener más aún. Además, se entrenaba disparando dos veces por semana contra los blancos que había instalado en el sótano.

Desde hacía varios días, se sentía observado. Pese a que se trataba de una sensación difusa, había aplicado de inmediato su protocolo de seguridad. Había modificado su itinerario y procuraba no seguir unos horarios regulares. El profesor Zilch había aprendido a escuchar su instinto. Tenía demasiado que perder. Hacía años que llevaba una vida discreta. Pasaba lo más desapercibido posible, teniendo en cuenta su estatura y su físico. Su actividad en Sanomoth le había permitido que lo trasladaran de puesto cada dieciocho meses. Aquellas rotaciones le convenían. No tenía amigos ni quería tenerlos. Aunque era educado con sus vecinos, no tenía relación con ellos. No comía con sus compañeros de oficina; cuando estos proponían ir a tomar algo al final del día, él se excusaba con que tenía que atender un asunto urgente. Por la mañana, se levantaba muy temprano para ir a la piscina antes del trabajo. Por la noche, miraba la televisión, escuchaba música o resolvía juegos matemáticos en las revistas a las que estaba abonado. Se había acostumbrado a esa disciplina.

Se tensó al ver el capó de un Pontiac Executive que apareció por tercera vez en el retrovisor. Al cabo de cinco minutos, aún lo seguía. En el momento en que el semáforo cambiaba a rojo, aceleró y torció a la izquierda, contraviniendo una prohibición. El Pontiac se detuvo: falsa alarma. Sin abandonar la prudencia, el profesor Zilch dio un rodeo de varios kilómetros antes de aparcar a dos minutos del Dury's Gun Shop. Tras permanecer un momento en el interior del vehículo sin ver pasar el coche que lo había puesto en alerta, salió. El fusil automático todavía no había llegado. El armero le pidió disculpas y le hizo una rebaja considerable en el precio de la pistola. El profesor Zilch pagó en efectivo y pidió salir por la puerta de atrás. Antes de volver a colocarse frente al volante, comprobó que no había nadie agazapado afuera.

Una vez en su casa, dejó el coche en la calle, para poder irse rápidamente en caso de que surgiera algún problema. Después dudó. La prudencia le aconsejaba no salir esa noche, pero ¿cuántas veces se había quedado encerrado, con inquietud, cuando en realidad no había motivo alguno? No le quedaba gran cosa en la nevera, porque hacía la compra el sábado. Encontró, con todo, un trozo de paté, que consumió con pan y un poco de whisky. Encendió el televisor, miró las noticias y después empezó a ver la película de la noche del viernes. Era una comedia empalagosa y sin interés, pero la actriz principal, una morena bajita y excitante, le recordó a Barbra. Eso lo hizo decidirse. Tomó una ducha ardiente que le dejó la piel de color carmesí. Se afeitó y se limó las uñas con los instrumentos de un pequeño neceser de cuero. Se enjuagó dos veces la boca y se roció las manos con alcohol; el torso, con colonia. Devolvió al armario tres camisas, porque tenían unas ínfimas arrugas en el cuello, antes de encontrar la que se iba a poner.

Los vehículos entraban y salían del aparcamiento del Paradise. De ellos solo descendían hombres. Sobre el local se erguía la silueta fluorescente de una mujer desnuda, con los brazos levantados y el pecho proyectado hacia adelante. Desde los altavoces se oía una música machacona. Se colocó en la zona reservada a los miembros del club y el vigilante lo dejó pasar enseguida. Dentro, la señora Binson acudió a recibirlo.

—¿La mesa habitual, señor Zilch?

El profesor asintió. La mujer abrió la puerta. Una vaharada de calor húmedo, de transpiración y de tabaco lo envolvió en el acto. Encima de unos pequeños escenarios, unas chicas bailaban agarradas a unas barras de latón, vestidas con bañador y zapatos de tacón. Sus cuerpos untados de aceite brillaban, aureolados de la perfección irreal procurada por la luz roja. El profesor Zilch localizó a Sandy. Con los talones cruzados en torno a la barra, giraba con la cabeza echada hacia atrás, rozando el suelo con la cabellera rubia. Admiró la curva de su talle mientras se levantaba y agarraba la barra por encima de los pies y volvía a tomar impulso para emprender una nueva serie de giros con las rodillas pegadas. Buscó a Barbra con la mirada, pero no la vio. Debía de estar preparándose para su número. Pidió un whisky y encendió un puro. Su mesa, situada en una posición discreta, le permitía observar sin ser visto. Advirtió que había una nueva chica, pero no le gustó. Hacía aquellas figuras de forma forzada, sin gracia. Después de haber cenado y de haber observado a las chicas un buen rato, apuró la copa y se levantó. La señora Binson se acercó a él.

—¿Con quién le apetece estar esta noche? ¿Sandy o Barbra?

—Con Barbra.

Sandy consultó a la señora Binson con la mirada. La patrona le dirigió un signo negativo: la chica pareció aliviada. Fue una bonita morena la que acompañó al profesor a uno de los salones.

—No hace falta que le recuerde las normas, señor Zilch —precisó la señora Binson, pese a que él era un muy buen cliente—. Ya hablamos de eso la última vez.

El profesor empujó a la chica hacia el interior y cerró la puerta sin responder.

Eran las dos de la mañana cuando el profesor salió del Paradise. Había bebido mucho. Una vez en el Chevrolet, sacó una botella de alcohol de noventa grados de la guantera y se desinfectó las manos y la cara. Luego arrancó. Era una noche sin luna y circulaba deprisa. Después de una curva cerrada, empezó a sonar un ruido extraño. Primero creyó que acababa de soltarse el tubo de escape, pero se trataba de algo más grave. El motor renqueó un poco y después se detuvo. Se situó al lado de la cuneta. Al abrir el capó, surgió una ráfaga de humo. Encendió un mechero tratando de ver algo, pero enseguida lo apagó, porque había advertido una importante fuga de gasolina. Enfurecido, descargó un puñetazo contra la chapa después de haberlo cerrado. Estaba a unos cuarenta kilómetros de su casa y no se veía ni una luz en los alrededores. Cogió el abrigo, cerró el Chevrolet y se puso a caminar hacia el Paradise. La visión de unos faros a lo lejos lo hizo cambiar de opinión. ¡Qué suerte! Aquella era la única carretera que había, de modo que el coche tenía que pasar delante de él. Avanzaba a bastante velocidad, igual que él hacía unos instantes. Aparecía y desaparecía de su campo visual en función de las hondonadas. Se situó en pleno centro de la calzada para que lo vieran. El conductor del coche no aminoró la marcha cuando lo percibió. Él agitó los brazos y entonces le hizo una señal con las luces. Al principio, el profesor Zilch creyó que se trataba de un signo amistoso, pero cuando reconoció el Pontiac Executive se le encogió el estómago. En una fracción de segundo, comprendió lo que ocurría. Se puso a correr como un loco, oyendo el rugido de aquel motor que aceleraba.

Sandmanor, 1974

Hacía un día fresco y soleado. Hicimos bajar a *Shakespeare* del Bentley. Él se alejó de inmediato para explorar el jardín. Bromeando, cogí a Rebecca en brazos para traspasar el umbral de nuestro nuevo domicilio. Por desgracia, le di un golpe en la espinilla con la puerta.

—Empezamos bien —dijo ella con una mueca, que se transformó en sonrisa cuando me dio un beso.

En el vestíbulo, nos esperaba un ramo de flores del tamaño de una silla. Había una nota: «Bienvenidos a vuestra nueva casa. Marcus y Lauren». Rebecca habló un momento con su padre para recabar información sobre el juicio contra Bernie, que acababa de comenzar. Nathan Lynch había despedido a su antiguo brazo derecho y lo había denunciado a la justicia. Al habérsele cerrado las puertas de la buena sociedad de Nueva York, había tenido que cerrar su despacho de abogados y vender su casa. Para entonces, dedicaba buena parte de su tiempo a preparar su defensa. A mí no me daba ninguna lástima, la verdad. En cuanto saltó a la luz aquel caso, se acabó de forma milagrosa el control fiscal de Z&H. Interpreté aquella buena noticia como una especie de excusa por parte de Nathan, pero, de todas formas, no nos habíamos vuelto a ver desde el altercado en el Phoenix. Rebecca tenía bien compartimentadas aquellas dos vertientes de su vida y no parecía tener ninguna prisa para reunirnos en una misma habitación. Yo tampoco. Conocía los sentimientos que les inspiraba a Judith y a Nathan. Aunque sufría por ello, me parecía que cambiarlos iba a ser imposible. Ya no hablábamos de casarnos ni de tener hijos. Era la condición para seguir estando juntos. Eso me disgustaba, pero no quería volver a las viejas peleas.

Estuvimos juntos en Sandmanor una semana, sin nadie más. Le había dado unos días de fiesta al personal, para descubrir la casa. El señor Van der Guilt se había llevado sus efectos personales y los escasos objetos que quería tener consigo. Había dejado la mayor parte del mobiliario y de las obras de arte, que con tanto tino había escogido su mujer. A comienzos de aquella primavera, disfrutamos de largos paseos con *Shakespeare*. Dormimos siestas al sol. La mujer de mi vida instaló su taller en el bungaló que habíamos ocupado durante nuestra estancia inicial en la residencia. Estaba atareada preparando su primera exposición en Londres. Durante esa semana, recibimos una buena noticia. Una de sus obras, una escultura titulada *La ciudad*, compuesta por cientos de figurillas colocadas en el interior de sendas jaulas de bronce, acababa de ser adquirida por un francés. Aquel tipo era el encargado de conformar las colecciones para el futuro centro de arte contemporáneo que se iba a construir en pleno corazón de París, el proyecto Beaubourg.

Miguel, que fue el primero en visitarnos, quedó impresionado con Sandmanor. Aquella residencia, que a partir de ese momento iba a quedar a su cargo, lo cautivó de tal forma que, mientras la recorría, casi se le saltaron las lágrimas. Enseguida empezó a rectificar el desorden que, para tomar posesión de la casa, nosotros mismo habíamos sembrado. Durante las semanas siguientes, elaboró un meticuloso inventario del contenido de Sandmanor: cuadros, muebles, alfombras, objetos de decoración, libros, ropa de cama, vajilla, cristalería y cubertería. Una vez que hubo acabado de consignar hasta la última cucharilla de café, se pasó el primer año indagando la procedencia de las piezas principales de lo que él denominaba con mucha pompa «la colección». El año siguiente lo consagró a escribir una breve biografía de Kate van der Guilt, que había insuflado forma y vida a aquel lugar y cuyo retrato presidía la escalera principal. Acompañó dicho texto de consejos destinados al buen mantenimiento de una residencia. Le envié una copia al señor Van der Guilt, quien me respondió con una amable nota en la que destacaba lo certero del análisis y el placer que le procuraba sabernos felices en Sandmanor. El libro de Miguel estaba tan bien construido que se lo recomendé a mi amiga Vanessa Javel, la editora.

—Con eso de tu amiga, querrás decir tu ex… —puntualizó con acritud Rebecca cuando le anuncié que el comité de lectura había aprobado la edición del manuscrito de Miguel.

A mí me encantaba que fuera celosa. Su ausencia y su indiferencia me habían hecho sufrir demasiado. Me gustaba que refunfuñara y que sacara las uñas.

Lauren, por su lado, causaba sensación. El amor de Marcus le había dado alas y su centro de terapias naturales se había convertido en un local en boga desde que había recurrido a sus servicios un famoso productor televisivo. El hombre, que había estado a punto de morir de un ataque cardiaco, quería volver a practicar deporte. Lauren, con su pasión por salvar a la gente de sí misma, lo tomó a su cargo y le compuso un programa individualizado a base de acupuntura, hipnosis, yoga y dietética que transformó a aquel fumador estresado, agresivo y algo obeso en un individuo casi flaco que se paseaba por la vida con una sonrisa beata y deseaba lo mejor a todo el mundo. Convencido de que, si lograba compartir su revelación con varios millones de telespectadores, su karma saldría beneficiado (desde la perspectiva contable que, a pesar de todo, conservaba de su deuda cósmica), vendió un concepto de programa a la ABC. La cadena acababa de adoptar la emisión en color y el plató del «Lauren Show» parecía una bombonera. Mi hermana abordaba en él todas sus manías que, hay que reconocerlo, la convertían en una pionera visionaria, pues aquellas cosas se habían puesto muy de moda. La acogida del público fue tan entusiasta que una empresa agroalimentaria se puso en contacto con ella. Asociada con aquella gente, creó la primera marca de productos dietéticos de Estados Unidos, que pretendía llevar la buena nueva hasta los supermercados. Poco tiempo después, lanzó su línea de ropa de deporte, a la que siguió una gama de cosméticos naturales. Evidentemente, yo no paraba de tomarle el pelo. Ella, que había criticado siempre nuestro materialismo y el mundo del dinero, dirigía una empresa que no paraba de crecer gracias al apoyo financiero de Z&H y a la experta supervisión de Marcus. Encantado con la vergüenza que Lauren manifestaba al respecto, me divertía amenazándola con jubilarme: ella podría mantenerme.

De hecho, Marcus y yo atravesábamos un momento difícil. El mercado inmobiliario se había desacelerado tras la aprobación de unas leyes restrictivas que reducían las posibilidades de préstamos y los beneficios. Ese estancamiento nos incitó a desplazar las operaciones hacia Europa, cosa que nos permitió mantenernos a flote, al tiempo que diversificábamos las inversiones en productos de primera necesidad, como leche en polvo, galletas o pañales. También efectuamos una serie de apuestas más atrevidas, en especial en un sector inédito, el de la informática. Yo había creado un fondo que dio su primera oportunidad a unas cincuenta nuevas empresas. Aquellos muchachos tenían diez años menos que nosotros y nos prometían la Luna; aseguraban que, dentro de poco, cada ciudadano norteamericano tendría su ordenador personal o un teléfono individual de un tamaño inferior al de un maletín, que permitiría efectuar llamadas... sin cable. Aunque estaban medio chalados, me gustaban sus ideas; además, no necesitaban grandes sumas. Los numerosos cheques que repartí entre ellos me convirtieron en uno de los principales inversores del sector.

Aunque éramos felices, conocíamos nuestra fragilidad, cosa que no dejaba de recordarnos constantemente la precaria salud de Judith. A pesar de los recursos que consagrábamos Nathan, Rebecca y yo para averiguar el paradero de Kasper Zilch, la investigación no daba frutos. Dane hacía todo lo que podía. Sus esfuerzos habían hecho que me resultara menos antipático. Habíamos invitado varias veces a Marthe y a Abigail a Nueva York. Allí habían conocido a Judith. Después de liberarse definitivamente del doctor Nars, emprendió una terapia de fondo con Abigail, a quien llamaba por teléfono tres veces por semana. Las conversaciones con la psiquiatra le resultaban muy beneficiosas, pero aún sufría frecuentes crisis de angustia. El consumo de psicotrópicos, difícil de controlar, tenía consecuencias graves para su salud. Alternaba los periodos de apatía, en que prácticamente no hablaba con nadie, con alarmantes fases de hiperactividad. Intentó quitarse la vida dos veces. Cuando el teléfono sonaba a deshoras, Rebecca contenía la respiración. Judith sufría. Y tanto su hija como su marido se sentían impotentes, incapaces de ayudarla.

Estábamos seguros de que si resolvíamos el misterio de Kasper Zilch su tormento sería menor.

Estados Unidos, lugar secreto, noviembre de 1978

El viento glacial no logró dispersar la bruma matinal sobre los edificios de aquella zona industrial abandonada. A duras penas se distinguía detrás de los muelles aquel río sucio y oscuro. Me ajusté la bufanda con una mano. Con la otra rodeaba la de Rebecca, que me dirigió una mirada angustiada. Su madre se había empeñado en acompañarnos, al igual que Marthe. Por fin tenían la venganza al alcance de la mano. Había en ellas una febrilidad inquietante, una misma sed de sangre. Habría sido difícil encontrar dos mujeres más distintas. La enfermera llevaba el pelo corto y no había en su rostro el más mínimo rastro de maquillaje. Judith, cubierta de joyas, con un moño del que se escapaban algunos mechones rebeldes, tenía un aire un tanto teatral con su abrigo de pieles, entre el que asomaba una larga falda verde y una camisa roja. Tenía una espantosa palidez en el semblante.

Rebecca estaba igual de blanca que su madre; por mi parte, tampoco debía de tener mucho color en la cara. A pesar de sus reservas, o tal vez por ellas, Marcus nos había acompañado, aunque yo le había prohibido a Lauren que nos acompañara. No quería que se viera involucrada en aquel asunto.

Entramos en la fábrica abandonada donde Dane nos había citado. Uno de sus cómplices, un individuo pelirrojo y fuerte de unos cincuenta años, nos esperaba para conducirnos hasta él. Siguiéndolo, evitamos un charco de líquido nauseabundo, sorteamos diversos tubos de metal y dejamos atrás las láminas de plástico que servían de separación entre diversos hangares solitarios. Nuestros pasos resonaban en el suelo de cemento. El hombre nos hizo bajar por una escalera metálica. Por todas partes reinaba un olor a óxido, a podredumbre y a cerrado. Llegamos delante de una puerta de hierro redonda: parecía el acceso a una antigua caja fuerte. El amigo de Dane nos indicó que entrásemos.

—Están ahí. Estaré fuera —dijo antes de alejarse.

La puerta daba a un cuarto de cemento, en cuyo fondo pendía una bombilla. Por el techo, caían gotas de agua infiltrada. El hombre estaba atado a una silla de hierro, de espaldas a nosotros. Llevaba un jersey de color burdeos y un pantalón gris desgarrado. Debía de haber ofrecido resistencia cuando Dane y su equipo lo habían interceptado. Tenía la boca y los ojos vendados. Marthe y Judith intercambiaron una mirada y vi cómo Judith caía de rodillas, descompuesta. Se ovilló, con los brazos cruzados, abrazándose los hombros; la cabeza rendida sobre el pecho. Rebecca se precipitó a su lado. Su madre se balanceaba hacia delante y hacia atrás, repitiendo unas palabras que no comprendí. Asustada, Rebecca obligó a levantarse a su madre con la ayuda de Dane.

—Ven, mamá. No tienes por qué hacer esto. Nosotros nos ocuparemos. No hay necesidad de que veas a ese hombre.

Rebecca sacó a su madre de la habitación, llevándola casi en brazos. Dane quiso acompañarlas, pero lo contuvo con un gesto nervioso. No me atreví a intervenir, pues sabía que a Judith mi aspecto le resultaba repulsivo. Me volví hacia el rehén, con el pulso alterado y las manos sudorosas. Marcus se mantenía detrás de nosotros, con actitud reprobadora. Dos mesas inestables componían, junto con la silla del prisionero, el único mobiliario del cuarto. Su silueta y su estatura me hipnotizaron. El pelo, denso, era muy parecido al mío, con la salvedad de que el tiempo lo había vuelto gris. Era delgado, algo cargado de hombros. Tenía ganas de verle la cara, aquella cara que, según me habían asegurado, era tan parecida a la mía y a la de mi padre biológico. Tenía ganas de mirarlo a los ojos. Tenía ganas de oír su voz, para que me hablara de ellos, de mis padres, así como del bebé que fui.

Sin embargo, aquello podría ser contraproducente... Si se convertía en un ser humano, no tendría el valor de llegar hasta el final. Yo no tenía madera para ese tipo de cosas. Aunque habría sido capaz de sobrepasarme en un acceso de cólera, no estaba seguro de poder participar en la ejecución a sangre fría de un hombre atado y vulnerable. Por una parte, conocía las atrocidades cometidas por ese criminal; por otra, teníamos la misma sangre y aquel era el único vínculo que me unía a mi pasado.

El tipo parecía tenso. Se sentía observado. Habíamos decidido actuar juntos, con excepción de Marcus, que no quería participar en lo que él definía como un asesinato. Dane había alineado las pistolas encima de una de las mesas. Íbamos a compartir el acto: todos seríamos culpables. Así, ninguno de nosotros sería enteramente responsable ni completamente inocente. Ninguno sabría quién había disparado la bala que iba a acabar con aquel infierno.

—Están cargadas —precisó Dane, que se percató de mi mirada.

El prisionero oyó la frase y se debatió en la silla, gritando a través de la mordaza con una energía llena de rabia. Dane le exigió a gritos que se calmara. Su voz, deformada por el odio, dejaba ver una violencia que nos dejó helados. El prisionero se quedó quieto. Estaba temblando. Aquella escena sacó a Marcus de sus casillas.

—No tenéis derecho a hacer esto. ¿Quién os creéis que sois?

—Ese derecho nos los dio él mismo, a Judith y a mí, el primer día que nos violó —gruñó Marthe, llena de cólera.

Al oír aquellas palabras, el rehén pareció quedarse de piedra. Sin duda había reconocido la voz de Marthe. Marcus, por su lado, no se daba por vencido. Con la cara enrojecida, se colocó delante de mí, interponiéndose entre nosotros y el prisionero.

—Marthe, por más segura que crea estar, no dispone de ninguna prueba. Él tiene el derecho a asumir su defensa. Tiene derecho a mirar a sus jueces a la cara y a saber por qué muere.

—¿Y qué quiere? ¿Un juicio? —replicó Marthe, irritada.

—Exacto, un juicio. Quiero oír su confesión. No voy a permitir que ejecuten a este hombre sin pruebas.

—Yo tengo la prueba de su voz, de su piel y de su olor —replicó ella, que dio unos pasos hacia delante—. Tengo la prueba de mi memoria y de mis cicatrices. Tengo la prueba de su miedo, que hoy lo hace temblar porque sabe que ha llegado su hora. La verdad acabará por hacerse un hueco en su mente. Sabe que ahora y aquí, ninguna de sus mentiras le va a servir ya de protección.

—Pero ¿no tiene ninguna duda? ¿Cómo puede estar segura? Eso fue hace más de treinta años, Marthe... Habla de su voz, cuando aún no la ha oído. O de su olor, cuando todavía no se ha acercado a él...

—Me ha bastado con ver su cuerpo, su cabello. Sé que es él.

—Pues yo soy abogado, y puesto que quieren sustraer a este hombre a una justicia legítima...

—¡Una justicia legítima! —repitió con indignación Dane—. ¿Te parece justo que nuestro Gobierno acogiera y engordara a estos cerdos, que deberían haber sido ahorcados en Núremberg? Si la justicia existiera en nuestro país, si la justicia no fuera esa zorra que, escudándose en la razón de Estado, se pliega ante el poder, no estaríamos aquí, pues este hombre estaría muerto desde hace años.

—¿Te das cuenta de que os estáis comportando como ellos?

—replicó Marcus—. ¿Incluso peor que ellos? Los nazis aplicaban las leyes de su Estado, por más repugnantes que fueran. Vosotros asumís esta acción justiciera sin respetar ningún código ni regla alguna.

—¡Y ahora sale en defensa de estos degenerados! —exclamó Dane, que se volvió hacia Marthe y hacia mí para tomarnos como testigos—. ¡Estás loco, Marcus! Tus principios te han sorbido el seso. Pregonas tus buenos sentimientos como todos aquellos que no han sufrido nunca por nada, pero no sabes en qué mundo vivimos. ¿Acaso sospechas siquiera el sinfín de atrocidades de la que es capaz el ser humano? Y este en concreto más que ningún otro —precisó.

Soltó una patada contra la silla de aquel hombre, que, atado con cuerdas, trató de forcejear una vez más.

Dane se acercó a Marcus, con los puños crispados y la mirada amenazante.

—O estás con nosotros, o estás contra nosotros.

—Estoy con vosotros, Dane. Con Wern, Rebecca, Judith y Marthe, pero quiero saber qué tiene que decirnos este hombre.

Al oír nuestros nombres, el prisionero se estremeció. Yo lo observaba, impresionado una vez más por nuestro parecido físico: era como verme desdoblado. Por más que me repitiera que había que ejecutar a aquel tipo enseguida, antes de que se nos fuera el valor, la curiosidad y los argumentos de Marcus hacían mella en mí.

—Yo también quiero oír qué tiene que decir —dije.

Dane retrocedió un paso, como si lo hubiera abofeteado.

—¿Te rajas? Rebecca se va a poner contenta…

—Quiero estar seguro —contesté.

Dane elevó los brazos y la mirada hacia arriba, como si pidiera ayuda al Creador. Furioso, se alejó unos metros. Entonces me acerqué al prisionero y levanté el respaldo de la silla en la que estaba atado. Luego la hice girar hacia nosotros con un chirrido siniestro. A continuación le quité la mordaza y después la venda. Era mi misma cara, pero con las marcas del paso del tiempo. Pestañeó unos segundos, cegado por la luz de la bombilla. Luego me miró, igual de turbado que yo.

—Mi hijo, eres mi hijo —dijo.

Tenía la voz grave y hablaba un inglés con un fuerte acento alemán.

—No soy su hijo —respondí con agresividad—. Yo soy el hijo de Armande y Andrew Goodman, las personas más generosas y los mejores padres que haya habido jamás sobre la faz de la Tierra.

—Eres Werner, lo sé. Tienes sus ojos. Tienes sus mismos rasgos —prosiguió—. Es como si ella estuviera aquí...

—No intentes ablandarlo, cerdo —gritó Dane, que le dio un puñetazo en el hombro—. Todos sabemos que eres Kasper Zilch, el verdugo de esta mujer —dijo señalando a Marthe—, el verdugo de Judith Sokolovsky y de tantos otros internos en los campos de concentración.

El prisionero despegó la mirada de la mía para responder a Dane.

—Se equivocan. Yo no soy la persona a la que buscan. Marthe, tú lo sabes. Soy yo, Johann. Deberías reconocerme.

—Johann pasó a mejor vida. Sabemos lo que le hiciste.

El prisionero tenía la frente perlada de sudor.

—Tardé años en llegar aquí, pero estoy vivo —quiso defenderse—. Mírame, Marthe. Escúchame. Escucha mi voz. ¡No puedes confundirnos! ¡Tú no! Estoy diciendo la verdad. Soy Johann. Soy el marido de Luisa, a quien tanto querías. Soy el padre de Werner. Esto es como una locura sin final.

—No te preocupes, pronto se acabará —le soltó Dane.

—Marthe, yo te acogí bajo mi techo cuando lo necesitaste. Te defendí cuando Kasper te amenazaba. Puedo decirte cosas de Luisa que mi hermano no habría podido conocer. Pregúntame...

La seguridad de Marthe pareció resquebrajarse. Se le había enturbiado la mirada. Marcus decidió aprovechar aquel atisbo de duda.

—Pregúntele, Marthe. Veo que ya no está tan segura... Demuéstrenos si miente o si, por el contrario, dice la verdad.

Ella observaba al prisionero como si quisiera sondear su alma. Su mirada buscaba en aquel cuerpo envejecido las garantías de una juventud esfumada que pudiera resultarle familiar. Se acercó con prudencia, para escrutar en silencio las orejas y la simetría de los ojos. Había cambiado demasiado. Ya no estaba segura. En cuanto a la voz... ¿Cómo podía tener la certeza de quién era? Kasper sabía imitar a su hermano perfectamente. Primero había cultivado ese talento para burlarse de él y después para echarle la culpa en sus gamberradas de adolescencia... La voz era la de Johann, pero aquello no quería decir nada. Marthe inspeccionó las cicatrices del cráneo del prisionero, pero ¿cómo podía determinar si eran las mismas que las de Kasper? El pelo no permitía verlas bien. Buscaba a tientas, mientras en su interior pugnaban dos voces. La primera la impelía a zanjar de una vez por todas: «¡Basta! ¡Te estás dejando engatusar! Está aquí, a tu merced. No tengo la menor duda. Reconozco sus facciones, reconozco su habilidad. Fíjate en cómo está manipulando tu pensamiento... Solo Kasper es capaz de semejante hazaña. Basta ya de pensar. Es él, mujer...». La otra voz, más tenue, le murmuraba que había algo que no encajaba. Por más elocuente que fuera, Kasper no habría utilizado aquellas palabras. Pese a sus dotes de actor, no habría tenido aquel aire de inocencia y rectitud.

—Ya no estoy segura —reconoció Marthe.

En ese momento, la puerta de hierro emitió un chirrido. Judith apareció, detrás de Rebecca. El miedo había desaparecido de su rostro y había dado paso a una ira que la hacía vibrar de pies a cabeza.

—¿Aún no está muerto? —preguntó—. Habéis hecho bien en esperarme. Las buenas cosas se deben saborear... Eso es lo que me decías tú, Kasper, ¿te acuerdas? Ahora nos vamos a divertir un poco los dos.

Con un movimiento veloz, se acercó a la mesa y cogió una de las pistolas. Marcus se interpuso.

—Espere, Judith, no estamos seguros de si se trata de Kasper. Ni siquiera Marthe…

—¡Es él! —lo atajó Judith, estremecida de indignación—. Kasper, Johann, Arnold, me da igual. Sea cual sea el nombre que usa o el que ustedes le den, este es el hombre que me hizo esto —gritó, arrancándose los botones de la camisa. Les dejó ver a todos aquellas cicatrices que me había enseñado hacia unos años—. ¿Quién se ha creído que es usted, Marcus, una especie de caballero andante que ha de defender a los oprimidos?

Rebecca se acercó a su madre para taparle la garganta con su bufanda. Después soltó una mirada airada a Marcus, que no se dejó intimidar.

—Yo querría creerla, Judith, pero por ahora solo veo cinco personas de pie y libres, delante de un hombre sentado y atado. Si no me demuestran que este hombre es culpable, no permitiré que lo ejecuten.

—No te hemos pedido tu opinión, colega —gruñó Dane—. Además, no estás en situación de impedirnos nada.

Al darse cuenta de que su situación era cada vez más comprometida, el preso clavó la mirada en los ojos de Judith.

—No soy yo. Me confunde con mi hermano. Toda la vida me confundieron con él. Sea lo que sea lo que le hizo, lo siento muchísimo.

—Te acuerdas muy bien de lo que me hiciste —contestó ella, con un rubor febril en la cara—. ¿Por qué te defiendes, Kasper? Es inútil. Sabes que puedo demostrar tu identidad… Pero está bien. Como quieras: hagamos las cosas según las normas. Después de pasar treinta y tres años esperándote, no me importará aguardar una hora más. ¿Quiere conocer las bases de la acusación, Marcus? Pues bien, yo acuso a Kasper Zilch, aquí presente, de haber participado activamente en la eliminación sistemática de miles de personas en Auschwitz, donde ejercía funciones de *Schutzhaftlagerführer*. Acuso a este hombre de haber matado, de manera directa o indirecta, a mi padre, Mendel Sokolovsky. Acuso a este hombre de haberme pegado, quemado con cigarrillos y violado durante meses en el Bloque 24 del campo de Auschwitz, en la denominada «división de la alegría». —Dio un paso al frente—. Acuso a este hombre de haberme obligado a rebajarme a comportamientos a los que no se obligarían ni a una bestia salvaje. Acuso a este hombre de haberme sometido a todos los horrores que podían concebir las mentes perversas de sus inferiores, como compensación por sus leales servicios. Acuso a este hombre… —Se le quebró la voz.

—Para, mamá, eso te hace daño… —la interrumpió Rebecca.

—Al contrario, me sienta bien. Es un placer inesperado. Jamás habría imaginado podérmelo encontrar de nuevo. Tiene razón, Marcus, no solo quiero que pague lo que hizo. También quiero que reconozca lo que me hizo a mí, a Marthe, a las otras chicas y a los muertos. ¿Me oyes, Kasper? Quiero que confieses —afirmó, apuntando a la frente del prisionero.

—Judith, está atado. Deje esa arma; si no, se va a herir a sí misma —insistió Marcus, que tendió la mano hacia ella.

—Retroceda, Marcus… ¡Retroceda ahora mismo! —exigió, encarando la pistola hacia mi amigo—. No bromeo.

—¡Para, mamá! —exclamó Rebecca.

—No te metas en esto, hija. No deberías estar aquí… Sal de aquí.

Rebecca no se movió.

—Es un asunto entre tú y yo, Kasper. Como Marthe ya no está segura, como Werner no tiene una idea precisa de nada, nos corresponde a nosotros dos ajustar cuentas. Mírame

—reclamó, acercándose más—. Los años no han sido clementes conmigo, desde luego, pero no puedes haberme olvidado.

Llegó hasta el prisionero y se sentó a horcajadas sobre él. Luego le encajó la pistola bajo la barbilla.

—¿Qué, Kasper, quieres que te recuerde lo que me hacías entonces? Vas a comprobar lo agradable que es —precisó, apretando brutalmente con la pistola el labio inferior del preso, para obligarlo a abrir la boca.

Cuando introdujo el cañón en el interior, él trató de desviar la cabeza para liberarse.

—¡No hagas gestos bruscos! Podría haber un accidente. Esa era tu frase preferida, ¿te acuerdas? «En cualquier momento puede haber un accidente.» Eso decías cuando intentaba escapar, cuando me hiciste esto —dijo, mostrando la línea blanca que le rodeaba la base del cuello…—. «No te muevas, perra, que te vas a hacer daño tú solita», me decías.

Nos habíamos quedado de piedra. Dane era el único que mantenía la calma. Junto a la mesa, apoyaba la mano en una pistola, listo para intervenir. Judith parecía haberse olvidado de nosotros. Sin poder reaccionar, comprobábamos el horror por el que debía de haber pasado aquella mujer. Ni siquiera Marcus se atrevía a decir nada. Cuando la voz de Marthe se dejó oír, fue como una explosión.

—Judith, no creo que sea Kasper. Lo siento, pero ya no pienso que se trate de él.

—Que si cree, que si piensa… ¡¿A qué está jugando, Marthe?! —la atacó Judith, retirando el arma de la boca del prisionero.

—Marthe tiene razón, señora —murmuró él, casi sin aliento—. El hombre al que buscan está muerto.

—¡Deja de llamarme «señora»! —replicó Judith, que le dio un golpe con la culata en el pómulo—. ¡Señora! Como si me respetaras… ¡Como si no me conocieras de nada!

—Es la verdad. Kasper está muerto —reiteró, con un hilillo de sangre en la comisura de la boca. Engulló el resto con una mueca de dolor, antes de añadir—: Lo sé porque yo mismo lo maté.

Aquello nos dejó helados.

—Y antes de decidir que corra la misma suerte, piénsenlo un poco. Por más que mi hermano fuera un desalmado, por más que me hubiera quitado a los seres a quien más quería y los años que debería haber pasado a su lado, todavía no sé si hice bien en matarlo. Si me ejecutan, no se sentirán liberados. El alivio que esperan obtener se les escapará de las manos, sobre todo teniendo en cuenta que yo no les he hecho nada...

—¿Que no me ha hecho nada? —gritó Judith.

Agarrando la cara arrugada del prisionero, le clavó las uñas pintadas de un rojo pardo en las mejillas.

—¿Así que no me hiciste nada?

—¡Nada! —respondió con exasperación el hombre—. No solo no le he tocado ni un pelo nunca, sino que no la conocía —gritó—. Dispáreme una bala en la cabeza, ahórqueme, despedáceme si le sirve de desahogo, pero no afirme que con eso hace justicia... Y quítese de encima de mis rodillas —reclamó.

Apartó la cara con un violento movimiento de cabeza que estuvo a punto de hacer volcar la silla hacia atrás y obligó a levantarse a Judith. Por primera vez, vi un atisbo de duda en ella. Retrocedió un paso y observó a nuestro rehén como el científico que examina una nueva bacteria. Después se arrepintió de haber dudado, cosa que hizo que sintiera aún más rabia.

—¡Ya basta! Su juicio no sirve de nada —le gritó a Marcus. Luego se encaró hacia Dane y ordenó—. Levántenlo.

Dane desató las cuerdas que retenían al preso a la silla y lo puso de pie. Judith pareció impresionada por la talla de nuestro rehén, que debía de recordarle su debilidad de antaño, pero enseguida se rehízo.

—Werner, ayúdenos —me pidió dándose la vuelta.

Acudí a ayudar a Dane y cogí al prisionero por el bíceps. Me miró con tal ternura y reproche que me dejó turbado. Además, sentir el contacto de su hombro contra el mío y el de mi brazo bajo el suyo me azoró. Teníamos casi la misma estatura. Judith sacó del bolsillo del abrigo de pieles un gran estuche de cuero rojo muy baqueteado. Después abrió despacio la cremallera y dejó al descubierto unos instrumentos quirúrgicos.

—¿Reconoces el ruido, Kasper? Te encantaba hacerme escuchar este ruidito cuando estaba maniatada… Son tus utensilios, ¿no te acuerdas? —dijo, y le enseñó el contenido de aquel estuche rojo.

—Esto no es mío —respondió el rehén.

—¿Ah, no? Te los cogí antes de fugarme. No tenía tiempo, ¿entiendes? Pensé que lo iba a necesitar cuando te encontrara… Los conservé para cuando llegara este momento. Durante mucho tiempo creí que no iba a llegar, pero aquí estamos…

—Yo no soy el hombre al que buscan —repitió con una violencia contenida.

—Sujetadlo —insistió Judith, que hizo caso omiso de su respuesta.

Sacó uno de los bisturís y lo blandió ante él.

—Ha llegado la hora de la verdad, Kasper.

Judith se acercó. Le desabrochó con torpeza el cinturón y el botón del pantalón. Luego le bajó la bragueta.

El hombre forcejeó.

Entonces la agarré por la muñeca.

—¿Qué hace, Judith?

Se soltó con un gesto que me sorprendió por su vigor y que hizo pasar el escalpelo a escasos centímetros de mis ojos.

—Tengo una manera muy simple de averiguarlo… —contestó—. Voy a terminar lo que empecé el día en que me escapé.

—Deje ese escalpelo. Yo quiero que encuentre la justicia que usted se merece, no que castre a un hombre delante de mí —protesté.

—Sobre este hombre en concreto, tengo todo el derecho del mundo —replicó ella llena de rabia.

—Es una locura —repetía Marcus, con la cabeza hundida entre las manos—. Una auténtica locura...

Rebecca, que había permanecido como una estatua hasta entonces, se aproximó a su madre y, con gran suavidad, la rodeó con los brazos.

—Dame ese escalpelo, mamá, y comprueba lo que tengas que comprobar. Tenemos que aclarar esto ahora mismo.

Judith miró con intensidad a su hija. Entonces, tras un instante de duda, arrojó el objeto metálico hacia el otro extremo de la habitación. Después, con la misma rabia, le bajó el pantalón y los calzoncillos al preso. Preparándose a sentir el dolor, este apretó los dientes y contrajo los hombros. Ella le cogió el pene con brutalidad y lo soltó de inmediato, como si acabara de tocar una brasa. Parecía tan afectada que no supimos cómo interpretar lo que había visto. Sin dar explicación alguna, jadeante, giró sobre sí misma y abandonó el cuarto, dejando como una estela el aleteo de su abrigo. Rebecca y Marthe corrieron tras ella. Marthe, Dane y yo permanecimos, desconcertados, junto al preso. Me apresuré a vestirlo antes de sentarlo. Dane iba de un lado a otro de la habitación. Encendió un cigarrillo. Yo le cogí uno y después otro. Los nervios me podían.

Al cabo de media hora, me dispuse a salir en busca de las tres mujeres cuando Marthe volvió a bajar. Muy emocionada, se precipitó hacia el prisionero para liberarlo.

—Es Johann... Es Johann. ¡Dios mío, es un milagro!

En el rostro del rehén se sucedieron la incredulidad y el alivio. Relajado de golpe, empezó a llorar. Dane, que no se daba por vencido así como así, intervino cuando Marthe se disponía a soltarlo.

—¿Qué pruebas tiene?

—Pregúntele a Judith... El día en que huyó de Auschwitz, le dio tiempo a... ¿Cómo explicarlo...? —Marthe se interrumpió, buscando las palabras.

—¿A qué, Marthe? —insistí yo.

—Kasper había quedado inconsciente por el golpe que le dio el guardián cuando estaba encima de Judith. Después lo ataron. Estaba desnudo… y ella lo… Bueno, quería…

—¿Qué hizo? —dijo Dane, fuera de sí.

—Lo circuncidó. Con ese instrumento —precisó ella, que cogió el escalpelo que Judith había tirado al suelo—. Así pues, teniendo en cuenta que este hombre no está circuncidado, hemos de concluir que es Johann.

Aquello me dejó aturdido. Las palabras de Marthe rebotaron en mi mente. El prisionero elevó la mirada hacia ella y luego hacia mí. Habría querido decir algo, pero la emoción lo había dejado sin habla. Queriendo asegurarse, Dane volvió a bajar el pantalón y los calzoncillos del prisionero para inspeccionarle el pene. Dane no pudo disimular su decepción. Todos aquellos años de indagaciones desembocaban en nada. Aquel fracaso lo afectó profundamente. Era un escarnio para otros miles de víctimas más. Me dio pena. Por primera vez, tomé conciencia de la hondura de su trauma y de los esfuerzos titánicos que realizaba para vengar a los suyos. En un acceso de furia e impotencia, le propinó una patada tremenda a la mesa de madera sobre la que reposaban las cuatro pistolas. Después dio media vuelta y se plantó delante de Johann.

—¿Y dónde estuvo usted durante la guerra?

—Estaba en la base militar de Peenemünde. Después la Gestapo me detuvo y me enviaron a Oranienburg-Sachsenhausen.

Dane pareció conmocionado al oír ese nombre, que para mí no significaba nada.

—¿Fue caminando?

—Sí —confirmó Johann.

Dane guardó silencio un momento. ¿De qué estaban hablando?

—¿Y después? —prosiguió.

—Después me cogieron los rusos; me secuestraron y me confinaron en Moscú, donde me vi obligado a trabajar con Serguéi Korolev.

—¿Serguéi Korolev? —preguntó Dane, que, por una vez, parecía estar tan perdido como yo.

—El satélite *Sputnik*, Yuri Gagarin, el primer hombre que viajó al espacio... Todo eso fue obra de Serguéi Korolev y de su equipo, del que yo formaba parte —explicó Johann, con un destello de orgullo en la mirada.

Se volvió hacia mí para ver qué efecto me causaba aquella revelación. Estaba impresionado.

—¿Así que mató al canalla de su hermano? —preguntó Dane, cambiando bruscamente de tema.

—Sí, y lo lamento.

—¿Cómo va a lamentar haberse deshecho de semejante basura? —susurró Dane, apretando los dientes.

—Porque no me correspondía a mí hacerlo y porque, sin saberlo, he permitido que escapara de la justicia de Marthe y de esa mujer, Judith. Yo creía ser su única víctima, pero ahora sé que hubo miles. Su muerte no me pertenecía.

—¿Cómo lo encontró?

—Pensaba que no lo volvería a ver nunca. Me enteré de la muerte de mi mujer. No sabía qué había sido de ti —precisó Johann, mirándome—. Estaba en Moscú, sometido a una vigilancia permanente. Entonces, hace doce años, Korolev falleció. Yo me había implicado con él y con las proezas que habíamos conseguido juntos. Tras su muerte, consideré que tenía derecho a recuperar la libertad. Los ingleses me ayudaron. Les dije que aceptaría pasar al Oeste a condición de que localizaran a mi hijo y a mi hermano. En el segundo caso, lo lograron.

—¿Cómo lo mató? ¿Quién nos garantiza que no está intentando protegerlo? —lo interrumpió Dane.

—Llevaba tres semanas observándolo. Había estudiado sus itinerarios habituales. Iba todos los días de su domicilio a

Sanomoth, la empresa donde trabajaba, y de Sanomoth a su casa. Por las noches, no salía. Creo que temía que alguien lo reconociera. Solo salía los viernes, para ir a un club de estriptis situado en pleno campo. Manipulé su depósito de gasolina para que se quedara sin combustible justo en el momento preciso, a diez kilómetros del club y a cuarenta de su casa, en un sitio rodeado de campos, donde solo había una granja en las proximidades. Intentó volver a arrancar. Al ver que no lo conseguía, se bajó del coche. Abrió el capó y vio el charco de carburante que corría por el asfalto. Después de descargar un puñetazo sobre el vehículo, lo cerró con llave y se puso a caminar. Esperé a que hubiera recorrido doscientos metros, a que llegara hasta el ángulo muerto que había localizado. Desde allí no podían vernos ni desde la granja. Aceleré y me precipité directamente contra él.

—¿Y cómo está tan seguro de haberlo atropellado?

—Porque me bajé del coche. Porque comprobé que estaba muerto. Porque lo puse dentro del maletero y porque lo enterré.

—¿Dónde?

—En el desierto.

—El desierto es muy grande… —ironizó Dane—. ¿Y si quiero comprobarlo?

—Entonces vaya a San Luis Potosí, en México —le respondió con expresión glacial—. A partir de ahí conduzca treinta kilómetros en dirección oeste por el desierto de Chihuahua. En los 22° 8′ precisos de latitud norte y 100° 59′ de longitud oeste, póngase a cavar.

—Lo pienso hacer, no le quepa duda. Y más le vale que lo encuentre…

—Lo encontrará. Así me evitaré tener que volver a verlo a usted. Mientras tanto, estoy cansado de estar con los pantalones bajados —se quejó Johann.

Con un ademán imperioso, Dane indicó a Marthe que lo

vistiera. Ella obedeció y, después de desatarlo, lo rodeó con los brazos. Al final de su prolongado abrazo, soltó a Marthe y se volvió hacia mí.

Noté la garganta seca y la cabeza vacía. ¿Qué se supone que tiene que decirle uno a su padre cuando le dirige la palabra por primera vez, a los treinta y tres años? Él sacó un pañuelo de paño azul que se pasó por la cara, para limpiarse el sudor y la sangre. En primer lugar, se dirigió a Marcus, tendiéndole la mano.

—Gracias, señor. Sin su sentido de la justicia y sin su elocuencia, ya me habría ido al otro mundo.

Con la misma actitud ceremoniosa, mi socio encajó la mano de Johann.

—Es para mí un honor conocerlo, señor —respondió mirándolo con ternura.

Oí el bufido de desprecio de Dane. Johann prefirió pasarlo por alto. Me disponía a hacer un comentario, pero él me contuvo, mirándome fijamente a los ojos.

—No digas nada, Werner. Primero, vámonos de este lugar siniestro.

Asentí con la cabeza. Marthe se situó delante. Subimos por la escalera metálica. Levantamos las láminas de plástico, sorteamos los tubos de metal y, tras esquivar el charco de aquel líquido nauseabundo, salimos de la fábrica. La niebla matinal se había disipado. Nos acogió un pálido sol de invierno. Dos urracas se disputaban un trozo de aluminio brillante entre las malas hierbas. La sombra de las nubes se deslizaba sobre la masa verde grisácea del río, que lamía mansamente los muelles abandonados. Judith y Rebecca nos esperaban, sentadas sobre unos bloques de cemento. La mujer de mi vida se levantó y se acurrucó contra mí. Nos abrazamos un momento. Judith, exhausta, me hizo una seña con la mano.

—Lo siento, Judith —le dije.

Me miró con un aire de profundo desaliento.

—Siento todo lo que ha sufrido —repetí.

—Gracias —respondió ella.

Habría querido reconfortarla, encontrar las palabras adecuadas, pero temía que mi presencia le resultara más dolorosa que beneficiosa. Después de devolverle el gesto con la mano, me alejé unos pasos, abrazado a Rebecca.

—Usted no tiene nada que ver con eso, Werner —me dijo Judith.

Me volví, sobresaltado.

—Werner no tiene nada que ver con eso —insistió, esta vez dirigiéndose a su hija.

Advertí el esfuerzo que para ella representaba decir esas palabras, pero para Rebecca y para mí fueron una bendición. Ella volvió sobres sus pasos para besar con ternura a su madre. Le di las gracias, al igual que a Dane, que se había reunido con nosotros. También le estreché la mano. Marcus se instaló frente al volante. Judith prefirió regresar con Dane. Marthe no quiso dejarla y se quedó con ellos. Me alegró comprobar que Rebecca se quedaba conmigo. Asimismo, tuvo el detalle de sentarse delante, mientras yo me sentaba detrás frente a Johann.

La limusina se puso en marcha. Circulamos un momento en silencio, dejando que los muelles y el río se difuminaran a nuestra espalda. Al llegar a la pequeña carretera rural por la que habíamos llegado, sentí la necesidad de tomarme algo. Abrí la tapa del reposabrazos que ocultaba el bar y saqué seis botellines de vodka. Serví una copa a Johann y se la tendí. Rebecca me dijo que no podía beber en ese momento. Marcus también rechazó la idea. Apuré mi copa de golpe y la volví a llenar. No sabía cómo iniciar la conversación. Johann lo hizo en mi lugar.

—Estoy contento de conocerte, Werner. Es un regalo muy hermoso que me concede la vida, a pesar de que no me había hecho ninguno desde hace treinta años. Sé que ya nunca podré ser tu padre. Sé que a tu edad, no necesitas un guía ni un protector, pero me gustaría ser al menos un amigo. Un amigo al que verás cuando quieras. Un amigo que te explicará de dónde provienes, quiénes somos y lo que fuimos. Te hablaré de tu madre, a quien amé con locura y que no te vio crecer. Te hablaré de tus abuelos, que te habrían adorado. Te hablaré de esa tierra que fue tu país; de nuestra casa, que debería haber albergado tanta felicidad. Y te hablaré un poco de mí, si quieres. Te hablaré de lo que hice y de lo que no hice, de las cosas de las que puedes estar orgulloso y de las otras, sobre las que no tienes ninguna responsabilidad. Si consideras que nuestras charlas te aportan paz y alegría, si ves en mí cualidades que te gusten, después querría conocer a tus padres. Por lo que has dicho antes, comprendo que fueron buenos contigo. Si me quieren recibir, les daré las gracias. Las gracias por haberte criado. Las gracias por haberte protegido. Las gracias por haberte dado amor. Las gracias por haber hecho del bebé al que no conocí, de mi hijo al que creía perdido, el hombre fuerte y derecho que tengo ante mí.

Me escocían los ojos. Se hizo un breve silencio, al que puse fin con una voz que no era la mía.

—Sí, haremos eso y tal vez más.

Le alargué la mano. Él la cogió y la estrechó. La mirada que intercambiamos valió más que mil palabras.

Aquel día se selló algo cuya naturaleza no sabría definir. Era un vínculo potente que no menoscababa en nada el afecto que sentía por otras personas y que me iba a ayudar, por el contrario, a quererlas todavía más. Entre ese hombre y yo firmamos, sin mediar palabra, un pacto indisoluble que, finalmente, me dio algo de paz.

Agradecimientos

A Gilone, Renaud y Hadrien de Clermont-Tonnerre; a Laure Boulay de la Meurthe; a Zachary Parsa, Adrien Goetz, Susanna Lea, Christophe Bataille, Olivier Nora, Ulysse Korolitski, Marieke Liebaert y Malene Rydahl.

A los lectores que he tenido la oportunidad de conocer y que me han dado su confianza.

A los libreros que han hecho posible la aventura de mi anterior novela: *Fourrure*.

A Alfred Boulay de la Meurthe y a Claude Delpech, que me han acompañado mentalmente durante la redacción de este libro. Me habría gustado que aún estuvierais aquí para poder leerlo.

A Andrew Parsa, una persona luminosa, que nos dejó de manera prematura.

A Jean-Marc Roberts, que me dio la oportunidad que nadie antes me había concedido.

Este libro utiliza el tipo Aldus, que toma su nombre
del vanguardista impresor del Renacimiento
italiano, Aldus Manutius. Hermann Zapf
diseñó el tipo Aldus para la imprenta
Stempel en 1954, como una réplica
más ligera y elegante del
popular tipo
Palatino

El último de los nuestros
se acabó de imprimir
un día de primavera de 2018,
en los talleres gráficos de Rodesa
Villatuerta (Navarra)